刘再复题

OLAMALL

欧拉冒

消失的永生岛

丰土 著

法律出版社
LAW PRESS·CHINA

把不确定确定下来

——丰土《欧拉冒》序

著名作家　刘心武

前几天丰土风风火火跑来找我，把我吓了一跳。

至少二十五年前，我们就认识。那时候他还没有这个笔名。掐指算算，那时候我才四十五六岁，他呢，才二十四五岁。我们之前最后一次谋面，大约在二十年前。为什么说多年不见，他忽然笑嘻嘻走到我面前，一声"刘老师"，把我吓了一跳？因为，我现在已经过了七十，脸上的老年斑在渐次增多，而他呢，居然还是二十年前的那模样，难道岁月的雕刻刀，只对我不对他？

其实，就在二十年前，我就知道，丰土经受的坎坷，已经非常富于戏剧性。那番坎坷居然并没有令他容颜衰颓，穿越诡谲世事，他依然青春焕发，笑容可掬，已足令我感慨，谁知他刚在我面前坐定，便递过一本长篇小说来，说是出版社给他印的试读本，请我先睹为快，并且，希望我给写个书序。

随手翻那书，书名古怪：《欧拉冒》。他忙解释："欧拉冒"是夏威夷土语"永生之岛"的音译。那试读本前面，已有作家北村和电视人时间的序，正文后面更有文学评论家李以建的篇幅颇长的导读，都非常真切精到，还要我糟老头子写什么序？

丰土初识我的时候，我正任《人民文学》杂志主编，那时候，应该说是比较“庙堂”，也比较“中心”的，他跑来投稿，是个短篇小说，虽系无名小卒，也应以礼相待，没有压他的稿，拿去请编辑看，编辑眼睛一亮，交主任二审，主任也觉得不错，交终审的副主编，竟一槌定音，付梓刊发。我是期期大样都看的，看到他的作品顺利上版，水平与其他成熟作家相差无几，为他高兴。但我没多久就离任了，从“庙堂”换入“江湖”，很快地就“边缘化”了。自己“边缘化”了，却希望如他那样的年轻作家，能笔耕不辍，尽快成为文坛的中坚力量。也确实有若干当年我任主编时刊发出作品的年轻作家，后来笔锋愈健，成绩斐然，不仅成为我们这边文坛的翘楚，也获得了世界声誉。我自己后来自诩“边缘有光”，做“边缘人”，写“边缘文”，种所谓“四棵树”（“小说树”、“散文随笔树”、“建筑评论树”、“《红楼梦》研究树”），混迹于“江湖”，笃信即使是“文友”，也无妨“相忘于江湖”。我得承认，我后来把丰土完全忘却了，他也没有以继续发表出的作品，提醒我注意他的存在。

偶尔会想起改革开放初期，一起走红的那些文友，继续写作、发扬光大的有，因客观主观原因挂笔的也很不少。曾经的“文学青年”，都已人到中年，热情大都消退，不要说继续写作，就是继续阅读文学作品的，也所剩不多。然而丰土忽然坐到我对面，“一声《欧拉冒》，双泪落君前！”他对文学写作的热爱与执著，竟穿越纷纭世事而凝结为了这样一部呕心沥血之作！

别人让我写序要坚辞，丰土要我写序开始也是推辞，但是想到这是一个二十多年前就结识的文友，他提醒我，是那时在我家里，我请他吃开心果，那时候北京市面上还很难买到那种食品，他记得那开心果是 1987 年秋天我访问美国后带回来的，他觉得是给他提供了一种新鲜的味觉经验……忽然心头浮现出千年前杜甫的诗句：“人生不相见，动如参与商；今夕复何夕，共此灯烛光……”我爱写作，丰土君亦爱写作，结识二十余年，他仍称我“老师”，其实翻翻他的《欧拉冒》就知道，他是在结撰崭新的文本，现在他应该做我的老师！

李以建写出的导读，已经把《欧拉冒》的文学价值，特别是其文本结构的别辟蹊径，条清缕析地阐释得非常充分了，我不可再来饶舌。我只想说，“欧拉冒”这个意向，一是从空间上展开想像与开掘，一是从时间上展开想像与探索，前者即追求“永在”，后者即追求“永生”，确实非常值得玩味。而整部小说的结构，有些像“俄罗斯套娃”，又有些像中国古典玩具里的“九连环”，似乎意在强调命运的不确定性，却又在那不确定性里面，去努力地求索确定的元素。

世上的小说多种多样，“真事隐，假语存”是一种写法，“真事无，假语喻”又是另一种写法，此外的写法如观世音现千手千眼，应可变化无穷。丰土这《欧拉冒》的写法，是否开创出了一个新的品类？大家可以讨论。

这序是构思好了，先拟出题目然后一口气写下来的，现在要收束，我想把题目加长为：《把不确定确定下来，再去探求新的不确定》，这是我对《欧拉冒》的感想，也是对丰土下一部作品的祈盼。嗳，就保留原来的题目吧。其实，我真够罗嗦，杜甫早概括出了我们心中共同的喟叹：“明日隔山岳，世事两茫茫！”

2013 年 3 月 23 日　温榆斋中

刘心武，中国当代著名作家、红学研究家。曾任《人民文学》主编、中国作协理事，加入国际笔会中国中心。其作品以关注现实为特征，以《班主任》闻名文坛，长篇小说《钟鼓楼》获得茅盾文学奖。20 世纪 90 年代后，成为《红楼梦》的积极研究者并发表揭秘红楼梦系列作品，曾在中央电视台《百家讲坛》栏目进行系列讲座，推动了民间红学的蓬勃发展。

欧拉冒寓言

著名作家　北　村

洪超是我的大学同学，大学四年，我高踞在他床的对面，他在起伏的蚊帐内做的一切事情都瞒不过我的眼睛。比如捏着嗓子装配音演员邱岳峰和杨成纯。他是一个天生的演员或导演，虽然他后来果然当成了导演：中国最大的电视台的青少节目导演，这显然太浪费他的才华。我觉得如果机遇和命运结婚成功的话，他若成电影导演，可以比肩今天的冯小刚，但他的个性，一种天生的艺术家的个性，如同孩子般的自由天性，三十年来几乎毫无改变，这是顶奇怪的一件事情。三十年前如何，今天仍是如何。毕业初时我到北京出差，他正和第一个恋人分手，我和他在一个晚上步出电视台的台阶时，他突然仰天长哭，幻觉中我觉得他的眼泪是向天际喷射的，当时我就在想：这是一个多么纯真的人啊！2001 年我迁居北京，应他所邀共同做一个电视节目，他和投资方发生争执，居然放弃一切，扬长而去，我当时想：这哪是精明的导演的做法？这个人是作家嘛，怎么能是一个体制内的导演呢？他不但是作家，且应该是一个灵魂自由的作家。

实际上，他就是个作家。此前他只写过一篇小说，刚毕业的时候。这第一篇小说，居然直接登上了当时最权威的顶级杂志《人民文学》。可见此人才华了得。但这之后，他就不写了，居然长达三十年之久。这三十年我在南方，他在北方。有时我会想：一个有才华和灵魂自由的作家，如果不写，上帝为什么要把才华给他？会不会责怪他呢？但我错了。就在三十年后的某天，他突然又提起笔来。我知道，这三十年，他仍然是自由的。因为他想写，才写。这是一种真自由。

当我阅读到他的第二篇小说《欧拉冒》时，我立刻意识到：这家伙没变。三十年不变，也算是一个奇迹了。他的这部作品表明：只要一个人的灵魂中最隐秘的、属于上帝所赐的想象力、敏感、思想力和爱没有改变，他就仍然是那个原初的人。在文学上，灵魂无须长大，只须炼净。

这部《欧》就是这个奇特的成果：

第一，它完全逸出传统文学的小说模式，仿佛半空杀出的一匹黑马。它的写法不在现行的叙述"行规"内，你甚至很难分清它到底是一部通俗小说，还是纯文学作品，你也分不清它是一部小说，还是一部电影。作者在选材和叙事上完全按照自己的方法。足够好看，却意味深长。

第二，它的小说语言没有既成小说的色彩，完全像口语，但你仔细体味，它却是另一条自成况味的长河。在一部长篇小说中，语言若是没有形成基调是无法完成叙述的，他做到了。它在打破既成小说语言和读者的隔阂。大量网络小说把文学语言破坏殆尽，纯文学作品的语言又使大众畏惧。本作似乎找到了一个中间点。

第三，也是本作的闪光处，也许是作者出身导演的缘故，他奉献了一个很好看的故事，这个故事具有一切情节剧的基本要素：悬疑、间谍、推理、历史变幻、人的曲折命运。进入二十一世纪以来，纯文学不再拒绝好故事，只是在寻找故事和传奇的结合点，以符合加缪对"传奇和文学的区别"。不怕故事，甚至不怕传奇，关键你有没有本事把故事讲出深度来。本作大有可期。

第四，作者给我们奉献了一个有魅力的人物形象：秦炳文。这个形象的成功，终于令本作加入了好的纯文学的行列。秦是一个敏感、天才般的、具有普通人一切人性要求的人物，但他的微妙的人性愿望被战争和命运一个一个击碎。由于男一号的成功塑造，其余人物也随之发光。

第五，结构是本作最奇特的尝试：首先，仅以一个人物来串连一部长篇是冒险的，但读来似乎很自然。全篇完全围绕秦炳文的个人命运和人性轨迹展开；其次，前部的岛屿寓言的点状叙述和秦炳文的个人命运的线状叙述居然和谐结合到了一起。

最后，我要说的是：一个人的心灵史，个人的命运置于历史的漩涡中，个人是如何被改变的，人又是如何反抗的，这是本作最动人和最深刻之处，也是它成为纯文学的重要标志。人有一个愿望，却被历史不断改变，人不断反抗挣扎，在道德、道义、律法和情感中选择，并不想改变历史，只是想活出自己，秦的个人选择和历史命运的关系，在作者的笔下得到了有力展示，回答了个人选择在历史博弈中的道德责任的重要主题。

我絮叨完毕，各位开始欣赏吧。

北村，原名康洪，男，一九六五年生，福建长汀人，现居北京。代表作有：《卓玛的爱情》、《周渔的喊叫》、《施洗的河》、《愤怒》和《我和上帝有个约》等。

我和洪超

电视艺术家　时　间

我和洪超在1985年秋住到了同一间单身宿舍，这样的缘分可不一般啊。八十年代，那也是中国百年来最让人有幸福感、精神最富有的唯二（只有五四运动前后可比）时期。这样的经历、这样共同的经历实在难得。所以我们是毕生的朋友。

因为考不上北大、人大，我才上了广播学院，成了科班出身。什么叫科班？连老师也是这儿毕业的才能叫科班呢。所以，我们就会搞电视。搞电视，一门灵。那年九月，我到专题部报到，他分到了少儿部。第二个月，我就独立拍片儿去了。他是厦大的，得在家跟人学。他那个部门好为人师的还多，他就一直没有独立工作的机会，很苦恼。但他严肃地提醒我说，你的第一个作品一定要有新意，人都盯着呢，要让人刮目相看。后来他让我刮目相看的是，《人民文学》登了一篇他的短篇小说。他周围的人都说他有才，到现在还说。

我们在单身宿舍的生活足有八年，搬了三次家，1993年，我去办《东方时空》，就不再跟他一起住了。记得他再一次提醒我，是几年前了。他说，你要问自己，拍这个片子是为了什么。我是搞纪录片的，当然很好回答他。开始他的表情好像很纳闷，央视的人怎么会有这样的想法？又马上同情我：你在那儿也待不舒服。

他最后一次提醒我，是去年拿给我这部书稿的电子版。他说你要相信上帝。还说为什么中国的导演不能获奥斯卡奖，就是因为他们不懂上帝。虽然以后我也看了几页《圣经》，但我还是一个无神论者。虽然我还没信上帝，但捋一捋两千年的中华民族命运，信了别的是信错了。先不说我们的民族是不是比别的民族早从树上下来多少年，是不是四大发明也让别的民族更文明，至少在过去的一千年里，它的 GDP 占有是全世界第一的，多的时候到过二分之一。到头来我们被人欺负，也自己欺负自己。老子、孔子、达摩来过，耶稣没来，不行。全世界都有生态危机、道德危机、信仰危机，但咱比人都可怕。

反正现在的事儿也很难插上话，就从历史说起吧，从对历史的反思说起吧，对今天有用，对未来有益。洪超的小说就是这个意思。他去过几次上海，查资料、查档案，讲的是抗战及战后的上海，没有完全虚构，没有因为强调主权而失去人权，没有鼓吹民族主义而忽视个体存在，既有上帝之爱，又有人间真情。这是一个作家的道德良知。

我两口气就看完了，此前这么快看完的只有金庸的，那是三十年前了。它一定是一部电视连续剧的雏形。不仅题材有价值，写抗战结束到内战爆发这段时期的文艺作品很少，而且人物设计既准确又传奇，有一段竟然和《少年派的奇幻漂流》相似。

洪超比我离上帝近啊，我羡慕他。

时间，先后为中央电视台《人物述林》、《九州方圆》节目编导。后致力于纪实性纪录片创作，代表作《天安门》、《我毕业了》。首倡并推出了“真实再现”这一表现手法，代表作《忘不了》、《南京的血证》。文献纪录片代表作《周恩来》、《抗战》等。现任中广协会纪录片委员会副会长，中央新影集团时间工作室总监，中央新影集团副总编辑。

从晚清小说说开去

电视艺术家　童　宁

癸巳蛇年，大年初五，一大早就被震耳欲聋的鞭炮声炸醒，望着窗外的遍地红纸和缕缕白烟，思绪也跟着升腾起来了。突然想起洪超最近写了个长篇小说，已经杀青，出版社也答应出版了。电话响起来，正是洪超来的。他邀我去他家里坐坐，过年了，喝点酒，聊聊天，谈谈他小说的事情。那天在他家，喝了酒，聊了天，放了烟花，谈了小说。最后也领了一个任务，洪超要我为他的小说《欧拉冒》写点东西。我知道写序写跋的难度，也见过所谓大师写过的此类东西，急救章的多，敷衍了事的多，文不对题的多，你写你的我说我的多，总之，成为精品的不多。我和洪超认识有二十多年了，那时候一起写小说，一起发表，一起喝酒，一起庆贺，日子一晃，到了今天，有感而发，有话要说。从哪里开头呢？恰巧手旁有阿英的《晚清小说史》，边翻边看，边看边想，不知不觉心里平静下来，后来竟也有了一些感觉，渐渐地触动了我的某根神经。

晚清小说，在中国小说史上，是一个最繁荣的时代。它之所以繁荣，有三个原因：一是由于当时的印刷业开始发达了，印刷变得容易起来；同时，新闻事业也蓬勃发展，需要大量小说来刊登；二是知识分子受西方文化影响，从社会意义上，认识到了小说的重要性；三是清朝腐败，写作小说，抨击时弊，提倡维新革命。我一直认为诗言志，片言理，无论是写诗作文，还是拍片做节目是要立个志，言个理，讲出个所以然出来的。这点和清人观点相当的巧合，那时作家都认为《桃花扇》是民族主义的作品；你如果以社会生活考察的态度，研究《金瓶梅》、《红楼梦》，代表的就是进步倾向；《水浒传》是提倡民主、民权之作；《聊斋》是排满的书等等。晚清文人写小说的动机不外有三，愤政治之压制不得不作，痛社会之浑浊不得不作，哀婚约之不自由不得不作。看晚清小说，从作品里反映的作家思想也极复杂，恰恰体现了当时那样复杂的、动乱的社会。作品中有极其顽固的守旧党，他们维护皇室，拥护封建社会，对新的或比较新的人，嘲笑谩骂，无所不至。还有那些极其进步的反对满族统治，反对立宪，主张种族革命的新人，他们在作品里热烈的、激昂的、感愤的，鼓吹革命，宣传革命。还有那些既要顾君权又要顾民权，实际上还是替君权打算的立宪党，在作品里宣传君主立宪的好处。还有些知识分子，他们不提倡保皇党也不倡导革命，只从事反迷信、反缠足、反吸食鸦片等等，认为只有从这些地方下手，才是真正的救国办法。还有一些人由于投机分子的胡作非为，他们便对一切感到幻灭，政府不好，维新不好，革命党也不好。还有些提倡科学的作品，也有发挥玄学的作品，更有充满“中学为体，西学为用”思想的作品。更有科玄矛盾并存的作品。当然也有对政治社会党不关心，只会讲嫖经说性爱的人。形形色色，林林总总，充分表现了一种过渡期的现象。但几乎是全部的作家都认为，只有兴办学校，创办实业，反迷信，反官僚，反帝国主义，才是根本救国之道。阿英看问题真准，我看它不仅仅是文学评论家，也是社会学家，他说的不光是晚清小说发展的趋势，简直就是清末的社会缩影。

作家是历史的秘书，记者是现实的秘书。我尤其不爽有人把这两者混为一谈。这就把作家弄得不像作家，记者不像记者。作家写出的东西是要对历史负责的。洪超的《欧拉冒》似乎要完成这一使命，他是自发的、自愿的、自找的来写这一长篇小说，没有人要求他去完成这一任务。他甚至认为是上帝派他来完成这一任务的，所以，他在写这一作品时若有神助。任何的困难、痛苦、煎熬，他都没有认为是“受难”，而是一种快乐的创作和带有快感的创作。有过写作体验的人，尤其有过成功写作小说经验的人，恐怕都获得过这种生理和心理上的快感。

巴尔扎克说，小说是一个民族的秘史。我想，《欧拉冒》也是我们民族的秘史。它在揭示什么，暗示什么，展示什么，指示什么，只有神知道。也有那些用心的读者能够知道。我曾经对一位小说大师说过，不朽的作品具有把玩性，一遍就看懂就看完故事是没有经久不衰的文学价值的。《欧拉冒》的结构就够你琢磨、玩味、摩梭一阵子的。你不是一眼就能看穿它，一念就能揣摩透它，你需要日日摸夜夜搓，反复把玩，才能出现包浆，产生温润的色泽，它像一块和田玉。

我和洪超差不多是在上世纪八十年代同时起步写小说的。那时候我们还住单身宿舍，一群文学青年，抽着劣质的烟卷，喝着粗陋的白酒，砍大山，瞎聊天，说着天南海北的故事，畅谈着文学理想，做着小说梦。记得有一晚，几个热爱文学的年轻人互相激励着，启发着，激动着，说今晚大家都不睡觉，每个人都要写出一篇小说来。第二天，从一排低矮的平房里，走出来几个脸色发青，双腿打晃的青年，他们骑着自行车还要赶到电视台上班去。自行车一溜烟驶过，飘落几张稿纸。洪超那晚写出来一篇《书迷张卫东》，写的是他身边的朋友、熟人，也是小说社团里的一员，没想到，他写小说，竟然被人家给写了。他叫张卫东，是个书迷，叫《书迷张卫东》没错，那篇东西文笔流畅，充满黑色幽默，字字句句直指人心，我看和刘震云的功力真有一比。我也写了一篇《永远的影子》，我真是熬夜写的，字迹端正，笔画清晰，端坐写字，一笔一划，写着写着，写得自己，浑身发抖，愉快战栗，非常激动，当时我就懵了，写字把自己写到高潮了。这不是作品是什么？他的那篇和我的这篇，在1988年第5期的《人民文学》上，弟兄俩的作品紧挨着发表了。

这以后，洪超搞他的少儿节目晚会，我做我的社会类节目。时常也聚会喝喝酒，但很少谈及小说。我在1999年12月的《人民文学》上发表过《澳门往事》，但那已不是小说了，是个纪实作品，最多叫报告文学。光阴似箭，日月如梭，到了蛇年春节，洪超把我叫到他家，拿出了《欧拉冒》的样书，着实让我大吃一惊。三十万字，别说写，就是看一遍，也要拿出勇气来，加之字号又密又小，那简直是备受煎熬的，看看停停，停停想想，想想放放，放放歇歇，歇歇看看，看看停停……总要想想洪超此处是何用意，是何居心。所以看得很累。能把文字写得密不透风是需要本事的，这需要天才般的语感和快速运转的大脑，心中还要开动着精密的口语机器，手不停地下笔如飞，才能让观众窒息，才能让人喘不气来，才能让读者晕厥。洪超拿出了他发情的动力，使出浑身解数，对着稿纸他澎湃着激情，或春潮激荡，或夏日流火，或秋风落叶，或冬吟白雪，洪超用独特的快板和慢板叙述着他对世界的看法，他用神密的汉字碰撞出对苍天深处一尊万能之神的顶礼膜拜。

从1988年发表《书迷张卫东》开始，到今年《欧拉冒》出版，一晃两晃，三晃五晃，浑然不觉地过去了二十五年。我的上帝。人们惊叫时才会想起上帝吗？这期间，洪超经历了好多事，这些事是他的人生财富，是他的人生历险，是他的人生考古。这些事搅动了他9125天，他一直在想，如何把他的感悟结构成一部小说。在《欧拉冒》中，我看见了洪超在其中的影子，这影子无处不在，是一个人，是一幕场景，是一缕青烟，是一朵浪花，是一顶烂草帽，是一个大傻帽，是一句欧拉冒？抑或什么也不是。洪超在哪里？只有上帝和作家知道。作家在作品中就是上帝。写什么，怎么写，都是作家说了算。

洪超是幸运儿。他是最早使用打字机的作家，当电脑还没有普及到让个人来使用的时候，他已经用打字机来写小说了。用打字机写作使他如虎添翼，记得那阵子他写了好多的剧作、专题片解说词、晚会台本，机械化使他写作速度加快，于是他就脱颖而出了。他的领导开始看中他，把重要的晚会交给他做。他很快成了骨干，并且很早就出了国，去的是德国。围坐在地毯上，听他说异国情调，引起文学创作社团好友的无限遐想。他送我的一个金属烟盒，看上去粗陋，但是很结实。我依然珍藏着，现在仍是我的主力藏品，我喜欢结实的东西，这样能收藏住。有一阵子，他脱兔抢跑，领先同龄人，日子过得滋润，灵感日新月异，弄得文思泉涌，思绪柳絮飘扬。他要写一部电视剧，设计好了主题，主人公，主要故事，纠集了几个好友，要写一部大剧，我也分到了几集，并且也动了笔，大家摩拳擦掌，群情激愤，同仇敌忾，对一部大剧开了战。形势眼看一片大好，无奈一场地震，震得朋友大难临头各自飞。尘埃落定，乾坤复朗。等我们再度相聚时，已是拖家带口，面容憔悴，大家都要为生计奔波，都已累弯了腰。小说是文人的利器。文人就要心态好，仙风道骨，品茗手谈。想着挣钱，养家糊口，着急上火，还能写小说吗？这时，写小说已经成为一种奢侈品。我那时的心境早已长满了青草，构思好的一部长篇，经常被自己的先知先觉摧毁，久而久之，在我心里长出了这样一个念头：要么不写，要写就要成为不朽。于是在我心头，有的只是构思，有的只是大纲，有的只是人物主线，没有了小说，连一篇小小说也没有了。虽然有空发些无聊的微博，就是没有空写有用的小说。我想，这二十五年里洪超的创作上的空窗期就是这样出现的吧。

就在大家对小说开始绝望的时候，洪超这只温润的兔子突然竖起了机警的耳朵，他又以脱兔之势为我们奉献出一部长篇佳作《欧拉冒》。他为什么叫《欧拉冒》，是想对上《阿凡达》这个三字的对联吗？洪超心头草除净了，心田出现一抹祥云，隐约出现一道圣影，雨过天晴一架彩虹：圣乐高奏，众神齐唱，《欧拉冒》出现了。

有了信念，就有了小说，有了理想，就有了小说。这些情愫一直在洪超心里，一直在我心里，现在他先行一步，唱出了欧拉冒的序曲，我等应该和声跟进，展现出一曲大合唱。

中国的小说以明清小说为巅峰，晚清小说只能走下坡路了。到了顶峰，无论是前进还是后退，都只能下坡了，然而，晚清至今，百年已过，新的一页已经掀开了，目前，正是小说上升的黄金时期。但愿洪超的小说正是这起跑线上的一只脱兔。《欧拉冒》已经起跑了，我们一齐跑吧！

童宁，中央电视台社会与法频道副总监。《观察思考》、《东方时空》、《焦点访谈》栏目创办人；创办中央电视台西部频道、社会与法频道。担任《中央电视台品牌战略》重大项目撰稿。出版《即兴采访》、《电视传播形态论》、《电视节目结构方法》、《电视记者新概念》等著作；2007年，被评为全国广播电视十佳理论人才。发表小说、诗歌、散文百万字。

关于书名：永生岛，曾是太平洋上的一个弹丸之岛，后渐渐被海水侵蚀淹没，现已成为暗礁。“永生”是从土著语“欧拉冒”翻译过来的。

关于人名：小说中涉及到的人名，可以查到的属于历史真实，查不到的属于真实历史。

我39岁那年，父亲死于“非典”。那时我正在欧洲进修，繁琐的出入境手续差点让我没赶上追悼会。作为一名消化内科专家的父亲，悼词中竟然丝毫没有提及他抗击“非典”中的英雄事迹，我感到非常意外，也很愤懑，就去质问院长。院长说本来是有的，后来被钟汉臣院士坚决删去了。这让我实在费解，钟汉臣是我祖父呀。不料，祖父给了一个更让我意外的回答：一个被敌人打倒的战士不能算作英雄。面对祖父的说辞，祖母很不满：那个敌人不是病毒，正是你钟汉臣。我实在没有明白他们在说什么，就去问弟妹们，二弟告诉我，父亲在这期间极度情绪化，医治病人不慎被病毒感染致死。父亲是个既理智又谨慎的人，非常时期怎么会如此反常呢？虽然母亲在一场空难中骤然离世，给他带来巨大的创伤，但那也是三年前发生的事呀！以旧伤复发作为理由，实在牵强。小妹倒提供了一条线索，说大约是祖父跟父亲说了一些不该说的话吧！我忙问是什么？她含含糊糊地说，具体的，实在不清楚。我就去祖父祖母那里究问此事，老两口当着我的面矢口否认，背开我便开始争吵，而且一吵就再也没有消停过。过去在我们眼里，两老相处就如同平静的湖水，即便有风吹雨打的时候，也是父母问津的事情，如今我这个孙子辈的贸然插手，惹出此等光景，心中充满着内疚。尽管妻子以父母不在，长孙为大的理由安慰我，我的悔意兀自不能消去。

两个月后，祖母死了，我感觉我是个罪人。临终前祖母单独对我说：我死是早晚的事，与你无关；我要提醒你的是，你爷爷疯了，他说的话千万不能信。尽管祖父在学术界有很高的声望，但在生活的常理上，我们会更信祖母一些。之后，祖父果然变得古怪莫测，终日抱着一个封闭的陶罐独自絮絮叨叨。我们想去安抚他，他都一概不理。这样的日子持续了很久，我们理解他思念祖母过度，就不再有过多的理会。可是终于有一天，祖父忍不住召集了我们兄妹三人，还特意加上我儿子。

祖父手中的陶罐不大，做工不算讲究，褪了色的图案像梅花又像桃花。小妹却惊异地说，这陶罐没有开口呀！她打小就这样，眼睛似乎总比别人尖，大家看到的那个东西是圆的，她偏说是方的，理由是那圆的是由方的剪裁出来的，就像鹅卵石，原本都是有棱有角的，不过是大海加时间磨砺出来的而已，以后她去精神病医院当医生自然也就顺理成章了。祖父对小妹总是倍加疼爱，这会儿他又夸她独具慧眼，卓尔不群。这罐子确实没有开口，是陶工根据顾主的意思特别烧制的，严格意义上这是个信物，只有敲碎它才能看到里面装的东西。敲碎它？众人一片疑惑。我儿子突然说，敲碎它之前他要猜猜这里面是什么。众人哗然。我狠狠地瞪了儿子一眼，阻止他这种毫无尊长的冒失之语。祖父反而对他笑了：我这辈子也拿不准，你要是猜对了，太爷爷也好安心走去。我看得出来，祖父的笑是一种绝望的笑，是想了结一个心愿而满足走去的笑。虽然我不知道那陶罐里装的是什么，但一定跟祖母的嘱言相关，我清醒地意识到，如果顺从了祖父的意图，就会尽快结束他的生命。在大家对祖父的古怪行为唏嘘不已时，我一把夺过那个陶罐，果断将弟妹们拦到院子里，并告诉他们，爷爷现在的症状是妄想症发的先兆。二弟和小妹对我的诊断表示异议，尤其是小妹，她说妄想症发的先兆是从不认识自己开始的，然后导致不认识别人。祖父在我们的身后笑了，笑得很低沉，断断续续，似乎包含着很多的内容。等我们的惊悸过了以后，他才开口说话。他先指着我说：你是心内科专家，没有资格涉足精神病领域；然后又对小妹说：你刚到精神病医院，毫无资历，囫囵吞枣地给人下结论是做医生的大忌。小妹觉得冤枉，想解释，祖父摆手阻止，并走到我跟前夺回那个陶罐，转身回到屋子里。我们站在原地面面相觑。屋里传来我儿子的声音：太爷爷，我猜里面是空的，什么也没有。

不管怎么说，我的目的达到了，祖父一直活着。直到三年后，也就是祖父 90 岁这一年，当大家聚集在他身边为他祝寿时，祖母的遗言还是应验了。事情的发端是我儿子从美国打来长途电话开始的。

儿子从小就对祖父顶礼膜拜，理由是祖父的名声让他占尽天机。小学旷课，本该处分的，可是老师说：看在你太爷爷的份上你就写个检查吧；初中打架，本该开除的，校长说：看在你太爷爷的份上给你警告处分；高中谈恋爱，他又听到了同样的话。高考落榜，我对他很痛心地说：爸爸治好无数病人，却唯独治不好你这个病人。儿子反唇相讥，既然是病人，他就要搬到太爷爷那里去医治。我完全放弃了对儿子的希望，破罐子破摔，随他而去。但没料到，儿子和祖父厮守一年后，居然神奇地被霍普金斯大学医学本科录取。所有人都知道，如果没有祖父的鼎力相助，一位没有绿卡的中国学生近乎破格去美国学医，简直比登天还难。

儿子要我把电话设置为免提。他先是祝太爷爷 90 大寿，然后告诉我们，他做了一个肯定让太爷爷开心的决定。众人议论纷纷，猜测这该是个什么样的惊喜。没料到他所谓的决定是说自己放弃了学医，改去普林斯顿大学专修历史。这不但令我大为震惊，更让全屋子里的人目瞪口呆。我关掉免提，尽量显得很平和地对他说：

你的玩笑开得太大了，太爷爷会生气的。祖父夺过电话，说他不但不生气，还坚决支持他重孙的决定。

屋子里只剩下祖父和那部手机里儿子的声音，所有人都悄悄跟着我站在院子里。二弟对我说：侄子肯定是逗太爷爷开心，不会是真的。我很不快地对他说：你的心理安慰太蹩脚了，儿子去美国学医是爷爷亲笔写信推荐的，现在莫名其妙改学历史，他老人家不但没有大发雷霆，反而开怀大笑，这不是疯了是什么？我下了狠心传达了祖母的遗言，叮嘱妹妹一定要重视起祖父的病。小妹配合我的情绪点了点头，二弟也赶忙对我说：爷爷有病妹妹可以去治，但是侄子的事情大哥还是要多关心。我意识到他话里有话，就问：你什么意思？他说：我只是担心侄子没说假话，如果说爷爷真有这病，一定是会传染的。小妹笑道：这种病只有遗传哪有什么传染？二弟说：对于一个家族来说，那不是一个意思嘛。

回去我给儿子追了一个电话，结果证实二弟的担心是对的。妻子很愤怒地抢过电话，劈头盖脸地诉说着她为儿子付出的一切后就瘫在沙发上不住地抽泣。我接过电话，里面是挂断的嘟嘟声。我再打过去，无人接听。妻子不甘心，不停地拨打，直到晕了过去。第二天我继续拨打，儿子还是不肯接听。到了第三天，我只好拨通了普林斯顿大学的电话，提醒校方要特别关注我儿子，对方问我为什么，我说如果他有什么异常之举，请速速告知我。很快儿子就来了电话，我和妻子总算松了口气。不料儿子说的第一话是，他是正常的，第二句话是，我们是不正常的，末了说，学业有成，他回来给我们治病。我和妻子觉得自己在恶梦中没有醒来，半天不能回过神。

在妻子的苦劝下，我只好硬着头皮请求祖父帮忙，希望他阻止他的重孙更弦改辙。祖父的门口却赫然张贴了一张字条，上写“闭门不见人”。我想闯进去，保姆拦住我。我向她吼道：他是我爷爷，你不能拦我的！保姆被吓跑了。我走进屋子，祖父半天才抬起头看我，那种捉摸不定的眼神，算是我平生头一次见到，我不禁有些胆怯起来。他问：你是谁呀？我说：我是你大孙子呀！他仔细打量我一番，然后摇摇头：不！你不是我孙子，我也不是你爷爷，请回吧！我吓得一哆嗦，想起了小妹说的，妄想症发的先兆是从不认识自己开始的，然后导致不认识别人。我决定去精神病医院和小妹碰个面，请求她快速地诊断出祖父的病因，然后顺藤摸瓜解析儿子的异常之举。小妹说，她实在不敢判定爷爷的反常现象属于精神病范畴，轻易那么去做会违背她作为精神病医生的原则。她建议先让二哥从心理学的角度去了解一下，我生气地说：二弟的心理学纯属于江湖，让他去治病人，还要医生做什么？她反而说：大哥要这样瞧不上二哥，我就要对你进行评估了！我被她这句话怔住，她就笑了，说：精神病不是那么容易形成的，它的前提必须具有严重的心理障碍；爷爷只是想表明自己坚决的立场，和咱们赌气而已，不会有问题的。我仍然不放心地说：爷爷有什么理由要和我们赌气呢？她推搡着我：这正是我要你找二哥的原因呀！看来，说服她是没有可能的，就只好暂且顺了她。我这样做，倒不是因为她说的有理，而是能从二弟的嘴里借到安慰妻子的话来。

二弟的咨询所里有许多人围坐一起，个个脸红脖子粗的，似乎在吵架。二弟见我来了，格外高兴。他向众人介绍我是著名的心内科专家后悄声对我说：大哥咱喝酒去。我说屋子里的人都快打起来了，怎么还有心情喝酒呢？他解释说那些是他的顾客，游戏而已，没有打架。我没打算耽误他的生意，更没心情喝酒，只想要他找出一个解释儿子弃医学史的理由。他笑了笑，说：要想找到理由必须喝酒。我火了，说：我这样郑重地来你的诊所进行心理咨询，你却如此不严肃，是不是不忍心用心理咨询的名义骗你大哥呀？那些顾客都愣住了。我转身就走。他在我背后突然大叫：岂有此理！理由明明在你儿子嘴里，怎么在我这里找答案呢？神经病！这是我第二次听到二弟用顶撞的口气跟我说话，不得不让我又转了回去。他从我的眼神中顿时也回忆起那次顶撞我的后果，两脚不由得往后慢慢挪动。

二弟对我的第一次顶撞是二十多年前的事情。他进入高中后偷偷选择了文科，报考志愿居然填写的是汉语言文学专业。为此父亲大发雷霆，说世代从医，岂能容忍背叛，然后命令我把那份志愿给撕了。当时我是站在二弟一方的，除了他本身喜欢文学这个原因外，更重要的是出于我对父亲反抗的私心，因为从小我喜欢画画，父亲说作为兴趣和修养他并不反对，但作为从事的职业绝对不可以，医学世家这个名声不能从我这个长子这里丢掉。我虽放弃了报考美术学院，但又实在对理科不感兴趣，高中选择分班的时候，我忍不住进了文科班。父亲得知后，浑身发抖起来，我注意到，他的嘴唇都是紫的。他先脱去外衣，赤膊上身，然后解下腰间的皮带。我愣住了，不知道他要做什么。他神色严峻对我说：你是我儿子，打你，爸爸心疼，所以我只能用皮带抽我自己。平时父亲在我眼里，温良敦厚，举止文雅，今天变得如此反常，我惊慌失措又内疚万分，赶忙跪在地上说：爸爸，爸爸，我改我改，一定考上医科大学！面对二弟同样的遭遇，我对父亲嗫嚅道：二弟他一进医院就呕吐，实在不是学医的料呀。父亲说：不适应临床他可以去研究部门嘛，学文学算什么？二弟辩道：当年鲁迅不也是弃医学文吗？我白了他一眼，示意他不要拱火，他却更加放肆地说：鲁迅好歹还是那个时候的教育部次长，相当于现在的副部级干部。父亲的脸煞白，解下腰间的皮带，故伎重演。我赶忙去阻拦，二弟却说：大哥，既然他拦着我们没有道理，我们拦住他不也没道理吗？这话噎得我半晌说不出话来，末了才加重语气道：二弟，你再说一遍。他并不觉得我在运气，反而若无其事道：怎么了？我是说尊重自由，尊重他的选择。我的肝火顿时传到我的手上：你可以不听爸爸的，但你听你哥哥的吗？他斩钉截铁：不听！谁的也不听，听我自己的。我的一记耳光重重地打在他的脸上。他大惊失色，转身夺门而出。

二弟离家出走，父亲大病一场，家里陷入世界末日的境地。我无法承受这样的压力，就去祖父那希望听他讲故事寻求安宁。祖父说：没故事可讲，要听也是你爸给你讲。显然祖父对父亲有意见。祖母忍不住说：你儿子百般依从你，你居然还讲风凉话。祖父说：苦肉计平素不用，战时才想到，这哪是什么为父之道？应该让他自作自受。

祖母还想说什么，祖父摆手止住她，对我说：回去告诉你爸，让他快快振作！他的儿子我管了。我这才发现二弟在里屋的门口探出头来。由于他没能递上高考志愿书，等同放弃了大学录取的机会，他只能复读一年。一年后，他没有学文也没有学医，而是去了一所名不见经传的学院学习心理专业。

我走到二弟面前，说：不用怕，做大哥的没有权利打你。他笑了笑，笑得很不自然。为了让他自然些，我说：真的动起手来，我也不一定打得过你。他就继续笑，但笑的还是很牵强。我就说，我们喝酒去吧。他收住笑脸：好呀好呀。我知道，他心里笑了。酒过三巡，我问他：二弟，我一直想问你，在爷爷那复读一年，为什么你选择去学心理呢？爷爷是医学泰斗，能这样放纵你，不让你去学医，在我这里是想不通的。他举起酒杯，没等跟我碰杯就喝了下去，很诚恳地说：大哥，所以侄子弃医学史，你也一定觉得是爷爷的主意，任何人违背了你的意志你就耿耿于怀，对晚辈你以不忠不孝的名义斥责，对长辈你就要努力诊断出精神上的病症。我对他的讥讽有些不快，于是反讽道：二弟呀，我是你的二弟呢，还是你的病人呀？他说：都不是都不是，你是我唯一的大哥，不过大哥我告诉你，我学心理不是爷爷的决定，也不能完全算是我的决定。我问：那是谁的决定？难道是奶奶的决定？他说这跟奶奶无关，当初他只是谨记了爷爷说的一句话而已。我问：什么话？他说：爷爷说，现在学什么，靠兴趣，将来学什么，靠悟性。我心里怔住，他继续说：我问爷爷悟性是什么？爷爷说他讲述一段故事，要我仔细听，听完后，我就能悟出什么。我问：故事？谁的故事？他说：爷爷说是一个叫秦炳文的故人。秦炳文？我“哦”了一声，叫二弟讲来我听。

故事发生在1941年的秋天，这个叫秦炳文的年轻人学业有成从美国的马里兰州回到上海。原本是想和他的恩人和恋人重逢的，但得到的消息却是，两人被日本人相继杀害。他无法接受这个事实，相信一定是个传言，就去日本宪兵队求证，结果招致"永不受欢迎"的莫名被强行驱逐出上海。他先是被赶到香港,待了数日,就心灰意冷地搭上了一架途经马尼拉、夏威夷飞往旧金山的班机。飞机掠过大海的时候他就想,如果飞机直接坠入海中,该是件多么开心的事情！但是千真万确,他这个恶毒的想法竟然得到机舱突然摇晃的响应,而且前排还有人站了起来,"伊里哇啦"地扯着嗓门喊着。他没听懂,想起身问那人要做什么,邻座的使劲拉住他说:"那个人说,谁也不许声张,否则就打死谁。"

"为什么?"他十分不解,"许他说话就不许我们说话吗?"

"这个人恐怕要劫机。"邻座的悄声道。

"他是谁呀?劫我们去哪儿呀?"

"他讲的是日语,大概要带我们去日本。"

"凭什么呀?"他终于没有压住那莫名的情绪,起身冲那人吼道:"你这倭寇,有本事你开枪呀！"邻座的想拉也没拉住。那人真的就扣动了扳机。他觉得自己的肩部有一种剧烈的震动,然后失去知觉什么也不知道了……

等他睁开眼睛,发现自己躺在海滩上。冰凉的海水让他浑身颤抖起来。他的左手没了知觉,就用右手去摸左肩,感觉到了剧烈的疼痛,"啊"的一声又昏厥过去。再醒来时,发现自己躺在一片椰子树下的荫凉处,左肩显然被绑扎过,想坐起来,邻座的过来扶住,让他慢慢躺下。他忍不住问:"这是哪儿呀?"

"一个岛上,可能是个荒岛吧！"邻座的说。

"哦?告诉我,刚才到底发生什么事了?是不是倭寇真的要劫机?"

邻座的告诉他,一声枪响后机舱大乱,靠近那个开枪者的乘客一把夺过枪想制服对方,没想到被另外方向射来的子弹击中。一片混乱后,飞机摇摇晃晃,直到贴近海面,滑行了一段时间后又慢慢坠入海底。邻座的始终抱着昏迷的秦炳文没有撒手,从机舱钻出来后浮出海面找到漂浮在海面的座椅,然后慢慢随浪漂游。非常庆幸,他们终于在一个岸边停歇下来。

“你还没告诉我，那小鬼子是不是真的要劫机?”他追问道。

“应该是这样的。”邻座的语气很肯定，“当时我判断飞机的摇晃是出于驾驶舱的人为因素，而那个持枪的日本人在这个时候制止大家，一定是在配合他的同伙顺利控制驾驶舱。”

他不以为然:“那只是你的一种判断，飞机的摇晃很正常，当时我还以为是我的震颤造成的呢!”

“最好这样。”邻座的不想去争执，“也许真是日本人要劫财。”

“什么叫也许，那小鬼子什么不抢，什么不杀，什么坏事不做。”他咬牙切齿，肩部的疼痛加重。

“控制一下，你的伤需要静养。”邻座的忙去扶他。

秦炳文摸了摸被包扎的伤口说，子弹穿过了他的肩胛骨缝隙，止血了，就很快没事的。邻座的质疑他的说法，他说他在美国学的就是医学，用不着担心，又突然想到什么，“哦，对了! 刚才那个小鬼子说的话，你怎么听得懂?”邻座的告诉他，他在日本读过书，他就质问道，“同胞们都积极抗日，你怎么还能去哪个地方留学呢?”

“他山之石，可以攻玉呀!”邻座的笑笑说。

秦炳文这才注意到，对方约莫四十，如果没有两撇胡子的干扰，大约会更年轻一些。见对方不卑不亢，他语气缓和下来:“我叫秦炳文，你呢?”

“哦，就叫我钟午吧!”

“钟午? 有意思的名字。”他坐了起来，发现周围还坐卧着其他落难的乘客。每个人都带着轻重不一的伤，长吁短叹，愁眉不展。他想去探问病情，刚要起身，树的背后突然闪现几个举着鱼叉的土著人，众人身不由己往后退缩。

“嘟萨乌啦!”其中一个头顶上插着红色羽毛的土著人冲着众人厉声喝道。大家面面相觑后纷纷摇头，他有些生气，但一时找不到撒气的方法，就只好仰天咆哮几声。旁边一位土著人跟他耳语几句跑开了，大家嘀咕几句，又被他“伊里哇啦”制止住。不一会儿，那个跑开的土著人又回来了，身后多了一位头戴白色羽毛的年轻人。那个头插红色羽毛的赶忙迎了过去，并行了一个含胸礼。大家猜测这位年轻人一定是他们的头领。年轻人举止显得很优雅，打量众人的眼色也显得很柔和。所有人渐渐松弛下来，期待他能说些大家能听得懂的话。果然，他开口说的是英语。他告诉大家，他绝对不会伤害大家，不但会提供火烤干湿透的衣服，还提供水和食物。众人欢呼起来。土著人又警觉地举起鱼叉，那个红色羽毛咆哮着。众人安静下来。

年轻的土著人不温不火地说："我们这些友善行为的前提是，你们必须在我们画的圈子里行走，不得擅自离开。"

众人又开始喧嚣，那位红色羽毛也再次咆哮，并且挥舞着鱼叉，其他土著人也随之舞动鱼叉以表示他们占有绝对的军事优势。一位身材魁梧的乘客站立起来情绪有些激动地质问：这里是哪里？为何要剥夺我们的自由？一个土著人用鱼叉的柄部将他击倒，其他人开始愤怒起来，双方形成对峙。树林里又冒出许多土著人，并且手里举着锋利的梭镖，还有几个端着步枪。端枪的人让开一条道，一位头戴绿色羽毛的长者出现。他的胸前挂着一个硕大的胸牌，绿宝石镶边，中间突兀着一颗巨大的钻石。太阳在钻石晃动下闪烁的光线，简直要把人的眼睛射穿。

"阿罗哈！"长者高呼一声，众人也齐声附和道。那个年轻土著人说，这是他们最尊贵、最神圣的拜瑟阿基亚酋长，他表示爱大家。所有土著人用鱼叉或者梭镖的柄部敲打地面，并加上嘴巴里发出的声音"咚咚呜呜"响彻云霄。酋长示意大家安静后，然后开始伊里哇啦。年轻人正欲翻译，酋长大声咳嗽起来，那个戴红羽毛的土著人赶忙伸出双手，酋长一口浓痰吐了上去，红羽毛即刻将手心里的痰涂在自己的脸上。众人忍不住窸窣起来，有的干脆闭起眼睛，独有秦炳文好奇地往酋长走去，旁边冲出一个土著人用梭镖的柄部将他击倒在地，钟午上去扶持，几个土著人用鱼叉对准了他们的脸，年轻人过来制止。秦炳文冲年轻人说，酋长吐出的浓痰中带有血丝，表明他有病症。年轻人瞪大眼睛，质疑他的说法。秦炳文说自己是个医生，一定要相信他说的话。年轻人走到酋长跟前嘀咕了几句，酋长闭起双眼，思忖片刻后“伊里哇啦”一番后转身离开，端枪的人尾随其后。年轻人示意旁边的两位土著人过来将秦炳文架起，这间隙，钟午低声对秦炳文说：“千万要劝说酋长，让我们早早离开此地。”

秦炳文的双眼被蒙住，行走了一段山路才被解开。他对面坐着那位酋长，挨着酋长的是一位打扮妖冶的女人，她裸露的双乳纹着太阳的光芒，乳头上坠落着两颗蓝色宝石随着心脏一起跳荡。她用那种异样的眼色盯着秦炳文，酋长“伊里哇啦”一番后，她来到秦炳文跟前，围着他转了一圈。他一头雾水，年轻人低声告诉他，这是他们的女巫，她一直认定酋长咳血是吉祥的征兆。女巫向酋长行了一个礼，然后开口讲着什么。年轻人翻译说，她说来者面带凶相，灾难随时降临到岛上。秦炳文按捺不住，冲上前喊道：荒谬！无知！酋长明明得了一种痨病，你们怎么能这样愚弄他呢！所有人都愣了，心里探究这位来路不明者哪来的勇气，敢在太岁头上动土？女巫打破瞬间的僵局，指使旁边两个手持梭镖的土著人对挑衅者使用暴力，年轻人赶忙到酋长耳边解释，酋长制止了他们。随后秦炳文被押到一间低矮的帐篷里。

他几次三番想闯出帐篷，都被把门的人用梭镖挡回。他又饥又渴又乏，加上伤口的疼痛，终于熬不住昏睡过去。醒来时天色已晚，那个年轻人送来水和食物，他急不可耐地说：我是医生，酋长的病再不医治就会有生命危险的。年轻人说：你先把水喝了，然后吃东西。他边吃边说：酋长的症状表明，他患的不是一般性疾病，而是毒性病发作的开端，必须用特殊的药物及时救治才是。

“你不是说痨病吗？怎么现在变成毒性病了呢？”年轻人很疑惑地问。

“痨病是外象，毒性是内症。”他说，“从酋长痰中的血丝看，红中带黑，表明肺部已经侵入病毒。”

“怎么会这样呢？”年轻人颇感意外，“这病毒从何而来呢？”

他说这里没有化验室，不能确诊，眼下只能了解一些病人的近况，有个初步判断。年轻人告诉秦炳文，他是这里的太子，叫奴瓦伊，是酋长的长孙。酋长的身体一向很好的，自从宣布他为酋长继承人后的第二天便开始呕泻不止，叔父怀疑是进食有问题，就杀了厨师。呕泻倒是没有了，但是咳嗽痰喘却接踵而来。大家不知所措，巫师却说这是大吉。秦炳文愤愤道，这简直太荒唐了！奴瓦伊说："酋长也半信半疑，我就暗自从火奴鲁鲁找来了医生，没想到半路被叔父截杀了。那个插着红色羽毛的就是我叔父，叫吐雅布。"

"为什么会这样?"他吃惊地问。

"因为酋长颁布过，外来陌生人尤其是美国人格杀勿论。"奴瓦伊说，"如果不是我及时赶到，你们恐怕也危险了。"

"这是为什么呀?"他表示非常不理解。

"酋长不希望外来人发现我们，更不允许外来人将消息带出去。"

"那你的意思是，我们永远不能离开了?"他很绝望地问。

"目前是这样，但是自从那位医生无辜被杀后，我就一直劝说爷爷，愚昧苟活，不如文明自救。"

他充满希望地说："你一定接受过文明教育。"

"是呀。"奴瓦伊说，"酋长对我寄予厚望，暗自派我去火奴鲁鲁求学。"

"难怪你的英语那么好。"他松了口气，"我现在该为你做点什么呢?"

"很简单，我希望你把我爷爷的病治好。"

"但是，把他的病治好，你要帮我们离开这里，我保证大家不把你们的消息传出去。"

"你拿什么做保证?"

"我的良心。"他觉得不够，"以及我的生命。"

看着他的态度如此恳切，奴瓦伊点点头。但是到了第二天，奴瓦伊却非常低落地告诉他，酋长不同意这个交换，唯有无条件治病，否则杀尽全部幸存者。

“为什么？难道你的爷爷那么没有人性？”他充满着抑郁和烦闷。

“错！我们波利尼西亚人从来是善良的。”奴瓦伊告诉他，爷爷原本是利留卡拉尼女王的护卫官，同时也是她政治上的狂热追随者，40多年前夏威夷王国被美国传教士推翻，爷爷就一直为恢复女王的王位而斗争。失败后爷爷带领他的族人逃离火奴鲁鲁，一直藏匿此岛至今。因为惧怕消息传出去，所以爷爷下令，凡外来者一律斩杀。

他不知道该如何是好，随口就问：“那，那要是治好他的病呢？”

“我说了你这样的话，爷爷的回答是，可以考虑不杀你们，但也决不允许你们离开本岛。”

“这是什么意思？”

“让你们自生自灭。”

“啊！”他接近崩溃。

一个土著人气喘吁吁跑来，凑近奴瓦伊说了什么。他吃了一惊，然后对秦炳文说：“你们当中有人被杀了。”

“啊！为什么杀人？”他显得很气愤，“不是说好了嘛，治好酋长的病就不杀人吗！”奴瓦伊想解释，他心急如焚，“别解释了！停止杀人，我马上医治你爷爷的病就是了。”说完就拉着奴瓦伊，“走！现在就去酋长那里。”

“你误会了！”奴瓦伊说，“那人不是我们杀的，是你们自己人杀的。”

“啊？你说什么？”他貌似没听清楚。

“你们自己人杀了自己人。”奴瓦伊重复道，“听懂了？”

“噢！”他听懂了，但是不明白，“这是为什么？”

“你问我，我还不知道问谁呢？”奴瓦伊显得无奈。

又跑来个土著人，上气不接下气地“伊里哇啦”了几句，奴瓦伊听完后就对秦炳文说：“吐雅布叔父让我过去，说你们的人出现了骚乱。”秦炳文提出跟他一起去看，他同意了。

土著人划着一叶独木舟，载着他们在一个看得见四周边缘的小岛停下。一路上，嶙峋的白骨随处可见，秦炳文觉得蹊跷，奴瓦伊告诉他，他们居住的岛屿叫古鲁阿伊，而这个地方叫欧拉冒，无水无食，是专门用来囚禁那些犯人的。此岛由大小不一的礁石组成，最大的一块形成高耸的山崖。有几个显得较为平缓的巨石聚集在一起，成为天然的栖息地。栖息地上，那些幸存者群情激昂，质问土著人为何平白无故杀人？而站在高处的土著人手持武器，显出剑拔弩张的神情，吐雅布则张牙舞爪地冲下大声嚷嚷，嚷嚷什么，不知道。奴瓦伊和秦炳文赶来，两人分别向自己的人解释，躁动平息了。

奴瓦伊对大家说："你们一共 14 人，现在死了一人，还剩 13 人。"他指着秦炳文，"除了他不在现场，还有 12 人，杀人者一定出现在你们中间。"

大家没有理睬奴瓦伊的说法，继续喧闹起来，其中有一个人还挥舞着手，抨击土著人荒蛮粗野，毫无人性可言。吐雅布举起剑示意端枪的土著人拉开枪栓，准备射杀。秦炳文冲那个挥手的人大喊一声："够了！这里不是美国。"

众人被镇住了。

秦炳文指着吐雅布说："跟他讲理，我们恐怕要全部被杀。"然后指着奴瓦伊，"听他的，我们也许还能活下来。"

奴瓦伊示意吐雅布停止射杀，对秦炳文说："你是医生，先看看死者是怎么死的吧。"

地上躺着那个被杀的人，男性，亚裔人种，年龄在 30 ~35 岁之间。秦炳文发现死者的颈部有很深的几处淤青，就很不解地对大家说："我真不明白，死者明明是被掐死的，你们为什么要责怪这些土著人?"

"你的意思是，是我们自己人干的?"一个埃及人耸耸肩，"我们都是落难者，自相残杀，这也太可笑了。"

秦炳文说："假定是土著人杀的，长枪和鱼叉，还有梭镖，他们随便用一个不就行了，干嘛还要用手呢?"

大家不再说话，表示认同他的说法。

"根据死者颈部留下的痕迹判断，谋杀者属于力量型的男性。"

秦炳文分析道,“而且手掌偏大。”

众人议论纷纷。奴瓦伊指着秦炳文对大家说:“如果你们对这位先生的分析没有异议,就请你们中间的男性站到我这里来!”

8个男人从人群走出来,自觉地站成一排。

“请举起你们的双手,手掌冲前。”奴瓦伊示意秦炳文上前查看。

他根据8个人的掌型,找到了与痕迹吻合的3个人。这三人身体确实都很强壮,一个是刚才那个耸肩的埃及人,一个是中国人,一个是日本人。埃及人自称是珠宝商人,从缅甸购置翡翠后就去了香港,在那加工完后返回自己在洛杉矶开的珠宝店。中国人自称是美籍华人,在旧金山一家中华功夫馆担任武术教练,回扬州老家探亲后返回美国。而那个日本人是个光头,戴着一副金丝边眼镜,自称是僧人,应邀去参加美国佛教协会举办的一项募捐活动。三人都显得很从容,完全看不出有任何谋杀的迹象。

“死者的身份有谁知道呢?”奴瓦伊问。

大家交头接耳后,纷纷摇头。

“谁跟他交流过呢?”秦炳文问。

“夜里我跟他聊过几句。”钟午说,“但他并没有跟我讲他是做什么的。”

“哦!”奴瓦伊追问道,“聊的是什么内容呢?”

“他很悲伤,说日本人杀了他在南京的许多亲戚,其中一个还是个孕妇。他去上海的日本租界找日本人说理,结果被抓了起来,惨遭毒打,幸亏他持有美国护照,不然性命不保。”他话还没说完,所有人的目光都投向那个日本僧人。

僧人双手合在胸前念叨:“阿弥陀佛”。

秦炳文愤愤道:“人都死了,阿弥陀佛有什么用?”

僧人说了一番日语,钟午翻译给秦炳文:“这位施主,出家人不杀生岂能杀人?如若找不出真凶,贫僧甘愿献身,以唤醒孽缘者放下屠刀回头是岸,也更愿意为那些犯下滔天大罪的日本人赎罪,来宽慰死者内心积郁的怨恨。”

秦炳文无语。能听得懂中文的人无语。而那些个不懂日语的人很想知道这位和尚究竟说了什么让大家无语。

僧人不紧不慢地走到吐雅布跟前,鞠了躬,然后解开袈裟,用手指着胸口说:“阿弥陀佛。施主,请赐我一剑吧!”

吐雅布被对方彻底搞糊涂了,一边嘟囔一边往后退,并不时朝奴瓦伊看去。奴瓦伊上前拦住僧人,说:“既然你承认人是你杀的,就请到欧拉冒崖上寻找你的太阳吧!”

秦炳文过来向奴瓦伊解释说:“人并非他杀的,他只是在没有人承认的前提下自愿献身的,意图是感化凶手呀。”

奴瓦伊点点头,转身对那个埃及商人和华人武师说:“这位高僧以命唤醒你们放下屠刀,难道你们不能被感化吗?”

埃及商人指着无名指上的两颗大钻石戒指说,他有两个妻子,一个在开罗,一个在洛杉矶,膝下一男二女,这样幸福的家庭,能让他去杀一个与他毫无相干的人吗? 说到这里他简直要哭了,然后不停地请求真主安拉保佑他平安回家。

华人武师显得很沉着,望着远处缓缓飞来的一只海鸥说:“我只说一句话,知人知面不知心,杀人论事不论心。”大家没明白他说话的含义,他就用一只手快速抓起地上的一块石头,另一只手用力将石头削下一小半,趁众人惊叹不已时,他用那一小半石头向空中抛去,海鸥应声而落。

众人目瞪口呆,而那些土著人忍不住欢呼起来。

武师走到死者跟前,说:“杀他,我还用得着在他脖子上下手吗?”

奴瓦伊面有难色,问秦炳文:“这三人都不像凶手,难道死者是自杀?”

“不可能! 掐脖子可能让自己晕厥,但绝不能让自己致死。”秦炳文说,“为避免错杀无辜,也避免杀人事件重演,我建议先将他们禁闭起来。”

奴瓦伊点头称是，吐雅布不同意，他坚持说，查不出凶手是谁，三个人就全部斩杀。秦炳文大声斥责他荒唐粗暴，吐雅布被激怒，举剑向他劈去，奴瓦伊赶忙过来拦住，对叔父说对方没有恶意，只想多一点时间商量，找出真正的凶手避免错杀无辜。吐雅布"伊里哇啦"一番。奴瓦伊说他保证按叔父的意思处置，吐雅布这才怒气冲冲离去。奴瓦伊对秦炳文说："叔父说，杀人魔鬼是不能隔夜的，否则白天还是要出来祸害人的。"秦炳文还要质疑，奴瓦伊说："我不能再偏向你们太多了！太阳落入海面之前，你们要么交出一个人，要么交出三个人。"

华人武师面无表情，日本僧人闭目念经，而那个埃及商人则哭得跟泪人一般。面对三选一的局面，众人面面相觑，不置可否。奴瓦伊终于说："听我的，顺手抓阄；听你们的，举手表决。如何？"众人莫衷一是，他果断说，"太阳就要入海，你们必须表态！"

众人没有反应。奴瓦伊正欲发作，那个日本僧人猛然抓起一个土著人的梭镖箭头，往自己的肚子扎去。土著人反应还算快，使劲握住梭镖，没让他的自尽行为完成。奴瓦伊令土著人将僧人强行带走，然后指着埃及商人大声嚷道："同意他是凶手的请举手！"

10 个人中，陆陆续续有 5 个人举手。

奴瓦伊指着华人武师："同意他的请举手！"

剩下的 5 个人举了手，只有秦炳文一个人弃权。奴瓦伊冲他急了："难道你想要三个人一起死？"

秦炳文心理上从未接受过这样一种可笑的挑战，一个人的生与死竟然取决他这荒唐的一票。回头他又想，如果那个日本僧人排除在外，凶手毕竟出自这两人中间呀！究竟是谁呢？他冷静下来，想最后确认一下再做决定。他来到两人面前，让他们伸出手掌。他发现两人手掌的大小几乎没什么区别，但不同的是那个埃及商人浑身哆嗦连伸出手掌的劲都没有了。他问他为什么要这样紧张呢？埃及人告诉他，他去年在上海外滩上遇到一位盲人，那人说他必有一劫，要想躲过此劫必须行善；他捐钱无数，还收养了一个孤儿，本来他庆幸飞机遇难不死已经逃过此劫了,没想到依然是在劫难逃。秦炳文几乎被他这番话感动,但是当他将埃及人的手掌翻转过去的时候,发现戒指上的钻石有些问题。为了确定这个事实,他低声请求奴瓦伊去鉴定,奴瓦伊告诉他,那钻石是假的。这样,他将他这一票投给了这位埃及人。埃及人即刻被两个土著人押向高高的悬崖上,尽管他不停地呼喊着真主安拉的名字,但还是被推了下去。

钟午小声问秦炳文:"你是怎么判断出他是凶手的呢?"

"他说他是珠宝商,可是他戒指上的钻石却是假的呀。"他确信道,"满口谎言,必然是凶手。"

"如果你定义他不是埃及珠宝商,钻石是假的,我信。"钟午说,"但是假如那钻石是假的,他就一定是珠宝商。"

他有些糊涂:"你这是什么意思?"

"因为珠宝商是从来不显露真货的。"

他意识到自己犯了一个错误。

"我再问你,你怎么知道他戒指上的钻石是假的呢?"

"别问了!"他一头跑向悬崖,冲着大海呼喊着"真主安拉!"

秦炳文做了一个恶梦。那个埃及人变成厉鬼冲他喊道:冤枉呀冤枉,阎王爷不收我,要我永远和你纠缠。醒来时天是黎明,他喃喃道:"哎,估计阎王爷没见过非洲人,自然不敢收你,将来我到阎王爷那里,一定告诉他,因为我的无知才让你成为冤死鬼的。昨天我告诉真主安拉,我将承受他的惩罚,更甘愿接受你的纠缠。"

突然有人惊叫"有人被杀了! 有人被杀了!"

他浑身瘫软,顿时觉得自己是个罪人。事实证明,埃及人彻头彻尾是被自己冤死的,而其他两人必定有一个是杀手,尤其是那个日本僧人,如果他是真凶,用舍生取义的伎俩博取他人的信任,简直是卑鄙至极。但是,死者的临终留言再次让秦炳文感受到什么叫始料不及。

那个惊叫的男子叫金水,香港人。他说自己听到附近有挣扎的声音后就赶忙跑到现场,结果发现一个蒙面的男子正用一根绳子勒住一位女子的咽喉。他大喊一声“住手”，杀手仓惶逃跑，女子却已奄奄一息。

那女子个头很高，眼睛大大的，左脸有颗痣，长得很漂亮。她用微弱的声音说她叫董珏，来自中国上海……话没说完，就合上了双眼。秦炳文摸住脉搏后，沮丧地告诉大家她已离开人世，但同时从她的手上，他发现了一块被撕下来的衣袖。金水说赶快召集所有人，看看谁的衣袖被撕下。

12 人很快被召齐，但是并没有发现谁的衣袖缺了一角。

秦炳文说："昨天我冤死了那个埃及珠宝商，今天又有人被杀，很简单，一定是这个日本僧人连续做的案。"

钟午提醒他千万不能冲动："你已经觉得误杀一个人，难道不怕再误杀一个？那个武师就一定不是凶手？"

有人提议：那为了避免悲剧重演，为了更多人的安全，干脆将这两个嫌疑人一并交给土著人处置。金水异议：刚才那个杀手根本就不是这两个嫌疑人，因为他发现那个男子是个黑人。

人群中有三个黑人：一个自称来自美国纽约的德里克，一个自称来自美国得克萨斯州的爱德华，还有一个自称来自加拿大温哥华的奥尼尔。金水将人高马大的奥尼尔排除在外，剩下的两人体格差不太多。因为是黑夜，相关的细节瞬间是很难记得清的，所以他一时难辨认究竟谁是杀害董珏的人。

有人突然冒了一句：既然是用绳子勒的，手上肯定会留下痕迹。大家觉得有理，金水就上前仔细摩挲两人的双手。结果并没发现什么破绽。

人群中走出一位留住菱角胡子的白人老者，年龄 65 岁相仿。他上下打量两人一番后，开始询问他们的职业。德克里说他在纽约一家拳击俱乐部充当拳击手，爱德华说他在德州休斯顿的一家银行工作。老者指着德克里说："凶手就是你。"

众人哗然。德克里不屑地嘲笑老者："喂！老家伙，拿出证据来再说话，凭什么就认定我是凶手？"

老者说："凭什么？凭你穿的一双鞋子。"

鞋子？大家这才注意到德克里穿的是一双系着棕色鞋带的皮鞋，一只鞋上的鞋带系得很规矩，而另一只鞋上的鞋带似乎是刚穿进去的。

老者问金水："你再仔细想想，刚才你看到的绳子是什么颜色？"

金水肯定地说："没错！那绳子就是棕色的。对，凶手还戴着手套，我想起来了。"

德克里没有再狡赖，承认董珏是他用鞋带勒死的。他说他杀完人之后，快速换了件衬衫，如果时间充裕，穿上的鞋带应该不会留下破绽的。并且他还招供，昨天晚上死的那个人也是他杀的。

"你为什么要这样做呢？"老者问。

德克里说，因为自己在上海输了比赛，去赌场又输了不少钱，心里很不爽，落难到孤岛，心情更坏。第一天晚上他想劫财，没想到对方发现了他，所以灭了口。第二天他想劫色，结果遭到反抗，还被人撞见，所以杀了她。

日本僧人不住念叨"阿弥陀佛"，待德克里走向悬崖时，他也跟了过去，嘴巴里嘀嘀咕咕不知道说些什么，大约是为凶手做超度吧。

两天之内竟然死了四人，作为一名医生，不但没有救人，反而还冤杀一人，秦炳文内心十分懊恼和悲哀。钟午劝他不必过分自责："投埃及人不只你一个，还有其他五人呢；再说，你当时如果投给那个和尚，不也是一个错误吗？如果不是那个老者及时断案，恐怕你还觉得是他呢！"钟午见他不说话，继续说，"眼下最要紧的是，我们要设法逃出此岛。"

秦炳文环顾四周："这里除了石头就是石头，拿什么逃呀？再说我们往哪逃呀？往东还是往西呢？"

"往东。"钟午显得很有把握，"我观察了两天，这里的气候和植被与檀香山相同，估计我们是在夏威夷群岛中一个靠西的小岛上。"

"你去过檀香山？"他怀疑地问。

“没有。这是我和其他乘客聊天得出的结果。”

“哦。”他将信将疑。

天始终没有大亮,因为厚厚的云团一直遮挡着阳光。奴瓦伊来了,他令手下抬来食物淡水和一些衣物后,就去招呼秦炳文跟他走。临走前钟午嘱咐秦炳文,千万别把黎明发生的事情告诉土著人,以免惹来不必要的麻烦,并再次叮嘱他要想尽一切办法逃离此岛,这样大家才能活命才能自由。

一路上下了雨。奴瓦伊告诉秦炳文,酋长的病情骤然加重,卧榻在床不能动身。秦炳文说,其实他应该早告诉他一件事情,但因为私心,自己成了一个不合格的医生。奴瓦伊觉得诧异。他说:“准确地讲,为了逃出此岛,我居然用你爷爷的性命作为我们离开的筹码。这不是医生的品德,而是一个商人的行为。”

“我知道呀,这个筹码你不是早就跟我提出来了嘛!”奴瓦伊不以为然,“可以理解呀。”

“但是,酋长的病其实是人为的,可能是个阴谋。”他左顾右盼船上的其他人,欲言而止。

“不要紧的,这些都是我的心腹,再说我们说话他们也听不懂呀。”

“我有一位来自夏威夷的大学同学,他曾经告诉我夏威夷岛屿上有一种虫子叫须尊虫,有一种植物叫须尊松,还有一种鸟叫须尊鸟。”

“这能说明什么呢?”

“须尊虫是一种毒虫,它靠汲取须尊松茎部的浆液存活,而须尊鸟唯一的食物恰恰是须尊虫。”

“哦?”

“从酋长咳嗽出的痰液来看,那血中的黑斑,即是他饮食中的毒素,这毒素正是他久服须尊松的浆液所致。”秦炳文用非常肯定的语气说道,“而今天酋长的急症一定是须尊虫所为。”

“你的意思,我叔父一直在谋害酋长?”

“不，这不是我的意思，这是你叔父的意思。”他认认真真地说，“因为你告诉过我，酋长的发病是从宣布你为继承人开始的，这显然是你叔父对这个决定不满意而从中作梗的。”

“这不可能！叔父是爷爷最疼爱的儿子呀，他怎么敢如此不敬呀！这只是你的想象而已。”奴瓦伊不能相信他的推断，“你赶快说酋长的病怎么治吧！”

酋长的帐篷外，一群土著男女随着敲击的鼓声在雨中蹦蹦跳跳，淤泥溅在他们的脸上，没人敢去擦。奴瓦伊大呼不好，说这是升天之舞，表明酋长危在旦夕。他拉起秦炳文的手疾步往帐篷里跑去，被看门的吐雅布拦住。奴瓦伊向他“伊里哇啦”一番，吐雅布仍不放行，他只好冲帐篷里大声嚷嚷，那个女巫很不满地走了出来。奴瓦伊指着秦炳文努力向她解释，表达酋长的病完全可以医治，女巫似乎并不为所动，不住地摇头反对。直到帐篷里意外传来酋长咳嗽的声，他们才乘机钻了进去。

酋长的咳嗽带出的痰血果真是乌黑的，这更加证实了秦炳文的诊断。奴瓦伊在满脸青紫的酋长耳边焦急地喊话，酋长并没有反应。秦炳文对他说：“你这样喊是没有用的，必须导饮须尊鸟的血液才管用。还是赶快吩咐人捕鸟去吧！雨天正是好时机。”

天近黄昏。须尊鸟的血终于让老酋长恢复了血色容颜，但并未让他睁眼。秦炳文告诉奴瓦伊，继续让酋长服饮几次才能恢复常态。奴瓦伊表示一旦酋长醒来，他将惩罚他的叔父，然后深深地向他鞠了一个躬，希望以满足对方提出的任何要求来报答对方。秦炳文说治病救人是尽医生的本分，不该有什么要求，但作为一个人，他要求的是自由。

“明白了！我会尽早让你们离开本岛的。”奴瓦伊说，“现在天色已晚，不如我们畅饮一番。”

秦炳文暂时搁置眼下的担忧，重新又拾起失去亲人的悲痛，不住地喝酒不住地抽泣，任奴瓦伊怎样慰藉也无济于事。第二天他从醉梦中醒来的时候，发现地上有一条长长的死蛇。奴瓦伊进来告诉他,事情是刚刚发生的,他的心腹昨晚一直暗中守护着秦炳文,天刚刚亮的时候,心腹发现一只蛇向秦炳文爬去,即刻吹出筒针将它射死。秦炳文抓起蛇尸,发现七寸处确实扎中了几针。奴瓦伊很诧异,表示自己从未见过这种蛇。

“它叫太攀蛇,来自澳洲。”秦炳文说,“这是世界上最毒的内陆蛇。”

奴瓦伊瞪大眼睛:“澳洲的蛇怎么跑这里来了?”

“很明显这是人为的。”他起身说,“事不迟疑,你马上安排我们离开吧!”

奴瓦伊想了想,说:“容酋长醒来,我一定促使他给你们放行。”

“为什么要等他醒来呢?”他急不可耐。

“就算我让你们离开了本岛,途经其他各岛时,如果没有酋长的命令,那里的族人也一样不会放过你们的。”奴瓦伊解释道。

看着那条剧毒无比的蛇,秦炳文后怕起来,说宁死也要离开这里。两人争执中,吐雅布突然出现,他对奴瓦伊说了几句就离开了。奴瓦伊对秦炳文说:“你们的人又出事了。”

秦炳文赶到欧拉冒。拨开围观的人群,他发现地上躺着的是那个叫个金水的中国人和指出凶手的那位白人老者。金水的脖子肿大紫黑,脸部充满血疱,而老者除了一只胳膊红肿以外,一只腿也肿大紫黑,充满血泡。他马上意识到这里也出现了毒蛇,而且不止一条。他断定先是金水被蛇袭击,老者发现后去救,结果反被蛇咬,紧接着另外一条毒蛇从后面攻击了他的腿部。钟午告诉他先前发生的一切,证实秦炳文的断定是正确的。眼下,秦炳文唯一的期盼是奴瓦伊能出手相助。

果然,奴瓦伊的那个心腹悄悄给秦炳文送来一个纸条,上写:太阳入海后,会有一只木舟在西岸停泊。记住一定要避开这两个岛。字的下面是一个草图,标明了岛的位置。秦炳文欣喜万分,马上召集大家宣布了这一消息。所有人都对他感激不尽,纷纷留下联系方式请求这位恩人作为他们永远的朋友,唯有钟午没有参与进来。大家散去各自准备自己的行李，秦炳文找到了他。“你不想留下联系地址让我找你吗？”

“那倒不是。”钟午说，“只是考虑战事频繁，时局不稳，牵连不一定是好事。”

“你这话我没明白。”

“你是个好人，又是名医术高超的大夫，好好留在美国，为人造福吧！”

“那是我的事。”秦炳文对他的阴沉和诡异很不高兴，钟午没有说话，将衣物紧紧包住一件黑色皮箱，他靠近他说，“我怀疑你心里有鬼。”

钟午笑了笑，说：“兴许我们安全到了美国，我会告诉你我心里藏了一个什么鬼。”

太阳落入海面时，月亮早就挂在天上了。8 位幸存者坐着那只大大的木舟，在明晃晃的大海上向东行驶。每个人的脸上都洋溢着喜悦和欢畅，竟然有人情不自禁地唱起了歌。可惜的是，歌还没有唱完，迎面划来的十几只木舟拦住了他们，中间一只稍大的船上站着吐雅布。大家再度陷入绝望之中。

所有人被推入岛上的一个大石坑里，吐雅布冲大家“伊里哇啦”一番就离开了。坑很深，四壁向内倾斜，无法徒手攀岩，满地的白骨证明这里是完美的死囚之牢。众人先是噤若寒蝉，然后是那个唱歌的奥尼尔开始抱怨自己乐极生悲，决定再唱一首悲歌向大家谢罪。众人即刻以两个理由表示反对：第一，歌声可能会引来毒蛇猛兽的攻击；第二，奥尼尔没有必要谢罪。奥尼尔很坦诚地说，毕竟是歌声才招来土著人拦截的呀。钟午说：如果是歌声让土著人发现了我们，他们也应该是从我们背后的方面追踪而至，怎么可能早早地在前方等着我们呢？大家觉得钟午分析得有理，就把目光投向秦炳文。他丈二和尚摸不着头脑：“看我做什么？我已经尽力了。”大家没有反应，还是把目光死死盯住他，他苦笑道，“你们总不能说是我给土著人传的信吧！”大家的眼睛还是不肯放过他，他简直要疯了。

奥尼尔终于说:“你们没人怪了,还是怪我吧! 我不唱歌我哭,可以吗?”

“有办法了。”那个华人武师说。众人刷刷地把目光转向他,“这个洞坑虽然很深,但还是没有我们八个人加起来那么高。只要我们每个人脚踩肩架成人梯,一个人先上去,找到藤条后,其他人就能全部离开了。”这番话使得刚才的悲怨旋即转为亢奋,但又触电般达成共识,目光一致对准奥尼尔,奥尼尔立马就将手捂住嘴巴,用眼睛告诉大家:我不会唱歌的。

大家虽然爬出了洞坑,但是面对黑黝黝的大海还是暂时想不出立即逃离此地的办法。武师提议趁着土著人没来,找些可以制作木筏的材料,秦炳文说:这里除了石头没别的东西,除非上帝赐给我们一双翅膀。众人无语。钟午说眼下最重要的是土著人来了,是坐以待毙,还是誓死反抗? 奥尼尔说,他唯一能做到的是唱歌,兴许能打动土著人放大家一条生路。谁也没理会他的摇尾乞怜,只求武师能用中国功夫创造奇迹。武师说他确实创造过空手击败十个对手的奇迹,但面对成百上千的而且还是手持武器的对手,似乎没考虑过。众人无语。日本僧人念叨“阿弥陀佛”后,“伊里哇啦”说了一堆日语。钟午翻译道:这位东洋和尚的意思是,是福不是祸,是祸躲不过,生死只是一个轮回,今天死说明尘世已尽,今天不死说明造化仍要继续。众人不解,说这僧人究竟想说啥? 钟午道:生和死不是我们能决定的,是老天爷说了算。僧人“阿弥陀佛”后又说了一句日语。众人瞪着眼睛看钟午。“和尚说,早点睡吧!”钟午翻译道。僧人的话还真像安眠药一样管用,疲倦至极的众人纷纷寻找自己认为可靠的地方休息去了。秦炳文这一觉睡得非常香,似乎这些日子被他拒绝的瞌睡虫一股脑全钻进他的脑子里,满满当当的连做梦的缝隙也没留,任人怎么吆喝也不能醒来,直到奥尼尔使劲推了他一把,他才迷迷糊糊睁开眼睛。

“那个武师被杀了。”奥尼尔喊道。

“啊?”他即刻坐起来,“土著人来了?”

“没来,他们没来。”

“没来！那,那能是谁呀?”

“哎呀,快去看看吧!”奥尼尔一把拉起他就跑。

地上趴着那个武师,月光下仍然能分辨得清他满身血迹。秦炳文将死者身体翻转过来,发现胸前的伤口不止一处,从伤口的深度来看必定是利器所为,再从死者身后一条血迹来看,他判断凶手在插下第三刀时遭到武师的反抗,凶手放弃拔出利器逃之夭夭,武师顽强站立,并拔出利器向前追赶,结果失血过多,一头栽地,气绝身亡。不远处有急促的呼吸声传来,秦炳文过去一看,是一名白人女子蹲在那儿,吓得面如土色。

“你怎么跑这里来了?”奥尼尔问她。

白人女子目不转睛地盯着一处,顺着她的目光看去,地上有一把带血的匕首。果然那匕首的柄部沾满了血,说明死者在临死前进行过反抗,这与秦炳文的判断是完全吻合的。

“刚才在这里的其他人呢?”奥尼尔问她。

她一指山崖,上面站着几个人,大家就去了那里。一名穿着背带裤的中国男子指证日本僧人,说自己亲眼目睹杀害武师的是对方。僧人似乎并没有理会这位情绪激烈的男子,俯瞰大海,口中念念有词。秦炳文问钟午究竟是不是这么回事儿,他点头称是。秦炳文一把揪住僧人的衣衫:“我后悔冤死了那埃及人,放走你这披着羊皮的狼!”后面有人拉住他,他回头一看,是一名身形瘦弱的亚裔女子。

“你不能再冤枉人了。”那女子操着东北口音低声说,“其实凶手另有其人。”

“是谁?”他问。

“是谁我没看见,但是我证明僧人昨天晚上一直没离开过我。”女子声音压得更低。

秦炳文仔细打量僧人的衣衫,没有发现任何血的痕迹。他又转身逐个打量其他人的衣衫,也没发现有什么特别。他迟疑了。有两个人指证僧人是凶手,而另外两个人又认为不是。到底该怎么办?

他猛地想起什么，就喊了一句："你们等等，我马上就回。"他快速地跑向岸边，用海水洗去那只匕首上的血迹，然后又快速返回。他冲大家很严肃地说，"我是个医生，只救人不杀人，但是今天，如果谁说谎，我就用我手里这把刀子杀了谁。"说完举起那把匕首，"这是谁的？"

众人看着匕首，纷纷摇头。

他眼睛盯着钟午："我再问一遍，这把刀子是谁的？"

钟午慢慢举起手："是我的。"

众人惊诧不已。

他走近钟午，贴在他耳边说："如果你再不承认，我就真杀了你，因为这刀把上刻着'钟午'两个字。"

钟午也贴在他耳朵边说："别忘了！你是医生，不是侦探。"

"你们到底在说什么？"奥尼尔疑惑不解，"鬼鬼祟祟的。"

钟午冷静地笑道："我跟他说，刀子是我的，但不能说明人是我杀的。"

"那刀子就是凶器，你还想狡辩吗？"白人女子说道。

"刀子是凶器，拥有刀子的人就一定是凶手吗？这是哪来的逻辑？"钟午义正词严道，"飞机失事后我就发现那刀子遗失了，没想到现在成了凶器。"

"很明显，这是有人偷了他的刀子，嫁祸于他。"那个穿背带裤的男子说话，"我作证，昨天晚上他一直在我身边，半步也没离开。"

"那，那我们这七个人当中，总有一个是凶手呀！"奥尼尔简直要崩溃了，"谁是凶手，快快承认吧！"

"就是这个道貌岸然的东洋和尚呀！"穿背带裤的男子仍坚定不移地说，"天没亮我起身小解，发现满身是血的武师正往前蹒跚。过去一看，他已经趴在地上。我追踪到岸边，发现和尚正在用海水洗手。过去一看，那海水乌黑发红。"

众人看着僧人，希望听到他的解释。没想到僧人"阿弥陀佛"后嘀咕了几句，没等人翻译，就面朝大海一跃而起，大家赶忙向悬崖下探身看去，僧人已经消失在翻腾上来的一股浪花里。那个操东北口音的亚裔女子“啊”的一声昏倒在地，秦炳文搀扶住她，扭脸急问钟午：“那和尚到底说了什么？”

钟午含含糊糊道：“佛家梵语，听不太明白。”

穿背带裤的说：“铁证如山，他畏罪自杀了。”

他不再轻易相信任何人。钟午和男子一唱一和，一定是个团伙，而僧人和昏迷的女子似乎相识，白人女子和那个奥尼尔浑然不知。所以他必须弄醒这名女子，问出个究竟，看看到底谁在说谎！

秦炳文用了许多办法，女子还是没有醒来。在一旁的白人女子非常紧张，秦炳文劝说她趁着天还没有亮歇息去，她说她确实很困，但是接二连三的谋杀让她几乎无法入眠。她叫路易莎，来自美国伊利诺伊州的罗克艾兰，在香港大学留学，父母不看好亚洲局势来香港接她回国，结果飞机失事，父母双双遇难。这时钟午和那个男子过来，后面跟着那个奥尼尔。路易莎更紧张了。还没等钟午他们问候，秦炳文正色道：请你们不要靠近，找个远一些的地方待着吧！钟午坚持说：凶手已经自尽了，大伙还是想办法早早离开这里吧。秦炳文大声喝道：请走！钟午他们这才离开。

路易莎似乎找到了保护神，快速地将自己的头靠在他的肩上，想把这几日不堪的疲惫全部消费掉。对于秦炳文来说，一位女子和自己贴得这么亲近还是第一次，他不得不下意识躲了一下，好似向天证明自己的清白和纯洁。他脱掉外衣铺在昏迷女子身边，示意路易莎在这里睡觉更安全更舒适，然后在离她们几步远的地方坐下，挥挥手，路易莎定下心来，贪婪地睡去。

皎洁的月亮被乌云暂时遮住。他开始反复回忆这几天发生的事情：从第一天夜里开始，有人被杀。由于自己，冤死了一个埃及商人，他的两个妻子和儿女们该是多么不幸。凶手得以逃脱，悲剧又延续到第二天，一个女子被杀，她的家人该多么悲痛。本来以为真凶找到了，平安无事。可是第三天蛇又咬死了两人。蛇肯定是人为放出来的，谁放的呢？是吐雅布吗？动机是杀自己不给酋长救命？还是这落难者放的呢？那这蛇是从哪带来的呢？他放蛇咬人的动机又是什么呢？好不容易奴瓦伊放大家走，这吐雅布怎么又突然出现了呢？难道事情被发现，奴瓦伊也遭到不幸？没想到的是，杀人事件在第四天还在延续，那个东洋和尚竟然跳崖自尽，究竟是承担罪责呢？还是警醒人们赖活不如好死？

从幸存下来的14个人到现在，还剩下6个人了。自己，旁边两个躺下的女子，还有钟午、华人男子和奥尼尔。

钟午虽然和过去大不一样，显得焦躁以及惶恐，但他一直以来是主张逃离此岛的，没有杀人动机呀！除非有人阻止他离开此岛，可究竟谁会阻止呢？

奥尼尔是个充满乐观主义的人，他有歌声排遣郁闷，还用得着以杀人取乐吗？

两个女子，一个消瘦柔弱，一个学生，完全没有动机去杀人。

穿背带裤的中国男子，满脸阴沉，也许包藏祸心，可是他为什么要到这里杀人？杀人又为了什么呢？

他盼着女子早些醒来，一切就水落石出。想着想着，实在困顿，脑袋耷拉下去，马上又抬起，他似乎听到身后有石头磕碰的声响，支起耳朵，除了海水拍打岸边的声音，就是那两个女子重重的呼吸声。他觉得这是神经过敏的表现，干脆也不挣扎了，闭起眼睛假寐一会儿。马上身后的石头声又清脆地响了起来，他赶忙起身去寻找。这里礁石林立，一些攀援植物在几天前的雨水滋润下，显得更加葱翠，一整天没有进水的秦炳文顿时对水的渴望达到了顶峰，他希望这里有水源。果然在一个澡盆大的洼地里，他发现了积水。饱饮后他将手放在脸上，清醒自己的脑子。石头的声音似乎又在耳畔响起，一个念头闪现在他眼前：有人要调虎离山！他立刻返身回去。想象的恐怖情景并没有出现，两个女子安然无恙。

天终于亮了。他被钟午叫醒，那个穿背带裤的紧随其后。他问怎么不见那个奥尼尔？钟午说本来他们三人躺在一起的，可是奥尼尔坚持要独处，原因是他不忍心打搅别人，他睡时的呼噜声和唱歌没什么两样。

奴瓦伊来了,带来了食物和水。

秦炳文质问他,为什么放了大家又抓了回来?奴瓦伊回答了他一个完全让他不能相信的理由:是你们内部有人出卖了自己。事实上,奴瓦伊的心腹先给秦炳文留下纸条,然后备了一条大木舟悄悄靠在西岸,没料到心腹在离开时遭到暗算……

"暗算?这太不靠谱!我们的人为什么要暗算你们呢?"他无法接受他的说辞,"你们提供我们食物和水,暗算你们不等于自杀嘛!是不是你叔父做的事情?"

"不!"奴瓦伊说,"和我的心腹同去的人回来报告说,他们在离开欧拉冒时,突然身后的人被飞来的石头砸中,他回去搀扶时又飞来一块石头,慌忙躲过后他想去拉同伴,接二连三的石头砸来,他只好丢下同伴逃走。船划远了,他回头看去,岸边有两个身影将同伴抛进海里。"

"两个身影?"他急于得到答案,"是两个男人?还是两个女人?还是一男一女?"

"那时天已近黄昏,距离又远,加上惊慌失措,哪里还能分辨出谁和谁。"奴瓦伊继续,"回到本岛他恰好被叔父撞见,叔父问明原因,就马上要带人进行截杀。幸亏那时酋长醒了,我及时告知他一切,你们才没有被就地处死。"

"那你今天来,是要找出那两个暗算的人?还是把我们全部杀掉?"他问。

奴瓦伊笑笑,说:"至少也要留下你呀。"

"不!那叫苟且偷生。"他坚决地说,"要么全活,要么全死。"

"全活?"奴瓦伊态度恳切,"你要给我一个理由说服酋长呀。"

"理由?他们都有家有业,这还不是理由吗?"

"这个理由不成立。"奴瓦伊摇摇头,"我们也有家有业,可是美国人却说你那个家不文明,你那个业太落后,你要不同意他就要赶你杀你。"

"那是政治,我不是很明白。"他喃喃道。

“政治?”奴瓦伊辩驳道,“你们中国也一样呀！日本人说你们家风不正,你们不同意,他们就派那么多军人强迫你们同意,是不是呀?”

他无力反驳。

“现在的世界,就是讲你死我活的道理。”奴瓦伊继续说,“这是我在美国学习的成果。你们要活着,就要对我们有用,对我们没用就得死。”

“我总不能让所有人都当医生吧。”他带着情绪说。

“是呀,你是个医生,只能救病人,救不了死人。”奴瓦伊说,“假如你们真想活,唯一的理由是你们保证从此不能离开本岛半步。”

“这是酋长的意思?”

“不。这是我的意思,但我争取是酋长的意思。”奴瓦伊似乎很有把握,“忍耐点！但是在此之前,必须要找出杀害那个心腹的凶手。”

一个土著人惊慌失措跑来向奴瓦伊报告,奴瓦伊闻后大吃一惊。秦炳文问发生了什么,奴瓦伊说跟他走就知道了。大家随着土著人来到一块很平整的岩石旁,上面趴着那个血肉模糊的奥尼尔,身边还有带血迹的石块。秦炳文马上意识到这是钟午和那个背带裤合伙谋杀的。钟午喊冤,说昨天他一直和他在一起,杀手一定出在两个女人中间。

“一派胡言。”秦炳文说,“昨天下半夜我一直陪在她们身边,半步也没离开。”话一出口他就觉得错了,显得有些慌张,“哦,我的意思,用石头把一个活人生生砸死,这两个女子是万万做不到的;如果不是你们两人,那就是我喽?”

“你是个医生,是救人的,相信你不会去杀人。”钟午说,“但是没有人说女子是不杀人的。”

“那个说东北话的女子一直昏迷到现在,除非她能梦游杀人。”他驳斥道,“而另外一个是位学生,没有任何杀人动机。她们能杀那个快乐的奥尼尔?简直是天方夜谭。”

“天方夜谭已经发生了。”钟午说,“从第一天开始,每天有人被杀,每天又说找到了凶手,可是每天又有新人被杀,到今天已经是第六天了，竟然有9个人相继死去。"

听完秦炳文的翻译后，奴瓦伊纠正道："不对，应该是10个人。我们的人也被你们杀了。"

"那个凶手是那个东洋和尚。"穿背带裤的人对奴瓦伊说，"我亲眼看到他到海滩边毁灭证据。"

"和尚也杀人?"奴瓦伊很疑惑。

"和尚也许是一种伪装，各自的身份都是自己说的，究竟是否属实，谁能去调查呢?"钟午说，"再说，即使身份属实，又有谁能证明他没有第二种身份呢?"

秦炳文悻悻道："你，你到底想说明什么?"

"我是说，确定谁是凶手是要有证据证人的，不能妄加猜想，武断推测。"钟午说，"否则埃及商人的悲剧又要重演。"

"你不要总拿埃及人说事。"他有些厌烦了，"总之我能证明这两位女子一直没离开过我身边，而你们两个，谁是凶手，谁不是凶手，彼此找出理由就是了。"

"刚才我已经说了，现在再一次向天发誓，我们彼此没有离开过。"钟午表情坦然，"我问你，你能证明这两位女子不会离开你身边，但他们能证明你没有离开他们吗?"继而他问路易莎，"你能证明吗?"

"实际上，开始这位先生确实在我们身边，"路易莎嗫嚅道，"后来，后来我睡着了，一切就不知道了。醒来的时候，你们都在我身边。"

"这就对了。"穿背带裤的问秦炳文，"她们合上眼睛的这段时间里，谁能证明你又做了什么呢?"

秦炳文想说又不想说，竟不自觉地慌乱起来。奴瓦伊鼓励他说，有他撑腰，一切不用怕的。"我没有什么好怕的。"他定下神，"在路易莎躺下后，我确实离开了一会儿。原因是，我恰恰听到远处有石头的撞击声。"

"哦?"奴瓦伊问，"你发现什么了?"

"没有，我跑到身后的石林处，的确什么也没发现。"他说，"我当时觉得是幻觉,就用洼地里的水浇在脸上清醒一下自己,但是我还是听到了石头的撞击声,赶忙回到原地,发现两个女子安在。不是眼前这位奥尼尔被杀,我仍然以为自己是幻觉呢。"

"谁能证明你说的是事实呢?"穿背带裤的说。

"我能证明。"奴瓦伊说,"这里确实有一片石林,石林里也确实有不少洼地,前天下雨说明洼地里确实有积水。"穿背带裤的还想说什么,奴瓦伊阻止道,"就算人是他杀的,我也要留下他。就算人不是你们杀的,我也不能留下你们。"

"这,这不公平。"穿背带裤的抗辩道。

"公平? 哈哈。"奴瓦伊嘲笑道,"如今世界都不公平了,还要在我们这里扯公平?"众人不置可否,"已经成为强烈的对立面了,要么两个女子处死,要么两个男子处死。"奴瓦伊态度强硬地对秦炳文说,"你来决定吧!"

"我?"他忽然觉得自己很虚弱,"我是医生,不是法官。"

"你要是放弃权利,那我就决定了。"奴瓦伊说。

"你想怎样?"他问。

"四个人全部杀掉。"奴瓦伊果断地说。

"别!"他阻拦道。

"那你就决定吧! 我的耐心是有限的。"奴瓦伊逼迫他道,"我倒数三下,如果你还不决定,我就将他们全部斩杀。"

秦炳文无法接受这种禽兽般的裁决,愣在那儿不知所措。

"三……二……"奴瓦伊数道。

"慢!"钟午制止奴瓦伊道,"别难为他了! 我来帮他决定。"

"你?"奴瓦伊不屑道,"你凭什么帮他做决定?"

"我了解他,正如他的职业,他只会救人,绝对不会杀人。"钟午说。

"你这是废话! 前面我都说过了。"奴瓦伊不以为然,"现在不是要你决定他不是杀手,而是要他决定谁来受死。懂吗?"

"我懂。"钟午说,"我不但懂他不会用刀子杀仇人,更懂得他不会用他的良心去杀无辜的人。"

秦炳文似乎被钟午打动，脸色青白难分。奴瓦伊看看秦炳文，又看看钟午，觉得蹊跷。

"不必奇怪。"钟午语气和缓，"我的这个决定一定会让大家满意的。"

"噢?"奴瓦伊大惑不解，"我倒要看看，你帮他做出一个什么样惊天动地的决定?"

"在我帮他做这个决定前，我要问他一句。"钟午说。

"你要问他什么呢?"奴瓦伊饶有兴致地问。

钟午郑重地问秦炳文："你一定要确定杀手出自我们两人吗?"秦炳文踌躇片刻，很牵强地点点头，"好！"钟午从容地说，"那我就告诉你，人是我杀的。"

众人瞠目结舌。

"不！这不可能。"秦炳文质疑道，"如果说那个日本和尚是你杀的，我相信，但是这个奥尼尔是个黑人，你跟他能有什么仇呢?"

"当然有仇。"钟午肯定道，"因为他唱歌妨碍了我们逃出此地。"

"不对呀！妨碍你们逃跑的不是他，而是另有其人。"奴瓦伊也表示质疑，"而且起码是两个人。"

"你们好奇怪，我都承认我杀人了，怎么还要为我辩护呢?"钟午恳切地对秦炳文说，"不要因为我救过你，你就包庇我。"

"不是我包庇你，而是你杀人的动机很滑稽，我真的不能相信。"他意识到什么，"你，你肯定是有什么难言之隐?"

"对！他确实有难言之隐。"穿背带裤的终于开口说话，大家注视着他，发现他的眼眶都湿润了，"人是我杀的，不是他杀的。"

"老周，你千万不要冲动！"钟午厉声道。

"老周?"秦炳文恍然大悟，"我明白了，你们俩原来是认识的，从开始就是一伙的。如此看来，奥尼尔是你们合谋杀害的。"

钟午想解释，那个老周拦住了他的话："不不，这位医生你误解了，我跟这位先生素昧平生，是上飞机才认识的，因为谈得投机，加上我年纪比他大，他才叫我老周的。”

秦炳文看着钟午，钟午显得很无奈。

“哈。”奴瓦伊觉得新奇，“一个认杀的还不够，又出来一个认杀的，有意思！说说看，你的杀人理由是什么呢?”

“很简单，我恨日本人，也恨美国人。”老周毫不隐瞒地说。

“哦，为什么?”奴瓦伊更觉得奇怪。

“因为我是中国人，日本是在中国犯下滔天罪行，所以我先杀了你们的人，然后嫁祸那个满口仁义道德的日本秃驴。”老周理直气壮地说。

“美国人跟你们中国没仇呀。”奴瓦伊说。

“中日交恶，美国人不但坐视不管，还卖给他们大量军火，助纣为虐。”老周不想再说什么，刺激奴瓦伊道，“好汉做事好汉当，还愣着干什么，是把我送上悬崖寻死，还是乱刀砍死，随你的便。”

奴瓦伊一下子给镇住了，就只好看着秦炳文。秦炳文也没了主张，眼睛盯着钟午。钟午叹口气，道：“哎！老周，人是我杀的，你又何必当我的替罪羊呢！留得青山在不怕没柴烧。”

“你们都住口吧！”奴瓦伊打断他们的争执，“既然你们都承认自己是凶手，彼此也别谦让了，我成全你们比翼双飞吧。”说完命令手下将两人强行押向悬崖。

两人昂首挺立，视死如归。秦炳文总觉得这里面大有文章，尤其不相信钟午用石头去砸死一个素不相识的美国黑人，可是他为什么要替这个老周去死呢？老周似乎看出秦炳文的心思，面带微笑示意他靠近。秦炳文犹豫了一下，最后还是决定上前听听他到底想说什么，奴瓦伊拦住他，说这样做很冒险，秦炳文说：“他恨日本人和美国人，我是中国人，不会有什么危险的。”

那个老周在秦炳文耳旁嘀咕了几句，又对钟午道了句保重，纵身跳下悬崖。所有人都吓得倒退一步，唯有秦炳文呆若木鸡。奴瓦伊上前问秦炳文，对方究竟说了什么让他如此神情呆滞？秦炳文喃喃道:“人之将死,其言也善。”奴瓦伊无法听懂,秦炳文就低声对他说,“他说他俩是冤枉的,不信走着瞧。”

“走着瞧?”奴瓦伊更是不懂,“什么意思?”

秦炳文又回答他,他也不知道该如何回答他。他预感到新一轮的谋杀仍将延续,但究竟是谁会被杀呢?路易莎?钟午?还是那个昏迷的女子?不管谁死,有一点他很清楚,就是自己不会进入这个死亡名单。想着想着,他忐忑不安起来,两腿灌铅,下一步不知道挪向何方。奴瓦伊努力解析他的迷茫,提议剩下的四个人一道离开欧拉冒去大本营,暂且放松一下心情。

酋长因为秦炳文救了他一命,破例设下酒宴节日般地款待他们。秦炳文坐在原本属于女巫的位置,显示出酋长对他的特别优待。他胆怯地说,他只是个医生,无法消受这般礼遇。奴瓦伊解释说,女巫因为承担了下毒的罪责而被处死,酋长决定让他取而代之。他吓得赶忙起立,两个土著女郎热情地将他按下,并让他脸上不得不拼凑出尴尬的笑意。鼓声响起,一队男女扭动腰肢跳起奔放无比的土著舞,围坐的人们随着节奏击掌助威。他如坐针毡,简直不知道该怎么形容他的心情。奴瓦伊劝他不要紧张,说现在还不是加封巫师的正式仪式呢。他想,这实在荒唐,堂堂一位崇尚科学的年轻人,怎能跑到这蛮夷地充当装神弄鬼的巫师呢?更何况眼前还有同路的幸存者。他向对面望去,一个土著男子冲路易莎使劲喊叫,她有些慌乱,奴瓦伊对她说对方没有恶意,只是希望一起跳舞而已。紧接着,一位土著女子冲着钟午嚷嚷,钟午还没反应过来,就被她拉进到跳舞的行列。他环顾左右,所有人都沉浸在纵情放浪中,各种欢声,各种笑语,没人去注意他究竟在想什么。他开始安静下来,审视眼前这一幕是不是梦幻。他用手掐了一下自己的胳膊,感觉到疼痛,说明这是真实的。难道他的后半生真将在这个孤岛上荒唐地度过?难道“命该如此”这句话又一次得到印证?因为在他的记忆中,多少次当他徘徊在人生的十字路口时,总是有人突然出现,或者帮他选择或者帮他安排,按照卜算的说法就是仙人指路,贵人相助。

而这一回,当他信心满满回到故里,等待他的却是恩人和恋人的双重噩耗,他再次尝到失去亲人的苦痛,也许这辈子他注定就是个孤独者,没有亲人没有朋友,只有无数个需要他医治的病人。他想起了那个昏迷的女子。

帐篷里,女子躺在皮制的垫子上仍旧没有醒来,秦炳文上前把脉,钟午和路易莎也跟来了。把完脉,他示意路易莎倒杯水引喂一下女子。钟午问这女子究竟怎么样,他没有回答,反而问他为何对她如此关心?钟午愣住。他说:“我一直想问你这次去美国的目的,战乱时期你肯定没心情去异地观光。”

“哦,当然。”钟午迟疑了一下,“有点事情去办。”

“能告诉我是什么事情呢?”他追问。

“哦,也没什么重要的事情。”钟午看了一下昏迷的女子,示意他走出帐篷。

秦炳文没有顺应他:“你想说就说,不想说就不说,没有必要躲躲闪闪的。”

钟午苦笑一下:“这次去美国只是去会一位朋友。”

“你不是在日本留学的吗?”他显得有些惊讶,“怎么在美国有朋友了呢?”

“啊啊,也谈不上什么朋友,只是生意上方便的称呼而已。”

“你做生意?”他打量了一下钟午,“我不相信。”

“哎。”钟午叹息一声,“那你说我做什么,才能让你相信呢!”

他想了想,说:“为抗日救国做些事情,对吗?”

钟午没有回答他,转身走出帐篷。他追过去质问他为何如此神神秘秘,究竟做了什么见不得人的事情?钟午刚要开口,奴瓦伊走了过来。他告诉他们,天色已晚,四人的下榻之处安排好了,每人一个帐篷,为安全起见,门口都有人把守。这一夜秦炳文虽然有很多莫名感受的缠绕,比如自己强行被推作巫师的窘态,钟午闪烁其词的诡异,还有那女子难以诊断的病因,但还是经不起这些日子疲惫的煎熬,倒头下去,连梦都没有力气做。第二天他被奴瓦伊叫醒,叫醒的原因差点没让他晕过去。

他们快速跑去路易莎的帐篷。门卫向天起誓,一夜下来他确实没有发现有任何人接近帐篷,也没听见帐篷里有什么大的动静。路易莎直挺挺躺在地上,身形萎缩,脸色煞白,口里吐出的白沫差不多已经干涸。看来几个小时前,她就已经气绝身亡了。秦炳文浑身战栗起来,简直觉得自己是在做恶梦。正好钟午也赶来,他直勾勾地盯着他,怒不可遏。

“你为什么要这样看我呢?”钟午不安地问。

“你自己心里明白。”他强压怒火。

“我不明白。”

“哈哈,哈哈。”秦炳文突然笑起来,“哈哈哈哈。”

奴瓦伊一头雾水:“你,你这是在笑吗?”

他停住笑,说:“当然是笑。”

奴瓦伊指着路易莎:“这人都死了,为什么要笑呢?”

他指着钟午:“我是笑他,希望他为自己的罪行去哭。”

“啊! 人是他杀的?”奴瓦伊愕然看着钟午,然后问秦炳文:“为什么?”

“因为死者死于阿米巴菌毒。”秦炳文说。

“阿米巴菌毒?”奴瓦伊皱起眉头。

“阿米巴菌是从患霍乱老鼠的屎液中培育出来的一种病菌。”他说,“人只要吃进这种细菌,它就能以每分钟 11 倍的速度,在人体内繁殖。”

“这太可怕了!”奴瓦伊眼睛瞪得奇大。

“在繁殖期内,没有任何症状,等 36 小时以后,繁殖达到饱和点,便会突然爆发,上吐下泻,症状如同霍乱。到了这时,人就无法挽救了。细菌在人体内起破坏白血球的作用,使人体内的水分通过吐泻,排泄殆尽。”他继续说,“所以人死后,尸体会缩小得如同猴子一般大小。”

“快别再说了!”奴瓦伊看着路易莎的尸体,感觉要呕吐,“说说为什么是这位先生杀了她吧！”

“理由很简单。”他说，“这种病毒只有日本才有。”

“啊？”奴瓦伊看看钟午，又看看秦炳文，“他，他跟日本有什么关系？”

“没错！他是中国人，但他对日本了如指掌呀！”他对钟午冷笑道，“我说的没错吧！”

“是的，我是在日本留学过四年，也听说过你说的这种病毒，但并不能说明人就是我杀的。”钟午显得很淡定，“如果一定要说给这位死者下毒的，是来自我们三个外来客，除了你和我，是不是就一定不是那个女子干的呢？”

“我敢保证我们的人是万万不会杀她的，更何况是这么个杀法。”奴瓦伊非常肯定地说，“当然我也敢保证，这位医生是绝对没有杀他的可能。”一个土著人正好过来“伊里哇啦”了几句，奴瓦伊说，“他告诉我，那个昏迷的女子到现在还是没有睁开眼睛。”

钟午被迫紧张起来，奴瓦伊趁势逼近他：“所以按照逻辑说，你就一定是杀害这位女子的凶手。”

钟午觉得非常冤屈，大叫道：“我和这位死者素昧平生，我为什么要害死她，为什么呀？”

“为什么？我们怎么会知道呢？”奴瓦伊略带嘲讽地说，“只有你才知道呀。”

“岂有此理！”钟午正声道，“好汉做事好汉当，做了就做了，没做就是没做。”

“嘴还挺硬的。”奴瓦伊喊道，“来人！将这歹毒的杀人凶手穿心而死。”

几个手拿梭镖的土著男子闪了过来，将钟午团团围住。钟午没有显出慌乱，而是十分真切地对秦炳文说道：“你好糊涂呀！冤枉致死的人还嫌不够吗？”

“你说的没错，开始冤枉无辜我承认，但是现在你还想用冤枉这个词来吓唬我，是不是太可笑了！”他不为所动。

奴瓦伊打了个手势，几个土著人端起梭镖冲着钟午刺去。钟午大喊一句“慢”，然后双手举起，“死前我要对他说几句话。”

奴瓦伊看着秦炳文，秦炳文心动了一下，表示愿意接受钟午的请求，并且走到他跟前聆听他到底要说什么。奴瓦伊担心钟午玩什么花招，早早示意两个土著人用梭镖顶住他的后心。听完钟午的遗言后，秦炳文神色凝重，既没有开脱他罪名的意思，也没有去之而后快的意思，奴瓦伊有些犯愣。

“来吧！往这里刺。”钟午指着心脏部位，“不要歪了，让我受罪。”

奴瓦伊看着秦炳文，似乎还要等待他最后的认可。秦炳文直直挺挺向前走去，头也不回。走进帐篷，他找了一块布将路易莎难看的尸体盖上。奴瓦伊进来说，人已经死了。秦炳文表情呆滞，奴瓦伊解释说，钟午是自己夺过梭镖插入了心脏的。

“不要再提他了。”他说，“我现在要告诉你的是，我不能待在这里做你们的巫师。”

奴瓦伊显得很诧异，然后很严肃地说：“我也告诉你，到目前为止，还从来没有人拒绝酋长的命令。”

“拒绝又如何？”他试探地问。

“拒绝就是死。”奴瓦伊很肯定地回答他。

“与其让我做巫师，还不如让我死。”他无奈地说。

“你为什么要这样蔑视巫师呢？在我们这里，巫师最重要的作用就是医治病人，这和你的职业正好一致呀。”奴瓦伊劝解道。

他无话可说。

奴瓦伊轻声说：“跟你说实话，想要有一天离开这里，你现在唯一的选择就是先留下来。明白吗？”

秦炳文眼睛一亮，觉得他话里有话。

奴瓦伊转移话题，问：“刚才自寻死路的那个人，临死前跟你说了什么，能告诉我吗？”

“哦。”他思忖了一下，说，“他说，今天晚上该轮到我死了。”

“噢?”奴瓦伊不解,“为什么?”

他摇摇头。

奴瓦伊想了想,说:“难道你要去酋长那,说你不接受做巫师?”

“既然你说巫师就是医师,我就不马上拒绝了。”

“或许你晚上选择逃跑?”

“你们看守得那么严密,我如何跑得了?”

“你不拒绝做巫师,又不选择逃跑,那为什么又要说,今晚该轮到你死了呢?”奴瓦伊实在不明白秦炳文在说什么。

“我排除了你们杀我的可能性,我为什么还会死呢?”他盯着他,“唯一能杀我的人是谁呢?”

“啊,这太不可思议了!”奴瓦伊茅塞顿开,“难道那个昏迷女子才是真正的杀手?”

两人不由自主地来到那女子下塌的帐篷里,那女子依然昏迷不醒。秦炳文再次给她把脉,但他听到的似乎不是对方的心跳,而是自己砰砰的乱跳声。奴瓦伊在后面大叫一声,他吓得跳了起来:“怎么了?”

“没什么没什么。”奴瓦伊说,“我只是看到了一个大蜘蛛而已。”

他平息下来,再看看那女子,依然是一副昏迷的样子。两人放心走出帐篷。奴瓦伊说:“毫无疑义,凶手已经铲除了,今晚你应该是安全的。”

他松了口气,但马上又陷入思索,难道钟午对他说了谎?

夜幕终于降临。秦炳文开始行动。

他的行动不是逃离,而是证实钟午的遗言到底是否属实。钟午告诉他,“钟午”只是借用他亡故之友的名字,他真正的名字叫迟仲年,之所以没有用真名,是因为自己有一项秘密任务在身,不便张扬。而这秘密就埋藏在岸边不远的一颗粗大的椰子树下。一旦秘密揭晓,随时就会惹来杀身之祸。那个时候,他才会明白真正的凶手究竟是谁。

月亮还算明亮，秦炳文悄悄离开帐篷，很快来到岸边，并且找到了那颗离岸边最近的椰子树。他下意识转身朝后望去，并没有发现什么动静。他蹲下身子，仔细揣摩这椰子树根部究竟有什么特别之处，很快就发现这里的沙土曾经被人动过。他又猛地扭头往后看去，还是没有发现动静。于是，他开始用双手扒开沙土。扒着扒着，终于有一只布包显露出来。解开布包，里面是一个黑色的牛皮箱子，侧面配有密码锁。箱子上还有两个牛皮纸信封，其中一个写着他的名字。天空突然下起了雨，他马上将信封装进口袋，又重新用布包扎好皮箱，提起它就要离开。

身后有人说话："放下你手里的东西！"

他听出这声音发自那个女子。他似乎早有心理准备，很平和地问："你为什么不突然把我打倒，然后抢走这东西呢？"

"因为我暂时还不想伤害你，毕竟你帮了我的大忙。"那女子说。

"我帮了你大忙？"他很不解地问。

"是呀！首先是你帮我除掉了那个穿背带裤的家伙，然后又帮我杀掉了那个叫钟午的人。"

"应该叫迟仲年。"他纠正道。

"管他叫什么呢，重要的是你最终帮我找到这只箱子。"女子得意起来。

"哎。"他叹了口气，"我为什么不能早识破你是假装昏迷呢？"

"那是因为我柔弱可怜，无依无靠。"女子嘲笑道，"更重要的是，我是女的，不是吗？"

"既然你是女的，我要不按你的意思办，你有能力杀死我吗？"他反唇相讥。

"当然。"那女子说，"你要是不信，尽管试一试。"

"我虽然不会格斗，但我的力气毕竟比你大哟。"他并不示弱。

"跟我较量之前，你先回头看看。"

秦炳文听了她的话，慢慢回头看去，那女子手里握着一把手枪。

雨水在枪筒上溅起的水花，丝毫没有挡住枪孔里释放的寒气。

“你，你。”他开始发慌，“为什么要杀那么多人？另外路易莎是怎么死的？”

她告诉他，两天前她用抛出去的石头引开他，先杀了奥尼尔，然后回到熟睡的路易莎身边，悄无声息地给她食下阿米巴菌。“瞧！菌毒在这里藏着呢。”她伸出左手，中指上那颗大大的戒指是空心的。

“你究竟是什么人？”

“你的问题太多了，我没工夫回答你。”女子用手擦拭脸上的雨水，显得很不耐烦，“把箱子给我！”

“可以给你。”他显得很真切，“不过你拿到它之前，请一定回答我，这箱子里到底是什么东西？”。

“恰恰是这个问题，我回答不了你。”女子说，“老实告诉你，我也不知道。”

“既然不知道，你要它做什么呢？”他不紧不慢道。

雨越下越大。“不要废话了！”女子已经迫不及待，“快把它给我！”

“我要是不给你呢？”他问。

“那只有死。”她答。

“你这无耻的毒蛇！”他猛地将箱子砸向那女子。

女子非常轻巧地躲过，并迅速将枪口对准他的脑门……

悲剧，真是悲剧！我叹息道：秦炳文的死是早晚的事情。二弟问我为什么要这样说？我说，他的恩人死了，已经构成了他心死一半，另一半残存的心又被恋人的死讯夺去。心死人即死，即便是那个女子不杀他，他也绝不会留在孤岛上当巫师了结他这一生。我看二弟没有苟同我，就补充道：他用箱子去砸那个女子，只表明死在她手里有点不光彩而已，并不代表他不想死，对于他来说，人生的意义没有了，活着也顶多是行尸走肉。我喝下一杯酒又倒上一杯，二弟劝住我：大哥先别喝，故事还没讲完呢。我说，只有在我喝酒的前提下，我才想听他讲故事，如果他还想让我听他讲完故事，他就必须让我再喝酒……

醒来的时候，我问妻子我是怎么回来的？她告诉我，是二弟背回来的，并责问我究竟为什么要喝成这样？我把昨天发生的事情一五一十跟她说了一遍，末了问她二弟是否告诉她我最后一句话说的是什么？她说：我看你现在还醉着呢，等你醒了，亲自去问他就是了。然后她的脸色很不好看起来，嘟囔着爷爷不像爷爷，叔叔不像叔叔。我说：你怎么能这样说呢？她说：我不这么说，难道还要顺着你们说不成？干脆说儿子是别人的算了。我坐了起来，愤愤道：一派胡言！这种话你也能说出口？她没有跟我争辩，也许是辩不过我，转身要离去。我问她去哪儿？她说去上班，想了一下，又补充说她准备到单位提前请好假，然后去中信银行买张电话卡，尽快和美国大使馆签证处预约。我晃晃悠悠要起身，她马上说：你不用上班，我已经帮你请好了假。说完走了。

我的脑子晕厥了一下，马上跑去卫生间，想吐却什么也没吐出来。我用凉水清醒一下自己，然后靠在沙发上揣摩起妻子的一番话来。她因为儿子的事情焦急万分，迁怒于二弟我是可以理解的，本身二弟在事业上也没有什么作为，但是她对祖父的抱怨未免太过分了。虽然祖父目前处于恍惚不定的状态，但他在家族中的崇高位置以及在外界的绝对尊严，绝不是你一个孙媳妇有资格蔑视的，更何况我不止一次地对她说，我们的婚姻归功于祖父对我的鼓励和教诲。

我上9年级那年，父母带我们全家从美国回到了北京，不到一年，父母却突然发生婚变，无论父亲怎么挽留，母亲还是毅然离开了家庭，同时也放弃了我、二弟和小妹，只身重返美国。不到半年，我又突然听到母亲空难的消息，情绪极其低落，烦了就画画，绝对不去温习功课。在那段孤苦伶仃的日子里，我得到了一个人的意外援助，温馨而给力，这人后来就成了我妻子。她个子很高，坐在最后排平时很难见到，只因课间操是领操，所以全校人都认得她。她是以体育特长生进校的，学习虽然努力，但在我们这个重点学校，成绩和她的座位一样靠后。我虽然不事功课，但凭着老底子，尤其是数学，成绩一直在班里领先。大约是成绩好，加上我那时精神恍惚，所以她捕捉到这个机会，给我传纸条，表示她愿意帮助我消除烦恼。她的开朗，她的率真，给了我无尽的温暖，让我度过了那一段难以煎熬的时光。她高考落第陷入迷惘，为了让她尽快地振作起来，我做出了相应的补偿，竟然壮着胆子抄了舒婷的《致橡树》送给了她，以表达我对她的情之深，爱之切。但是很快我发现，这首诗似乎更适合对大学的另外一个女生表达。她的矜持，她的孤傲，更让我痴迷，更令我神往，梦里还不止一回跟她漫步海滩，行走荒漠。我开始陷入深深的迷茫和彷徨。久而久之，我心浮气躁，竟然做出一些反常的事来，比如抽烟，酗酒。祖父似乎看出我的心思，就对我说：秘密在哪里，你的心就在哪里。我恍惚不清的同时又惴惴不安起来。祖父又说：既然你的秘密过早地交给了她，你的心就已经归属于她了，不可再有另外的秘密！一旦有，也只能对上帝说，上帝一定会劝你，不管你的情感有多么丰富，泛滥后会发现，坚挺地站立的应该是责任的礁石。我质疑地看着祖父，他就给我讲了一段故事。眼下，这段故事我必须给妻子讲讲了。

故事是从1925年开始的。

有个叫宝儿的男孩子，10岁那年就有一个秘密不知该向谁说。他不敢向父亲说，是因为一旦被知晓，其结果是果断会被打死。虽然父亲疼他胜过哥，但哥毕竟为他所害，虽不是故意，但他终归是导致哥死去的祸头。事情是这样的。他捡到一本没头没尾的书，里面没有画，全是字，就去问父亲。父亲说，书是给有钱人读的。他又问母亲，她说有钱人才读书。宝儿就明白了，读书有钱，种地没钱。于是他大着胆子，趁着哥放牛酣睡这工夫，把牛偷偷牵到集市给卖了。拿着钱，他就跑到私塾一五一十对先生讲了。先生吓坏了，赶快领他把那牛又赎了回来，并答应白白教他识字。等他把牛牵回家时，父亲差点背过气去。父亲连连喊道“冤枉人啦冤枉人啦”,就要跑到河里淹死自己。母亲哭着去拦,拦不住,又喊着去追。宝儿跑到屋里一看,哥仰面瘫在地上,断了气。等母亲劝回了父亲,他才知道:原来那牛是租来的,哥丢了牛,父亲赔不起,就拿哥出气。父亲出手过重,哥的后脑勺磕在钉耙上,眼睛就怎么也睁不开了。打那以后,父亲不再有什么脾气了,在别人那里,也像做贼似的抬不起头来。宝儿心里清楚,明明是他害了哥,却要父亲懊恼一辈子。他一直想把这个真相告诉父亲,可每次都会被母亲岔开,到底是她无意的呢?还是她早就知道这个事,存心不让他说?久而久之,他就觉得,说了反而会让父母不相信了。以后他得知,当初他捡的那本书叫《三字经》,开头写的是“人之初,性本善”。

宝儿 12 岁那年,老家发生了旱灾,庄稼颗粒无收。过完大年,父母凑足了盘缠从山东动身,去投奔皖南的亲戚家。一路就听父亲讲,那亲戚是他的堂姑,算是宝儿的姑奶奶。姑奶奶从小就跟姑爷爷定了亲,姑爷爷念书有出息,在济南府里谋了官职,据说是个正六品的通判。姑奶奶嫁到济南府不久,义和团在山东起事,姑爷爷不知道是因为办事有功还是没功,反正被调到了安庆府。民国了,姑爷爷好像又谋了个什么参事,不知道比以前大还是比以前小。他们好不容易从青岛搭船到了安庆,结果姑奶奶和姑爷爷双双过世,当家二奶奶说家境窘迫,无法收留,打发他们再去投奔在上海做事的大表叔。到了上海,他们按照二奶奶给的门牌号找到弄堂里,不料大表叔没找到,却引来了几个穿制服的人,手里还举着大砍刀。他们不由分说将父亲强行押到一辆卡车上,母亲被突然的情形吓呆了,怀里需要喂奶的妹妹不住地哭嚎,宝儿就鼓起勇气上前质问:俺爹怎么了?俺爹怎么了?其中有个秃子回答他:你爹十有八九是赤党。宝儿还想问,车子开走了。母亲上来问宝儿那秃子说什么了?宝儿反问:娘,俺爹是赤党吗?母亲使劲敲了一下宝儿的脑袋:胡扯!快把你爹追回来呀!

宝儿拼命追那车子,直到眼睛看不见,直到腿脚跑不动。等他缓过劲来,转身往回走,却怎么也找不回原来的路,太阳都快没有了他才撞进那个弄堂里，结果又发现母亲和妹妹不见了踪影。他使劲喊使劲哭，一直到天暗的看不见人，才停下来。他害怕极了，不敢乱走，就坐在门边的石阶上。他觉得屁股被什么东西搁了一下，一看，是半截手镯。他知道这是他母亲手上戴的那个，就急着去找另一半，结果怎么也找不到。这时雨下了起来，宝儿经不住就躲进旁边的一个垃圾桶里。第二天他被一阵吵闹声弄醒了，原来是两个捡垃圾的人彼此陈述自己拥有该垃圾桶的理由，一个说先来后到，另一个说以记号为先。谁证明你先来后到呢？谁证明哪个是你的记号呢？两人同时指着宝儿。宝儿迷迷糊糊地说：俺什么也不知道呀！两人劈头盖脸就要揍他，一个路人制止了他们。

那路人西服革履，戴着眼镜，手里还拿了个烟斗，一副和蔼的样子。他蹲下来询问宝儿的遭遇，宝儿一股脑儿全说了。路人拉着他的手说：小老弟，跟我走，好吗？宝儿说：不！俺要等俺娘，还要找俺爹。路人没说话，咳嗽几声，起身离去。两个捡垃圾的赶忙凑过来，问宝儿刚才那人说什么了？宝儿说那人要拉他走。一个说，万万不可，如今贩卖小孩子的人老多啦！另一个说，要走也跟他们走，一起捡垃圾，保证一天三个大馒头。宝儿摇摇头。两人同时骂道：啊呸！小赤佬！不识抬举。宝儿委屈地说：他们说俺爹是赤党，你们又说俺是小赤佬，俺不明白呀！两人听了“赤党”两字，吓得赶紧跑了。路人又回来了，手里多了三个热腾腾的大馒头，宝儿抓过一个埋头就吃。直到吃完去拿第二个，他才注意到那人的另一只手还端了一碗豆浆。宝儿有些胆怯了，将伸出去的手缩了回来。那人问：跟我走吗？宝儿还是摇摇头。那人说：要是我帮你找到你爹娘，你跟我走吗？宝儿想了想，说：那要听俺爹俺娘的。那人笑了笑，将豆浆和两个馒头放在宝儿手上，然后起身指着前面说：前面的路口向左边走，遇到路口再右走，有一个学堂，我在那教书。

宝儿一直想离开垃圾桶去学堂看看，但害怕父母回头找他不到，就忍着不动。正中午这会儿，父亲终于出现了。一瘸一拐的，除了满脸是伤，手里还多了一根拐杖。宝儿赶忙上前搀扶，父亲劈头就问:你娘呢? 宝儿摇摇头。父亲又问:那你手里的馒头哪来呢? 怕是偷的吧? 宝儿使劲摇头。父亲举手要打宝儿,那个教书先生出面拦住了。他夸奖了宝儿一番后,询问起父亲的伤情来。父亲说,那些个大兵强迫他承认自己是赤党,他不认,大兵就用大棒子砸他的腿,一直砸到他昏过去。等他醒来,大兵威胁说再不承认就枪毙了他。幸好有个大兵是山东的,他悄悄问老乡,要是承认了呢? 老乡说,那就更应该枪毙了。所以父亲一咬牙说,死了也不是赤党。不知怎的,隔了一夜他就被放了出来。教书先生撩开父亲的裤腿,神色紧张地说:我必须送你去医院。

到了医院,医生说:情况不好,需要截肢。宝儿不解地问:截肢是啥意思? 医生说:就是用锯子把腿锯了。宝儿吓坏了,使劲拽着医生的大褂喊道:你太狠心了! 你太狠心了! 教书先生强行把宝儿拉开,父亲被抬上担架送去手术室。教书先生叮嘱宝儿不要乱动,就去缴费处了。宝儿不老实,趁人不注意溜进了手术室,那时护士正好给父亲打完麻醉剂离开了。不知哪来的力气,宝儿背起昏迷的父亲,拼命往外跑,一直跑到医院外一个僻静的弄堂里。雨又淅沥沥下了起来,宝儿找一块破油毡盖住两人,既躲人又避雨。不知过了多长时间,雨停了,宝儿掀开油毡,发现父亲还是一动不动。他叫了叫,没有反应,又推了推,没有动静,就又用手摸摸父亲的鼻孔,没了呼吸。他慌了,赶忙跑回医院找来医生。医生告诉他,父亲死了。

宝儿不相信自己成了孤儿,就待在那个垃圾桶旁,想象着母亲抱着妹妹来找他。几天过去,母亲没有出现。他动摇了,脚步开始朝那个教书先生指向的学堂挪动。朗朗的读书声让宝儿忘记了一切,他站在大门口向里张望,并立下誓言,将来一定当个医生。

铃声响了,一群穿着制服的学生跑到操场上,嬉笑打闹。宝儿顿时觉得格格不入,胆怯地想走开,为首的一个留分头的男孩叫住了他,并示意他翻墙进来。宝儿不敢,分头男孩说他有个好玩的游戏,一定要他参与,旁边的跟着积极附和。宝儿信了。分头问宝儿:见过火车吗? 宝儿摇摇头,说:只见过小火轮。分头男孩从口袋里掏出一盒洋火，将洋火棍撒在地上，然后摆成两排，对宝儿说：这是火车轨道。大伙唏嘘一片。分头男孩又取了两根洋火棍，用拇指和中指将这两根的洋火头按在洋火盒两侧的磷片上，对宝儿说：这就是火车。宝儿一头雾水。分头男孩用那两根洋火棍当做两条长长的腿，开始行走在两排洋火棍中间，并且大喊：开车喽开车喽！大伙见状，也纷纷跟着起哄“车开啦车开啦”。分头男孩将“火车”交给宝儿：你也来试试。宝儿怯生生接过火车，按他的做法小心翼翼去“开火车”。背后有人突然喊了一声：哥哥不要！宝儿抬头看去，是一个小女生。趁宝儿愣住这会儿，分头男孩猛地将手拍住宝儿的手，“火车”即刻起火。铃声响起，大伙趁势一哄而散。宝儿疼痛难忍，一屁股坐到地上，慢慢摊开手，发现拇指和中指全被烧焦了。那个小女生问：疼吗？并伸出手要拉宝儿。宝儿说：还好，不算疼。自己站了起来。小女生说他姓李，叫仁英，刚才那个家伙是她哥哥，叫仁俊，很坏的。宝儿憨憨一笑：不，他不坏，他告诉我什么是火车了。仁英哭笑不得，然后说带他去包扎，宝儿没有动弹，她就拽着他往前走。医务室里传来那个熟悉的咳嗽声，宝儿挣脱仁英的手跑了进去，那个教书先生正让校医看诊。教书先生又惊又喜，宝儿已是泪流满面。

教书先生叫柳仝应，其实也是这个学堂的校长。他不但答应让宝儿留在学堂里念书，还要以“小老弟”的名分领至家中收养。柳母念其年龄与自家女儿相仿，提议做义子更为妥当和融洽，校长同意了，并且给宝儿取了个学名炳文。宝儿姓秦，全名秦炳文。校长的女儿叫问清，比他小 2 岁，也在这个学堂上学。

校长的家在梅兰坊里，离学堂隔着几个弄堂。开始问清一直拉炳文的手一道去上学，后来他不让她拉了。问清说：你嫌我拉不动你，你拉我呀！炳文并没有去拉她的手，径直朝前走，头也没回。其实这并非炳文的本意，而是那个叫仁俊的不让他这么干的，理由是：柳问清是他的“娘子”。他心里就含混了，再让她拉手吧，等于是告诉仁俊，她不是你的“娘子”，其实他并不怕这个，而是怕仁俊会向大家高声嚷嚷“秦炳文的娘子是柳问清”。眼下，她却要他主动拉她的手，他就更畏惧了。畏惧的同时，他也在盘算着：他如此无声无息地拒绝她，她会不会耍大小姐脾气，在她爹妈面前告他一状呢？问清这边，不但没有如他所愿，反而更加紧密地缠着他，课间要他讲他家乡的故事，回到家里要他听她弹钢琴。炳文不愿意说家乡的事，不是因为嫌弃家徒四壁而难以启齿，而是想，腾出的时间应该用来打扫院子，搬运东西，或者去伙房里帮着择菜，在家里更应该分担柳母的家务活，他才能心安理得。有一次他因为帮着卸货，一下子扛了两袋子大米，结果腰给扭伤了。校长不但没有表扬他，反而厉声道：我是让你当学子的，不是叫你做孝子的，以后再看到你干活，我是不是就要付你工钱了？话像把尖刀直刺炳文的心。他顿时觉得委屈，想哭但又哭不出来。问清走了过来，拉住他的手去了琴房，柳母从外面搬了把椅子，让他坐下。问清弹起钢琴。

起先炳文是不认为钢琴声有多好听的，但是这一次，他哭了。哭得不是觉得委屈，而是感受到自己不再孤单，感受到家庭的温暖沁入心扉，更感受到校长的教诲发自肺腑。他擦去泪水那会，心里再次立下誓言：当医生，当个顶级医生。而对于问清，炳文再也无法回避她的热情，也无法冷落她的善良，日积月累，他原本感觉自己是被这世界冷落的孤岛，没想到有一只小船不知不觉成形，并且悄然驶进他的心海。他既期待着这只船缓缓靠岸，但又担心这只船是否漂泊不定，同时也怀疑自己是否配得上这样一只高傲的小船。为了打造宽阔而安适的港湾，让这小船悠闲自在地荡漾，他的读书劲头在报答校长的动机上，又增添了新的引擎。似乎所有人都为动荡的时局所震颤，哪怕是花草树木，而他却如同一尊雕塑，任风吹雨打也纹丝不动。

校长的这个学堂，不仅有小学，还设有中学部。九年后，炳文终于读完所有课程，并以超凡的成绩获得美国霍普金斯大学的录取，学费也得到推荐人伯特利医院院长石美玉女士的资助。当全家人向他祝贺时，另一件事情却突然中止了这种高昂情绪。

柳母突然接到日本领事馆的通知，限令她在规定的日期前必须返回日本。家里顿时大乱，问清死死抱住母亲不放。宝儿也不理解，日本人凭什么要柳母去日本呢？校长使劲咳嗽起来。柳母说，她去找些人，希望他们在领事馆的熟人能通融一下。校长说，不论结果如何，要求问清必须做一个选择，要么随母亲离去，要么跟父亲留下。问清没有回答，眼睛死死地盯着炳文。炳文懵了。离去？好不容易在他心海里建起的小船顷刻间又化为乌有了，他无法苟同；留下？这当然是他的真实想法，可是这样说了，又觉得无法让柳母承受。校长对他说：你是家中一员，完全可以发表你的意见。秦炳文只好说：那年我娘生下妹妹，我爹嫌是妮子，就要送人，我娘不同意，两人大吵大闹，我就出了个主意。所有人都惊喜地看着他。炳文说：抓阄。校长和柳母哭笑不得，问清更是大失所望。炳文忽然感觉自己不但傻，而且更加地发现他对这个家庭与其说陌生，不如说是完全看不懂了。他不知道该如何给校长解愁，也不知道该如何去安慰柳母，更不知道怎么向问清解释他的无奈和无知。淤积在他心头的疑团是，柳母为何一定要回日本呢？难道她是日本人？可是相处将近十年，从哪个方面也没有发现她像日本人呀。唯一让他找到线索的是，柳母出门时偶而会说，到同文书院去，而这个同文书院据说是日本人开办的。总之，柳母一定和日本方面有不可告人的瓜葛。

柳母从领事馆回来，似乎带来了一线希望。她说，通知虽是外务省的一级通令，但有个附注说，如愿留下来的，必须在华的驻军部门中供职。问清欣喜若狂，扑在母亲的怀里撒娇，柳母却神色紧张地看着丈夫。校长很干脆地说：想也不要想！然后大声说：倘若谁要与日军为伍，我将与之断绝一切往来。屋里的一切，包括空气，似乎都凝固了。一阵子，家里陷入少言寡语的境况，除了校长不断加重的咳嗽声，就没有其他的动静，似乎每个人都积攒着千言万语到离别那一刻倾诉。柳母离去，已成了定论，但问清是留是走？炳文没有得到答案。他想问，又不敢，他担心答案没有得到，反会招惹问清的一顿奚落。他唯一能表达的是，放弃赴美留学，留下来帮助顶住即将失去柳母的家。他的话刚一出口，全家人便喧哗起来，尤其是问清，接近指责地对他说：你这是无事生非呢？还是在幸灾乐祸呢？炳文显得很无辜：我说的是真的呀！柳爸爸身体慢慢变得不好，柳妈妈要盘缠，大小姐还要上学，就算我的学费有，可是生活所需的款子还是一大笔呀。校长伴着咳嗽声斥责道：我再次提醒你，我培养的是学子，用不着你在这里充当孝子贤孙！炳文愣了。柳母劝道：孩子不过说了句实在话，你不用这样认真的。炳文觉得委屈，眼眶里顿时潮湿起来，就赶紧跑到院子里，好让泪水被风吹干。问清来了。她递给他手帕说：你一定要听阿爸的话，安心做个学子就是了。然后又笑着说：阿爸还等着你把他的肺病彻底治好呢。炳文觉得她笑的很美，不但美在她脸上，更美在自己心里。

离开中国的期限越来越近，柳母最终提了个建议，在她走之前一定要为问清举办一场钢琴演奏会。校长看了一眼问清，问清并没有惊讶，似乎提前知道这事。来参加演奏会的这些家长，从穿戴上看是那种有修养的有钱人。演奏完后，问清在掌声中垂泪谢幕。校长更纳闷了。柳母说：女儿之所以难过，是因为今天的演出其实是她和这架钢琴告别的演出。众人不解其意，议论纷纷。柳母继续说：这架斯坦伯格钢琴产自德国，是我从日本带来的，问清想卖掉此琴。众人唏嘘一片，质问为什么？问清回答说：这架钢琴曾经被德国人巴克豪斯演奏过，我做不了他那样的演奏家，不配拥有它。众人对钢琴赞叹不已，却始终无人出手交易，因为他们知道这架钢琴的价钱，不是一般人能问津的。突然有人高喊：我来买。众人回头看去，是仁俊举起手来。所有人咂咂嘴，只当这位轻狂少年开玩笑罢了。仁俊很自信地走到问清身边，声称要以最高的价格买走这架钢琴。屋内一片哗然，直到有人拍起巴掌来，大家才算安静下来。鼓掌的人是仁俊的母亲，她边鼓掌边从椅子上站起来，众人见状也赶忙鼓起掌来，并爆发出喝彩声。仁俊和问清并排站着，显得无比骄傲无比自豪，而问清的眼睛里似有闪动的泪花。这是幸福，还是难过呢？这一刻，炳文的心仿佛被一把利剑刺中，疼痛难忍。他感觉自己的脸色极其难看，无法在这个喧闹的场合待下去，而且仁俊一旦发现他的难堪，不知道该有多么开心。他快步冲到洗手间，企图用冰凉的水洗净脸上的难色。从此他心中只有一个念头:总有一天他要赎回那架钢琴。为了铭刻这个念头,他到屋外写下誓言,决定将它封存起来埋藏在校园后院那个小山岗上,以表达永生不变的心。

仁英站在他身后,轻声叫了他一句。他庆幸刚才的难堪已经清除,就回身拼凑起笑脸:怎么不去为仁俊喝彩呢?仁英说:这话我正要问你呢?人家都在屋里庆贺,你却在这里独自徘徊,莫非有什么心事?炳文不置可否。她笑了笑,问:你没发现我今天有什么异样吗?他打量一番:哦,有有,你比以前爱笑了。她有些扫兴,指着头上的花说:好看吗?他说:嗯,好看。她又问:香吗?这是新摘的茉莉花。他摇摇头:这么远,闻不到。她嗔怪道:那你就近点呗。他心里异样,不敢动。她干脆摘下花,递给他:你拿去闻好啦。为了表明自己心中无鬼,他伸出手去接。仁俊忽然冒出来:哈哈,你们俩在这里神头鬼脑的,想干嘛?炳文赶紧把手缩了回去。仁俊回头大喊:问清快过来看呀!问清跑了过来,炳文慌忙解释说:没什么的,仁英摘了一朵花,让我猜猜是不是茉莉花。问清说:我们家院子里有茉莉花的,还用猜吗?炳文还欲申辩,仁英说:我看炳文哥哥一个人在这里,逗他开心呢。仁俊质疑炳文:咦,大家都高高兴兴的,你为什么闷闷不乐呢?然后他猛地拉起问清的手说:不会因为我和问清妹妹友谊地久天长吧?炳文重复道:不是这样的,不是这样的!说完掉头就跑。

跑了很远很远,他觉得腿不听使唤了,就埋头坐了下来。他不看天,因为那样会让他走神,找不到问清。他看地,地上就冒出问清一眨一眨的眼睛。他伸手去抓,却抓了个空,他又去抓,还是抓个空,就又抓。抓着抓着,另外一只手也来帮他来抓。宝儿一看,是仁英。她问:你抓什么呢?是蚂蚱吗?我怎么没看见呀!他说:其实我也没看见,哦,我该回家了。她的脸憋红了,然后说:还早,可以邀请你去我家吗?他不知所措,生硬地问:为什么要去你家?她就笑了:因为你坐在我家门口呢!他这才发现,他的确坐在一栋大洋房的院子门口。

炳文见到了她阿爸,好严肃呀!她从电冰箱里取来冰激凌,他不敢吃。她阿爸终于笑了，说这是巧克力味的，男孩子吃了有力量。他不相信地顺从了。他头一回有了这种感觉：冰到嘴巴，暖到心里。许多年后，这种感觉在他人生的旅途中，不断涌现。

他悄悄回到家中，却不小心偷听到柳母对问清说：离开阿妈是早晚的事情，你留在这里，等待的不是我，是炳文，他是个好孩子。炳文深深感受到这位养母细腻入微的慈爱。她多待一天，就等于积蓄了他心中愈加厚重的思念。很难想象，柳母一旦从家中消失，他该有多少眼泪要流淌。万万没料到的是，就在柳母订好船票即将离开的头一天，她却突然失踪了。校长四处打听，炳文连江边打捞尸体的地方都去了，还是毫无音讯。就在大家绝望的时候，柳母突然穿着一身日军戎装出现在大家面前。大家惊呆了。无论柳母如何解释，校长还是坚定不移地和她结束夫妻关系，并声明问清也与她断绝母子关系，炳文也从此和她不再往来。柳母含着眼泪离开了。

在炳文看来，以柳母的品性，她之所以留下来，一定是不想要这个家支离破碎，也一定是她不能割舍对大家的爱。为何校长不容许她好好解释呢？在炳文眼里，校长也不是那种无情无义之人呀！出现如此尴尬的情形，究竟有什么理由让这个尴尬的情形成立呢？或许这里头真的有别的隐情？莫非柳母真的是日本人？他要找问清问个究竟，可是她并没有回答他，只是不停地抽泣。炳文无法忍受她眼泪的煎熬，终于有一天拉着她的手往外走，直到那个垃圾桶的地方才停下。问清很奇怪他为什么要拉她到这里？炳文说：就是在这里，我和娘走丢了，我有娘见不着，你有娘却不能见。然后柳母出现了。问清惊慌失措。炳文说：是我约的。问清噙着泪水，但还是选择扭头就走。炳文一把拉住她：不管怎么说，她是你娘呀。问清说：以前是，现在不是。说完她就跑得无影无踪。炳文想追，柳母拉住了他，并告诉他一切。原来柳母确实是日本人，真正的名字叫水谷佳，是柳仝应在日本留学时结识的。柳母对炳文说：那架钢琴是问清提议要卖的，目的是让你有充裕的费用安心留学。

即便柳母这一番话如此感动他，他还是不敢确认，问清对他的这种关爱，究竟是情爱？还是亲情呢？一直到了美国他才开始后悔，为什么在码头告别的时候没有把内心的话说出口呢？虽然那天是个雨天举着伞，不便说话；虽然那天码头送客的人很多，不便大声说话；虽然那天仁俊、仁英站在旁边，更没有单独说话的机会。但在此之前呢？有的是时间和场合去表达呀！说白了，只怪自己胆小，不自信，生怕问清一口回绝，自己连梦也做不了。不过有一件事情，还算值得庆幸，在离家的那一刻，他将娘遗落的半截手镯有意留在了问清房间。她早该发现了呀，为什么没有回应呢？问清呀，问清，她的心到底是怎么想的呢？炳文虽然在心里这么问，但在寄出的信中却还是中规中矩的，礼节性的问候语，礼节性的汇报词，没敢使用半点过分的情感用语，只是最后他加了一句：思乡心切，假期亟待回沪。问清回信报家中平安后告诉他，她报考了护理专科，等他回来开一家诊所，第一个病人就是父亲，结尾附上校长叮嘱：近来时局不稳，不回为上，望专心温课便是。虽然结尾有些遗憾，但问清的鼓励令他开心极了，忍不住他就抄了一首勃朗宁夫人的十四诗，单独给她寄去。可是一个月过去了，没有回信，又一个月过去了，还是没有回信。他心情坏透了，精神恍惚，常常走错教室，误了上课。

妻子直愣愣地问：那水谷佳回日本不就完了嘛，干嘛装神弄鬼地弄套鬼子服套上，存心和他们父女俩过不去，是不是？我有些烦：我是在跟你讲爱情故事，你怎么节外生枝呀？妻子不冷不热道：你这故事也太拖沓了，我先做饭，整理整理后你再跟我讲。我对妻子的表现十分不满，故事是祖父讲的，我怎么能随意整理呢？要是我整理，就成我讲祖父的故事了。不过仔细一想，祖父对这个宝儿的事情如数家珍，细节都记得那么清楚，并且赋予那么多的情感因子，莫非这宝儿就是祖父自己？但是二弟的故事中，那个秦炳文不是死了吗？按照二弟的故事推断，问清明显死了，她要不在人间，宝儿永世不变的爱情誓言就注定他单身独处，更不该有后人，即便有，亦非嫡系。祖父真就是宝儿，那祖母又是怎么回事呢？会是安如倩吗？

安如倩是秦炳文在霍普金斯大学的同学，确切地说应该是比他高二届的学姐。她生在九江，不到两岁就去了美国，中间在上海念过中学。她性格开朗直率，热情大方，面对难得来自中国的小学弟显得格外关心。见到炳文整天愁眉不展，就前来疏导。开始炳文是乐意接受她的，但是后来就退避三舍了。原因是，同寝室的中村敬一屡屡提醒他，安如倩和他同届，两年前就已经是他的心上人了，希望炳文不要成为他的障碍。

将近三个月过去，信箱里还是空空如也。他垂头丧气地回到宿舍，发现中村正阅读报纸，过去一看，是有关日军对上海发动大规模进攻的新闻。他紧张万分，担心校长和问清惨遭不幸。中村见他如此惊恐，就劝他镇定，大日本皇军进攻上海，不是冲着平民去的，目的是惩罚支那军队的暴戾，促使贵国政府觉醒。炳文驳道：自家事情自家解决，用得着别人假仁假义插手吗？中村辩道：唐土盛世，引来世人膜拜，日本也从中汲取了大量精髓，可是清人入关后，贵国就开始逐渐走向没落；东亚病夫这个词，虽然最早源自英人，可贵国梁启超先生也附和道，夫中国东方病夫也，其麻木不仁久矣，然病根之深，自中日交战后，地球各国始悉其虚实也。炳文只淤积着怒火，嘴里却不知用什么驳斥他。中村继续津津乐道：日本不忘先师，鼓勇气以报贵国，没想到结果竟是这样，按支那人的一句谚语就是“狗咬吕洞宾，不识好人心”。炳文忍无可忍，一记重重的直拳击在对方的鼻梁上。中村立刻晕厥过去。

校方得知消息后马上通知了警察局，安如倩前去劝阻，说双方争执纯属同学之间的正常纠纷，秦炳文不过是一时冲动而已，不至于构成恶意伤人事件。警方表示，是否拘留监禁，取决于受害者的意愿。安如倩只好向躺在病床上的中村求情，希望他取消对炳文的指控。中村写了一张纸条递给她，她看后，脸顿时变得通红。那上面写着“第一，安如倩小姐必须接受中村敬一先生的求婚；第二，秦炳文先生必须当着全校师生向中村敬一先生道歉。”

待她平静后，她说：“中村君，能不能把这两件事分开？等解除了第二条我们再谈第一条。”

中村指着包扎的鼻子说：“经医院诊断，我的鼻骨骨折，虽然不算重，但秦先生恐怕要以故意伤害罪判处三年以下的监禁。”安如倩没有说话，他抓住她的手激动地说，“我知道这样对你很过分，也很不公平，但是我不这样表达就要失去你呀。”她挣脱开他的手，去找炳文，把中村提的条件说给他听。

“岂有此理！这分明是《马关条约》嘛！”炳文大怒。

“你先冷静一下。”她说，“中村说，只要答应其中一条就 OK。”

“我宁可被监禁，也绝不会给他道歉。”他依然怒气未消。

“为了你的自尊，你宁可在牢房里蹲满三年？”她揶揄道，“这是在美国，你打个东洋学生算什么？有本事你攒足了力气回去打日本鬼子呀！”炳文没吱声，她继续说，“这只能说明你心理脆弱，经不起半点风浪。幼稚！鲁莽！可悲！上海话就是你斗五斗六的，晓得不了！”炳文还是没有吭气，她冲他喊道，“你说话呀！”

他不紧不慢地问：“你真的希望我当着所有人的面，向他道歉？”

“当然不是。我只是提醒你，以后别逞匹夫之勇。”她语重心长地说，“既然我们选择要当医生，别人可以拿刀去杀人，而我们拿的刀是要救人的。”

他低头不语，她动身要走。他觉得不对劲，就赶忙拦住她：“我问你，你喜欢中村吗？”

“比起你的自尊，我当然选择喜欢了。”她口里这么答道，心里却想：这个秦炳文呀，真是个木瓜！要是真喜欢，我还用在你这里浪费口舌吗？

他直勾勾盯住她，那眼神是安如倩从来没见过的，其实他也从来没有这样正视过任何异性。她毫无心理准备，嗫嚅道：“你，你想干嘛？”

“哦哦。”他支支吾吾道,“我现在才发现,你的脖子上挂的是十字架。”

“是呀!”

“你信上帝吗?”

“你就算它是个纪念物吧! 上帝也信,菩萨也信。”

“哦,那既然信他们,就不该撒谎。”

“你什么意思?”

“我是想问,你真心喜欢中村吗?”

她显得很沮丧,就说:“喜欢,我当然喜欢。比起你,中村起码不是个木瓜。”然后她咯咯地笑了起来。

“别笑了!”他感觉这种笑太假了,“把它给我!”不等她反应过来,他就一把夺过那纸条,撕个粉碎。

“你在干什么?”她愕然道,“你疯了?”

“不! 我没疯。”他很淡定地说,“学姐,请你转告中村敬一先生,我愿意通过喇叭,向全体师生表达我对他由衷的歉意。”

校方答应他的请求。为了让学生在动荡时局里更懂得珍惜潜心修学的大好时光,教务长亲自把持话筒,先专门将此次事件做了详尽的铺垫,然后请出肇事者,期待他表达出最诚挚的悔意。但是万万没料到,炳文只说了一句话:我万分后悔的是,没有将对方一拳打死。全体听众目瞪口呆。警方即刻又返回校园,将炳文戴上镣铐,投入监禁室。他懒得去想后果会是怎样的严重,只祈求自己早些入睡忘掉一切,但又有一个不能落实的答案,让他不能如愿。因为假如有一天问清问起此事,他该如何回答呢? 说自己是为了捍卫民族的尊严,才出手伤人的? 可学姐说了,要是真想当英雄,就回国用真刀真枪跟真鬼子干,何须在这里出闷气。说自己因为心情不好,正好找到一个宣泄的物件才出手伤人的? 要是这样,校长一定会很悲伤地说:炳文,你辜负了养父的期望,更对不起你死去的亲爹……

“杰弗森,杰弗森。”第二天一大早他被人叫醒。杰弗森是他的英文名字。他满眼惺忪被带到存物处,觉得不对劲就问,究竟发生什么事了？警察让他拿好自己的东西，说他可以走了。他不解地问为什么？警察说有人缴了保释金。他问谁？警察说那人在门外等他。走出大门，接他的人是安如倩。一夜之间，她从哪里筹来那么多的钱呢？

“这保释金会很多的呀？”他问。

“反正我是掏不起的。”她说，“就算能掏，也不会为你这样的木瓜掏的。”

“学姐，你这是什么意思嘛？”

“钱确实不是我缴的。”

“不是你，那是谁？”

“你猜猜呗。”她俏皮地瞥了他一眼。

炳文似乎猜出是谁，但又不甘愿这样：“请你不要告诉我，是你求中村缴的。”

“切！你都把条约撕了，还指望我去求他。”

“那是谁呀？学姐。”

“我不认识他，可他认识你。”

“认识我？”炳文一脑子浆糊，“谁呀？”

“咔嚓”，忽然有什么东西闪耀了一下，他这才发现路边停了一辆出租车。

“哈哈，炳文兄。”李仁俊手里举着个照相机从车里走了过来，“我大老远来看你，没想到你待在这地方。”炳文觉得很尴尬，仁俊指着安如倩说，“她都跟我说了，你干得好呀！那小日本就是欠揍。”

“也别这么说。”安如倩说，“中村目前并没有向检察官提起诉讼。”

“他真这么大度吗？”炳文盯住她，希望她没去他那里乞求，“和你没关系吧？”

“一边待着去。”她绷着脸，“我什么也没做。”

“对呀！炳文，人家什么也没做，你干嘛盯着人家看？”仁俊有些兴风作浪，然后对安如倩说，“我还是头一回发现我哥哥这样看人的。”

“是吗?”她不希望他误解,“我可是第二次接受他这种眼色拷问了。”

“是这样呀!”仁俊不怀好意地看着炳文。

“你不要乱想。”炳文打住他。

车子在一家中式餐馆停下。仁俊点了一大堆菜,炳文却吃不下,只想从他嘴里得到家里的消息。仁俊说:你不吃,我就不说。炳文勉强就吃了。吃完后,仁俊又将炳文和安如倩拉成并肩,说:你不照,我就不说。炳文僵着脸。仁俊说:你不笑,我就不说。炳文不从,仁俊就有些急:“我好不容易在这里买到德国造的爱克山泰 135 单反相机,你咋能扫我的兴呢?”

炳文无奈,只好去笑,但笑得很生硬。然后仁俊说,他在光华大学报学系学的就是摄影,“8·13”事变后,学校迁到江西庐山,他没跟去,留在上海的黑白影社里混。说完他继续摆弄那崭新的照相机。

“哎呀,我说仁俊,快告诉我家里的情况怎么样了?”炳文实在忍不下去了。

“嘻嘻,不用急的。”仁俊笑道,“家里和学校都在公共租界里,日本人再咋样也不敢把战火烧到那去。英美这么强大,日本人不敢惹的。我阿爸被推举为船运商会的会长,日本人拉他合作建了一个新学校,柳叔叔被聘去任校长,身兼两职,够忙碌的。”

炳文高兴起来,但觉得不过瘾,就继续问:“那问清呢?”

“哎,你咋不问句仁英呢?”仁俊责怪道。

“哦,当然,她怎么样了?”

“仁英病了。”仁俊低沉地说。

“病了?”炳文瞪起眼睛问,“得的是什么病呀?”

仁俊放下照相机,叹道:“她要是看了你和安小姐的合影,病会更加严重的。”

“跟你说了,不要乱想。”炳文正色道,“安小姐是我的学姐,我是安小姐的学弟,仅此而已。”

仁俊苦笑道:“我那妹妹起早贪黑地念叨你,得的是相思病呀。”

炳文看了一眼安如倩："你瞧！我这个不正经的弟弟，就是能胡扯。"

"炳文兄，兵荒马乱，我千里迢迢到美国好容易找到你，难道就是为了在你学姐面前胡扯吗？"仁俊把脸拉得很长，"你晓得问清为何几个月没给你回信吗？"炳文屏住呼吸，等待答案。"原因很简单，就跟你不给仁英回信一样。"炳文摇摇头，又看看安如倩，她也摇摇头，仁俊忽然又笑道，"这还不明白嘛，我和问清马上就要结婚了。"

炳文脑子嗡的一声，呆若木鸡，安如倩轻轻碰了他一下，他也没缓过神来。

"安小姐，不用担心的，问清是他妹妹，几年不见亲人，思念之情是可以理解的。"仁俊解释道。

"嗯。你们聊，我方便去。"安如倩知趣地离开。

仁俊拿出那半截手镯："炳文兄，问清说，这是你遗忘在屋里的东西。"

炳文十分诧异地问："怎么在你这里？"

仁俊答道："当然是问清托我带过来给你的呀。"

炳文忙问："她还说什么了？"

仁俊摇摇头："啥也没说。"

炳文接过手镯，反而感觉像丢了它似的。这时安如倩回来了，仁俊马上说："校长说国内战事频繁，人心惶惶，再三让我叮嘱你，在异国他乡好自为之，全心做个学子，将来在医学界大有造诣，以权威人士立足国际。"

炳文已经安静下来。他问仁俊什么时候离开？仁俊说看到他平安无事就可以离开了，并说还要抽出时间给问清挑选结婚钻戒以及好看的时装。炳文无法去设想问清和仁俊并肩走在一起，他会以什么样的态度面对他们？而他过去的种种揣测和想象，都显得那般荒唐可笑，正如安如倩讥讽的那样，他是个彻头彻尾的"木瓜"。不管怎样，这是问清的选择，他没有任何权力去阻拦和干预，更何况他是她哥哥,他要尽可能地去祝福和恭喜他们才是。仁俊临行前,炳文交给他一片橡树叶子,仁俊正反看一遍,没发现有什么异常。炳文笑笑说:“没什么的,学校橡树多,落叶自然也多,我不过选了一片相对完整的,将来和你们见面的时候,希望它依然是完好的。”

安如倩叹道:“没想到,你秦炳文这个冈巴兹,还那么富有诗人气质。”

冈巴兹是上海话,指那些傻兮兮的乡下人。炳文只当学姐在嘲讽自己,并不去领会可能隐含着的其他任何意义。几乎接近寒假了,他还是得不到家里的任何消息。他可以理解问清,也许婚后为琐事纠缠无心提笔,可是校长呢?难道真就累得连信都写不动了?他显得焦躁不安,常常把白天的困惑带进夜里延续,又时时把夜里的恍惚放到白天里解析。偶然他就想,萦绕他的梦到底发生在白天呢,还是在夜里?他的唉声叹气,招致他新进舍友比帕的强烈不满,幸好有安如倩常来为他开导解围,否则他的种种迹象非得让比帕到舍监那里指控他为幽闭抑郁症不可。

“你呀,还真应该找中村聊聊去。”安如倩说。

“我为什么要找他?”他很不屑。

“据他吹嘘,他正着手提出一项有关神经科学方面的课题,而且这个课题居然还得到睡眠障碍研究中心罗斯教授的赏识。”

“他的课题和我有什么关系?”他还是不屑地说。

她拉下脸:“看来你还真的病得不轻。”

他辩解道:“我活动自如,身手矫健,哪来什么病?”

“是这里病了。”她一指脑门,“虽然我不谙神经科学,但起码我了解焦虑性神经官能症,已经在你身上全面爆发了。”

他见她的脸是呆板的,就缓和态度说:“学姐呀,我顶多得了个少年痴呆症的病,木瓜而已,不要那么严肃嘛!”

她笑了起来,但马上又收敛说,本来过了这个假期她准备去医院实习的,抽空也能来学校看看他,但是现在恐怕是不能了。他就问她为什么。“姨外婆说,上海沦陷,日军强占了他们的医院。”她进而焦虑地说，“她的事业遭到毁灭性打击，希望我尽早回上海给她帮忙。”见他无语，她就说，“你不想再问我点什么吗?”

“哦，对了。”他似乎想起什么，问，“中村敬一呢?”

“刚才我不是已经说了嘛！他在医院实习。”她有些失望。

“我只是想问，你和他怎么样了?”

“怪了，他说你的时候，把我夹在中间，现在你说他的时候，又把我夹在中间。”她显得很无辜，“我都成你俩开心的三明治了。”

她走以后，除了自己，炳文还真找不到人说话。两年就这样过去，期间他只收到一封信，是校长的亲笔。上写:

炳文，见字安泰。

常挂念你，却又少于书信，虽因公事繁杂，也自知关怀甚微。只望你除去杂尘，专心治学，日后当鼎力于世界医学之林，谨记。回忆昔日，校长待你只重教学，未尽为父之责，憾矣。问清一定尚好，勿念。

另有一事相告，你表叔郑席君，原为学校教务长，为人谦恭，思想激进，吾与之甚好，常以兄弟相称。四一二清党，他被视为赤党，遭到缉杀。今与之共事，幸甚。

以后鸿雁稀落，只念吾诸事繁忙，勿怪。

柳仝应手谕　民国二十七年

念罢，他喜悦之余，心头顿时觉得有一块乌云影影绰绰压住:为什么那信封上没留下详尽的回信地址呢?

1941年夏天就要开始的时候，秦炳文读完大学，获得了医学学士学位。鉴于他成绩优异，学院决定提供他在医院担任助理的工作机会，以此作为继续攻读五年博士学位的费用担保。三个月后他赚取足够的旅费，向医院请了假，搭上了归国的邮轮。终于能回到阔别五载的上海了，他欣喜若狂。他想象校长会笑着问他:我的咳嗽你能治好吗? 而问清则会嗔怪地说:阿爸，看你问的，炳文哥哥哪里会辜负你的期望呢！但是当轮船靠近港口的时候，他开始忐忑起来。水面上停靠的船只，日本的太阳旗不但赫然醒目，而且密密麻麻，仿佛让人感觉到他们抵达的不是上海，而是横滨，或者东京。他的脚步在嘈杂不堪的人流中一步步加重，似乎他还从擦肩而过的衣服里闻到了火药的余味。这种不祥的预感，终于在他止步于柳家院门中得到验证。门上是长长的两张交叉的封条。他久久不能相信，纹丝不动地站着，直到有人在背后咳嗽了一声，他才醒过闷来。

“你手里的东西不沉呀？小兄弟。”那人问。

炳文这才发现自己一直没放下手里拎的两个行李箱。他认出对方是巷子对面杂货铺的掌柜，就问：“阿伯，柳校长和问清小姐究竟怎么了？”

“哎哟，这都快三年了，你才想起来问？”掌柜的也认出他对方，“哎呀，是炳文呀！还以为你不会再回来了呢。”

“哪里哪里。”炳文急不可耐，“快告诉我，家里到底出了什么事？”

“柳先生和问清姑娘双双被抓走了，这一走呀，就再也没回来。”掌柜的叹息道，“哎，直脾气的人都这样的，世道不好。”

“是什么人抓的呀？”

掌柜的指着门说：“那上头都写着呢。”

炳文上前仔细分辨。封条虽然已经斑驳，但依稀能分辨出落款是“上海特别市警察局”和“大日本上海宪兵队”。

他先到租界找了一家旅店落脚，然后就径直去警察局查问。警察局的人告诉他，这是两年前的案子，早就封存在档案室了。那个档案员笑了：“还真有人拿我这里当档案室呀！”炳文没明白他的意思，他开始抱怨，“维新政府的时候是我一个人，现在是汪主席当政，还是我一个人。名义上我是个档案员，其实就是帮日本人跑腿的，今天送这个，明天送那个，薪水不多，还招人骂。”

“你的意思是，我应该去日本宪兵队查问？”

“看你这口气，不像在上海混的。”档案员上下打量他一番，“敢去造访日本人，不说是个政界要人嘛，也得是个有头有脸的富商巨贾。”

“我都不是。”炳文说。

“看你谈吐举止，也不是平常人哪。”档案员又仔细端详他一遍说，“除非你有第三国身份。”

听完他的话，炳文又马不停蹄跑到宪兵队。他主动向卫兵出示他在美国的永久居留许可证，并用英文向他打招呼。不一会儿，一个懂英文的年轻少尉很礼貌地接待了他，到了办公间还给他倒上美式咖啡。

“杰弗森先生，你向我们提供有关美国的情报，我们会非常感兴趣的。”少尉的英文讲得很拗口。

炳文没敢喝那咖啡，赶忙说：“你误会了！我是来打听两个人的。”

“哦？”少尉很迷惑，“他们是谁？”

“一位叫柳仝应，一位叫柳问清。”

“听名字，他们是支那人？”

“对！是我的家人。”炳文非常肯定地说，“我刚从美国学医回来，听说他们被抓到宪兵队来，很想知道这究竟是怎么回事儿？”

少尉马上拿起电话，“哇啦哇啦”一番，不一会来了两个士兵，炳文很诧异地看着他。

“要是聊聊美国最新的医学成果，或者相关情报，我们还能继续喝咖啡。”少尉依旧显得彬彬有礼，“要是打听那两个支那人，在下实在是无能为力。你只能跟他们去更高一级的长官那里查访。”

这个高一级的长官叫冈田直一郎，是个中佐，满脸胡须。他似乎对炳文并不客气，问完炳文的履历后，非常生硬地让他表态：对柳仝应的主张，是同情和支持？还是痛恨和反对？

“冈田先生，您问了我一大堆，也允许我问您一些问题吧！”炳文显得不卑不亢。

听完翻译官的翻译后，冈田使劲敲着桌上的卷宗说：“不用你问！这上面清清楚楚记录了柳仝应对抗大日本皇军的种种罪证。其一，设立地下印刷厂，非法印制大量反日刊物和宣传单；其二，成立非法'抗倭反伪'社团，破坏日本对华教育政策；其三，怂恿参与员工暗杀日本教育督察官；其四，教唆煽动学生袭击维新政府教育长官；其五，非法贩卖违禁品，私募反日活动经费。"

没等翻译官翻译完，炳文就忍受不住喊道："够了！我简直无法理解中国人在自己的地盘上反对日本，居然说成是犯罪？那么请问阁下，日本人在东京或者在大阪反对中国，中国是不是也该派军警去东京去大阪抓人呢？"

翻译官没有翻译，直接就反驳道："日中两国在历史上签过很多合约，日本宪兵队不过是更严厉地履行了合约上的种种细节而已。杰弗森先生，您是史盲呢，还是法盲？"

"强盗逻辑。"炳文喃喃道，"难怪中村敬一也这样顽固。"

大胡子冈田非常不满意翻译官有悖职业的私语，大骂他几句后，又"伊里哇啦"了一番，然后就气鼓鼓起身离去了。翻译官对炳文道："中佐是个武夫，直截了当地要你表态，到底是反对还是支持？"炳文起身刚要张口，翻译官止住他，"其实你现在反对也没有什么实际意义，两个人早就被枪决了。"

炳文瘫坐在椅子上。翻译官递给他一张纸："你在这上面签个名字，就可以离开了。"炳文看那上面赫然写着"犯人之亲属认定书"，就一把夺了过来，撕个粉碎，脑海里蓦然闪现出当年拳打中村敬一的那一幕。没等他出手，翻译官就早早唤来了士兵，炳文被强行押进监禁室。比起军官来，士兵们显得愈加粗暴蛮横，他们只动手不动口。炳文被打得鼻青脸肿后，昏死过去，醒来时躺在病床上连说话的力气都没有了。那个翻译官过来说：既然眼睛睁开了，就可以打道回府了。炳文迷迷糊糊，以为自己在做梦。

翻译官严厉地说："杰弗森先生，因你反日倾向严重，且诋毁维新政府，有损母国颜面，决定将你驱逐出境，永不受欢迎！"

炳文觉得这太荒唐了，简直就是天大的笑话。待他能起床说话了，两个宪兵不由分说将他押送往十六铺码头。那里正好有一班从上海抵达香港的客轮……

故事完了？妻子问。我点头称是。妻子好像在责怪我耽误了她的工夫：这算什么故事呀！觉得我有些沮丧，她就用埋怨的口气安慰我道：其实这段往事对儿子来说，还算是个好故事，你早该讲给他听。我哭笑不得。我无法想象如果这段故事是祖父讲给她听，她该如何反应？按她现在的表现，祖父又该如何反应呢？想到这里，我就深深地反省出一个事实：以后给别人讲故事，要务必搞清楚是对方听故事，而不是你讲故事。你故事讲得再如何，对方不认同，就不算成功。于是我悲催地明白，祖父的故事是讲给我听的，不是讲给妻子听的，或者其他什么人。同时我也貌似明白，讲故事其实不是单纯要你听故事，而是让你听了故事去懂故事的意义，如果你早先懂了故事的意义，估计他就用不着费口舌跟你讲故事了。这样说来，我对妻子讲这个故事是徒劳了。果然她对我说：别扯那些陈年旧事了，我们说些眼下有意义的事情吧！我问：什么事？妻子答：儿子的学费。

儿子的学费确实是一笔不小的开销，靠我俩的薪酬难以支撑，幸好父亲争取到一个医学基金会的资助，才让儿子能全身心完成学业，但现在他改学历史，显然违背了基金会志在培养医学人才的宗旨，所以这笔资助款项就很可能自动取消。三个学年的学费和生活费，加上往返机票，我们无力承担。妻子说：要么呢，让儿子迷途知返，要么我们去美国强力带他回来，我已经加急预约了签证时间，你看着办吧！说完，她扭头睡去了。

迫于妻子的压力，其实也是我应该做的。我只好鼓起勇气再次找祖父通融，为了防止祖父拒我出门，我必须拉着小妹一起前往。小妹正在训导一个病人，满脸严肃的样子让我觉得是幼儿园的阿姨。不过那个病人看起来挺正常的，走的时候还迎面向我打招呼，我刚要坐下来跟小妹说话，那病人又回来了，非常真诚地对我说：我必须给你提个醒,你的穿戴太男性化了。我说:我就是男人呀。他很不高兴地说:一个大姑娘,说谎也不脸红。说完就走了。我即刻以此为例,恳请小妹一道去看看祖父。小妹依然没有顺从我,她说:我从事精神病学,完全是爷爷的鼓励和教诲,你怎么还指望我去给爷爷诊断出精神病呢?这不是开天大的玩笑吗?我意识到,祖父也一定给小妹讲过另外的一段故事,小妹果然承认,那故事不但细致周全,祖父还是分了好几次给她讲述的。当然啰,这要归功于她的好奇心,如果不是她不断索取悬念中的答案,祖父有再大的耐心,也不一定有那么多时间的。

故事是从1945年日本无条件投降以后开始的。

是年深秋,一个年轻人来到上海,按照信封上写的地址他找到了梅花巷320号。院门半开,露出一张年轻女子的脸庞,她问:"先生您找谁?"

"我找管菽芹女士。"年轻人答道。

"哦,您找房东太太呀。"

"房东太太?"

"是呀,管菽芹是她的名字。我们都叫他郑太太。"

"哦。"

那女子说:"不巧她前两天出门了。好像是说去了香港。"年轻人有些失望,她马上安慰他,"不过不要紧的,太太说过两天就会回来的。先生贵姓呀?"

"哦,免贵姓金。"年轻人一脸诚意道,"叫我金复生好了。"

"我叫阿枝。"阿枝满脸绽开笑容。她这一笑,他恍恍惚惚觉得在哪见过。"金先生,要是太太回来的话,我怎么通报您呢?"她认真地问。

"哦,这个。"他缓过神来,"不好意思!我刚从重庆过来,暂时还没有住下来,等我有了地方,再回头告诉你。"

"不要紧的。"她说,"不过您要有啥急事,我可以转告的。"

"哦,不用不用。"他马上说,"谢谢!我会再来的。"

他到公共租界找了家旅店住下来，除了等待管菽芹回来的音信，不想再见到别的人，也不希望有其他任何事情缠绕。不过当他从报纸上得到一条有关伯特利医院在废墟上重生的消息时，他觉得不管怎样，感恩的事情是不能不做的，因为该医院的创建人石美玉女士曾经资助过他赴美留学。但是万万没料到的是，在院长的办公间他还是遇到了熟人安如倩，而且从院长的嘴里还得知石女士是她外婆的姐姐。院长说董事长正在美国为伯特利的复兴筹措资金和招募人才，很希望他这样的海外学子能留下来为国效力。他说他会好好考虑的，然后礼貌地告辞。

“喂！秦炳文。”安如倩追上他质问道，“我又不是鬼又不是魔，你为何要这样避开我？”

“我不叫秦炳文。”他回过头来说，“我叫金复生。”

她愣住片刻，旋即又嘲笑道：“这战乱才几年，你就变得驴唇不对马嘴了？”

他没有理她，继续往前走。

她跑到前面拦住他：“你目中无人也就罢了，连自己也不想认了？为什么？”

他环顾左右，说：“你最好不要穿着白大褂对我说话，好吗？”然后找到椅子一屁股坐下去。

她将白大褂搭载胳膊上，靠了过去。半天，她才开口说话：“炳文，几年没见，你究竟是怎么啦？”

“我再强调一遍，我叫金复生。”他口气还是那么坚定。

她没有和他争执，缓和口气说：“不管你现在叫什么，但是你在我记忆里是秦炳文呀！”

“秦炳文已经死了。”他低下头。

“好，这个问题我们不纠缠了。”她想抚摸他的头，但伸出的手赶快又缩了回来，“金先生，金复生先生。好了吧！”

他抬起头，态度平和下来。

“我很好奇，想知道秦炳文是怎么死的？”她恳切地说，“就算他是我们曾经共同认识的朋友吧！”

“人都死了，还有什么好说的。”他显出玩世不恭的样子。

“就算秦炳文死了，但是他的朋友还在。”她显然被气着了，站起身子道，“他死了一走了之，他的朋友为他忍受的一切，难道你不想知道吗？”她掩饰不住嗓音里明显出现的颤抖，就转身离去。

显然，安如倩一旦出现，我就觉得这个金复生就一定是秦炳文。不过在二弟转述的故事结尾里，清清楚楚地表明秦炳文死去了呀，为何在小妹这里竟变成了“金复生”呢？那也就是说，秦炳文并没有死，大约用“复生”这个名字代表他获得某种意义上的“复活重生”？我让小妹停了下来，她问我不想听吗？我说不是，是希望叫二弟一起来听。二弟很快被招来，我就问他那个叫秦炳文的人到底死了没有？他却说不清楚，也许是死了吧！我充满责怪的语气对他说道：这叫什么话！你怎么能将别人的生与死置之度外呢？他反而说：大哥，那天你喝的虽然多了，话却说的很在理。我有些发懵，问：我说什么了？他乐道：你说秦炳文就算皮囊犹在，精神也濒临绝境了呀，活着或者死去，对他而言已经没有什么意义，我们还需要替古人担忧吗？我眨巴眨巴眼睛：这是我说的吗？他点点头：再说，秦炳文冤死那么多的人，死对于他来说是最好的一种解脱，或者叫报应，故事已经画了句号，我还要去画蛇添足吗？我思忖片刻，觉得二弟好像歪曲了我的话，就说：不对呀，二弟，如果秦炳文是爷爷本人，你还能这样无动于衷吗？二弟就笑了，笑得很猖狂，小妹也跟着笑，前仰后合的更加嚣张，我若再不制止，他们恐怕就要体无完肤了。我怒目圆睁喝道：有那么好笑吗？我鼻歪眼斜了？还是头上长癞疮了？小妹收住笑，说：我看爷爷和侄子都没什么，倒是大哥精神不在状态。我对她很不满：原来你一直是这样看待大哥的呀，难怪总是对我推三阻四的呢。我又质问二弟道：你也是这样想的吗？他说：小妹怎么待你我并不知道，可是大哥呀，爷爷他老人家还健在呢，你却在这里假设秦炳文是爷爷，问他是不是死了？这种逻辑，恐怕连小孩子也会笑的吧！面对他们的攻击，我作为大哥很难承受，就有些急躁起来：我好歹关心他人的命运，可是二弟呢，简直就是冷血动物！二弟反驳道：大哥你更好笑了，听故事的人只想悟出其中的内核为我所用，唯有文学批评家，才可能追求形而上的东西，华而不实。我还想说什么，小妹就煞白着脸说：我算看明白了，你们哥俩之所以能吵起来，其实都是以自己为中心，名义上听故事，其实是以他人的故事构筑着自己的故事，自私自利都到了极限。见我们无语，她又补充道：故事是爷爷讲的，要问也该问爷爷去，为何要按照自己的好恶掌握他人的生杀大权呢？如果是这样，我就觉得没有必要再继续爷爷的故事了。

我和二弟一向是宠着小妹的，但从来也没有被她这样数落过，二弟要面子的心比我更强，马上以出卖我为代价：小妹呀，明明是大哥心里揣着他儿子昏了脑，你怎么连同我也一棍子打死呢？过去我听故事听自己，现在我讲故事可是为了大哥呀，说白一点，是为了大哥在爷爷的故事中找到大侄子改变专业的理由来。二弟这句话倒是说到点子上了，做大哥的不能光顾着面子，否定事实。我就把我和二弟听来的故事也给小妹讲了，让她知道我们争执的缘由。小妹说：现在我才算明白，秦炳文改名字并非回避他的学姐，而是为了忘掉他曾经拥有的过去，即便重拾起来，也是为了结清他曾经欠下的债务。二弟马上说：现在秦炳文唯一能存活的理由是，他要完成那个被他冤死的迟仲年的嘱托，小妹你可以继续讲了。小妹打住他：但是二哥，我很奇怪，那女子枪口都已经顶到秦炳文的脑门了，为何他没死呢？我也埋怨二弟道：对呀，当初你怎么也不问问爷爷呢？二弟觉得冤屈：哎呀，你们都放马后炮！当初我只是被小岛的杀人游戏深深吸引，哪有工夫去管以后的事！也正因为这个，我才发现我更适合学心理，文学梦呀，还是让别人去做吧。小妹还想刨根，他就说：你只当那女子遭到雷劈突然昏倒了，好不好？或者良心发现，留下他一条命，再不济呀，问爷爷就是了。小妹也不示弱：既然你当初不关心秦炳文以后的事，现在怎么又开始感兴趣了呢？

兄弟姐妹坐在一起就是这样，话少了吧，嫌你薄情寡义；话密了吧，又变成鸡吵鹅斗。二弟还想争口舌之快，我就按住他道：二弟呀，在家里你我都让着媳妇，在外面就拿小妹撒气了？二弟不服，站起来还要较真，我猛地拉了他一把：你是搞心理的，要是把秦炳文的心理分析透了，我服你行不行！还有呀，安如倩明显是喜欢他的，而他心仪的问清正好也已故去，旧人重逢，才是他不但活着，而且活得理直气壮的心理依托吧？小妹阻拦道：大哥，你怎么能指望二哥演绎什么精彩人生呢？他的观点是永远把人生当做游戏的呀！荒诞不经，骗骗未成年还算可以。面对小妹如此猛烈的挖苦，二弟并没有选择反对，而是绕开她回答我的问题：大哥你错了！通过你讲的故事我才了解到，秦炳文一直能孤独支撑自己，恰恰是他的赎罪心理所致，所以从马斯洛人本心理学来解析，在那个年代里，他能高屋建瓴地摆脱低层次的需求直接升入高峰体验，简直就是一个奇迹。小妹沉不住气了，冲着我说：大哥，你是让我来讲故事的呀？还是叫二弟来讲课的呀？我堆砌满脸的笑，连连说：我请你们吃饭，我请你们吃饭。二弟还要喝酒，我表示反对，说一定要认认真真地听小妹讲故事，而且保证不许插嘴。小妹说：其实爷爷在叙述秦炳文和安如倩的校园故事中，有一个情节没跟大哥说。我“哦”了一声，她继续说：就在安如倩即将离开校园的前夕，秦炳文因为她要跟中村敬一堂堂正正地打一架，确切地讲，叫决斗。二弟马上说：这是必然的，因为安如倩喜欢的是他，而不是中村，就算她答应了中村，也是为了他不得已而为之。见小妹无语，我瞪起牛大的眼睛制止他道：我们听故事，不要再插嘴了！

突然有一位盼望已久的旧人出现在你面前，没等你惊喜不已时，他却说不认识你，你会怎样？恐怕除了失望就是无边无际的迷茫，但对于安如倩来说，更多的恰恰是伤心。当她起身离去的时候，秦炳文想去追的，但刚刚站起又坐了下去。他知道她的脾气，待他追上后必然看到的是电闪雷鸣后的一场大雨。

他清楚地记得，那年他送走他的发小李仁俊后，心里就一直充满着憋屈，加上安如倩又要回上海，他整个人就变得像炉膛里被闷住的煤球，只要有一点风就会熊熊燃烧起来。这个风就是中村敬一。他得意洋洋地向炳文炫耀完他的学术观点后，就邀请他参加他的论文答辩会，炳文根本就没有理会，而是说：上回算我突然袭击你，给你私下道个歉。中村故作镇定地说：哦，不是都结束了吗？炳文冷言道：没有，没有结束。中村有些发慌，问：那，那你想怎样？炳文冷笑道：这次呢，我们俩决斗。中村眨巴眨巴眼睛：为什么？炳文盯着他说：因为安如倩是我的人，如果承认了这一点，你可以选择放弃。中村转转眼珠子：安如倩小姐同意你的观点了吗？炳文把目光移向窗外，武断地说：她同意不同意并不重要，重要的是，你同意不同意跟我决斗。中村盯准他的眼睛说：如果你输了呢？炳文也把目光调整到他的眼睛里说：她就归你。中村马上说：好！那我就接受你的挑战。炳文问他知道义和团吗？中村摇摇头，他就舞动着拳头说：义和团是专杀洋鬼子的神武勇士，义和团源自山东，不巧我老家就是那儿的。中村就笑了，说他来自山梨县的甲府市，不巧真田幸村也是那的人，他是战国末期的名将，被誉为“日本第一兵”。炳文用鼻子笑了两声，说：你们日本也有战国？中村道：你这是妄自尊大！皇军的金戈铁马之所以能横扫中土大地，正是你这样的中国人太多。后来炳文才明白，中村说得一点也没错，日本能在偌大的中原创造神话，正是中国轻视甚至无视日本，而日本反而潜心钻研中国的结果，而恰恰又是因为这一点，日本毫无根据地鄙夷美国，自侥幸偷袭珍珠港成功后，在以后的诸次海战中屡屡败北，折戟沉沙，最终以彻底投降告终。在他们做这个决断时，同寝室的比帕一直就在旁边听着，中村担心炳文是一时冲动，就有些不放心地问他：谁来证明你说话是算数的呢？炳文就把目光投向比帕。比帕来自俄勒冈州，身上一半是乌克兰血统，一半是犹太血统。他马上耸耸肩，摊开双手道：哦！不不！千万别把我当见证方。两人就问：你想怎样？比帕说：我也想参加决斗。炳文和中村彼此看了一眼，同时问：为什么？

他说:我也喜欢安如倩小姐。啊!两人的眼珠子都要掉了出来。

三个人怎么决斗?群殴自然行不通,淘汰赛大家又各执一词,炳文终于说:决斗是我提出的,你们决定一下,谁来与我进行第一回合吧!比帕说:既然议案是你俩提出的,自然由你们先行对决,取胜的一方再与我一争高下。中村表示反对,说他是鹬蚌相争,渔翁得利。比帕就笑了,说他要真想坐收渔翁之利,就先该不吭不哈,坐山观虎斗,等两败俱伤后再参与进来。中村反驳道:你开始不宣战,事后再趁火打劫,不算数的。两人争执不下,炳文就叫他们抓阄退出一个,两人谁也不愿意。于是这场先由炳文提出的,后由比帕参合的决斗,终于因为规则达不到共识泡汤了。表象上看是规则问题,究其实质或许是各自的动机不同,炳文当初的行为虽为情绪所致,事后想起来也许更多的是为荣耀而战;中村则可能真就爱慕安如倩,他小小个子,敢应战高大威猛的秦炳文,表达的是他随时玉碎的决心;而比帕呢?这个半路杀出的程咬金,究竟为何而战呢?很多事情都是这样,大家嘴里说的是一套,也许行动起来就不是那样了。比如三国,枭雄们都打着匡扶汉室的旗号,其结果归入的是晋朝。珍珠港事件爆发后,炳文偶尔就把这件事情与战争联系起来想,如果美国摒弃孤立主义及早地干预进来,也许结局不至于那般的惨烈,所以从这个意义上,比帕的参与到底是真喜欢安如倩呢?还是在阻止他与中村的决斗?不管怎么说,三个大男人的这场纷争中,竟然没有一个人去考虑安如倩的感受,她的所思所想显得无关紧要。

当安如倩得知这一消息后,就跑过去向炳文问罪,而他呢,首先考虑的她是怎么知道的,就问:是小个子还是大鼻子告的状?她气鼓鼓地说:是我趴着窗子偷听到的,好吗?他没敢回应,她怒气未消:你还要鼓吹什么义和团?如果是这样,你来这里学医做什么?去西点军校不好吗?见他继续不说话,她的语调变得有些颤抖:反正很快我就消失在你们的视野里,你爱跟谁决斗就跟谁决斗!说完她转身离去。他迟疑片刻,还是追了出去,却发现她趴着一颗大树上大哭起来,那声音犹如暴雨一般击打着他那颗脆弱的心,令他不寒而栗。他害怕雨，更不喜欢看到雨。雨会让他心酸心碎，让他不由得想起他失去的娘和妹，想起他死去的爹和哥。他从来就不具备让雨停下来的能力，在没有垃圾桶作为躲避工具的情况下，他只好选择木然伫立。良久，她才恢复平静。他期待她回首发现他，但她似乎故意不给他这个余地，径直离去，直到消失在他的视线中。而今，当他不去承认自己是秦炳文时，她再次愤然离去，他害怕看到从前曾经见识过的那场暴雨。恐怕这一场雨，不但让他回忆起失去的亲爹亲娘，亲兄亲妹，还有养父养母和问清，更让他不能释怀的是，那些被他冤死的一条条人命……

这些强力的记忆碎片，也常常在他脑海里缠绕，仿佛汇聚成一把完整的手术刀片，直接切入他的心脏，促使他尽早离开这个世界。他离开这个世界不但有充分的理由，也有这个机会，但是每到关键时刻总是有那么多的人出面挽留他，这是为什么呢？从前他想过，但没有找到答案。今天安如倩的出现，是来印证这一切的吗？他决定在雨后天晴的第二天去见她。

到了医院，他同意暂留下来为伯特利效力，院长很高兴，马上安排他去外科担任主治医生。他说自己年纪轻资历浅，不可以担当此等大任。院长说，根据他的履历完全能破格聘为主任医师，只是他这个院长还是代理的，没有这个权力，待董事长回来，再报请通过。炳文问起安如倩，院长说她请了假去探望他的丈夫了。“丈夫?”他惊愕道，“她结婚了?”

“哦，是呀！”院长说，“这让你感到奇怪了吗?”

“哦，不不。”他马上镇定下来，“我只是认识她的时候，她还没有丈夫。”

“哦。”院长古怪地看了他一眼，“也是。你们是校友，那时都单着身呢。”

“是是是。”他不能承接院长话里有话的挑逗，赶快就开溜了。一边走一边心里咕哝道：这个学姐，都有先生了，怎么还跟我这个学弟不依不饶呢？然后他又想象，依安如倩的秉性，会是个什么样的先生匹配她呢？还有，院长说“她去探望他先生”意味着什么呢？难道他们离得很远，不在一起住？哎，管那么多有什么用，总之，安如倩结了婚是个事实。

管菽芹还是没回来，炳文就将自己的住址告诉阿枝。阿枝说她一定会转告房东太太的，然后神色有些紧张地告诉他，最近风声吃紧，希望他不要再来这里了。他颇感意外，她就又笑了，说：“不要紧的，耐心等待就是了。”他想再问些什么，她就把门关上了。他一路就想，这“风声吃紧”是什么意思呢？他买了张报纸，看到有一条“上党销烟，重庆迷雾”的标题，回到旅店，又听到有人议论重庆和延安恐怕要兵戎相见，就思忖“风声吃紧”是否就是这个意思呢？他的思绪顿时回溯到当年迟仲年嘱托他办的一公一私两件事，原本想的是公事难私事易，结果公事办妥，反倒是这私事起初就不顺畅，到现在竟然冒出个“风声吃紧”？但不管怎么说，这私事从他心理上来说，是一种至高无上的责任，或者说的自私一点，他是在为自己赎罪。他给重庆那位曾经指点过他的人打电话，想问问到底是什么样的“迷雾”，但是无人接听。想了想，他拨通了警察局的电话。对方一定要问明身份，他就自称归国华侨，想打听一下梅花巷 320 号是否出售。对方告诉他，警察不管房产，想买自己登门打听就好喽。他从报纸里找到一家老房子经纪行的电话打了过去，说自己想租房子，接电话的人说他们只管卖不管租。他又找了另一家说自己要买房子，对方说他们只管租不管卖，末了给了一句：上海的老房子俏的不得了，你还想买？脑子有毛病啦！缺西呀！不等他接茬，对方就给挂了。

多年来他处心积虑，躲这个避那个，将自己挤压封闭成罐头一般，就是为了等待这一刻的了结。而眼下种种细枝末叶的迹象都表明着跟他对着干，并且那些个死灰复燃的记忆碎片又驱使他膨胀起来，似乎有人要撬开这个“罐头”，看这里面究竟还夹杂着别的什么东西。他待不住了，趁着天还没有完全黑去，就要去街上溜达溜达，看看这风声到底有多紧。户外还确实刮着风，除了庆祝抗战胜利的标语随风摇摇摆摆以外，他还没发现街上穿梭的人流会被风刮得东倒西歪的。他决定再次去梅花巷，看看那的风会是什么样。

有人和他交叉时碰了他一下，他感觉对方有些故意，就转脸去看，那人也同时回过身来。他笑了。那人戴了副墨镜，手里拄着个拐杖，原来是个盲人。他转身继续前行，那盲人叫住了他："这位先生！我没有眼睛，所以目中无人，你是有眼睛的人啦，为什么还要目中无人呢？"盲人只说得他面红耳赤的，他刚要表达歉意，盲人止住他继续说，"别急！你目中无人说明你心中有人。"

"这位阿伯，你是算命先生吗？"他突然想起欧拉冒那位无辜的埃及商人，"你是要给我算命吗？"

"命在你那里，我怎么算得了啦。"盲人说，"大街上那么多人，单单是你撞了我，还不是故意的，就说明呀，我们有缘分。既然有缘分，那就是上辈子修来的。"

"阿伯，你别吓唬我！"他浑身起了一层和汗毛一样多的鸡皮疙瘩。

"你应该被吓唬一下。"盲人说。

"嗯？"他诚惶诚恐起来。

盲人举起三个手指，念叨着："你心中看到了三个女人。"

"三个女人？"他盘算道：我娘，我妹，我养母？

"听语气，你很淡定，说明不是他们。"盲人说。

"不是他们？"他嘀咕道：难不成是问清，学姐，还有妹妹？

"听口气，你妹妹不是。"

"那能是谁？"他搜肠刮肚后，还是没结果。

"我只说你目中无人，便是心中有人，没别的意思。"盲人从怀里拿出个钵子，"先生太太行个好，公子小姐行行好。"他从钱夹里拿出几张钞票放了进去，盲人摸了摸，说，"我不是算命的，不用这么多的。"他已经抽身离去。

不知不觉，炳文来到那个当年走失娘和妹的弄堂里。他发现原来的垃圾桶早就不存在了，而换成是更大的垃圾桶，那好像是在告诉他，要是再刮风下起雨，他依旧能躲进去遮蔽。他想起娘和妹。如果妹妹还在，应该满19岁了。他的脑海里浮现出阿枝，她的音容笑貌简直就和娘的一模一样。天色完全黑去，他又走到柳家门口，那屋子里进进出出的都是些陌生人。他一直想不通，问清为何就一定要把这半截镯子还给他呢？是以为他无意丢失在家中？还是故意就不去理睬他的良苦用心？或者干脆就是表达对他的拒绝？走在路灯下，他低头专注着对自己永远不离不弃的影子，心头涌起的哀叹悲鸣顷刻间又化为乌有了。随着步伐的挪动，那影子渐渐被拉得很长很长，直到另一个路灯下，才开始恢复如初。他想起儿时听过的一个歌谣，“洋槐树，洋树槐，影子长长遮阳台。小狗熊，把土抬，抬土来把树影埋。抬呀抬，埋呀埋，埋上的影子又出来。影为啥埋不住，小狗熊咋也不明白。”听的时候他是讥笑小狗熊的，现在想起来反倒羡慕起小狗熊来。

“喂！你找谁呢？”

他抬头看去，一辆黑色小轿车停下，车窗里安如倩冲他挥手。上了车，他发现开车的是位留着络腮胡子的白人，心里就笑：依学姐的脾气，找个外国朋友最合适不过了。正当他犯嘀咕时，那司机扭身用手掌猛地拍了他一下，他反应过来：“哎呀，是比帕！你怎么蓄起胡子来了？”

“留胡子显得我老呀！”比帕挤眉弄眼道，“上海的姑娘们喜欢上了年纪的人。”

“光有年纪不行，还要有财富。”安如倩瞪了他一眼，“你不过是个报馆编辑，只算做披着羊皮去吃羊。”

比帕咧开大嘴哈哈笑。炳文就问他：“我记得你攻读的是东亚研究呀，到上海来研究我们东亚的问题倒是没错，但搞新闻我就不明白了？”

“哎呀，满处都在打仗，谁还会花钱雇用你去研究呀？”比帕说，“我只好东拼西凑点精神食粮给那些有钱人吃，有钱人呢，再把他们剩下的物质食粮分给我吃。当个小记者，混口饭吃呀！”

“到上海没学会别的，就学会油嘴滑舌了。”安如倩打住他，然后用中文问炳文，“金先生，你刚才在路灯下找谁呢?”他没有吱声，她又问，“是找秦炳文吧?”他苦笑一下，她正色道，“想消灭影子有两种办法，你知道吗?”

“哦，还真不知道。”炳文摇摇头。

“要么在黑暗中藏匿，要么在太阳底下躺着。”

“嗯，有道理。”

“不过这两种办法都不适合你。”

“哦，为什么?”

“因为你根本就不是想消灭影子的人，相反你是在游荡中找回自己昔日的影子，而这个昔日的影子正是秦炳文。”

“不不不。”他不想让她看透自己的心思，“我孤苦伶仃，所以顾影自怜而已。”

“呵呵！”她笑了起来，“既然你不承认，那你一定是找我喽！”

“哦，不。”他不情愿她屡屡占上峰，就说，“明明是你找我嘛！”

三个人到了一家酒馆。还没有坐稳，她就冲炳文数落道：“我算看透了，你是鸭子死了嘴巴硬。院长说，你一大早就急不可耐地打听我的去向，现在反倒装出无辜无奈的样子，说我纠缠你。”她指着比帕，“别以为比帕先生不懂中文，他来上海早就练成中国通了，你刚才的意思，他都明白。”炳文看着比帕，比帕点点头，表示赞同她的意思，她不依不饶道，“你旁若无人的挫伤了本小姐的矜持感，该当何罪吧?”

“那只好听从贵小姐发落喽！”炳文显得无可奈何。

“好呀！那本小姐喊一句，你便要答一句。”她拿出胜利者的姿态，“听好了。”

他不知道这位学姐葫芦里卖的是什么药，比帕眼珠子左右乱转后，起身说他买酒去。

“秦炳文。”她轻声叫道。

他叹了口气，没有应答。

“秦炳文。”她加重了语气。

他又摇摇头。

“秦炳文秦炳文秦炳文。”她站起来连珠炮般的喊道。四周的人好奇地朝这边张望。

“好了好了，我答应我答应。”他拉住她，让她坐下。

比帕兴致勃勃拿来两瓶南溪烧酒，一人给了一瓶。炳文喝第一口，觉得辛辣刺喉，就不肯再喝。安如倩说，她第一次喝也是这样的，但喝多了，就觉得阿瞒的话句句都是对的。

“句句对是没错。”炳文问，“但哪四句话最对呢?”

“要是和你想的一样，怎么办?”

“那，那我就喝完这瓶。”

“好呀!”她吟道：“越陌度阡，枉用相存；契阔谈宴，心念旧恩。”

他服了这位几乎能洞悉他一切的学姐，酒就一杯一杯倒进肚子里。醒来的时候，他发现自己躺在一张舒适的大床上，房间的布置豪华奢侈。狐疑之时，外面传来安如倩的声音：“早餐准备好了。”

他慌忙穿好外套，冲出去就问：“我们这是在什么地方? 昨晚到底发生了什么?”

“我们这是在外滩最豪华的饭店的最豪华的套房里。”她不紧不慢地说，“我建议你先把脸洗了，口漱了，再来问我话吧!”

他感觉实在无法和这位居高临下的学姐抗衡，就央求道：“倩姐，我求你，别再耍你这个弟弟了好吗?”

“倩姐?”她很惊异，“我好像头一回听你这样叫我!”

“是吗? 我从前不是这样叫的吗?”

“你叫的是学姐。”

“哦。”他仿佛明白过来，“那我以后改口叫你倩姐喽。”

“少来。”她没有领他的情，“你本来就不该叫我倩姐，倒是我应该叫你欠弟。”

“倩弟?”他一头雾水。

“因为是我亏欠你太多，所以理所当然叫你欠弟喽。”

他连连说:“没有的事没有的事,你从来不亏欠我的。”

自从他们在美国相识以来,安如倩就一直关心呵护他。他郁闷时,她想方设法逗他开心;他落难时,她挺身而出拔刀相助;恰恰又在他得意之时,她反倒离他远去。从行为上看,明明是他欠她的,可从心理趋向来说,他反倒心安理得。

“这辈子不欠你,是上辈子欠的。”她满载怨气,“好了吧!”

对安如倩来说,这种解释只算是她的一种自我安慰。对于炳文来说,他陡然意识到,过去的心安理得完全属于一种无形中的侵略,而这种侵略是建立在他“先失亲娘,后失养母”的这一段感情空白上。似乎是当孩子还没有当够,他内心深处随时等待新的领地出现,果然安如倩如期而至,并且甘愿成为他的俘虏。当他叫她姐,她叫他弟时,他心中充溢着成功的喜悦。他紧锁眉头,深深反省和剖析自己。

“不用想那么多了。”她见他缄默不语就说,“其实这套房是比帕订的。”

“比帕?”他这才想起他,“他人呢?”

“昨天晚上就走了。”她说,“你喝得多,所以被抬到内屋当总统对待,我喝得少,所以只好待在外间当秘书喽。”

“比帕何须这样破费?”他问。

“他是记者,任何机会他都不想放过。”

“机会?”他很是不解,“什么机会?”

“当然是寻找有价值的东西。”她说。

“有价值的东西?”他皱起眉头,“我和你,校友关系;我和他,也是校友关系。能有什么价值?”

“是呀,也许什么也没有。”她淡淡地说,“但起码他没准以后找你动个手术什么的。”

“倩姐,我怎么听不懂你的话了?”他依然不解。

“你当然听不懂,除了我这个学姐,你身边还有哪个朋友呀。”她又开始数落他,“你整天闭门造车,处事不惊,岁月的动荡似乎跟你毫不相干，倒像是个太空子弟，来这里审视地球。”

“弟弟就是这么个木瓜。”他解嘲道，“幸好有病人相伴，不然又被你说成幽闭抑郁症了。”

听到他提起过去的用语，她想笑，但又给压回去了。她问：“你告诉我，四年前你从上海回美国后，就一直没有离开过吗？”

“离开过呀。”他觉得说漏了嘴，马上反问，“等等，你怎么知道我来过上海？当初我谁也没告诉呀。”

她停顿了一下，还是决定透露给他：“你好好想一想，当年你走进日本宪兵队的大门，按照你的性格，你能再走出来吗？”

“对呀，当时我也这么想，而且他们遣返我回美国的理由也太荒谬了。我是中国人，怎么还能被驱逐出境呢？”

“日本人再怎么蠢笨，不会连这点基本常识也不懂吧？”

他意识到这其中的隐情她一定知晓，忙问：“这究竟是怎么回事，倩姐快告诉我！”

“我一次一次理解你的求知欲，一次次满足你的好奇心，而你呢？死鱼不开牙，什么事情都瞒着我。你也太自私了吧！”她按捺住火气，“过了12点，酒店重新计时，比帕只付了这以前的费用。”说完她开门离去。

炳文非常委屈。他不是不想把自己的经历说给她听，而是觉得，说了她又能怎样呢？除了给她增添烦恼甚至是麻烦，还能有什么呢？他又不愿意随便乱编一个故事说给她听，更何况他也不会编。即便要跟她诉说，也等他了却完迟仲年嘱托之事再给她一个交待，岂不更完整一些。昔日的学姐是个很纯粹的人，宽容大度，不拘小节。眼下，她为何苦苦相逼呢？是不再信任自己，还是另有原因呢？

珍珠港事件发生后，他随着大批人群从夏威夷撤回美国本土。他身上分文没有，就在旧金山找了一家私人诊所打杂。有一天他发现报纸上有“美国援华联合会”的招募，就辞掉工作，跑去纽约总部用“金复生”的名字报名，参加了一个援华医疗团。1942年到1945

年间,他先是在重庆的中央医院担任医师,很快就被他的老校友戚寿南院长聘到成都,在国立中央大学医学院任教。他实在觉得自己不会教课,不久又回到重庆,在那儿的陆军医院里当外科医生。听到从前线下来的伤员讲一些战事,他更觉得自己应该去前线,那里更需要他的存在。经他之手抢救过的病员中有一位叫胡尊礼的军官满足了他的愿望。通过他的介绍,炳文终于去了临汾,然后秘密改道来到延安。在延安的中央医院工作了一段时间,很快日本就投降了,他就决定去上海完成他必须要办的"私事"。延安的人再三叮嘱他,关于这段经历回到国统区不要去提。他本来计划完成迟仲年的嘱托后,就悄然离开上海的。没想到"私事"未了,冒出个安如倩来,而且那些个想删去的记忆又逐个浮现出来。他该怎么面对这位学姐呢?

回到医院,他看到一个通知:伯特利医院重建工程初步完成,现白赛仲路院部开始逐步移至制造局路。他正好在迁移的名单里。制造局路离他住的旅店很远,离梅花巷更远。他感觉这又是"私事"不顺的征兆之一,于是就去办公间向院长提出辞呈。院长十分诧异,就努力用升职和加薪的双重诱惑逼迫他就范。

"不是因为这些问题。"他解释说,"来的时候,我就说了我是暂时性的。"

"嗯,你是个重事业的人。"院长刻意理解他的意思,"那你斟酌好去哪家医院了吗?"

"不不,伯特利医院是我恩人创立的,学生只有不能回报的愧疚,哪敢有嫌弃的意思!"

"这就怪了。"院长低声猜测道,"难不成有什么难言之隐之事?"

他点点头。

"算了吧!你是担心我纠缠你吧!"安如倩闯了进来。

院长恍然大悟:"你们先谈着,那边还有个员工闹意见,我去那边。"

“不是这样的。”他拉住院长，“你搞错了。”

“哎呀，没错的。我把你留在院部，和安大夫一道料理搬迁的收尾工作。好了吧！”院长扬长而去。

他坐在沙发上，垂头丧气的。她抿嘴一笑，轻声问：“你现在觉得亏欠我了？”

“既然我‘倩姐倩姐’的叫着，就承认亏欠你了呗。”他无可奈何答道。

“那你还找借口避开我，怕我找你算账？”她依然不给他还嘴的机会，他也确实无话可说，只有唉声叹气的份。见他踏实了，她说，“一会你跟我去见一个人吧！”

“谁？”他终于有了问话的机会，眼睛瞪得很大。

“你看，你的求知欲又上来了。”她又开始揶揄他，“见到了不就知道了嘛。”

“既然你知道我这样，就满足我呗。”他装出若无其事的样子，“不相干的人我还不见呢。”

“好，我满足你。”她说，“他是我丈夫。”

“哎，我当什么呢？”他像个泄了气皮球，“这算什么满足呀。我们不是见过了嘛！”

“见过？”她皱起眉头。

“不就是昨天晚上吗？”他说。

“昨天晚上你见过他？”她眼睛瞪得很大。

“我说倩姐，你能不能不要再这样吓唬弟弟了！”他哀求道。

“明明是你吓唬我，怎么成我吓唬你了？”她眼睛还是那么大。

院长正好进来，见两人的口舌之争还未了结，心想：这两人肯定是战乱年代里的鸳梦重温。他刚要关门离去，被安如倩叫住了。他忙说他拿个东西，马上就走。她说，他俩需要请个假。院长赶忙答应了。

一辆小轿车载着他俩离开城里越开越远，到了郊外还没停下来。炳文的目光从窗外移到窗内，忍不住问：“倩姐，我们这是去什么地方呀？”

“车停下来你就知晓了，省得你又吓唬我，说你昨天晚上去过了。”安如倩答道，然后把目光移到了窗外。

几乎是到了没有人烟的地方，车子才肯停住。一排装有铁丝网的平房建筑凸现眼前。炳文惧怕安如倩噎他就不敢问，心里就嘀咕：这不像人正常人居住的地方呀！比帕不是报馆的吗？怎么会在这么偏僻的地方办公？安如倩没有让他下车，说等她办完手续再来叫他。他问司机这究竟是哪里？司机耸耸肩说车主不让透露。

门岗出来个荷枪实弹的士兵，将院子的大门打开，他们走了进去。里面阴森森的，让炳文想起了他在宪兵队待过的那些日子。他们在一个没有窗子的房间里坐了下来，一个美军少尉和安如倩说了几句什么，然后就出去了。炳文听懂了，那少尉的意思是，对方应该提前说明情况，彼此都做一些准备，而安如倩只是重复地说“我明白”，似乎是嫌他话太多或者向他表示歉意。从语气上分辨，他们显然是认识的。

“奇怪，怎么这么安静？”她对炳文说，“平常你的求知欲那么强，怎么半天也不吭一声呢？”他愣住，她又说，“对你来说，这里是不是似曾相识呀？”

“哦哦，是是。”他连连回答，“想起巴尔的摩警察局，还想起日本上海宪兵队。”

“你去的可能都是禁闭室，这里才是真正的监狱，而且过去是日本宪兵队的一个秘密监狱。”

“那现在呢？”

“现在是美军关押日本战犯的刑务所。”

他思索了一下，说：“我明白一些了，他在报社工作是假，而在这里工作是真。”

“什么乱七八糟的。”她解释道，“他不在这里工作，而是关押在这里。”

“我没乱。”他也解释道，“只是我不明白，昨天他还和我们喝酒，今天就关押在这里？”

她迷糊了："你说谁呢？"

"比帕呀！"他理所当然地说。

她被他这一说，气乐了，而且这一乐就收不住了。他先是懵的，使劲劝她也劝不住，然后自己也跟着笑了起来，直笑得前仰后合。

"你们笑得很开心嘛！"

两人停止了笑声。说话的人是中村敬一。炳文再次懵住。中村也跟着懵了。

"别懵别懵！"安如倩打破僵局，"我来重新介绍一下。"她指着炳文，"金复生，现在是上海伯特利医院的外科大夫。"然后指着中村，"中村敬一呢，原日本支那派遣军上海第13军军医少佐，现作为即将起诉的战犯被看押。"

"简直难以置信！"炳文大为震惊，"你不是拜罗斯教授为师吗？怎么会去参加侵略军呢？居然还成了战犯？"中村一下子不知道该如何应答，炳文也根本不想听他解释，扯着喉咙喝问，"你到底屠杀了多少中国人？"

"炳文，先别激动！关于这一点，他自然会跟你慢慢说。"她淡定道，"我现在要告诉你的是，中村君是我丈夫。"

"什么？什么？你说什么？"他彻底懵了。

"中村敬一是我先生，"她加重语气道，"我是他太太。"

"这为什么呀？"他的头发都要立起来了。

"关于这一点，以后我会跟你解释的。"她兀自很平静，"因为时间有限，今天我们见面要说的，是有关柳仝应和柳问清的情况。"

"哦？"他再次愕然。

"你不用那么惊讶。"她说，"让中村跟你慢慢讲来。"

中村告诉炳文，他当时在日本上海宪兵队本部担任军医少尉，负责囚犯的诊断以及递送验证报告。1938年冬，他诊断过一个叫柳仝应的人，初到时他患有严重的肺病，第二天诊断出有多处骨折，当天他肺病发作，第三天待定观察，第四天送往医院，查验未果，第五天无效发回维持，断气死亡。柳问清初到时身体状况良好，第二天诊断出多处皮肤擦伤，第三天诊断出局部肌肉损伤，第四天诊断出受伤部分恶化……安如倩见炳文面色煞白，就制止中村不要再继续了。

炳文声音颤抖地问："她的验尸报告是怎么写的?"中村摇摇头，他哽咽道，"快告诉我，问清是怎么死的呀?"然后泪流满面，安如倩递给他手帕。

"我只知道到了第六天，柳问清突然被派遣军司令部的人接走了。"中村说：

"你说什么? 宪兵队没有处死她?"他顿然充满着希望，但马上又质疑起来，"可是那个翻译官亲口对我说，他们双双被枪决了!"

"昭和十七年，也就是珍珠港事件发生后的第二年，我被调去满洲。柳问清是死是活，我就不清楚了。"中村说。

那个美军少尉进来了，没等他开口安如倩就说："已经结束了。"

炳文满脑子都在想象校长和问清备受折磨和凌辱的情景，车子还没开一会儿，他就觉得恶心难耐，忙叫司机停下，然后蹲在路边呕吐起来。安如倩过来安抚他，他断然拒绝："别碰我!"她感到很意外，他鄙夷道："我真的想不到，我崇拜的学姐居然能跟一个日本战犯结婚?"

"炳文。"她觉得冤屈，"你要听我解释啊。"

"不用解释!"他的语气带着强烈的攻击性，"以后也不要这样称呼我。"

她毫无心理准备，眼泪扑簌簌地往下落。他算是第一次面对面地看到她哭，刚刚燃起的熊熊怒火一下子被浇灭了。从前学姐那张端庄甚至高傲的脸，现在看来却那般的柔弱甚至娇美，不知哪来的一股力量驱动他要上前拥抱她，但很快一个声音"她是有丈夫的人"止住了他，这声音发自问清。此刻炳文才明白，他为什么那么惧怕女人的哭，原来是源自他心有所属。学姐的哭声越来越大，刚才路边树枝上叽叽喳喳的小鸟，早就给吓跑了。当他不知所措的时候，幸好司机跑过来问出了什么事，她的哭声才停了下来。一路上他们一直没有说话。他感觉刚才的一通宣泄对她实在太失公允，再怎么说，她是女人，自己是男人。他后悔了，真想跟她说声抱歉，但心里这样想的，嘴上却不敢说。到了下车分手的时候，她突然对他说："中村有个细节没来得及跟你说，就是那个叫柳问清的，在司令部接走之前，有人还曾经搭救过。"

"是谁？为什么不早说？"

"你急什么？若是这样，我就不说了。"

他就更急："求求倩姐，快告诉我嘛！"

她说："名字不清楚，就知道是姓李的父子俩。"

炳文马上意识到，这一定是李仁俊和他的父亲。他要火速找到他们。他曾经被仁英邀请去过她家。他依稀还记得那巧克力冰淇淋的味道。

李公馆除了门外两棵法国梧桐比以往茁壮以外，其他一切依然如故，似乎多年来的战火硝烟和这里毫无干系。炳文被领进客厅里坐了下来，一个女佣给他端来咖啡。他想象仁俊或者仁英会告诉他，柳家的抗日之举是如何被日本人发现的？校长和问清又是怎样被宪兵队抓走的？问清要是还活着，她究竟在哪儿呢？想着想着，他的双眼突然被人用手蒙上。从低吟浅笑中他分辨出是仁英，但他没有去猜，而是一动不动，静等她发作。没想到仁英也一动不动，更是一言不发。他只好让步，喊了句"仁英"，仁英这才罢手，笑盈盈坐在他对面。他猛然发现，自己以往的优势被接二连三的女性一一瓦解了。首先是那个阿枝姑娘，萍水相逢，他居然甘愿把她幻想成妹妹，好言相待；其次是安如倩，过去关心呵护他的学姐，现在变成了他俯首称臣的"欠姐"；而眼下这个仁英，昔日只有切肤之痛的斜风细雨，今天反如同涓涓溪水侵入他的心头。兴许是问清一度占据了他内心的全部，所以他忽略对其他女性的一切体验，而如今频繁出现紊乱的思绪，是不是说明问清已经从他心中一扫而空了呢？留下的仅仅是脑中的一种记忆而已。

仁英并没有察觉他内心的波动，而是滔滔不绝地述说她这些年来是如何走来的。起初她接到了国立上海医学院的录取书，可是还未入学学校就因为战事迁往昆明，父母没有同意她去。赶上震旦大学招收女生，因为没有医科，所以她被迫学了商科。炳文这才注意到，仁英穿了件素花旗袍，外罩的钩花披肩更加重了她的素雅和清丽，昔日奢华绚烂的西洋风情丧失殆尽。她为何有如此迥然不同的变化呢？"晓得我为什么要学医吗？"仁英问。

一阵咳嗽声打断了炳文的思绪，也终止了仁英的问话。李夫人搀扶着步履蹒跚的李积忠从楼梯上下来。寒暄几句后炳文发现，他似乎不像是第二次来访的陌生客人，倒像是家里的常客。从他们的语气中，他们好像对他早已熟悉，话里话外没有一点虚假的客套和生硬的探问，炳文开始疑惑，这是不是仁英提前安排的呢？李夫人主动提起柳家，他不免有些惊讶，刚要张口询问，不料李积忠却开始大发牢骚，先是埋怨柳仝应不该意气用事，然后抱怨问清盲目顺从，最后责骂儿子不忠不孝。炳文被他劈头盖脸的一通宣泄弄懵了，简直不知道该用什么样的方式来附和他。李积忠还越说越气，越气还越喘，最后被李夫人强行扶走收场。

"你阿爸的心脏可能存在问题，为什么不去看医生呢？"炳文问。仁英告诉他，父亲拒绝去医院，坚持说该看的不是医生，而是他那不孝顺的逆子。"为什么呀？"炳文这才想到他一直还没问及仁俊，"仁俊不在家吗？"

"这几年阿哥一直在外待着，前些日子好不容易回来一次，却要号称自己是接受大员，奉命接受李家的一切。"她说。

"奇怪？"他狐疑道，"本来李家的财产就不是别人的，怎么他还说这样的话呢？"

"他说的是李氏实业，包括了其他股东的一切，那才是大头。"她没好气地说，"第二次世界大战刚结束，这父子间的第三次大战却要开始了。"

"第三次父子大战？"他一头雾水。

"哎呀，关于这个话题说来长了，我改日再跟你讲。"她饶有兴致地问，“还是说说你在美国的情况吧！”

“这个话题也是蛮长的，找个时间我一定好好跟你聊。”他更不想延续这个话题，“眼下我最想知道的是柳家的一切。”

“哦，这是自然的。”她顺从道。

“伯父为什么要说柳校长意气用事呢？”

她告诉他，柳校长为了宣传抗日，把印刷厂搬到学校里去，她阿爸曾不止一次让阿妈去提醒他，日本人早晚会发现的。可是校长不但不听，还反说她阿妈助纣为虐。结果自己殉难，还连累了问清。

“那伯父为什么要埋怨问清呢？”他又问。

“阿妈已经向校长家提了阿哥和问清姐的亲事，阿哥这边也是认真的，铁了心要娶问清姐。”

他感觉手心里出了汗。

“从小他就把道清姐视为禁脔，不让任何男生多看她一眼。”她见他低下头，就继续说，“你还记得那次他举手买下那架德国钢琴吗？当着众人阿妈给足他面子，回到家里，阿爸不干了，埋怨阿妈太宠儿子，告诫他们做任何事情都要计件量价，包括感情。阿哥不服，跟阿爸顶起嘴来。阿爸大发雷霆，罚他禁食三天。三天后，阿哥依然不服，阿爸继续惩罚他，到了第五天，阿哥还是没有屈从。在阿妈的苦苦哀求下，父子之战才不了了之。哦，对了！这就是我目睹的第一次父子大战。”

听到这里，炳文不由得自惭形秽起来。为了问清，仁俊居然能如此坚韧不拔，而自己却空落一个有名无实的单相思。

“为了问清姐，阿哥还专门去了趟美国。”

“哦？”他问，“他去美国是为了问清？”

“没错呀！”她认真地说，“阿哥说，问清姐答应他，只要征得你的认可，她就可以接受阿哥的求婚。”

他身不由己地站了起来，心里不断地重复着“不”。

“你咋了？”她很讶异地问。

“哦哦，没什么。”他马上找了个理由，“坐久了，腿有点麻。”

“要不要到院子里走走?”她关切地问。

“不不。”他又坐了下来,“没事了。”

她起身从茶几上拿起一本书,然后挨着他旁边轻声问,“你猜猜这本书里有啥?”

他注意到那是一本英文版勃朗宁夫人写的《葡萄牙人十四行诗集》,就说:“英文。”

她摇摇头:“你再猜。”

“诗歌。”

她还是摇头。他没有一点兴致,跟着她也摇起头来。

“真猜不出来呀?”她有些失望。

“我有些累了。”为了不扫她的兴,他改口道,“等我想出来了一定告诉你。”

她把他送到门口,他突然又想起来:“你还没有回答我,你阿爸为什么要埋怨问清呢?”

“因为问清姐最终还是没有跟阿哥结婚。”

“哦,为什么?”

“我听阿爸说,他托了人,问清姐满可以从阿哥的婚姻担保中走出宪兵队的,可是她却拒绝在婚书上签字。”

他完全糊涂了,不是说问清答应了仁俊的求婚,怎么到了宪兵队又宁死拒绝了他的担保呢?他心里这么想却没有这么去说,只着急地问:“那问清现在在哪呢?”

她摇摇头,说:“你去问阿哥吧,他兴许晓得。”

他赶忙向她索要到仁俊的地址,就要匆匆离开,她失落万分,但脸上还是载着笑容向他挥手道别。

按照仁英提供的地址,炳文在杜美路找到了仁俊所在的办公楼。门卫充满敌意地拦住他,炳文说要找的是他的朋友,门卫说:他朋友多了。炳文补充道:他不但是我的朋友,还是我的校友。门卫说:一个学校那么多人,都来了,他忙得过来吗?

“为什么不把证件掏出来呢?”安如倩冷不丁地出现。

他一怔，然后皱起眉头："你，你怎么能跟踪我呢？"

"你好啰嗦。"她没有搭理他的话，"赶快掏证件吧！人家等着看呢。"他不紧不慢掏出他的国民身份证，"拿回去吧！这个不管用的。"她指着他的口袋，"把那个掏出来。"他就掏出那张在美国的永久居留许可证，"这就对了。"她接过去递给了那个门卫，然后说了一大堆英文，门卫有些犯愣，她怒道，"金先生大老远从美国来，找他的老朋友，你却这般刁难！他是本分人，不计较你，我可是口无遮拦的哟。"

门卫吓得赶紧跑进传达室打电话去了。她告诉炳文，上海这地方向来崇洋媚外，而且势利，日本人得势的时候唯倭人马首是瞻，现在盟军胜利了，美国人不但耀武扬威，还可以横冲直撞的。她突然想起来："哎，你是上海人，应该比我更知道这一点呀。"

"我既不是上海人，更不是美国人。"他说。

"嗯？"她不解，"那你是哪里人？"

"俺是山东人。"他用山东话答道。

"啊！你以前没跟我提过呀！"

"现在不是跟你说了嘛！"

那个门卫满脸堆着笑过来，说要亲自带他们去，炳文看了安如倩一眼，她摆摆手："你去吧，我在这里等你。"

门卫带他绕过办公楼停了下来，指着后面的一个洋房说，上了二楼，左拐最里头的那间就是。炳文敲开门，见到的是一位相貌娇美的年轻女军官。她很客气地请他坐在沙发上，然后递上茶，说："我听门卫讲，外面还有位女士。"

"哦，是我同事。"

"她不来吗？"女军官转动眼珠说。

"我找仁俊，和她无关。"

"哦。"女军官定住眼珠，"你找专员有啥事吗？"

"专员？"他没听懂。

"是呀！你找的不是他吗？"

“哦,是是是,我是找专员。”他马上掩饰道,“其实找他也没什么事,叙叙旧而已。”他感觉说得不圆满,又补充道,“我跟他是从小到大的至交,还是同学呢。”

女军官点点头,问:“咋称呼你呢?”

“金复生。”他觉得不对,“哦,对了。你跟仁俊,哦,是专员,说是炳文找他就好了。”

“我明白。”女军官抿嘴一笑,“可是他不在。”

“不在?”他心想,既然人不在,简单知会一声就好了,她何须问那么多呢?

“他去南京了。”女军官补充道。

他心有不甘地说:“我能去南京找到他吗?”

女军官瞪大眼睛看着他,说:“单单为了叙旧,你就要跑到南京去?”

“怎么了?”他没有明白。

“肯定是有啥重要的事情吧!”女军官神情严肃,“我叫何卉娴,是专员的秘书,情况紧急我有备案的责任。”

“哦,没有,真没有。”他连连解释,起身就告辞了。

炳文本想把实情告诉安如倩,又怕她多问,就说专员很忙没时间搭理他。她刚要张口,他立刻制止她:“你先回答我,你老跟着我做什么呀?”

“怕你找别的女人呀!”她白了他一眼。

“我还一个女人都没有,哪来的别的女人呢?”

“好呀,晚上我们去百乐门,倩姐帮你好好挑一个。”

“不劳您驾,你还是帮自己挑一个吧。”话一出口,他就觉得自己说过了,想要弥补,安如倩止住他让他先走。看她态度认真,执拗不过,他只好听之任之,走了几步,没有什么动静,就忍不住回首看去。她背着身,胳膊倚靠着大树,不住地抽搐。这是他第二次看到她这样哭泣了。

“倩姐,晚上我陪你去。”他马上改口,“不,是你陪我去百乐门,好吗?”她破涕为笑,说本来只是说笑而已,结果彼此还都认真起来。他说,既然说好了就去呗。

但是没想到,百乐门这地方并没有让他安身舒心,刚刚适应完眼花缭乱的灯光,又要接受爵士乐的鼓荡和喧嚣。幸好比帕提前订好位置,他们还能在轻歌曼舞中说上话。炳文对上次醉入饭店之事向比帕表示歉意兼谢意,比帕说什么事情也没发生,就不必客气。一个中年人过来躬身请安如倩跳舞,她虽然有些勉强还是起身相伴。炳文这才注意到学姐今晚穿的这身旗袍不仅亮丽,而且开衩也偏高,但尽管如此,比起舞池中的那些个衣香鬓影还是相差甚远。

“你目不转睛的,莫非相中谁了?”比帕问。

“哦哦。”炳文笑笑说,“我一个当医生的哪里供得起呀!”

“就算供得起,他们也未必跟你。”比帕耸耸肩,“中国实业银行的刘四爷就相中了一个叫陈曼丽的。结果呢,给她汽车她不坐,给她洋房她不住。”

“哦?”他问,“那是为什么呢?”

“人家就喜欢这百乐门的,嗯,这个,中国成语怎么说来着?”比帕一时没想起来,显得很尴尬。恰好舞曲结束安如倩跑了过来,一边用手帕搌汗一边着急地说:“你们要总聊天,我就要被别人当成专职舞女啦!”比帕对炳文做了个鬼脸,赶忙拉她去跳下一支舞。

炳文觉得比帕有些滑稽,中文本来就半桶水,还非得在一个懂英文的人面前卖弄中文。陈曼丽喜欢这里的什么?无非就是花天酒地,纸醉金迷嘛!他随口叹道:“商女不知亡国恨,隔江犹唱后庭花。”

“不对吧。”他的背后有人说话,“我听说这位曼丽小姐,因为不屑跟日本鬼子跳舞,当场拒绝了一个宪兵队的军官,结果惨遭杀戮,而且连中三枪。她应该是个有气节的巾帼英雄呀。”

他惊异不已!眼前这位身着华丽旗袍的女人不就是白天见到的那位女军官吗?“你,你是仁俊,不,是李专员的秘书,何小姐吗?”

“不要在我面前谈另外一个男人。”她冷傲地一笑,“不管他是不是你的同学，朋友，兄弟，还有父子啥的。”说完起身和他并肩而坐，并将夹在手指上的烟卷慢慢送到嘴唇之间，眼睛里闪烁着舞厅里变幻莫测的灯光。他简直不敢相信，白天英姿飒爽的军官，怎么夜里就成了如此妖媚的舞女呢？他愣在那里，不知道该如何接她的话茬。

“我的上帝！”比帕过来打了圆场，“老弟这般神速相中一个，佩服佩服！”安如倩正好也走了过来，和比帕一起坐在炳文和何卉娴对面。

“不不不，你误会了！”炳文慌忙解释，“我们其实不是刚认识的，是今天下午认识的。”

“不是刚认识的？是今天下午认识的？”比帕故作惊讶地重复着他的话。

“是这样的。”炳文肯定地说。

“哦，我明白了！”比帕恍然大悟，“下午刚认识，晚上就来约会，对吧？”

“不对不对。”炳文连头带手一起摆动，“是邂逅相遇，是碰巧而已，不信你问学姐。”

“好了好了！你们俩一直用英文说话，对这位小姐太失礼貌了。”安如倩看着何秘书说。

“是呀是呀，你们唧唧歪歪一大堆，把我搞得头都大了。”何秘书很不满，“有本事你们讲两句日语，日语我是听得懂的啦。”

炳文和比帕显得很尴尬。安如倩说：“金先生，你还不给我们隆重介绍一下。”

炳文马上说：“哦，对，这位是何……”

“叫我露露好了。”何秘书桌下的手狠狠掐住炳文的大腿，“或者叫我阿露。”她看着比帕，“哦，对了，这位先生可以叫我的英文名字露西。”

“露西？非常好听的名字！”比帕赞叹后问，“露西小姐也是这里的舞女？”

“一看你就是老外。”阿露补充道，“哦，当然是不常来百乐门的老外。”

“阿露小姐请赏个脸！”一个中年人过来打断了她说话，没等反应，另一个年长者拦住年轻人说：“阿露也是你叫的，你应该叫露露。这支舞曲是我专门点给她的。”然后一躬身，“阿露小姐请！”

“付先生，黄老板，得罪两位了。”阿露指着炳文说，“今晚有我来自美国的金先生，还有他的陪同。”比帕赶忙点头：比帕。安如倩也跟配合道：杰西卡。炳文一脸茫然，阿露拉着他就走进了舞池。幸好是个慢三舞曲，炳文不至于踉踉跄跄，贻笑大方。

“没想到金先生说话稳重，舞步还蛮轻盈的。”

“噢，在校园学的，换个别的舞步恐怕就不会了。”

“在啥地方念的书呢？”

“在美国的医学院。”

“留洋回来的大夫，了不起！”她赞叹道，“以后看病方便了。”

“最好别生病。”

“你的朋友也是大夫吗？”她又问。

“杰西卡是，她是我留美的学姐，比帕不是，他是报馆记者。”

“哦，他们是夫妻？”

“不，是朋友。”他忍不住问她，“你是舞女，怎么还在仁俊那里当秘书呢？”

“白天办公事，晚上办私事喽。”然后她绷着脸，“我讲了，在我面前不要提别的男人。”他立刻收住脸，她就绽开笑容说，“你住啥地方嘛？上海房租很贵的。”

“我还没租房子，在租界的一家旅馆暂时住着。”

“租界里，还是旅馆，太贵了！也不值得。这样吧，我亲戚全家去瑞士移民，空着屋子，他们托我找人照看，我一直发愁呢。”她显得很高兴，“现在好了，你单身，又有学问，白天刚碰面，晚上不期而遇，缘分缘分，蛮好蛮好。”

“白住人家的屋子，怕是不妥吧！”他有些犹豫，“再说那屋子在什么地方呢?”

“哎呀！你这个人好啰嗦，让你帮忙，反倒那么客套。”她嗔怪道，“屋子在勤德巷，很方便的。”他无法拒绝她的热情，就坚持说一定要缴纳房子的相关杂费才能心安理得地住进去，阿露当然乐不可支。

其实搬过去的原因，除了勤德巷离梅花巷不远，他能守候着管菽芹回来，更主要的是，他要留下来继续打听问清的消息。与此同时，他隐隐约约地感觉到，阿露像是拿了一把钥匙，企图打开他一直紧闭的心房，或者更确切地说，在他的经历中，他还是第一次接触到她这样的女子，从这个意义上来说，阿露更貌似要去打开他内心的另外一个私密房间，而这个房间连自己都不知道。之所以这样说，是因为他住进去的当晚就做了一个梦，梦里那个张牙舞爪的裸体女人就是她。虽然梦里的那个裸女蒙着面，但醒来的时候，他的意识是她。

到了医院，安如倩迎面走来跟他打招呼，他恍惚觉得对方是陌生人。“你这是怎么了？像丢了魂似的。”她问。

“哦哦，是你。”他反应过来，“我搬了新地方，有点择床的毛病。”

“答非所问啦。”她疑惑道，“是不是另有原因?”

“没有没有，倩姐你又说笑。”

“不对！你肯定心里有鬼。”

“没有没有，倩姐你又吓我。”

“姐姐哪里会吓你，姐姐只会关心你。”她语气诚恳地问，“凭我的直觉，你是不是跟那个阿露小姐有了什么新的进展?”

“谈不上进展，只不过新住的屋子是她帮的忙。”见她没有再追问，他心里就坦荡起来，挑衅地问，“再说跟阿露小姐接触有什么错吗?”

“那是你的自由，当然没错。”她不接受挑衅，“但是姐姐关心你，也不能说有错吧！”见他无语，她继续带攻击性地问，“既然是正常接触，你何以闪烁其词呢？我问你……”

“不要问了。”他打断她的话，“倩姐我服你了。”

“既然服了，就要听姐姐讲。”她的语气又诚恳起来，“阿露小姐对你来讲是很新鲜，但是你要想，她阅人无数，为何单单对你情有独钟呢？”

“倩姐，没有的事情，你为什么要这样苦苦相逼呢？”他显得委屈。

“姐姐就这样。”她依然咄咄逼人，“你不是李甲，她也不是杜十娘。”说完她走了。

炳文被晾在那里很尴尬，加上走道里的人都撇着眼睛看他，顿时他就恨不得找个地缝钻进去，幸好仁英来了，算是帮他解了围。仁英几乎是带着哭腔对他说，她阿爸病情加重，死活不肯就医，希望他一定要好好劝她阿爸来医院医治。

李积忠很虚弱地躺在床上，喘息急促，李夫人站在一旁显得很焦虑。诊断后炳文对李夫人说：“不用担心！伯父属于一般性冠状动脉心脏病，可以不去医院，但尽量不要吸烟喝酒，最重要的是不要生气动怒。”

“是呀！其实他的病只有等仁俊来治。”李夫人唉声叹气道，“而仁英的病呢，哎，还需要你来治？”

“仁英怎么了？”炳文转脸没看到仁英，“她人呢？”

“她在楼下吩咐备饭呢。”李夫人继续问，“你是真不晓得，还是假不晓得？”

“怎么了？伯母。”他发懵道，“我真不晓得呀。”

“那我跟你讲。”她正色道，“我们家仁英患的是相思病。”

炳文愣住了。李夫人告诉他，仁英打小就喜欢他，只要仁俊说了一句有损于他的话，她就要跟她阿哥吵架。有一次，她来向她阿爸告状，说阿哥欺负炳文哥。她阿爸说：仁俊不单单是你阿哥，也是你同学呀，他呢，是什么呀，一个同学而已。她说：不！他不单单是我同学，还是我心上人。她阿爸急了，斥责她不知羞耻，有失大家闺秀的矜持风范,也有损李家的威仪声望。她哭了,就跑回房间把自己反锁起来,谁也不理,不吃也不喝。“我好容易把她哄好,她也好几天不理她阿爸和阿哥。”李夫人说,“你去美国留学,她就一直等候着。现在你回来了,她有多么高兴,你为什么不珍惜呢?”

他苦笑着,不知怎么解释。

“我明白你,你有难言之隐。”她说,“我这个做母亲的也不怕作践女儿,你实话跟伯母讲,你是另有相好呢? 还是相不中仁英呢? 或者干脆你看不起我们李家?”

“伯母,您误会了!”他申辩道,“我没有什么相好,也一直觉得仁英很好,我很尊重您和伯父,哪有什么看不起的。”

“那是为什么呀?”

“伯母,你也别问了,我去和仁英解释好吗?”

炳文躲过李夫人的追问,去见仁英。心想,是直截了当向仁英表明自己的立场? 还是含混其词地回避呢? 当面对仁英的楚楚笑容后,他又犹豫了。他实在不忍心让这笑容戛然而止,或者说这笑容也犹如一把钥匙开启了他心房的另一扇门。他慌慌张张地对她说:“我现在马上要去见仁俊。”

“吃完饭再走也不迟呀。”仁英说。

“吃饭不要紧的。只有尽快见到仁俊,跟他好好沟通,父子关系缓和了,你阿爸的病才好彻底痊愈。”

炳文再次去了杜美路。那个门卫告诉他,仁俊一大早就出去了。他问起何秘书,门卫说,她跟专员一起走的。离开杜美路,他又去了梅花巷320号。他告诉阿枝,他已经搬到了勤德巷。阿枝说,房东太太回来了,晚上可以到勤德巷见面。这消息太令他振奋了!肩负多年的责任总算要完成。他如负释重来到医院,安如倩提议去他的新居参观,他马上说:“有客人来,改在明天吧!”

“客人? 什么客人?”

“倩姐呀,我保证不是阿露小姐。”

“就算是,我也干涉不了你的自由。”

“真不是呀!”他恨不能向她发誓,“我的倩姐。”

“好好,我信你。”她不想再难为他,“但愿不是你的影子。”

刚吃完饭,回到屋子还没有坐下,就有人敲门,他去开门,没想到来的人还真是阿露。他一下子就愣了,甚至就想,是不是学姐故意派她来的呀?

“你好像很失望?”她说,“要是这样,我可以不进来。”

“不会不会。”他说,“我以为是来的客人呢。”

“哦,你约人了?”她疑问后就说,“如果是女的,那我更应该走。”

“哎哟,你们说话怎么都那样呛人!”

“你们?你的意思是,除了我,还有个她。”她推测道,“你把我和她归成一类人了?”

“哪有的事?是我的错,拙嘴笨腮的。”他无奈地说,“那就请进吧!”

阿露穿了一身酒红色西式晚装,胸开得很低。她原地转了一圈,问:“这衣服是专门托人从纽约订做的,咋样,流行吗?”

“我好些年不在美国,流行什么也不知道。”

“噢?”她觉得奇怪,“不在美国?又是刚刚来上海?那中间的几年,在啥地方公干嘛?”

“哦,哦。”他觉得说漏了嘴,只好说,“主要在重庆。”

“主要在重庆?”她又问,“那一定还到过其他地方?”

“是呀是呀,到过成都,还,还去过遂宁,广元和南充。”他想起延安人的提醒,就马上岔开,“我听说李专员回来了,明天他是否有空呢?”

“啥人告诉你的?”

“门卫呀。”

“哦。他是回来了,可是待了一下又走了。”

“那他什么时候再回来呢?”

“不晓得。”

“你是他秘书，怎么会不晓得呢?”

“我再强调一遍，在我面前不要提别的男人。”她冷冷地掏出香烟，“能吃烟吗?”

“哦，你要是我的病人，我就劝你别吃，但你不是，就不能干涉你的自由了。”

“哦，可是，可是。”她抹去刚才冷色，变得妩媚起来，“我真是你的病人咋办呢?”

“何秘书真能说笑。”

“我真没说笑。”她绷起脸道，“记住！叫我阿露。”

他上下端详她，问：“你究竟哪里有什么不适呀?”

她用手指尖指着胸口：“这里。”

“心脏不好?”他认真地问，“有什么症状吗?”

“这两天总噔噔乱跳，现在跳得更邪乎了。”她瞪大眼睛，“难道你没听出来吗?”

“你又说笑了！我得用听诊器才能听到呀。”他说，“这样吧，我先帮你把一下脉。”

阿露伸出白皙的手腕，上面的青色筋脉清晰可见。他正要用手指去摸，门被敲响。他慌忙问：“请问是哪位?”

“是我，阿枝呀。”

他放下阿露去开门。阿枝身后还站着一位中年妇女，他猜想这一定是那个叫管萩芹的人。没等他张开口，阿枝抢先说：“金先生，我们可以进屋里说吗?”

“当然当然。”他觉得自己有些失态，满脸歉意道，“因为家里还有客人，所以性急了些，请包涵！”

“我们不是单独约好了嘛，怎么还另外请别人呢?”阿枝显得很不高兴。

“不要怪他！”阿露打断她，“是我来得太唐突，打搅你们了。”不容炳文再解释，她就仓促离开了。

阿枝继续责备炳文，说他连起码的礼节也没有。他自知理亏，解释起来又觉得多余，只好面红耳赤听她数落。

“好了阿枝，人家又不是存心的。”那位中年妇女打断她，“你去下面给买包烟来，我和金先生单独聊聊。”

“是，太太。”说完她出了门。

“你是郑太太？”炳文问。

“是，我就是你要找的管萩芹。不知道金先生找我有什么事？”

“我有一位朋友，四年前托付我找你，然后要你将一封信亲手交给一位女子。”

“女子？哪位女子？”她疑惑地问，“难道信封上没有写上她的名字吗？”

“是的。他说你认得她的。”

“奇怪！我认得好多女子，不晓得你说的是哪一位？”

“我的这位朋友说，一提你就知道的。”

“哦，是嘛，这么多年过去了，加上兵荒马乱的，事情很多的，一提就知道的女子，还真不好说。”

“郑太太，再仔细想想。”他强调说，“我朋友说，如果见不到这位女子，信将销毁。”

她觉得事情急迫，就问：“你那朋友叫什么？”

炳文觉得对方有些古怪，于是就警觉起来，“我只能告诉你，他姓迟。”

“啊！是他。”她一下子激动起来，但马上又收敛回去，“他现在在什么地方？情况怎么样？”

“我相信你一定跟他很熟悉，而且是很重要的朋友。但是我要对他负责。”他仍不敢放松，“请你告诉我他的全名。”

“迟仲年。”她答。

他点点头，说：“谢谢！”

“应该谢谢你才是，总算从你这里得到他的消息。”她欠起身，“我们还是想听到有关他更多的情况。”

他迟疑了一下，说：“等把这封信交到她手上，我一并跟你们说吧。”

“也好。”她想了想，说，“那我们再约时间，到时候阿枝会通知你的。”说完她起身告辞。

“等等。”他问，“能告诉我这位女子叫什么名字吗?”

“她叫谷素梅。”

正好阿枝拿着一包香烟回来说:“太太，你要的牌子好难买的。”

管菽芹笑道:“买来了我也要走了。”炳文说可以再坐一会的，“不了。”她扫视了一下房间，“阿枝呀，金先生家里好凌乱呀，你呢，就留一下，帮忙打扫一下再走。”

阿枝很愉快地答应下来，没等炳文来拦，不由分说就动手收拾起来。炳文问起她的身世。她说她从小在皖南的乡下长大，因为家里穷，只好到上海做活。见他有些失落，她就问:“先生是不是瞧不起我们乡下人?”他赶忙否认，说自己过去也是乡下人，只是想起往事感慨而已。

翌日，炳文得到阿枝的通知，晚饭后来到约见的地点溢香居。这家茶馆的厅堂很大，摆了不少桌子，茶客却坐的并不多。炳文扫视了一圈，没有发现管菽芹的身影，正狐疑时，伙计过来问:是喝茶呢? 还是找人? 他说找一位叫管菽芹的太太，伙计就领他上了楼。到一间雅间门口，伙计说:就是这里。炳文正犹豫是否招呼一声，管菽芹掀开帘子说:“金先生，你要找的人就在里面。”

“哦! 太好了!”他很兴奋，“谢谢郑太太!”

“我在外面守候，有什么事支应一声。”她放下帘子离开了。

炳文就想，这管菽芹总是一副警觉的脸，似乎有什么事情怕人发现，莫非这封家书里还包藏着什么天大的秘密? 他掀开帘子，眼前这位女子让他惊呆了。是梦境? 还是幻影? 他一时难以理清。对方却显得若无其事，问:“先生，你怎么了?”

“你是谷素梅?”他大惑不解地问。

“是呀，先生不是找我吗?”

“你不是柳问清?”他难以置信地问。

“不是!”她漠然地摇头,“先生一定是找错人了。”

“不!不!我没找错。”他再次确认道,“你就是问清阿妹!”

“先生,你把我搞糊涂了!”她紧锁眉头,“你究竟是认错人了?还是找错人了?”

“不!我没认错人,也没有找错人。”他开始冷静下来,“告诉我,究竟是什么原因,让你改了名字,连我也不认了?”

她仔细端详他一番后,眉头还是没有舒展开,半晌才说:“好像在哪儿见过,但实在想不起来在什么地方见过。”

“问清,你究竟怎么啦?”他充满焦虑地说,“快告诉我!”

“问清?”她似乎被对方的情绪感染,喃喃道,“这个名字好像也听说过。”

作为医生,炳文迅速地意识到对方可能患有间歇性失忆症,如果再去强行求证,可能会产生适得其反的效果,所以他镇定下来,询问起她的近况来。她表示出应有的礼貌,客客气气道:“谢谢这位先生的关心!你约我来,究竟是什么事情呢?”

“是迟仲年让我来找你的。”他说。

“啊!”她显得很意外,“你说谁?”他又重复了一遍“迟仲年”的名字,她张着嘴,半天不能合上。

“咋了?”他意识到迟仲年的名字刺激了她,就靠近她说,“你先不要激动!我们慢慢说。”

她突然抓住他胸襟,屏住呼吸道:“快!快告诉我!他在什么地方?”

“别着急!”他心里紧张起来,“能不能告诉我,他是你的什么人?”

“我丈夫。”她说。

“啊!”他目瞪口呆,半天不能复原。

“怎么了?先生。”她松开手问。

“没,没什么。”他整理被她抓过的衣襟,克制住内心的不安,

“只是迟先生没跟我提到，你们是夫妻。”他掏出那封信交给了她，“我是四年前偶然认识你丈夫的，这是他临终前托付给我的，让我亲手交给你。”

“他真的死了?”

“是的。”

“四年前就死了?”

“是的。”

“那你为什么现在才告诉我呢?”

“我一直要来上海找你，但战争爆发了，不容我来。”

她颤抖地打开信封，一边看一边泣不成声。他不忍目睹，就转过身子。不料帘子被掀开，管菽芹神色紧张地跑进来说:“有人要搜查，我们要赶快离开!”

炳文觉得蹊跷，就问:“也没做其他事，搜查和我们有什么相干?”

“不要多问了!”她说，“总之从正门我们是走不出去了。”他满腹狐疑，她正色道，“为了安全，你带着素梅从侧面的小门走。”他踌躇着，楼下传来喧哗声，她使劲儿拽了他一把，“必须要这样做! 而且你要记住，关于迟仲年和今晚的会面，不要向任何人透露。”他再转过身，发现这位谷素梅竟然昏厥过去。他先轻轻拍了她一下，没有反应。管菽芹大声向他喊道，“哎呀，不要那么秀气了! 扶起她快快离开!”

刚从侧门离开，就听见了茶馆那边有“砰砰”的枪声。看来管菽芹说的并没有夸张，炳文警惕地搀扶着谷素梅加快脚步往前走。走到一条弄堂里，有人在前面拦住了。他只好带着她向后退，没走两步又有人阻拦。正犯愁的时候，两声清脆的枪声，一个阻拦的人应声而到。射击的方向似乎是从屋顶过来的，于是前后阻拦的人朝屋顶上开枪还击。炳文愣在那，不知所措。阿枝突然从一个岔口冒出，冲他说:“你这样扶着她走哪行呀!”然后她手一指，“快! 往左边的那个弄堂跑。”

“跑!? 怎么跑?”他问。

“啊哟,抱着,背着,你选一个吧!”她说完就迎着追他们的人而去。

炳文觉得自己太笨,笑了笑,便一把就抱起她。跑到一个岔口,他正不知往哪个方向去的时候,一辆轿车开了过来。车里跳出的那个人说:“请把人交给我吧! 他正迟疑时,那人一把将谷素梅扶进车子,然后对他说:“先生你也上车吧!”

“哦,不了!”他茫然道,“我先等等再说。”

车子没等他反应过来就消失了。炳文这才意识到,眼下一定要去找找阿枝,她的行为太危险了。枪声依然响着。他也不顾一切了,回身朝枪响的方向跑去。正好阿枝迎面而来,但步伐踉跄,他赶忙托住她。枪声再响。阿枝推开他,让他不要管,快快离开就是。他发现她的肩部被击中了一枪,鲜血还在衣衫上渗流,再不止血,恐怕就有生命危险。情急中他一把抱起她,开始拼命往前奔跑。到了路口,一辆黄包车似乎是早有准备地停在那里。他冲车夫喊道:“快! 去伯特利医院。”

子弹进入的部位,似乎和当年飞机上他被那个日本劫匪击中的一样。炳文想,人之所以大难不死,必定有心愿没有完成,等阿枝醒来一定要再问她的身世。他有千种预感,她就是当年走失的小妹,一旦他拿出那半截手镯,她就会拿出另一半。

医院大厅一阵吵闹,几个警察荷枪实弹进来,为首的警官说医院里有受枪伤的嫌疑犯,他们要搜查。值班主任说,伯特利的董事长是美国人,不便如此大动干戈。警官反问,董事长跟嫌疑犯好像没什么关系吧?

“当然没关系!”安如倩走了出来,“董事长只跟这里所有的病人有关系,不管他们是谁。”她走到警官跟前,低声嘀咕了几句,警官口气这才缓和下来,说不要让兄弟们等得不耐烦就好。

安如倩快步来到阿枝的病房,和炳文商量该如何处理。他说,病人已经脱离危险,可以带她从后院走。

“你带走她一走了之，我怎么交待?”她问。

“哎呀！倩姐一定有办法的。”他说。

“办法有，但你必须先告诉我实情，我才有说法应付他们呀。”

炳文记得管菽芹的提醒，没有完全说出实情，只说他去茶馆和人碰面，没想到有人要加害他们。这位阿枝姑娘是为了掩护自己才中弹的。听完后，安如倩向他交待完如何安全撤离后，就找来值班主任，向他私语一番。主任显得很犹豫，她厉声说董事长是她姨外婆，出了事情由她一并承担。到了大厅，她对警官说：“我到各个病房搜寻了一遍，没发现带枪伤的病人。”

“这位小姐，刚才你明明说帮我带人出来，现在又说没有。”警官有点急眼了，“拿我当缺西呀！”

“这位警官千万别上火！”她显得很从容，“你们没有搜查令，还如此大张旗鼓闯入医院，惊动病人，已经构成非法闯入私人领地的罪名。”

“你讲什么?”警官双目瞪圆。

“但是。”她义正词严，“我还是本着不妨碍公务的原则，替你们查看，已经尽到责任。”

“任务紧急，等搜查令办好，黄花菜都凉了。”

“这我可以理解。就算没有，你也应该到值班台查一下急诊记录呀。”

“这还用你来教！”警官蔑视道。

“如果急诊上有记录，我有意隐瞒，你可以办我窝藏罪。”

“我要是不听你的呢?”警官挑衅道。

“可以呀，要是急诊上没有记录，你还要一意孤行搜查，我会毫不客气地指控你的。”她冲值班主任喊道，“把记录拿来给这位警官过目吧！”

警官见她如此不卑不亢，心里打起鼓来，草草看了一下记录后就带人离开了。

阿枝被安排在制造局路的病房里。炳文一夜没有合眼，待她白天醒来,他问她那些持枪拦截者是谁?

“坏人呗。”

“坏人?”他质疑道,“再坏也得有个理由吧,我跟他们无冤无仇,杀了我,对他们没有任何好处呀!”

“是呀,金先生是大夫,杀了你,谁给他们治病啊。”

“那是不是房东太太和他们有仇呢?还有那个叫谷素梅的,也一定有牵连?”

“谷素梅?”

“你不知道她?”

阿枝摇摇头。炳文告诉她,他在茶馆要见的人就是谷素梅,情急中走散了,他很想再见到她。阿枝说,她并不知道这个谷素梅,要想见到她,必须通过房东太太。他急着就要动身去梅花巷,她说那里不能再去。他问为什么?她说既然坏人已经发现了房东太太,她的屋子就肯定被盯梢上了。

“那还有别的联系方式吗?”他急着问。

“这一下子,我也想不起来。”她安慰他说,“别急!等我能下床了,一定帮你找到。”

“能不急嘛!”

“要说急我比你还急,找不到太太,还要再找新的雇主,我可不愿意。”

“听阿枝姑娘的意思,那房东太太平时对你不薄,一定是个好人。”

“是呀是呀!”她动情地说,“太太心肠好,待我像亲人一样。”

“可她为什么得罪了那么多坏人呢?”

“你想呀,一个好人,又很正直,坏人肯定是看不惯的呀。”

“但我还是觉得,房东太太不是一般的好人。”

“先生为什么要这么说呢?”

“她有股势力,有一个帮,或者叫组织什么的。”

“我没明白先生在说什么?”

“因为我突然想起来，晚上的枪声不是单纯的射击声，而是双方交火的声音，房东太太那边的人拿枪保护我们。”见阿枝没有吭声，炳文觉得她似乎在隐瞒什么，就追上一句，“我说的不对吗？”

“我不晓得先生讲的帮派组织是什么意思，我就懂得帮穷人的就是好人，谁保护我，我就认他们是好人，你救了我，我也当你是好人啦。”

“有道理。”他点点头，又问，“阿枝姑娘，你说你家里穷，那乡下还有什么人吗？”

她摇摇头，显得很难过的样子。看她身体虚弱，炳文不好再问。安如倩正好来了。看他满眼充满血丝，她拿出一串钥匙来，建议他先回她的房间休息。

“为什么要去你的屋子呢？”他有些纳闷，“回到勤德巷有什么不妥吗？”

“你想一想，昨天你遭到枪击，肯定会被人盯上，回去不是自投罗网吗？”

“我没得罪任何人，要追击的目标应该是那个房东太太呀！”

“你不觉得你和她有牵连吗？”

“我从前是不认识她的呀？”

“你怎么还是那样不开窍，多少年过去了，木瓜的名字你不想改了？”

“可是，我总这样躲着也不是常事呀。”

“等我打听好那些追杀的人谁，就会没事的。”

炳文没有再顶撞，表面看似默许了安如倩的规劝，但实际上还是先回了勤德巷。他固执地想，倘若真遇到他们所说的那些坏人，他起码能从他们的嘴里得到“谷素梅”的消息。反正他暂时没有得罪这些人，就算被冤枉致死，也算是对自己的一种变相惩罚，他毕竟在阎王的冤魂簿里挂着账呢。从本质上说，他是不畏惧死亡的，可是进到屋里后他又想，如果真就不按学姐的套路出牌，事事都表现与她作对，恐怕再见到她时就很难自圆其说了。算了，还是去她那儿吧！正当他收拾好洗漱用具离开时，门被人敲响。他的心紧缩了一下，不知道后面该发生什么事情。

“谁？”他警惕地问。

“开门就晓得了。”门外有人应答。

“你是谁？”

“是我。”

“你？你是谁呀？”

“老同学。”

“老同学？”他一时难以分辨，就问，“是哪位老同学？”

“哎呀，我是仁俊。”

炳文喜出望外，马上打开门。几年没见，仁俊依旧神采飞扬的，只是穿了一身古板的中山装，让人产生了一种距离感。仁俊上来拥抱他的时候，炳文担心把他的衣衫弄褶了，动作显得很被动，而这一点被对方觉察到了。

“咋了？老同学，几年不见你好像跟我生分了？”

“没有没有！我是怕把专员大人的行头弄脏了。”

“你这样叫我，好像我们形同路人，你啥意思呀？”

“秘书早就告诉你我来上海了，你迟迟不肯接见，还来怪我，天理何在呀？”

“你叫了个金复生的名字，害得我想个半死。”仁俊倒打一耙，“我咋晓得是你？”

“不斗嘴了。”炳文不想再揭穿他，就说，“是我请你喝茶，还是你请我喝茶？”

“吃啥茶呀！今天我特意请你吃酒，为你接风洗尘。”

他们在一家西式餐厅坐下。仁俊说自从那次和炳文在美国分手后，在上海待了一阵后，又去了重庆进入复旦大学学习新闻，之后加入抗战组织，并被派回上海从事地下工作。现在专门开展汉奸财产的清查工作。

“工作再忙你也该回家看看，你阿爸身体很不好。”炳文试探着说。

“那是他咎由自取。”仁俊毫无礼数。

“为什么要这样说呢?”

“正当生意不做,非要和日本人勾三搭四的,啥人能救得起呀?”

炳文很难想象一贯以积善成德自称的李积忠,在战乱年代也难逃利益的诱惑。但无论如何,他是仁俊的父亲,病卧床榻,没有理由不去探望呀!

“我阿爸的事情属于公务,你不用操心了。”仁俊制止他再提这个话题。

“那问清呢?”他终于提起这个话题,“你去美国跟我说你要和她结婚,结果呢?”

仁俊告诉他,确实回上海后准备和问清完婚,但是很不幸的是,柳校长因为积极宣传抗日牵连到她,父女相继被日本宪兵队抓走。他千方百计,不惜一切代价去营救,甚至都买通了宪兵队内部,没想到校长还是惨遭不幸,问清也下落不明。为了继续寻找她,他放弃了政府机关的职位,考核进入了特别部门,由重庆秘密派往上海潜入日伪机构。

“那你最终找到没有?”炳文问。

“踏破铁鞋无觅处,得来全不费工夫。”仁俊嘲笑道,“这句话是啥人说的? 分明是在挖苦我嘛!”

“没明白。”他疑惑地问,“什么意思呀?”

“啥意思!”仁俊显得很悲哀,“我居然在会社的家属联谊会上碰到了她。”

“哦!”他瞪大眼睛。

“而她,居然成了我下属的太太!”

“噢! 你下属?”他的眼睛仍旧瞪得很大,“谁呢?”

“一个叫迟仲年的家伙,说了你也不晓得。”仁俊说,“更可笑的是问清居然改了名字叫谷素梅。”

炳文现在才完全确定,他见到的叫谷素梅的就是柳问清。但她为何改这个名字,又为何跟迟仲年结为夫妻了呢?仁俊告诉他,起初他无法接受这个事实,但后来他发现问清神智可能出现异常,通过和她的多次接触和交谈,他确定,她一定是在日本人那里受了极大的刺激,从而导致记忆库损伤。很多旧事,需要人几番提醒或者刺激,她才能似懂非懂地想起。

“你的意思是,你和他邂逅时她不认你?”炳文问。

“是的。”仁俊又说,“好不容易她要认我了,甚至都叫了我的名字。可是再见面时,她又不认我了。”

“怎么会这样呢?”

“你是大夫,你问我,我哪里晓得?”

“嗯,这可能属于心因性失忆症,一定有原因的。”

“哦,能治好吗?”

“理论上是可以的。她现在人呢?”

“你先别急呀!”仁俊端起酒杯往自己嘴里倒去,然后说,“要么说人活着就是来受折磨的。自从那天叫我名字开始,她就千方百计地躲避我,不想见我。我四处派人去要找,一点消息也没有。”

“哦,是这样。”他又道,“也许人家考虑到家庭不便的原因。”

“这不重要!问题是迟仲年成为叛徒汉奸后,她应该不忌讳这个了吧,可她照旧不要见我。你是留美大夫,又是他阿哥,拜托你彻底治好她的病,好不啦!”

“你说什么?”炳文大为震惊,“迟仲年是叛徒汉奸?”

“不要大呼小叫的嘛!这年头啥样的人都在变,变得邪乎。”他又往嘴里送了一口酒,“还有呀,我阿妹的病你也要抓紧治。”

“仁英不是蛮好的吗?”

“好啥呀!整天絮絮叨叨的,是心病,你,你不要装胡羊哟!”

仁俊显然是喝多了,车轱辘话开始来回说。炳文在沉思,这迟仲年怎么又成叛徒和汉奸了呢?如果是叛徒,他一定是叛变到美国阵营里,因为那个接受密码箱的詹姆斯是个美国人呀。如果他出卖的秘密是给美国盟友的，汉奸罪名是不成立的呀？或许那个詹姆斯是帮日本人做事的美国人，迟仲年投靠的是日本人？当初他就怀疑这位懂日语的人心里有鬼，所以才选择送他去死，后来是因为他的临终嘱托实在感染了他，他才愿意帮他完成使命。如此说来，自己不仅从情感上上当受骗，还从客观上助纣为虐，成了出卖国家的一员帮凶？这太可怕了！

仁俊的司机把他接走，炳文听从了安如倩的安排，去了城府巷她的住处。一路他就想，本来他只是受人之托，完成一项简单的公事，一直没有去想那个密码箱里究竟藏着什么秘密，而这个秘密还值得让迟仲年豁出性命去保护。秘密的价值能大得过性命无外乎有三种：一是他的思想信条需要他这样做，所谓舍生取义；二是他有致命的隐情被他人胁迫，所谓杀身成仁；三是他嗜钱如命，所谓舍命不舍财的那种。金钱跟家庭密不可分，能解释得通的必须是来自妻儿有意和无意的压迫。可是问清恰恰是迟仲年的妻子，她怎么可能是那种穷奢极欲的女子呢？仁俊是政府官员，他说迟仲年是叛徒汉奸的语气并非玩笑，所以他宁可相信迟仲年死守秘密的动机源于前面两种原因，而不是后者。迟仲年或许是因为自身的信仰参加了某个组织？或许是做了对不起问清的事情被那个组织发现，受到巨大的名声威胁？

到了安如倩的住处，他发现屋子里几处显眼摆着的菊花，觉得学姐实在有些故意。那花叶虽已残谢，却依然亮丽和显赫。“堕地良不忍，抱枝宁自枯”，他想起这首古诗来，也想起这位倨傲不羁的学姐来。这菊花的意思是，她嫁给中村敬一不是个错误，如果是，也起码是个美丽的错误，这个美丽的错误在他心里又形成了一个秘密，秘密是什么呢？

炳文是个单纯的人，容易在负疚的时候立下誓言，而且不折不扣地去完成。自从他的胆大妄为冤死哥哥后，他就决心读书赎罪，结果他学业有成；自从因为他的无知送了父亲的性命后，他就立誓当医生，结果他当了；自从他自以为是地误送了迟仲年的性命，他就一定要完成他的遗愿，结果他也完成了。可是，留下来的却是一个又一个的感慨。

首先是自己读了书，以为能为哥哥赎下罪来，结果一个又一个的罪过纷至沓来，不但亲手葬送了爹，还失散了娘和妹；其次是自己学了医，完全可以回来治好校长的病，但却无法从宪兵队手上救回他的命，从那一刻起，他又忽然觉得当医生是多么的渺小和卑微呀！当初要是立志从戎习武，也许还能用刀枪劫出养父来；再次是自己爱慕问清，原以为青梅竹马，心有灵犀的，所谓点到为止，水到渠成，没想到半路杀出两个程咬金横刀夺爱，一个是先声夺人的李仁俊，一个是无声无息的迟仲年；最后是自己敬爱的学姐，居然嫁给了中村敬一！过去她说的做的，无论有多么阳光，都无法去遮掩她和一个战犯结为夫妻的事实。还有仁俊，是什么样的意志支撑他背负不忠不孝的名声，去做大义灭亲的事情呢？还有仁英，为何对他情有独钟，而自己却一无所知呢？还有那个明显有组织的房东太太管菽芹，还有貌似自己亲妹妹的阿枝姑娘和那个晚上做舞女白天当秘书的阿露……这一窜窜的疑惑里似乎直接跟问清有关，并且暗藏着令人怵然的杀机。他必须当作秘密，一个一个地回答自己，最终找出问清情节性失忆症的原因。

要选择解密必须要选择一个值得信赖的人做自己的帮手。谁呢？最信赖的人应该是问清，但她已经不是过去那个清醒的她了。仁英，热情而又善良，尽管有单方面的情感纠结，但只要自己摘清楚了就可以了。所以一大早他就先去了李公馆，想顺便给李积忠问完诊后，就邀仁英一道去制造局看望阿枝。

到了李公馆，他发现院门口站着两个目不斜视的人，觉得蹊跷，想问又觉得问了反而更蹊跷，就去按门铃。两人拦住了他。

“今天不便，请这位先生改日来访。”一个戴鸭舌帽的说。

“出什么事了吗？”

“不清楚，我们的任务是不让任何人进入。”

“你们？你们是什么人？”

“汉奸财产清查委员会的。”

炳文明白过来，马上说：“我是李专员的朋友，从美国回来的金复生。”然后又马上掏出那张绿卡，“可以进去吗？”

两人对了一下眼神，戴鸭舌帽的说：“既然是专员的朋友，请便了。”

没等他问，仁英就开始谴责仁俊无情无义，软禁阿爸不说，还限制她和阿妈的自由。炳文只好说，仁俊也是例行公事，身不由己。

“才不是呢！阿爸做的每一件事情，我都在身边，清清白白的。”仁英觉得冤屈，“是有人故意栽赃诬陷，假借接受敌产逆产之名，强行敲诈勒索嘛！”

“仁俊是个明事理的人，是非曲直，他分得清楚呀！”

“才不是呢！他装出铁面无私的样子，六亲不认，好让别人看见他有多么正直。”她十分恼火，“哼，枉我叫了那么多年的阿哥。”

李夫人过来招呼炳文，“你来得正好，你伯父整天念叨你，都快疯了。”

不对呀！他念叨的应该是仁俊，怎么改成他了？炳文想。如果真是这样，他愿意解除他的心结，治愈他由心理压力而造成的心脏疾病，于是他对李积忠说：“伯父，您要是见到我就开心，我可以天天来陪您，您的病很快就能康复的。”听完此话，李积忠和夫人相视一笑，“我说错话了吗？”他真切地问。

“没错的没错的！”李夫人连连说，“我们怕你说的是客气话。”

他的确觉得自己说话过分夸大，就说：“伯父伯母，我自然比不上仁俊。昨天我见他了，待到水落石出，他终归要回心转意的。”

“不要在我的面前提那个逆子！做父亲的最了解自己的儿子。”李积忠吼完后，又不住地喘息。

“息怒息怒。”李夫人赶忙扶住他，并用眼神示意炳文制止这个话题。

“我请求你们医学界，赶快发明一种记忆删除疗法，我倾家荡产也要鼎力促成此事。”李积忠喘息道。

“不要再胡扯了！”李夫人紧锁的眉头马上又舒展开，“炳文不是来了嘛，说些高兴的事。”

“炳文啦，我还真没有胡扯。”李积忠认真地说，“我听说日本医界就有人在研究，你说是吧？”

“确实有人提出过这项课题，但我不建议把它列为医学，可能界定在心理学领域，会更利于人的健康。”他说。

“不管医学还是心理学，我只要干干净净忘掉那个孽种就行！”李积忠继续吼道。

“哎呀，我让你不要再提了嘛！”李夫人埋怨道，“总没好气地挂在嘴边，你的病好得了才怪呢！”

“好好好，不说他了。”李积忠安静下来，“我们还是说炳文吧。”

李夫人从箱子拿来一本厚厚的簿子，李积忠语重心长地说：“这上面是我所有的私密账户，仁英这孩子过于单纯和善良，我希望你协助她，把李家这点基业守住，并且光大。”

炳文大为诧异，丝毫没有想到李氏夫妇竟有这样草率的决定，无论从情理上还是道义上他都是无法接受的，但是一下子他又不知该用怎样的措辞来回绝他们。

“我们是看着你长大的，厚道本分，又有专业头脑，将来这些钱可以用来发展医学。”李积忠想起什么，“哦，对了。伯特利医院重建我也资助不少，也是董事。我已经跟石美玉女士打过招呼，董事会决定任命你做副院长，择日就要公布。”

“伯父，您稍微等一下。”炳文终于忍不住了，“我非常感谢您和伯母对我的信任和厚爱，但我无才无德，为人处事更是呆若木鸡，搞搞专业勉强还凑合，如此重大的私事公事一并压在我身上，我诚心诚意地说，做晚辈的实在难以担待。”

“你哪里捡来的这么一堆酸腐的辞藻。”李积忠很不高兴，“大放厥词的，好像在我面前朗诵演讲稿呢！”

“没有没有！我所表达的，完全是肺腑之言。”

李积忠脸色极其难看，喘息声变得急促起来，张着嘴巴想说话却不能出口。李夫人轻轻推了炳文一把，示意他先出去回避一下。

他下了楼，仁英已经沏好了茶。他说没工夫坐下来说话了，要马上赶去医院里，希望她一路同行。她高兴地答应了。一路上，她一个劲地问他，在美国的这几年是怎么过来的，他含混回答后，就把话题引开："我在美国就听仁俊说，他要和问清结婚，后来怎么变故了呢？"

她说，有一段时间阿哥确实特别得意，逢人就说他终于要和他梦寐以求的女神结婚了，阿爸劝他不要高兴过早，他就跟他大吵大闹，几天也不回家，阿妈劝他时，他说除非阿爸去柳家促成这桩婚事，否则永不回李公馆。阿爸听后大骂逆子，决计断绝父子关系。

"你看看，这就是他们父子间的第二次大战。"

"结果呢？"

"阿妈自然要充当和平使者了。"她娓娓道来。"她先是去向柳校长低调论诉说自家的一片苦衷，然后又向问清姐高调倾诉儿子对她的一往情深。最终，她对阿爸和阿哥采取两边瞒哄的手段，才平息了这场父子之间的恶战。"

"这么说，柳家当初是答应了这门婚事。"

"阿妈是这样说的，可是后来我听阿哥说，校长的态度不是很明朗，对此他非常恼火，还说过校长许多过分的话。"

"校长和问清出事后，我听说仁俊还设法营救过。"

"是的。当时阿爸和他四处奔波，花了很多钱，打通了各层关系。"

仁英回忆起全家人陪宪兵队少佐吃饭时的对话。那少佐说：柳全应属于不可救药分子，而且手上有命案，想都不要想；至于那个柳问清，倘若能做到为她开脱罪名，还必须有家属担保才能执行。李积忠发愁地说：我们和柳家虽胜过亲戚，但毕竟不是呀！能否用财物担保呢？少佐说：战时最重要的是人钳制人，财物只能做辅料参考。仁俊马上问道：我和柳问清即刻签订一份婚书可否？少佐大加赞同，并答应他完成这一请求。到了仁俊要问清在婚书上签字的时候,她却拒绝了。

“上回我就要问,问清为什么要这样做呢?”他问。

“她说校长走不了,她也不能离开。”她说。

“嗯,问清妹妹就是这样的品性。”他叹道。

“阿哥怎么劝都不行,于是就对问清姐说,你不走,我也不走。阿爸只好请求少佐,容他见柳仝应一面,再做最后一次努力。”

“结果呢?”他迫不及待地问。

“阿爸说他总算说服了校长。约定的那一天,我和阿妈备好了满桌酒菜,按捺住内心无比的喜悦,等待他们归来。饭菜全凉了,两人才垂头丧气地回到家里,阿哥脸上似乎还带了点伤。我问阿爸:问清姐呢?他摇摇头没有说话。阿妈问阿哥:出啥事了吗?阿哥冒了句‘切嘎中道’,就开始大骂日本人不讲信用,发誓要和小鬼子血战到底。原来他们到了宪兵队,那个少佐突然变卦,说柳问清昨天夜里就突然被人提解走了。阿爸就问这是何人所为,他支支吾吾不肯回答。阿哥就急了,说他是个不守承诺的‘阿诈里’。少佐见阿哥满脸怒气,就一定要翻译官翻给他听,当听完翻译说‘阿诈里’是上海话‘骗子骗人’后,他马上传唤两个兵士来,将阿哥押进宪兵队。阿爸哀求半天也无济于事,于是就火速联系到一位高官,才算把阿哥放了出来。”

“以后还有问清的消息吗?”他问。

“我晓得的就这些了。”她说。

炳文没有说话,因为他从中村那里得知,问清是被日军司令部的人提走的。他们为什么要这么做呢?这和日后问清成为迟仲年的妻子,又有什么样的关联呢?

“你找我出来,就是为了谈这些吗?”她问。

“哦哦,不好意思!”他这才注意到她有些不高兴,忙解释道,“问清总归是我阿妹嘛!”

“难道我就不是你阿妹吗?”

“是是,当然是,是我的学妹。”

“难道非要带那个‘学’字吗?”

“你不是有仁俊这个阿哥吗?”

“阿爸都不要他做儿子了,我还要他做阿哥干嘛?”

“那是气话。血浓于水,终归有一天,大家会冰释前嫌的。”

“好啦,就算是这样,我多一个阿哥还不行呀!”她马上又否定自己,“好啦好啦,你这个阿哥我高攀不上,可以了吧!”

“我也不是那个意思。”

“那是啥意思嘛?”

“就觉得心里怪怪的。”

“怪怪的?”仁英扑哧就笑了,“这种词你也冒得出来的啦?”

炳文也觉得好笑。到了制造局路,他正发愁如何向学姐介绍仁英时,安如倩迎面就来了。她劈头盖脸地就说:“阿枝姑娘失踪了!”

“怎么会这样?不是有值班护士吗?怎么还会从眼皮底下消失呢?什么时候发现的?为什么现在才通知我呢?”他无暇顾及仁英,一连串的提问又劈头盖脸地朝学姐砸去。

“你让我一个一个回答好不好?”安如倩不紧不慢地说,“值班护士当然有,而且根本不会偷懒打盹,恰巧那时有一位急诊病人缠住了她。等她把那个病人安排好后,再去查访病房时,发现阿枝不见了。为什么现在通知你呢?因为我觉得通知你了也没用,毕竟你不是警察呀!”

“那这到底是怎么回事呀?”他急躁不安。

“当值班护士再去找那个急诊病人时,发现他也不见了。”她说,“很显然,阿枝的失踪只是不辞而别而已,用不着你这样着急上火的。”

“我只是担心她失血过多,身体虚弱,需要在医院里疗养一阵子。”他不甘心地问,“她没有留下任何线索吗?”

“没有。”她摇摇头。

“她不应该这样呀!”他喃喃自语,“她不回梅花巷,我怎么才能找到她呢?”

“你真是呆呀!”她分析道,“在她心目中,你是个重要的人,她自然会来找你。”然后她又嘲笑说,“相反,你兴致勃勃地要去找她,说明这个阿枝姑娘在你心中很重要。”

仁英被冷落半天,不但眼前站着一位仪表端庄的女大夫,耳朵里还听到一位让他念念不忘的阿枝姑娘,于是就强压内心的妒火对炳文说:“你们聊,我先回去了。”炳文这才想起来要去介绍,但仁英已经上了一辆黄包车,很快就消失了。

炳文承认自己呆自己傻,接受别人对他这方面的一切指责和控诉。也许正是因为这个原因,女孩子才纷纷离他而去,包括问清。他突然想起那天傍晚在街上撞见的那个盲人,他当时说的“三个女人”其中的一个,是否就是仁英呢?他翻出过去许许多多和她相处的印记,又和他曾经接触过的异性相比,如果说问清是一枝独立寒冬的腊梅沁入心扉,倩姐就是在他眼前闪耀的一朵绚烂奔放的牡丹,尽管她以菊花自居,那么仁英呢?他想起曾经在柳家院子里,她向他展示的那朵茉莉花。对,就是它,清纯质朴,淡雅轻盈。

“别犯愣了!”安如倩冲他嚷道,“追去呀!”

他不能冲动,尤其是这样的事情绝不能按学姐的思路走,否则留下话柄给她,她会跟自己不依不饶的。他想,茉莉花表示的是忠贞与尊敬的双重意义,既然他把忠贞献给了问清,就只能对仁英充满尊敬之情了。

他决定放弃让仁英做他帮手的想法,因为这样对她既不公平,更不尊重。现在阿枝又悄悄离去,他该去相信谁呢?过去的同学他是一个也不想找,因为他已经计划好完成迟仲年的嘱托后就默默离去,过着孤家寡人的生活,现在问清奇迹般出现,他的心虽然死灰复燃,但毕竟李仁俊是他的发小,而迟仲年是她的亡夫,和问清有扯不清的纠葛,再去寻访同学岂不是乱上加乱!所以,这个帮手必须是个陌生人。谁呢?他想到了阿露。虽是萍水相逢,但她似乎总想往自己的思绪里穿梭,她为的什么呢?之前学姐曾激怒自己去甄别,他也确实思考过，但仅凭他的人生经验值马上运算出一个答案，实在是强人所难。时隔数日，他不得不屈尊问起安如倩来："一个女人对我好，我怎么去识别她是真对我好，还是假对我好呢？"

"用心去体会，而不是用脑子去分析。"她答道。

"哎呀，倩姐。我这么卑微地向你请教，你却要如此严肃地给我讲课。"

"你没有具体所指，我当然泛泛而谈喽。"

"那我说了。"他不放心地叮嘱道，"你可千万别再让我难堪啰！"

"姐姐还不至于那么尖酸刻薄吧！"她心平气和道，"姐姐保证配合你。"

"是百乐门那个叫露露的小姐。"

"什么？"她即刻又板起脸，"你给我闭嘴！"

"你不要这样吓唬人嘛！"他示弱道，"不是说好了配合我吗？"

"刚才那个女子不是蛮好的嘛！"她惋惜道，"一看就是名媛淑女，大家闺秀。"

"哎呀，我的好姐姐呀！我现在不是在说谈婚论嫁的话题，而是真心问你我如何交一个异性朋友？"

"我。"她有些结巴，"我这一个还不够吗？"

"你，你是姐姐，行了吧！"他也结巴了。

她乐了。他一看她乐，也跟着乐。院长进来，发现两人笑开了花，于是也情不自禁地掺合进来。她停住笑，问院长："我们乐什么您知道吗？"

"你们乐你们的，我乐我的。"院长自圆其说道。

"您有什么要乐的？"她诧异地问。

院长收起笑脸，盯着炳文说："从下个礼拜开始，金复生先生将担任伯特利医院的副院长。"

"不不不，我资历尚浅，又毫无管事的经验，医院千万不要这样草率呀！"

“这是董事会的决定，不是院部所为。”

“不管是哪儿的决定，我都无法消受。”炳文恳切地说，“更何况我一向对职位不感兴趣。”

“哎呀，不要推诿了！战争结束，百废待兴，需要你们这样精力旺盛的年轻人啦！”

安如倩愣了半天，终于忍不住问：“你们一唱一和的，到底是在说正经事？还是继续让我不停地笑呢？”

“正经事正经事。”院长郑重其事道，“董事长在委任状上签的字。”

“哦！？是这样的吗？”她瞪大眼睛看着满脸无辜的炳文，似乎不认识一样。

“与此同时呢，院部也相应做了一个决定，从下个礼拜开始一并执行。”院长说。

“哦，什么决定？”她问。

“安大夫，让你担任院长助理。”院长说。

“院长助理？助理谁呀？”她木讷地问。

“当然是金复生先生了！”院长说。

“是正式决定吗？”她进一步确认道。

“当然，院部的决定我说了算。”院长十分肯定地回答。

“哎呀！”炳文大为惊恐，“不妥不妥！她是我学姐，我当她的助理才差不多。”

“有何不妥？”她问，“你到底是虚心呀？还是心虚？”

“哎呀，学姐，冤枉了！我既没有虚心，也没有心虚呀！”炳文嚷嚷道。院长见势不妙，拔腿要走，炳文拉住他，“院长，万万不能这样决定呀！”

“这是属于你们学校内部之间的讨论，我就不掺合了。”院长说完就溜了出去。炳文还要去追，安如倩一把拉住了他。

“现在我这个助理要做的第一件事情是什么，你知道吗？”她一本正经道，“就是如何协助你跟露露小姐成为红颜知己。”

“倩姐，我不过是说说而已，也用不着你要这样损人呀！”炳文简直要哭了，心想这辈子也不要得罪她。

“没有呀！我是诚心的。”安如倩说，“当姐姐的我也累了，现在正好公私兼顾，工作上你是上级，生活中你也该当回哥哥了。”

炳文完全乱了。刚落地上海滩时，他感觉步履轻飘飘的，似乎是个匆匆过客。而今，他又被那些似曾遗忘的往事和故人拖入泥潭不能自拔。许多年来他苦心孤诣寻找的自由之路，恐怕就此了结。是退身而去，还是挺身向前？他犹豫徘徊着。退却？自然招人耻笑。前行？但又力不从心。而每当这个时候，他总是会想起当年摆设在院子门口的那个垃圾桶，尽管它肮脏不堪，受人鄙视，但对于他来说，除了它，还有什么能让他避风遮雨，心神安宁呢？柳校长的出现，似乎回答了他内心的探问。他就像一把保护伞，在风风雨雨中强推着自己走上了一条学子之路。在这条路上，他又遇到了大侠般的安如倩，也许不是她手持两把利剑庇护，自己早该在迷惘的途中被乱刀砍死。他以为在美国学业有成就意味抵达了终点，再返身搭上知恩图报的快车回到故里，就算完成了他人生的旅途。但是恩人没了，支撑他梦想的人也没了。他停顿了。他似乎是坐在轮椅上的残疾人，等待任何狂风暴雨的沦落。日本人就像一群强盗，抢走他的轮椅，将他推搡开去，或掉下悬崖，或葬入大海。到了欧拉冒岛，骤然冒出那么多和他毫不相干的人，竟然要与他生死与共。他只好觉得自己见到了上帝。他问，这就是我的终点吗？上帝的耳朵可能有些背，要么就是装听不见。等撒旦和他联手将一个个性命送走后，上帝才告诉他，欧拉冒不是终点，欧拉冒只是中转站。为了证明自己没有装聋作哑，上帝找迟仲年作为替身告诉他：你下一段的路程将跟从那个密码箱的指引。

炳文认识到了上帝，就想去教堂。是去慕尔堂呢？还是圣伊纳爵主教座堂？最终他选择了后者，因为圣伊纳爵主教座堂是天主教堂，而在天主教堂里他能找神父去告解。有人问他，领洗了吗？他摇摇头。那人告诉他，只有领洗的教徒才能在教堂做告解。他满脸通红。那人喋喋不休地开导他：这位兄弟，你应该接受洗礼才是呀！领洗时你以前的原罪本罪都被赦免了，你领洗之后犯的罪就要找神父去告解。炳文满面羞愧想要离开，但又不好拒绝人家的善意。尴尬时，阿露出现了。

“你怎么会在这里？”走出大门他诧异地问。

“我为啥就不能在这里啦？”她反问，“许你心中有上帝，就不许我有了？”

“我不是这个意思。”

“那是啥意思？”

“我的意思是，我们在这里碰到，真是巧。”

“哎哟，你这个人怎么老是消极地看待事情。”她抱怨道，“为啥不能往积极里想一想呢？”

“没明白。”他摇摇头。

“那叫缘分。”她似乎强迫让他同意，“对不啦？”

“对，对对。”

正好到了午饭这会，炳文就请她一同进餐，她说今天她穿的素，随便找个地方就好：“城隍庙有一家油豆腐线粉汤做得蛮好，我们去那里可以吗？”他马上说可以。

阿露告诉他，她父亲就是做油豆腐线粉汤的，从小随阿爸从常州来到上海闯荡。生意做得好，有钱人龙四就看上了。本来说好他出钱，阿爸出手艺，得利对半分，结果分红的时候出了岔子。龙四拿出阿爸按了手印的文书说：你昏昏头呀，这是雇佣合同，你帮我打工拿工钱，分红想都不要想。阿爸胸闷就去打官司，结果官司没打赢，家底也赔个精光。阿爸气得吐血，临死都要阿哥念书读法，家里没钱，就逼我去人家那里做小老婆。我不肯呀，就跑了。阿爸被气死后阿妈改嫁给一个摆摊的老鳏夫，有点小钱总算让阿哥进了学堂。阿哥当了律师后，就要找龙四报仇。好容易彻查出仇家的种种不法勾当，以为可以顺顺当当送龙四进大牢了。

“结果呢？”他忍不住问。

“结果人家找到日本人撑腰。”她哀叹道,“仇没报了,阿哥还搭了条命。”

“这真是悲剧!”他愤懑道,“每一家都是一部倭寇的控诉史。”

“倭寇是可恨,但是也不要怕他啦。”她继续说,“你龙四不是利用日本人害死我哥嘛! 哎,我以牙还牙,以毒攻毒。”

“你是个女孩子呀!”他显得很担忧,“日本人怎么能服从你呢?”

“他们当然不服从我,但是他们听曼丽姐的。”

“曼丽姐?”炳文突然想起她曾跟他提起的那个舞女,就问,“你那个时候就当舞女了?”

“不,那时我正念高中呢。”她说,“我听人说百乐门有一位只为情动不为财动的陈曼丽,就登门拜她为师。”

“拜师?”

“是呀!”她继续说,“可她拒绝拜师,反而提出跟我义结金兰。我巴不得呢,就马上答应了。本来她是厌恶日本人的,但晓得我的身世后,就有意结识了日本宪兵队的冈田中佐。”

“冈田?”他忆起当年宪兵队那个凶蛮的家伙,“是满脸大胡子的那个吗?”

“咋的? 你认得?”她很惊讶。

“哦,不。”他不想提那段往事,就说,“他是宪兵队里最该杀的恶魔,谁不知道呀!”

“该杀是该杀,可是不通过她,我咋能报仇呢?”她说,“不久,那龙四一家九口全部被毒死。”

“为什么要这样呀?”他惊愕道。

“是呀,这也不是我的本意呀。”她激动地说,“冈田自以为这样就讨好了曼丽,当了全体客人的面宣称,大红大紫的阿丽小姐从此供他独享。曼丽姐觉得他不但凶残还很无耻,当场就拒绝了他。”

“然后恼羞成怒的冈田,派人杀害了她?”

“是的。”她点上一支烟深吸一口,“曼丽姐走后,我就一直在自责，我不但害死那些无辜的人，还害死了她。”

“所以这就是你去教堂的原因？”

“是的。”她掐掉香烟，“犯了这样的罪，就要忏悔，就必须找神父去告解，这样我的心才能平和下来，才能面对以后的生活。”

“百乐门的生活，就那么让你乐不可支吗？”

“我一点儿也不讨厌百乐门，但我讨厌那里面的男人。”

“哦，为什么要这样认为呢？”

“因为在他们眼里，女人就是钞票。”

“可是那天我也去了呀！”

“对呀！我还要问你呢。”她摆脱了刚才的悲愤，变得顽皮起来，“你那天为啥要去呀？”

“哦，这个嘛！”他被噎在那儿，竟然没想起来当初是怎么去的。

“说不出来吧！嘻嘻。”她奚落道。

“哦，对了。”他又想起来去解释，“事情是这样的……”

“不用解释！”她用手捂住他的嘴，“见到可心的人，男人的心哪有不痒的！”

她戴了一双钩花的白色手套，颗粒般的细腻触觉让他心慌意乱。他赶忙招呼伙计：“老板，结账了！”

“不忙！”她制住伙计过来，“刚才在教堂，我好像旁边听到你要找神父去告解，能跟我讲为啥吗？”

“哦。和你一样，我也要忏悔。”

“你是大夫，难道是误诊，病人发生了不幸？”

“不不不，不是那样的！”

“那会是啥呢？”

他还处在刚才的惊悸中，没有专心去回答她：“哦，是个意外，一时疏忽，误判了一个人。”

“误判是法官的用语。”她疑惑道，“做医生之前，你还当过法官？”

“不不不，你误会了。”他定了定神，“这样吧！我改天再跟你述说我这一段故事,好吗?”

“我又不是神父,你想跟我讲就跟我讲,不讲不勉强的。”她显得善解人意地说,“看你一脸官司的,晚上来百乐门嘛!我陪你好好放松放松。”

炳文婉言谢绝,说晚上有一位病人需要他看诊。其实真正要看诊的是他自己,他需要有个医生对他内心遇到的障碍做一个心理辅导,这个医生自然是学姐安如倩了。敲开她的门,比帕正好也在。他有些尴尬,就闪烁其词道:“倩姐,我是不是太冒昧了?”

“你心里有鬼,总觉得别人心里也有鬼。”她知道他话里有话,不客气地说,“进来就进来,不进来拉倒。”

桌子上摊开一些文件,比帕收拾好后装进公文包里,见炳文进退两难,就主动过来向他问候:“老同学,进来吧!你学姐跟你玩笑呢。”

炳文又看了安如倩一眼,她没有表情地说:“比帕在报馆,消息灵通,带来了一些有关阿露的材料。”

“时间仓促,材料并不完备也不精确。”比帕又从公文包里拿出一张纸,“但起码对你是个参考。”

“你想听吗?”安如倩问。

“要是念,我当然听啰。”炳文说。

“阿露原名何小仙,学名何卉娴,常州戚墅堰人,民国十一年出生,民国二十七年从静文女中肄业后来到百乐门,民国二十九年因涉嫌陈曼丽枪击一案被囚禁,后去教堂受洗,不久又在仙乐斯、大都会、新仙林等舞宫充当舞女,民国三十四年在中美所和军统局上海联合办事处担任秘书一职至今,军衔上尉。阿露未婚。”

听罢炳文说:“倩姐,我只是随便说说而已,没想到你倒当真起来。”

“我说了,你是院长,我是助理,于公于私我都得认真呀!”她说。

“恭喜你荣升伯特利医院的副院长。”比帕迎合道,“在下能为院长效力,实在是荣幸之至呀!"

炳文就想,这比帕在校期间不是这样的,只是上海相遇后他才开始把自己奉为上宾的,并且如此殷切。美国人他是了解的,彼此的礼貌在乎与你保持距离,而不是像他这样,似乎故意要往你身上贴近。自己名不见经传,又没钱没势,更没有任何能够挖掘的奇闻趣事,值得他这样做吗?兴许是安如倩的原因?比帕从校园那场泡汤的决斗中就已经口头表达了对她的爱慕,而安如倩这边,在实际失去中村的时候,也有充分的理由得到男人的慰藉。从这个意义上去理解,他才能心安理得地接受比帕过于夸张的热情。

"这只是阿露小姐的简单经历,如果还需要生活和思想方面的东西,我还必须努力。"比帕说。

"不用不用!"他连连摆手,"这太让我难为情了!"

"不不,这是我们应该效劳的。"比帕仍不放过奉承的机会。

他从比帕的热情中,再次感受到学姐在他心中的存在,也就是说,自己的判断是没有错的。"我先走了,你们再聊些别的。"

"等等 !"她叫住他,"比帕专门为阿露的事来的,你这样就走了?"

"哎呀,倩姐。"他只好摊牌,"实话跟你说吧,刚才我在教堂见到她了。"

她对比帕一笑,说:"人家满载而归,我们却在这里杞人忧天。"

"是呀是呀。"比帕转动眼珠想了一下,说"中国有一个成语,叫皇帝不急太监急,对吧?"

"不对。"她纠正道,"是俗语,不是成语。"

"是是,我这简直就是在关公面前耍大刀,鲁班面前耍大斧嘛!上海话叫'阿无乱冒充金刚钻'。"

"好了好了,不管我们是皇帝也好,太监也好,我们总不能白忙活呀!"她提醒着炳文,"对吗?"

"对对。"他领悟过来,"我请客我请客,去哪家馆子你们定。"

"下哪门子馆子呀!"她否定这个说法,"比帕一向迷恋上海的小吃，到死都吃不够。"

"那是。"比帕显得垂涎欲滴的样子，"条头糕，薄荷糕，海棠糕，蟹壳黄，擂沙圆，我哪样没吃过，特别是南翔小笼包，我最爱吃了。"

"那我们就去城隍庙，你想吃什么都有。"她说。比帕大加赞同。"那里有一家小吃店蛮不错的，估计你没吃过。"

"那你说来听听呀。"比帕急着想知道。

"油豆腐线粉汤。"她说。

炳文想，这也太巧了！刚和阿露吃过，现在又要吃一回，也太腻味了吧！可是实情又不敢说，他只好硬着头皮跟去，遇到那个伙计不开眼，见面就说先生又来了，弄得他恨不能插上翅膀飞了。幸亏安如倩走在前面，没有听见。比帕就问："听伙计的意思，院长刚来过？"

"没有呀！"他矢口否认。

"那他怎么说又来了？"比帕不解。

"哦哦。是这样的。"他就地开始瞎编，"在中国呀，做生意的人呢，为了拉拢顾客跟你套近乎，说个又字呢，是让你觉得你们是好久不见的熟人，或者朋友，对吧！"比帕频频点头，他却心里乱颤。

比帕要了瓶绍兴黄酒，炳文死活推脱，说上回他已经领教过了。安如倩说："上次喝的是白酒，这回黄酒，补血养颜，通经活络，中医里，还是药引子呢。"

"不喝！"他坚持道，"我已经立过滴酒不沾的誓言，所以再好我也不喝。"比帕向他竖起大拇指。

"还真有捧臭脚的。"她讥笑道。

比帕哈哈一乐，只顾给自己倒酒。喝下一瓶，他还想再要一瓶。她劝他别喝，说贪杯会误事的，比帕不听，她就抢过他手中的酒瓶，给自己全部倒上。炳文佩服起学姐来，似乎在她眼里任何男人都能听她的话。

"唯独你不听呀！"她喝下一大口酒，"反过来呢，我还要听你，金复生院长大人。"

“别再提这个了！我肯定不会当这个副院长的。”

“你看，你果然不听我的吧！”她抱怨道，“好像这辈子姐姐都在害你似的。”

“倩姐呀！你总是冤枉人。”他争辩道，“你要是当了法官，不知道该有多少冤死鬼。”

“得了吧！”她没有接他的话茬，直截了当问，“快告诉姐姐，你找阿露的真正想法是什么?”

他盘算道：和盘托出肯定不行，完全回避也辜负学姐对自己的一片真心，除了对问清的爱慕和迟仲年的忏悔，他留着对上帝说，其他的都是可以与人倾诉的。所以他说，因为阿露是李仁俊的秘书，仁俊是他的发小，李家父子大战方酣，找阿露是想通过她找出仁俊对父开战的症结，然后对症下药，斡旋争端。

“我早说过，金先生是位了不起的人。”比帕的大拇指再次竖起，安如倩瞪了他一眼，他就缩回手，显得有些委屈，“我的上帝！看来这么多年，我对中国的国情还需要深入学习。”

分手的时候，安如倩似乎有些醉意，炳文过来要搀扶她被一把推开。她不停地叮嘱炳文不要再去找那个阿枝姑娘了。见她有些东倒西歪，比帕过来搀扶，也被她挡了回去。她顺势贴在炳文耳边说，她从警察局打听到，阿枝连同她的雇主同属一个秘密组织，而这个组织正被政府监视并缉拿，“当不当院长是面子的事，找不找阿枝是性命的事。”她满眼惺忪地说。

如果不接触阿枝，就意味着无视问清的存在，在这一点上，炳文完全不能听从学姐的劝说。即便不主动寻觅阿枝，也要从仁俊那里打听到问清的下落，仁俊不愿意说，就要从阿露那里去打听。但眼下他觉得最紧迫的是，在正式宣布副院长一职的，他先要赶到李公馆向李积忠澄清自己的真实想法。没料到，李公馆把门的人换岗了。于是他只好故伎重演，掏出那张绿卡。对方说他不认得外国字，劝他离开。炳文不听就坚持去按门铃，那人就用枪顶住他的腰，警告说不听劝阻者，格杀勿论。他急了，就嚷道：“来呀！小日本我都不怕，还怕你不成！”另一人忙过来劝架：“先生看起来是个文人，怎么犯起了庄稼火？”

他松了口气，就说：“李专员是我发小，这又是他家，我正常拜访不可以吗？”

“这位先生还真对不起！”这人嬉皮笑脸道，“我们正是奉了李专员的特命，才不让您进去的。”

“仁俊敢这样无情无义？”他喃喃道。

“那是你们之间的私事，我们只是秉公办事。”

炳文无可奈何，只好找了个公用电话亭拨通了李家电话。电话是仁英接的，她说阿哥一大早就来了，父子交谈不到五分钟就崩了，走时阿哥还说阿爸冥顽不化，不孝的罪名是阿爸强加给他的。他忙问李积忠的病情，她说很不好，咳嗽时痰中带血。挂下电话，他就通知医院赶快派辆救护车来李公馆。救护车一到，站岗的两人被弄得措手不及，他吩咐护士抬着担架冲了进去。李积忠死活不肯走，他说再不医治，恐怕病情趋向恶化，到那时就无力回天了。李积忠坚持说，只有炳文答应他的请求，他才能安心接受治疗。他还想说什么，李夫人轻轻扯了一下他的衣袖，悄声说：先答应了他，以后的事以后说。他“嗯”了一声。

仁俊对炳文之举大为恼火，到医院见面第一句话就是：“你是他儿子，还是我是？莫非你真惦记李氏财产？”

他无法回答这种非理性责问，就说：“仁俊，你先别着急！我是医生，他是病人，很正常的关系，你怎么会那样想呢？”

“我是不会想呀，就怕别人那么想呀！”仁俊语中带着刺，马上又缓和道，“炳文兄，我待你不薄呀！战乱时我都没忘你，还专程去美国探望你，你的记性不会那么差吧！”

“就是因为我记性不差，我才帮你去宽慰伯父的。”他不甘心屈从他软硬兼施的压力，“我再强调一遍，他是病人，我是医生。”

“好，我承认。”仁俊的态度变得强硬起来，“但我要提醒的是，我是公职人员，他是我的审查对象，他是我父亲，我是他儿子，除了医生和病人的关系,你没有任何可以参与的余地。”

“仁俊,我真弄不懂你为何变得这样冷酷?”

“战争都那么多年了,炳文兄,你咋还那么天真幼稚?”

“啥人讲战争的终结,是让人和人之间变得冷酷起来?”

“啥人讲战争结束了?”仁俊纠正道,“战争才刚刚开始,日本人被赶走了,新的敌人正磨刀霍霍,伺机袭来。”

“新的敌人,在哪儿呢?”他表示不解。

“你这呆子,我不想跟你啰嗦了。”仁俊很郑重地说,“总之,战争时期一个非常显著的特点就是,人和人只有敌我关系,如果你混杂其他因素,只能给这个政府添乱。”

时隔一年,南京和延安反目,发动了大规模的战争,而且竟然是那样的残酷,炳文才真正意识到仁俊说这番话的含义。但此时的他,仍觉得仁俊的动机是阻止他和李家的往来,如果真就是所谓财产问题,他就觉得仁俊在误解他,“仁俊,我保证你们李家的一切,我是不会参与的。另外,我会安排另外一位医生,全权负责你阿爸的病情。”

“我希望你炳文兄说话是算数的。”

离开仁俊,他就去找安如倩,请求她的帮助。她却说:“目前你还不是副院长,所以没有权利调配我。”

他觉得她是在故意刁难他,就激动地说:“倩姐,你到底要我怎样呀?”

“当然是我叫你金副院长,你答应了才是呀!”

“随便你吧!”

她盯着他,喊道:“金副院长。”

“好好好,我答应。”他无可奈何道,“那你也答应我了?”

“不!光答应我还不行。”她接近勒索地说,“还必须是院长这么叫你,你答应了,才行。”

“好好好,明天张贴个海报,让医院全体上下都这么叫,行了吧?”他火气十足地说。

“这是你说的。”她根本就不被他的脾气吓倒，“我这就去通报院长。”

炳文答应了仁俊，满足了学姐，脱去白大褂，在医院僻静的树林里垂头丧气起来。一位病人发现了他，过来安慰他道：“想开点，我的亲人一个都没有剩，连给他们坟头添土的家伙都没有了。”炳文回身发现，这病人的两只手全部没有了，他想上去抚摸那随风飘摆的衣袖，病人拒绝了，“由它去吧！衣物只是遮身蔽体的，既然它已经被你识破，就不要再去证实了。”

“你误会了！我不是这个意思。”炳文想说明自己是医生，完全出于一种关怀。

“想开点。”病人不容他解释就微笑道，“凡事不要钻牛角尖！跑到死弄堂里，可以躲也可以翻呀，为什么要去撞呢？”说完他哈哈大笑，晃荡着两只空袖子离开了。许多年以后，炳文才知道这个病人说了谎。他的病例上填写的是吴显耀，其实真正的名字叫邱阿根，并且亲人尚在。他这样做，恐怕是不愿意连累他的亲人们。

他正要起身追那病人时，仁英从身后急匆匆地叫住了他。见他脸色阴郁，她原本焦躁的情绪被强行按捺住：“炳文哥，你先坐下吧！有些事情我必须向你澄清。”

“噢？”

“我晓得你对问清姐一往情深，你也别去计较我缠住你叫阿妹了。”

“仁英，你这是从哪说起呀！”

“我这样说，自然是你一定要答应阿爸的请求。不为我，也要为他老人家的身体着想呀！”

“这两件事怎么能放在一起说呢？”他见她不说话，就着急地问，“仁英，你到底要跟我说什么呀？”

“因为你把阿爸的病交给那个安大夫了。”

“哦，那你误会了，安大夫是我的学姐，医治你阿爸的病，她只会比我更好。”

“我也相信这一点,可是阿爸不愿意呀!”

“哦?怎么不愿意了?”

“他见换了医生,就火冒三丈,拔掉了手上的吊针,大喊着你的名字。”

“现在呢?”

“他喊的时候,我就慌忙来找你。”

“哎呀,你早说呀!”他扔下她,拼命往病房里跑。到了病床前,李积忠就质问他为何要逃避?他解释说,安大夫比他医术更高。

“你不要跟我谈什么医术不医术的,我的病我最清楚。”李积忠强压怒火地说,“我现在要说的是,你是医生,作为病人我服从了你,但是你作为晚辈,为何答应我的事情却不了了之?难道这世道变了?所有人都跟仁俊一样?”

“不不!”

“你必须不能食言,不然,你怎么抬我进医院的,就怎么抬我回家。”李积忠一把抓起吊瓶,重重摔到地上。

院长被惊动了,他深知李积忠地位的重要性,立刻前来斥责炳文:“李先生是伯特利医院的肱骨脊梁,你怎能如此轻视和张狂呢?”然后亲自去清理满地流泻的药水和玻璃瓶碎片。面对如此绝境,炳文无法应对,只有选择逃之夭夭。他逃到树林里,真希望那个叫吴显耀的病人突然出现在他面前,给他指点迷津。但是来的人不是他,而是仁英。她悄无声息挨在他身边。

“但是,我真的无法面对仁俊呀!”他在原地团团转。

“为啥呢?”她轻声地问。

“因为我答应了他,不插手你们李家的任何事。”

“你不要再信他了!”她的情绪陡然激动起来,“阿哥其实是一个攻于心计的人。”

他感到诧异。她告诉他,他在美国留学的那段日子里,仁俊几乎是天天纠缠问清,有一回她偷听到他们的对话。仁俊问她:你说的心有所属究竟是谁?问清不回答,他追问道:是秦炳文吗?问清还是不回答。他就拿起刮胡子的刀片说，如果是，就让她点头，如果她不点头，他就割腕。

“我一害怕就忍不住尖叫起来。”她说，“阿哥发现了我，用眼睛狠狠地瞪着我，半天也不说话，我都快感觉他要杀了我。没想到他又笑了，回头对问清姐说，仁英才是秦炳文的心上人。然后他又拿刚才的眼睛瞪着我。我害怕极了，赶忙点头。”

“后来呢？”他急着问。

“后来我偷偷去找问清姐，向她解释那天我是被迫的。她没有理会我，只说你很长一段时间没有给家里写信，担心你在美国那里有啥不测。”

“我写了，写了不知多少。”他觉得冤枉。

“可是她说没有。”她说，“阿哥就安慰她，说正好有事去美国，可以顺便探望你。”

炳文满腹狐疑。

“可是阿哥从美国回来却对我说，你朝思暮想的人不是问清姐，而是我。我说他胡扯，拿妹妹开心。他就一本正经地拿出一片橡树叶来，说这是你送给我的，还给我买了本勃朗宁夫人的诗集，说你的爱情都写在里面呢。我说我们都少于书信，彼此哪有这样的情意？他说你是个书呆子，平时只晓得埋头学术，无暇顾及儿女私情。”

炳文简直要疯了，明明那片树叶是他托仁俊给问清的，他怎么能这样张冠李戴，颠倒黑白呢？

“炳文哥你先别着急！我也没信呀。”她继续说，“因为不信，我就又去偷听他们的说话。阿哥对她说，你在美国没有回信的原因是因为你已经有意中人了。问清姐不信，他就拿着一打相片给她看。”

“什么相片？”他问。

“我也没看到。”她也表示惊讶，“总之，他说你和相片上的那个女人很亲密。”

炳文不寒而栗，想起仁俊当年手里拿着的那个照相机，想必照片上的女人肯定就是安如倩。难怪他死乞白赖地要他和学姐合影呢！原来这都是他事先筹划好的。

“为什么你现在才跟我说呢?”他问。

“因为他是我阿哥,所以难以启齿。”

“现在为什么又要说呢?”他又问。

“因为他和阿爸反目成仇,已经到了无法挽回的地步。”她无奈地说,“我当然要站在阿爸这一边,更何况阿爸是无辜的。阿哥大早上来就是跟阿爸摊牌的,说阿爸再不悔过自首,就别怪他这个儿子不孝了。”

“仁俊到底想干什么呀?”他无法想得通。

“他说阿爸的汉奸罪名成立,已经到了向法庭提起公诉的阶段。”

“伯父到底做了什么,让仁俊那样仇视呢?”

“我说了阿爸是无辜的,你还要再重复吗?”她嚷嚷道,“你难道不相信我说的一切,要去听他的鬼话?”

“别急别急!”他宽慰道,“既然是这样,我们为什么不去请律师呢?”

“是的。”她又安静下来,“我跟父母提过多次,可是他们偏偏不要我插手,说啥家丑不可外扬,阿爸还居然说,要打官司也等他死后去阴间找钟魁打。”

“伯父真是个倔脾气。”

“炳文哥,现在阿爸还算听你的。你要不去劝,他就要用命来和他儿子拼。”

“哎——”他长叹了一口气,“我只有试试了。”

其实促使他最终背离与仁俊的承诺,并非他真心要参与李家事物,而是仁英的一番话刺激了他,令他不得不下决心从仁俊手里夺回问清,还原事实的真相。通过一番交谈,他与李积忠达成了一个秘密协议:金复生只从名义上接受李积忠的私密财产,实际归李仁英所有;李仁英决定财产的去留和运筹,金复生只协助管理和执行;金复生只作为伯特利医院的董事出现,不担任副院长一职;李积忠必须接受并配合医院的治疗；聘请律师应诉有关机构可能提出的诉讼，但必须向法院提出对李仁俊的回避权。官司若赢，协议将自动解除；官司若不赢，则一切待议。后面这一句显然双方没有达成一致。关于律师，炳文提议起用英籍律师维德伦先生，他毕业于霍普金斯大学法学院，跟他算是校友。李积忠感叹如今是英美的天下，就顺应了炳文的意思，全权委托他料理一切事务。

维德伦留着山羊胡子，一副精明干练的样子。他的中国话虽然没有比帕说得好，却感觉理解性比比帕强。当听说炳文是校友时，他的态度果然变得亲近起来。“坦率地说，这件事根本就不用我出手。”他显得很自负，“这种事情我见得很多啦！其实很简单，在没有立案之前，只要主顾愿意交出财产，就完全可以免予起诉。”

“但是对方坚持说，他是无辜的。”炳文解释道。

“噢?”维德伦有些惊讶，“那就要看起诉方提供的证据能不能推翻喽！”他停顿片刻，“但是这很难呀！”

“为什么?”炳文问。

“因为起诉方是官方呀！”维德伦耸耸肩，“这我太清楚了！那些个接受大员一旦盯上了肥肉，定会死咬不放的，岂可善罢甘休呀！”

“我们宁肯舍弃这块肥肉，也要打赢这场官司。”仁英忍不住说。

“这太不可思议了！”维德伦愕然不已，“本来舍弃肉就是为了躲避这场官司的，怎么还特意促成这场官司呢？我实在无法想象。”

“中国人讲究的是气节。”炳文向他解释说，“希望维德伦先生能够理解。”

维德伦端详两人如此诚恳和执着，就伸出手来和他们握手：“好吧！我尽力而为。”

离开律师事务所不一会儿，雨淅沥沥下了起来，他们就匆匆跑去街对面的门廊下避雨。炳文觉得冷，就脱下大衣给仁英披上。她却说，要么一起盖上挡风，要么他就穿回去。他犹豫了一下，干脆就拿在手上。她就笑了,他忍不住也跟着笑。旁边躲雨的人以为自己的脸上或者头发上有什么破绽,纷纷搔头弄姿的,他俩就大笑。仁英说她实在笑不动了,他就把大衣盖在她头上,然后拉着她就往雨里跑,直跑到一家咖啡馆里,他们才歇下脚。

“炳文哥,你打听到问清姐的下落了吗?”她问。本来他是希望她作为帮手一道去寻找问清的,后来改成了阿露,意图通过她从仁俊那里打听到问清的消息,现在自己反倒成了她的帮手去对付仁俊。这着实是一个自寻烦恼的怪圈!“喂!你想啥呢?”她冲他轻声喊道。

“哦哦,我在想。”炳文假装皱着眉头,说,“想那个维德伦先生刚才说的话,究竟是什么意思?”

“是呀,连他都不自信,阿爸的官司能有多大胜算呀!”她担忧起来,“阿哥来势凶猛,连李氏实业的一些股东都缴械投降了。”

“人正不怕影子歪。”他说,“就即便是输了,我们争辩的这个过程也是路人皆知的呀。”

“哎呀,你别安慰我了。”她被他这一说,显得更着急,“成者为王败者为寇,官司输了,啥人还信你正不正歪不歪呀!”

“别急别急!”他说,“我的意思是,法院方面是讲证据的,只要我们把事实说清楚,民国政府的法官是不会颠倒黑白的。”

“当然希望是这样的。”她几乎是祈求的口吻道,“老天爷会睁眼帮忙的。”

他终于想知晓一些内情,就问:“仁英呀,你阿爸究竟与日本人做了什么事情,让仁俊死死抓住不放呢?”

“其实阿爸是个简单本分的人,他只想把阿公留下来的基业守住,没有任何野心。他在沪的日本朋友几乎遍布各界,但从骨子里他是不屑跟他们往来的。日本军政工商界都让他出面担任要职,他一概拒绝。驻沪总领事村井苍松是他的老相识,专程来家里拜访,让他出面担任同学会的会长,以促进日中友好,推动东亚共荣,他婉言谢绝了。当时的行政院长周佛海,几次三番劝他赴南京入阁参政，他都一一回绝了。”

“这些就足够了呀！”他显得很激动，“伯父完全是一位具有抗日意识的正直商人呀！”

“可是这些人不是战犯就是汉奸呀！”她叹息道，“法庭是不会采信的。”

“伯父既然有如此坚定的态度，为何还是和日本人有瓜葛呢？”他不解地问。

“那还得从柳校长和问清姐的事情说起。”仁英叙述道，“阿爸为了搭救柳氏父女，通过当时的市长傅筱庵找到了宪兵队的那个少佐。他听说是市长的朋友，就满口答应了。家里人单纯地相信，这位满脸大胡子的少佐是个豪爽人，第二天全家人就要陪他一起吃饭。”

“等等。”他想起他见到的大胡子中佐，“那个少佐是叫冈田直一郎吗？”

“是呀！你啥地方晓得的？”她很吃惊地问，“是阿哥跟你提过的？”

“哦，哦。”炳文含糊道，“你接着讲吧！”

“那天他还带了一个叫冈田弘的人，说是他的嫡亲兄弟。冈田弘说他在澳门开了一家贸易株式会社，生意做得不好，请阿爸多多关照。阿爸不明白啥意思，阿哥就说人家想跟咱们李氏旗下的船务公司联合成立一家运输公司。阿爸有些迟疑，阿哥就说这是救人的条件，不答应不可以的。合约书拟写完后，冈田少佐又说，他的能力范围只能将柳问清赎救出来。阿爸当时就傻了，阿哥说管不了那么多了，救一个是一个，催促阿爸赶快签字完约。当时阿爸特别申明了一条，运输公司他只挂个虚名，一切业务及责任由仁俊和冈田弘承揽。但万万没料到的是，合约书签了，校长和问清姐一个都没有救出来。阿哥一气之下离开上海，跑去了重庆。那家运输公司呢，完全由冈田家独自经营，阿爸一概不过问。”

“这家运输公司到底都做了什么业务呢？”他问。

“不晓得，我问阿爸，他也一无所知。”她说。

“仁俊呢?”

“阿哥后来确实又回到了公司里。”她没好气地说，“可他，就是晓得，也要搬到法庭上去讲。”

“除了这家船务公司和日本人有牵连，其他的公司还有什么问题吗?”他见她摇头，就问，“那为什么仁俊还要没收李氏实业所有财产呢?”

“哎呀，炳文哥，覆巢之下无完卵的啦！阿爸的罪名一旦成立，其他一切哪里还保得住呀?”

尽管仁英的诉说坦诚而又真挚，但毕竟是带着感情色彩的主观表达，自从欧拉玛冒的自疚情结形成后，炳文不再单纯地去判断任何一件事情的是与否，对与错。他必须从对立双方的陈述中完全听懂本质所在，才会有一个结论。他注定就不再是一个敢爱敢恨的血性男儿，而是一个看起来优柔寡断，爱憎混沌的孤傲而充满忧郁的人。

仁英觉得他对仁俊可能还抱有幻想，就又提起一桩：“有一天，家里突然闯进来一位姑娘，哭哭啼啼的说是阿哥的女友，听说家里要强迫阿哥完成包办婚姻，就前来质问。全家人一下就呆了。阿哥强行拉她出去，她就指着肚子说，李氏血脉不能不要吧。阿哥反而不慌不忙安慰阿爸和阿妈，说他一定会拿出医院的诊断鉴定书来，证明这是无中生有的。尽管后来阿哥拿来个鉴定书，说明那姑娘是无稽之谈，但毕竟在大家的心里埋下了阴影，更重要的是，那女的还是问清姐护理学院的同学。”见他没有说话，她继续说，“其实阿哥对我也蛮不错的，从小哪个男生对我有丝毫怠慢，他就拳脚相加，我跟阿爸阿妈闹别扭，他总是站在我这一边的。不是因为他跟阿爸反目，我还是相信他讲的好多事情是对的。”

炳文浑身疲惫起来，使劲打了个喷嚏，然后觉得发虚。仁英说，这一定是感冒了，然后就责怪自己说得太多，连让他擦净雨水的时间都不给。他忙说是这些日子没歇息好，体内抵抗力减弱的原因。

她要招呼他去李公馆用热水沐浴,他马上说去医院吃药会更好些。来到医院,院长火急火燎找他商量副院长的人选一事,他就推荐安如倩,说她的资历和能力都远远胜于他,她不当谁当? 而自己只能做一个不懂事的董事。院长就笑起来,说金董事不但懂谦逊还懂幽默。安如倩似乎并不领炳文的情,说这辈子就不信不能当一回他的助理。

“这是为什么呀? 倩姐。”他问。

“就是因为我是你倩姐,上辈子欠你的。”她答。

他仰天叹道:“我真想离开上海呀!”

“你舍得吗?”她嘲笑道,“离开上海你是可以躲开我,可是你却失去了你的仁英妹妹,阿露小姐,还有你想找的那个阿枝姑娘。”

“学姐,你怎么什么都知道?”他惊诧不已。

“我说我当你的助理吧,你还不让当!”她笑道,“怎么样? 我说到你心坎里了吧!”

虽然仁英和她匆忙见了一面,但他尚未介绍给她呀,她怎么就知道了呢? 他就问:“仁英你是怎么知道的呀?”

“你忘了,维德伦是你的校友,也是我的校友呀!”

“是他告诉你的?”

“是呀。”

“作为律师,维德伦怎么能这样不顾及人家的隐私呢?”

“你以为他在跟我嚼舌根吗?”

“那他为什么要告诉你?”

“当然是利于他办案子啦。”她显得自负,“他打赢的那几场官司,哪个不是我出的力?”

“倩姐我就想不通了,你是医生呀,怎么会跑到官司里去呢?”

“算我学错专业入错行了,好不啦!”

炳文无言以对。

“这样就对了。”她得意地说,“你不说话正好,一说就多。”

“是是是。”他没好气地附和道,“跟喝酒一样,不喝正好,一喝就高。”然后打了个喷嚏。

她摸了他的额头一下，说：“你发烧了！”

他就马上反攻道：“刚才只是感冒，结果被你这一连串的惊吓给弄发烧了。怎么办吧？”

“怎么办？吃药，打针，就这么简单。”她又问，“你还想怎样？”

“倩姐呀，你就不能温柔点。”

“要温柔，看跟谁了？”她思忖了一下，“总之跟你温柔你不懂。”

回想起来，他确实没有去懂安如倩曾经的关怀和体贴，更不会去推敲她在情绪中可能隐含温情的那些细枝末节，也许是自身压根就不想去懂。他想懂的，是问清的所思所想，尽管到目前为止他还一无所知，但这毕竟是他孜孜追求的梦境。或许是自己或许是问清，彼此走到人生的尽头还是没有得到答案，他的心总归是从容的，是安静的。他躺在床上，思绪在拼命地挣扎着。与其说是他身体病了，不如说是这些日子接二连三发生的事情，挤伤了他的大脑。他虽然学医，但在他的医学词典里是没有病人这个字眼的，因为在他看来，来医院问诊的只是需要修补身体的零件，而真正的病人，他们的去向是教堂。所以他一直觉得自己是个病人，以前他企图靠自身的修炼自我疗治，但是看来这不过是聊以自慰，自欺欺人的把戏，遇到新的风雨袭扰，他依然旧病复发。

安如倩来了，带来医院开来的一些药物和一大把菊花。她说这是安徽亳县产的亳菊，干枯后还能做药枕呢。仁英来了，带来她亲自下厨的可口佳肴和一条羊毛围巾。她说要入冬了，阿妈特意从鸿翔百货店挑的一条，样子还是蛮好的。阿露来了，带来一包压一包的糕点零食，有高桥松饼、枣泥酥饼、城隍庙梨膏糖，还有奶油五香豆，最后她拿出一条色彩鲜艳的领带说，这是意大利的牌子，叫古琦。没想到一场病让她们忙得不亦乐乎，炳文激动后更感到的是不安。等她们陆续走了以后，他就想，如果问清来了该有多好！哪怕什么也不带，哪怕一句话也不说，他只需要她看他一眼，哪怕那眼睛里不再有昔日的轻柔，而仅仅是茫然。

似乎只有仁俊能看穿炳文的心思,他今天特意穿了一身他似曾相识的西服,进门就亲切地问:“你想起什么了吗?”

“嗯,我想起来了。”炳文认出这是仁俊去美国看他时穿的那件,“你也不嫌旧呀?”

“朋友还是旧的好。”仁俊脱下礼帽感慨道,“这女人嘛!还是新的好,对吧?”

“这可是你说的啊。”他就知道,今天仁俊来肯定不怀好意,话里带着刀子直接捅进他的心窝。

“是我说的,没错!”仁俊盯着他问,“可是啥人是这么做的呢?”

“你这样看着我有什么用呀?”

“好汉做事好汉当呀!偏要跟我黄狗插角——装胡羊。”

“你瞎说!”炳文一下子从床上坐了起来,“我一向自律的。”

“装胡羊就装胡羊吧,不要那么激动!坐下坐下。”他把炳文又按了回去,“不过我就想不明白,病人围着你转吧,因为你是医生,怎么还有那么多女人围着你转呢?你说为啥?你说这仁英吧,明明有阿哥了,还嫌不够,非跑去再叫你一声阿哥。你那个学姐,有人死乞白赖地追她,她也嫌不过瘾,偏要和你过不去。我那个秘书也不争气,有钱有势的不理,却要和你倾诉衷肠。”

“真没想到,关于我的事情,你怎么比我还清楚?”炳文纠正道,“但是你的说法太过于偏执了!我无福消受。”

“你呀,活在自己的世界里太久,脑子都锈住了!”

“反正你说的不对。”炳文嘟囔道。

“哦对了,还有问清。”仁俊见炳文神色紧张起来,“这回我讲到你心里头去了吧!”

“哪有的事!”炳文分辩道,“你跟问清都要结婚了,现在你竟然拿我开心?难怪你一直对我耿耿于怀,是不是觉得是我的缘故,拆散了你们呀?”

“瞎说,她嫁给的是迟仲年,又不是你。”

“仁俊,你今天来我这里就为了说女人?”

“好了，不说女人了！”仁俊严肃道，“今天我来，既是问候的你病情，更是要提醒你，关于李积忠的案子，你千万不要猴儿拿剪子——瞎铰！”炳文愣了一下，他继续说，“真要办他的汉奸罪名，早就拘捕入狱了，哪能等到眼前这种光景呀！”

“可是听仁英讲，伯父是无辜的呀！”

“仁英的话你也能听？我这个阿妹呀，简单幼稚，中毒太深了。”仁俊坦言道，“你拿我当兄弟，就好好开导阿妹，帮着一块劝劝我阿爸。他要是再执迷不悟，真别怪我无情无义了。”

“不！我不能那样做。”炳文很坚定地说，“伯父是我的病人，而且身体很虚弱，我万不能那样去刺激他。”

“炳文兄。”仁俊眼睛里射出冷光，“我不得不告诉你，即将公布的《惩治汉奸条例》中有明确的规定：明知为汉奸而藏匿不报或包庇纵容者，处一年以上七年以下有期徒刑；明知为汉奸将受没收或查封之财产而隐匿、收买、寄藏或冒名顶替者，处五年以下有期徒刑、拘役或并科罚金。”他戴上礼帽，冷冷地说，“炳文兄，你好自为之吧！”

仁俊带着冰冷的寒气走了，留下的是炳文浑身冒出的冷汗，似乎这样一来他的烧完全退去了，他的精神开始抖擞起来。他想起许多年前仁俊曾让他见识的那个“小火车”，当面对两只被烧焦的手指的时候，他就对始料未及的后果不再有任何的恐惧感了。当初他可以撕掉中村敬一的“马关条约”，并当着全校师生表达了不愿意低头的意志，今天他照样能够抵挡得住来自仁俊带有恐吓意味的进攻。他心中接近熄灭的斗志又重新被点燃起来。他即刻去找学姐，邀她一道去见维德伦，正好她和比帕在一起。安如倩不赞同把押注全部放在维德伦身上，因为她太了解他了。她说：“以他的名气，在法庭上装个门面搬搬法条还可以，但真要打赢这场官司，恐怕力度还不够。”

“不够？”炳文问，“我们还能上哪去找力度呀？”

“必须请章士钊这样的大律师。”她说。

“从报纸上看,他在重庆呀。”他说。

“那就找王善祥,或者杨喜麟,都是律师界炙手可热的人物。”她说。

“好,那我现在就去找。”他显得很着急。

“慢慢慢!”比帕插话道,“我看找他们也没有什么力度,只怕是第二道门面而已。”

“噢?”她挖苦道,“你比我们还懂民国法律?”

“法律我不懂,我只是懂得一点中国的人情世故。”比帕说,“美国新闻署驻华分署现任的主任是费正清,是我熟人,可以找他帮忙。”

“不行不行!”炳文当即否决,“李先生最怕的就是此事张扬出去,你怎么还弄出个新闻官来?”

“不对不对!”比帕极力辩白道,“他能影响民国政府的要员,而要员呢,能左右你们的法官。”

“哇! 想不到你前两天还说补习国情,今天就急急忙忙要出山了?”安如倩揶揄道。

“那是!”比帕情绪反而高涨起来,“在我看来,中国人没有什么政治可言。真要为了政治,国民党就应该一致对付共产党,可是很奇怪,他们内部还互相拆台呢。这是为什么? 嗯,为的是各自的利益,政治呢,就放到后脑勺了。”

她瞪了他一眼,操上海话道:“侬把吾伲当洋盘啦!”比帕眨巴眼睛没敢吱声,安如倩继续嘲弄他,“吾帮侬冈,侬勿要放白鸽,事情嘛,要做得乒乓响。”

比帕胡乱点起头来:“吾晓得吾晓得。”

正在炳文积极奔波李积忠案件的这期间,发生了一件意想不到的事情:李仁俊在一次夜间侦缉中连中数枪,险些丧命,连他的大老板戴笠都惊动了。假设仁俊不治身亡,一场清洗与屠杀的惨剧刹那间就会上演,就算是过火甚至冤屈,也照样博得公众情绪上的支持,因为惩办的对象毕竟是刺杀官员的凶手,“肃奸委”当时就有个没有宣发的通令写着:秉承专员大义灭亲之遗志,铲除李氏逆产奸匪之毒瘤。事实上,仁俊终归还是死里逃生,并由此引发了一系列的人与事,倒与他秦炳文个人紧密相连,成为他终身困惑不解的谜团。现在人们普遍认为,突发事件不能被证实有人为因素,就会归结为上帝之作。但在当初,他无法凭借上帝来麻醉内心深处的恐惧感,因为人造的灾难在那个时期,俯拾即是,所以他自然会对仁俊"死而未死"这样过于偶然的事实,产生极大的疑义。

仁俊受伤的那天夜里他正好替班,本该是安如倩的班,她却说有事推脱了。仁俊被抬去抢救的地点是公济医院而不是伯特利,按说这跟他当值也没有任何干系,但手术还是轮到他去做了。表象的原因解释起来貌似很合理:院长打电话告诉他,公济医院因为医疗设备简陋,医护人员缺乏,该院院长朱仰高请求伯特利派人前去援救。到了那儿,他发现仁俊脸色灰白,如同死人一般,手下的人告诉他,家属都已经通知了;而且经过诊断,仁俊的颅部、腹部和腿部均有枪伤,除了颅部属于擦伤外,其他部位的弹头仍留在里面。炳文感觉,即便他医术高超,也无力回天。然而,当他切开仁俊的胸膛时,他惊讶地发现,那些子弹就像小老鼠一样萎缩在各个重要部位的旁边,乖乖等待他剔除。缝合伤口再输入血浆,仁俊完全脱离了危险,如果不是麻醉的作用,都能睁开眼睛说话了。手下的人过来夸他"妙手回春",他说:这跟我无关,子弹长了眼睛,故意绕道而行,完全属于李专员的命大。他嘴上虽然这么说,心里却想,子弹怎么可能长眼睛呢?只怕是人的眼睛借给了它,让它提醒仁俊:倘若再不悬崖勒马,逆天行道的后果便是如此。这个精心设计者是谁呢?恐怕除了李积忠没有别人,而只有他,才有如此大胆的设想和举措,花高昂的代价雇用高超的狙击手,创造出高精的奇迹。但是,接下来发生的一桩事又暂且击碎了他的凭空臆断。

刚出医院大门,炳文就遇到了一个向他兜售香烟的小贩,那时四周漆黑一片。他就觉得蹊跷:"天没亮,你怎么就做起买卖来了?再说我不吸烟。"小贩就冲他挤眉弄眼,并举起一包烟不住摇晃。他警惕地买下了这包烟,打开一看,发现里面有一支特制的烟,仔细一看,是个卷起的纸条。纸条上写:速来霞飞坊号 4! 阿枝。他眼睛一亮,心中暗喜:总算等到你的音信了! 转念又一想:这个阿枝姑娘,怎么把门牌号写反了呢? 他想问那个小贩,却不见他的身影。

“先生去啥地方?”一辆黄包车师傅过来睡眼惺忪地问,好似他在这里蜷缩了许久。

“哦。”他想了一下说,“去霞飞坊。”车子并没有止步在霞飞坊,而是在酱弄堂停下了,他觉得不对劲,就问:“师傅,你昏头了吗?”

“没,我没昏头。”师傅显得很清醒,“你要找的人在 512 号。”

“不是 4 号吗? 怎么改成 512 号呢?”他下了车问。师傅没有搭理他,拉着空车掉头跑开了。他心里犯着嘀咕,到了门口才醒悟过来:这“4”一定是敲四次的意思。果然他敲了四下门,门就开了,开门的人正是阿枝。

“阿枝姑娘,你的伤好了吗?”他迫不及待地问。

“我身体皮实,蛮快就好了。”她笑完后,马上显得严肃起来,“让金先生受惊了!”

“哪里话!”他忙问,“快说有什么要帮忙的?”

没等她回答,后面跟进两个人来,快速把他推进屋里,他正要对这种不礼貌的行为表示愤怒的时候,阿枝将食指放到嘴上示意他不要声张,并带他走到里屋的一张中式床边。撩开帐幕,床上躺着的是昏迷之中的管菽芹。炳文发现,她的伤口虽然已经包扎,但似乎还往外渗血,就问:“为什么不去医院呢?”

“要是能去医院,我们就不上门找你了。”阿枝说。

她告诉炳文,昨夜里在苏州河北的一间仓库里,几个工友正搬运自家的东西,有人突然闯了进来,不问青红皂白开了枪。她在说这番话的时候,那两人瞪起眼睛,似乎是在阻止她,她根本没有注意到他们,目光只停留在炳文身上:“为掩护工友把东西送出去,几个护卫当场被打死了,太太也负了重伤。现在那些人正四处搜捕,你让我们去医院,不等于自投罗网吗?”

“明白了！”炳文急切道，“我要马上回医院一趟。”那两人马上过来堵住门口，他解释道，“病人必须马上做手术，我去拿必要的工具来。”两人摇摇头，没有让道，他就急了，“你们要这样，就只好等郑太太死了。”

“金大夫，你不要动不动就急呀！”阿枝说。

“那你们总不能让我徒手做手术吧！”他没好气地说。

“不会的。”她手指他身后的桌子，“我们已经为你准备好了。”

他回头一看，那桌上摆放着一个大木头箱子。打开一看，里面全部是外科手术病房用的器械，上头居然还写着“伯特利医院”的字样。他很不爽，好似有石块压在心头，就说：“拿也要拿全一点嘛！没有无影灯，为难我倒也罢了，但是没有麻醉剂，受苦的人是你们的太太呀！”

“那你说咋办呀？”阿枝着急地问。

“问我就马上去医院。”炳文指着那两个人，“你还是问他们吧！”

那两人支支吾吾，也没了主意，阿枝急得只剩下跳脚了。幸好管菽芹苏醒过来才打破僵局，她眯缝着眼睛，用微弱的声音说：“请，请动手吧！”

管菽芹的伤势不重，嵌在腹中的子弹，只算作强弩之末的停留。炳文屏住呼吸，用最快的速度结束了手术，走到外屋，他已经是大汗淋漓了。那两个人抬来一个大木桶，舀出水给炳文洗手，他就憋不住问：“医院的东西，你们怎么能偷呢？”

“我们只是借一借。”那两人中有一个大胡子，瓮声瓮气地说，“听说金大夫是医院的董事，东西你用了，就算是你默许，还回去不就行了嘛！”

“这叫什么话呀！”他怒气冲冲，本来刚才就憋着火，现在正好一并爆发出来，“分明是一帮强盗。”

“强盗？”大胡子申辩道，“他们抢我们的东西才是强盗呢！你不骂他们骂我们？”

"就算不是强盗,也是蟊贼。"

"你还敢骂?"大胡子怒目圆睁。

"偷人东西,骂你两句又怎样?"

"你再骂?"

"蟊贼!"

大胡子从怀里掏出枪来,厉声道:"老子崩了你!"

"哼哼。"炳文冷笑道,"日本人的枪我都不怕,还怕你的枪?"

大胡子还欲逞强,被另外一个矮个子拦住,见阿枝过来,他赶快把枪收了起来。阿枝先用毛巾擦炳文脸上的汗,然后对那个大胡子道,"马大哥,你少说两句! 太太要是醒了,绝对不允许你这个样子。"

马大哥晃着脑袋还想说什么,被矮个子拉走了。炳文问阿枝:"你们到底是什么人呀?"

"反正不是你说的强盗蟊贼。"她白了他一眼。

"刚才那是气话。"他堆起笑脸道,"有你阿枝姑娘在,一定不是坏人。"

"你那么相信我?"她略带嘲弄的口吻问。

"是呀是呀! 我当然信你。"他十分肯定地说。

"哼! 算你识相。"

炳文想了想,公济医院正好在苏州河北,阿枝说的那些人一定是仁俊他们。他就问:"既然是好人组织,为什么抓捕你们的人是政府派来的呢?"

"昨晚发生的事情,你真的都晓得?"阿枝愕然道。

"不不,不确定。"见她那样紧张,他说,"但也不会那么巧吧! 我刚在公济医院抢救了一名被枪击的伤员。"

"你咋要救他呀?" 她有些生气。

"我是个医生,治病救人是我的天职。"

"他是敌人呀!"她嚷道。

"既然是敌人,就要置于死地,为什么还要留下他的性命呢?"

“你这个话是啥意思?”

炳文指着自己的心脏说:“本来子弹应该在这里的。”他又在心脏四周画了一圈,“但是你们的人却射在这里。”

“这能说明啥呀?”她不以为然,“赶巧呗。”

“不不不,一粒子弹倒也罢了,是连续五发呀。”

“算他命大,下次不会轻饶他的。”她马上问,“你说的他是谁呀?”

“我不能告诉你。”他又想了想,说,“同样我也不会把你们告诉他。”

“你这个样子很危险的。”她一本正经道,“这个世道,只有朋友和敌人。”

他突然想起仁俊曾经也说过类似的话,就用惊恐的眼睛看着她:“你也这么想?”

“是呀！你要站好队伍哟。”为了让他更明白一些,她强调说,“总有一天,你不跟他站队,他就要清掉你的。”

“要是我不跟你们站队,你也要清掉我吗?”

“就算太太和我不这样做,马大哥也会的。”她拉他到了后门,“快点离开吧!”见他不肯动,她挖苦道,“还不想走,是不是等着给你付费呢？我们会找机会报答你的。”

“瞎说！病人脱离危险已经是最好的报答了。”

“哎呀,不要在这个地方拽了!”她推他出门,他还是坚持不走,她就急了,“你到底要咋样呀?”

“我只是要你答应我,尽快带我去见谷素梅小姐。”

“不提还好,提到她,你的危险更大了!”

“为什么呀?”

屋子里传来喧闹声,她使劲推了他一把:“你快走吧!”然后关上了门。

许多年后,管菽芹告诉秦炳文,如果当初阿枝不支开他,恐怕大胡子马识路真要对他下手。一旦下手,他就必须了结炳文的性命。

表面的理由很简单，为防止走漏风声，清除可疑分子。革命年代，反革命用法律当枪，革命者只好用枪当法律，为保护同志排除异己之举，是冤案也没人过问。但其实真正要置他于死地的原因，并非马识路属于草莽行事的粗陋之人，而是他内心一直细腻地喜欢着阿枝。阿枝对他也很敬重，总是“大哥大哥”的叫着，他始终想找个机会向她表白，但自从炳文出现后，阿枝对他的态度趋于冷淡，他就更不敢开口了，心里只想着如何嫉恨炳文，如何有朝一日除去这个情敌。马识路原来的名字叫马大栓，从河南来到上海后管菽芹帮他改的。而在当时，炳文只是觉得手术难度大，加上对仁俊枪伤的疑惑，找个借口宣泄一下而已，没料到这里头居然暗藏着如此莫名的杀机。

从酱弄堂出来，已经是天亮。炳文回到勤德巷刚闭上眼睛，就听到有人在急促敲门。还没等他起身，那人就已经到了他眼前，是穿着军服的阿露。“你是怎么进来的？难道你有钥匙？”他迷迷糊糊地问。

“哎呀，别管那么多了！”她火急火燎地说，“警察局可能要抓你！”

“为什么？”他揉揉疲倦的眼睛。

“我也不晓得。”她说，“你自己想一想，你最近做了啥子让警察不满意的事情？”

“岂有此理！”他强打精神，“我一向恪守法规，不曾有半点闪失，何来的警察不满意？”

“那你啥地方得罪啥人了？”

“得罪啥人了，跟警察局有什么关系呀？”

“那看来，你果真得罪人了？”

看她那般认真，他心里打起鼓来：是不是给管菽芹做手术的事被他们发现了？他起身问她：“是不是你们专员要这样做的呀？”

“哎哟，你刚刚给他动完手术，他咋样也不会对你下手呀！”

“也是。”他低声念叨，“仁俊不会就跟我这样。”

“那你最近是不是跟什么人交往过，有把柄捏在人家手上呢？”她见他犹豫，就接着说，“你要是跟我讲了，就不用去警察局的。”

“除了病人，还有同事，没什么人了呀！”

“我说的都是实话，你不跟我讲，以后我也不要再跟你讲了。”她点一支烟，拼命吸着。

“哦，对了！”他想逗她开心，就说，“要说有什么人，就说百乐门的阿露小姐。”

“阿呸！”她狠狠喷出一口烟雾，“你弄耸我！我不陪你了，我走啦！”

他实在不忍心得罪她，就说出了比帕。

“比帕？”她想了想，“就是那天百乐门见到的那个美国记者？”

“是呀。”

“噢，晓得了。”她恢复了笑脸，“其实专员蛮好的，公事上兢兢业业，备受上司赏识；私事呢，大大方方的。表面上呢，冰冰冷冷的，其实心里头还是蛮有情谊的。”他很认真地听着，她却问道，“你是不是不爱听这个了？”

“没有呀，我蛮喜欢你讲他的。”

“哎呀，该死，我自己都说了，不许在我们面前提另外的男人，现在是我自己打自己的嘴巴。”她显出羞愧的样子，“不讲了不讲了！你困告吧！”

“不不不！我允许你讲。”他瞪大眼睛，期待从她身上获悉到仁俊更多的信息。

阿露就开始叙述她是如何认识仁俊的。有一次，她陪宪兵队冈田跳舞，冈田给她引见一个人，是昌旗丸运输株式会社的总监，说以后所有在她身上的花销都由他通通包揽，这位总监就是李仁俊。当时她的心思在日本人身上，不愿意搭理在鬼子身边转悠的汉奸。慢慢接触后，她发现仁俊不但是位豪商富贾，还是位仁人志士，身为日本人做事，心却在抗战大业。在惠尔登舞厅，她亲眼目睹他带领一帮人当场击毙了一个叫陈明楚的人，此人是任汪伪特工总部第一处的处长。后来才知道,仁俊是军统地下锄奸团的一个组长。

“但是我有一件事始终不明白。”他问,“你们专员为何连他父亲也不放过呢?”

“我也不明白呀!”她说,“问过他几回,他都以‘天下为公’搪塞过去。最后一回,他警告我,凡事顶多问两次,再问视为明知故犯,可以清出队伍。”

“我真搞不懂,战争怎么能让他变成机器了呢?”

“是呀! 所以以后的公事我也不跟他较真,他说啥就是啥。”她态度暧昧地说,“好在私事上他还蛮人情味的。”

“哦,你喜欢他?”

“是他喜欢我,不是我喜欢他,好不了!”她矜持道。

“那你的意思是,你不喜欢他?”

“你这个人! 我跟你讲过几多遍了,不要在我面前提别的男人,这是最后一回,不许再讲!”她嘟起嘴,“你好好困告了!”说完她就走了。

这一觉睡得他不省人事,直到安如倩从医院打来电话,他才知道已经是傍晚了。“比帕在你那里吗?”她着急地问。

“没有呀!”

“完了完了,他失踪了。”

“别急别急! 我马上来医院。”

到了医院,他从安如倩这里得知,本来她约好比帕在汇中饭店大堂碰面的,可足足等了三刻钟也不见踪影。她就给报馆打电话,接电话的人说他早就离开了。去他的住处,发现人也不在。回到医院,以为他会回头找她解释的,结果还是扑了个空。

“他会不会因为贪杯,耽误了呢?”他问。

“他平日不喝酒的,只是见到你高兴,才开怀畅饮的。”她说。

“是不是走丢了?”他又问。

“不可能,上海哪个妖泥国落他没去过!”

“我看上海的秩序不是很好,是不是有人劫财呢?”

“他那个块头,又是白人,哪家的龙头阿三也不敢劫他呀!”

“会不会是警察局干的呢?”他自言自语道。

“你说什么呀?”

“我是说,我们去警察局报案。”

“报也白报。”

“为什么要这样说呀?”

“我的意思是,我们报案没有力度。要报也是美国领事馆去报,那样才有效果。”说完,她匆匆忙忙走了。

其实炳文心里早已想到,这比帕一定是阿露出卖的,只不过他不好当着学姐的面说。待学姐走了,他就要去百乐门找她质问。他是那样信任她,她居然出卖自己。到了那儿,当班的经理告诉他,露露小姐已经好些日子不来了。他心里开始犯嘀咕了,难道这阿露亦真亦假跟自己兜圈子,也是另有所图?虽然学姐曾提醒过他,但并没有说明阿露对他情有独钟的动机是什么呀!难道仅仅是为了出卖一个比帕?这也太简单乏味了吧!或者他们想从比帕的嘴里得到对手应对官司的内幕?如果是这样的话,仁俊搬出阿露从他秦炳文嘴里套话,说明李积忠的案子对他这个专员来说,简直就是天大的事了。

一大早,他被安如倩叫醒。令他惊讶的是,比帕就在她身后。比帕说,他昨晚确实走了一趟警察局。炳文刚要发作,安如倩就拦住他。比帕接着说,开始警察在路上拦他时,他十分诧异,但是到了警察局,他才放下心来。原来是局长特意请他过来的,希望他能全面报道苏州河北发生的枪战事件。了解完情况后,他开始连夜赶稿,然后发出新闻。“因为我的原因,让爱我的朋友们受到惊吓并为此担忧,我表示十分抱歉!”比帕向炳文鞠了一个躬。

“别别别!我什么也没做。”他急忙说,“倒是学姐焦虑万分,忙东忙西的。”

“我才不信呢!”比帕挑逗道,“她呀,老鼠跳在米筐里,巴不得我早点离她而去呢。”

她就瞪大眼睛,说:“你怎么现在还不走呢?”

“现在当然不能走。”比帕打趣道,“走了,你们姐弟俩不清不白怎么办?”

“去你的吧!”她显得拙嘴笨舌了。

“好了好了!”炳文言归正传,“比帕,警察局怎会莫名其妙地找到你呢?”

“对呀! 通常是记者找警察的,哪有警察找记者的?”她附和道。

“开始我也这样想。”比帕说,“可是后来局长说,我是美国记者,而美国新闻呢,讲究的是客观和公正。”

“太可笑了吧!”她讥讽道,“这种话能从民国的一个警察局长嘴里说出来? 我不信。”

“他们肯定别有用心!”炳文说。

“别有用心?”比帕问,“什么用心?”

安如倩拿出当天的《大美晚报》来,上面刊载着一篇署名比帕的新闻述评,标题是“为地盘海上争先,为钱粮上海恐后。”文章写道:昨天黄昏时分,肃奸委得到举报前往苏州河北的一家银行敌产处进行彻查,不料早有人提前进行抢运。经过一番交火,死伤各半,部分抢运者仓惶逃离。被擒者潘阿毛供认:其头目为青帮韩守信。据悉,偷运敌产逆产的事件时有发生,肃奸委每到一处,总有人有组织有预谋地提前清运。警察局称,昨天是洪门,今天是青帮,明天可能是别的什么帮,但不管哪个帮,后台主使必有一个,是谁呢? 上月大连港湾的炮声刚刚消停,今夜苏州河畔又传来枪声,究竟是谁在阻挠和谈,破坏和平呢?

“还算你没有完全照搬局长的话。”她说,“按他的意思,直接就点名苏俄和中共得了。”

比帕就笑了。

“可是比帕,我认为你这篇报道有失公允。”炳文说,“你没有采访到逃离者,听不到他们的说辞,只摘取一方的言论,自然就过于偏颇了。”

“我非常想找到他们，可是他们不选择在大街上告诉我，偏要选择在警察局的牢笼里。”比帕耸耸肩，“我有什么办法?”

“他们没有跟你提到过一位姓管的太太?”

“提到过！局长确实说过，偷运者的指使者是一个叫管菽芹的女人，但他只是怀疑，没有证据，我当然不能采信。”比帕兴奋地看着炳文，“难道金先生跟这位管菽芹认识?”

炳文觉得自己说漏了嘴，面红耳赤地说：“不不！我是瞎说的。”

“瞎说就能说得那么准！谁信呀?”安如倩说，“你一张口，是真是假，我还不晓得。”

“你一定能带我去见这位管菽芹，对吗?”比帕几乎是在恳求炳文。

“我求你了，老同学。”他更加真切地对比帕说，“既不要让我讲假话，也不要让我讲实话，好吗?”

比帕还不甘心，安如倩就白了他一眼，说：“你的新闻也不能侵犯人家的隐私权呀！”见两人都沉默不语，她就对比帕指东道西地说，“昨天是阿露阿枝，今天是姓管的太太，明天可能是七奶八姑的，你要他个个带你去见呀?”

“倩姐！”炳文无法忍受她的尖刻，就大声喊道，“我现在就带你们去见那位管菽芹，好吗?”

两人被他这一吼吓呆了。

“但是，我刚刚给她做了手术，她还在昏迷当中。”炳文说，“想从她嘴里得到什么东西，是不可能的。”

这一次的谈话，大家都觉得很尴尬。炳文总觉得对方在合伙编制一个貌似真情实感的绳索，逼迫自己以坦言相待的心理极限束手就擒。他和安如倩的关系因此疏远了不少，彼此碰面只是礼节性地打个招呼，比帕也很少在他的视野里出现。在这一段时间里，他再次去了一趟酱园弄，管菽芹不但不见踪影，连阿枝也没了音信。他去看仁俊,护卫说专员只安心养伤,不接待任何人。找到仁英问情况,她告诉他,也许是因为仁俊受伤的缘故,家中一切暂时平静下来。李夫人委托她去仁俊那里探病,仁俊表示接受家中的问候,父子似乎也有重归于好的征兆。

他突然感觉自己是个多余的人,或者说,自己只是别人风口浪尖上摆弄的一颗棋子罢了。他不禁又想到欧拉冒岛,起初自己只是个旁观者,后来硬是有人把他推向一个审判官的位置,结果不但没有揪出真凶,还成全了真凶借刀杀人的阴谋。如今他来上海下了决心做个过客,但似乎还是有一股强大的力量使劲提拽着他,貌似一个提线木偶在台上抛头露面。他自知没这个智慧,也没这个兴致,可那些人为何就偏偏选中他呢?倘若让他主宰浮沉,只能说明自身没有任何功利可言;但倘若把他当作棋子,那就说明这些人视他为白痴和傻瓜。这样一想,在世人眼里,他虽是多余的人,但又不是大家愿意遗弃的人,就像麻将里的"混子",不属于饼子条子,也不属于万字,但用好了,既能当饼子条子,也能当万字。从这个意义上,现世的大大小小的汉奸恐怕也是依照这种"混子"的人生哲学应运而生的。想到这里,他不禁出了一身冷汗。

就像阿枝说的那样,他必须选择站队,如若不然就要尽早离开这场牌局。从他的性格和志向来说,他自然选择后者,不过在离场之前他依然固执地留恋他欠下的债务。这债务本该属于迟仲年一个人的,如今问清奇迹般"复活",并且她的再现直接和迟仲年挂上了钩,那种单纯意义上的债务几乎就成为冤孽了。他无法独自去承受如此深重的灾难,必须找出第二者共同抵挡。这第二者是谁呢?上帝吗?他再次去了徐家汇的圣伊纳爵主教座堂,并且执意来到告解室。隔在另一头的神父说,天主是无比仁慈的,只要向他坦白自己所犯的罪并真心表示忏悔,无论是谁都会得到他的原谅,死后灵魂仍然能升入天堂。

"但是神父,在我的灵魂没有升入天堂之前,我必须澄清由来已久郁积我心头的罪孽。"炳文急迫地说,"其实那一次的杀人,并非故意为之,纯属于一种掷骰子的行为所致。"

"很多时候,撒旦也会伪装为圣徒来欺骗世人的,我的兄弟,你是被心中的撒旦蛊惑了。"神父叹息道,"连爱因斯坦都说'上帝永远不会掷骰子',你怎么可以相信这样粗陋的撒旦呢?"

"那我如何洗刷我的罪名呢? 神父。"

"有些罪过只能补赎,不能洗刷,你知道这句话是谁说的吗? 我的兄弟。"

"不知道。"他很坦白地说,"圣经我读得太少。"

"不,这不是圣经上说的,这是巴尔扎克说的。"

"噢,是这样。"他没想到这位神父还是文学爱好者,就心悦诚服地问,"那我如何补赎呢? 神父。"

于是那位神父向他提到了《昆米安补赎条例》,其中的第十种"带领别人归主得救"的良方,令炳文倍加关注。他细心揣摩着雅各布的保证:叫一个罪人从迷路上转回,便是救一个灵魂不死,并且遮盖许多的罪;但若你是有病的,你独居,胜于和众人同归灭亡。如果是问清迷失了方向,他一定要她清醒过来,然后由她自行选择她理应归去的路途。如果是自己病了,正如安如倩在美国说的,他犯了"幽闭恐惧症",就注定自己终身成为孤家寡人,不与他人同呼吸共患难了。所以他此番来上海所发生的一切权当过眼烟云,挥之即去了。他尽管放心大胆去仁俊那里,当面向他道个歉,说明他介入李家纷争完全出于无奈,并且坦白地说,他和李积忠达成的秘密协议没有任何私心。他也要向李积忠表明,他之所以在慌忙中订立协议,完全是因为情急中把它当成了治病的药方,既然患者已经康复,这个"药方"也该作废了。他还要去跟中村敬一说,他对他和安如倩结婚的偏见,完全是出于自己的狭隘和妒忌。他要告诉仁英,那个橡树叶其实是送给问清的,他也并不熟悉勃朗宁夫人的《葡萄牙十四行诗集》,只是上学时买过她的《天使及其他诗歌》。假如有一天,他帮助问清找到了归途,他就会告诉学姐,阿枝姑娘,还有管葳芹,他将离开这里,去偿还他最后一个债务。他是这样领悟圣训的,是否贴切和精准呢?

"啊?"炳文正要离开大门广场这会儿,阿露出现了,他瞠目结舌。

"不要那个样子嘛!"她淡然地说,"我每个礼拜都来,碰到我是很正常的,遇到你倒是蛮稀奇的。所以大惊小怪的应该是我,而不是你。"

他笑了,就问"今天我们还去城隍庙来点小吃吗?"

"我很想去呀!"她满脸歉意道,"可是中午有人约我了,一个我刚结识的好姊妹。"

"哦,也是位信奉天主的信徒?"

"只算是个慕道友吧。"

"我也是慕道友,为什么她比我重要呢?"他略带揶揄道。

"哎呀,看你心眼小的。"她说,"她跟我的经历差不多啦,也有杀父仇人。"

"噢?"

"不过她很烦闷很焦愁。"

"为什么?"

"她还没有找到仇家呢! 心头的怨恨很深,一心想找他报仇。"她焦躁起来,"所以我要去劝她,赦罪的第十一种良方就是要体谅和宽恕别人。"

"嗯,好像是这样的。"他记起刚才神父提到的那个补赎条约。

"路加福音说,'你们要饶恕人,就必蒙饶恕。'我要告诉我的姊妹,如果你不饶恕人,在天之父也不会饶恕你的。"她虔诚地说。

他们搭车同了一段路。阿露似乎很快就褪去了刚才的肃穆,变得娇艳欲滴起来。炳文就抓紧问她,比帕是不是她给请到警察局去的? 她没有回答这个问题,只说自己在教堂向天主做祷告的事。他继续追问:"到底是不是你告的密呀?"

她委婉地说:"只要是对你金大夫不利的事情,我就不认为是秘密。"他还是不能理解,她要提前下车了,走到车门口,她突然对他大声喊道,“我祷告的是,金大夫平安无事!”

这种过于明显的一语双关,让炳文感受温暖的同时,更体验到那种嫁祸于人的寒意。牺牲自己来拯救他人,如同耶稣甘愿被钉死在十字架上,但倘若为保护一个人而出卖另外一个人,这肯定是上帝不能认同的。那天阿露给他通风报信,分明说的警察局要提审的人是他秦炳文而不是比帕,就因为他提到了比帕,比帕作为他的替罪羊走进了警察局,这种判断在阿露闪烁其词的回答中得到了证实。问题是,为何警察局放弃了对比帕的捕杀,反而改成了请求采访呢?这个问题一直到40年以后,他才从比帕的一本书里才找到答案。书的名字叫《生死之因》,卷首语写的是:一个人的存活,唯一的理由就是他还有价值;相反,要一个人去死,一万个理由都能找得出,上帝都拦不住。有关这一段的描述是这样的:

当初有个叫金复生的人,完全是一个置身于世事之外的纯粹意义上的医生。病人是存活于世的强大支撑,但在那个年代,病人的欲求不是作为第一要义的,只有消灭异己力量才是唯一正确的愿望。当我被莫名其妙抓进警察局的时候,警察们不容我分说就要我在一份写好的供词上按手印,那供词的大意是,我涉嫌参与了一起枪击官员的谋杀案。这是警察局惯用的手段,找个替死鬼一举两得,既省了办案经费,又以神速破案为名获得奖赏。我并不打算利用我的特殊身份戳穿他们,而是凭借着对他们国情的粗浅了解,显得很淡定。中国人办案,依旧承续了传统的县衙办案手段,用你的表情来判断你是否说谎,假如你战战兢兢,就一定被视为做贼心虚。我的态度引起他们的不满,他们就掏出枪来,用各种吓唬逼我就范,我马上搬出几个政界要人来吓唬他们。他们果然慌了,只好找出局长来核实。局长也不敢承担责任,就和我做交易,只要报纸上刊登了利于他们的文章,他就信我说的是真的。宁可赌一把,也不肯到上司那里去核对。官僚们从来不搞调查研究,只要坐稳位置,谁也不去得罪,仅凭说得过去的理由,欺上瞒下。后来我得知,当时我是作为金复生的替罪羊走进警察局的,倘若是他,恐怕百口难辩,在劫难逃。为何他能避开这一劫呢?前面我已提到,一个人的存活固然有其利用价值,但从金复生的个案看,我更加惊讶地发现中国人奇特的爱情表达方式。这样我们就不难理解“暗送秋波”这类的词语,以及“抛绣球”这样的婚俗。可是当我研究李白和杜甫这两位杰出诗人并存的现象时,我又更加深入地发现,中国人嘴上膜拜杜甫,其实内心敬仰的是李白,也就是说,他们的情感表达虽然隐晦艰涩,低头吟诵的是“感时花溅泪,恨别鸟惊心”,但昂首挺胸的意思是,“君不见黄河之水天上来,奔流到海不复回”。金复生的生,表达出战乱年代里中国人多重情感所交织出的强大力量。

比帕从炳文的嘴里似乎找到了出卖者的线索,但顾及情感的缘故,所以并没有追查下去。而在当初,炳文坚持认为阿露以牺牲他人的代价作为爱意的表达绝非恩典,而是罪恶。幸亏比帕逃出此劫,否则他死于非命,阿露必遭天谴。事实上,她短暂的一生以悲剧收场,也许是个必然。这些理性的总结,对于那时年岁三十出头的秦炳文来说,只算是直觉上的含混认识,并不意味着他要与他认定的“罪恶”决裂,就像许多人吸烟一样,明知道吸烟有害健康,还是不忍放弃。他在用另外一种说法鼓励自己为她开脱罪名,因为不管怎么说,自觉远离别人是孤独,而如今别人远离你,就只能算是寂寞,在寂寞中,唯有阿露能主动宽慰你体谅你,甚至为你做祷告,你不但拒绝,还要陷她于不义之地,自己的心是否还停留在欧拉冒情节不能自拔呢?战争摧毁了人与人之间的正常关系,亲情成为羁绊,爱情成为陷阱,真话和谎言交织成畸形的表达,或许是特殊年代的必然产物,并不是阿露的个人过失。

在勤德巷的一家店铺前,炳文停下脚步。他想起学姐曾说黄酒能补血养颜,通经活络,就向掌柜的买了一瓶。他并不在意补血养颜这一条,而是想试一试,究竟灌进肚里以后,能不能疏通这阵子纠结在他心头上的疙瘩呢?回到屋子里,正当他打开酒瓶的时候,安如倩来了。也许他的命就是这样,每当他陷入泥潭不能自拔之时,她就飘然而至。他不想对她说什么,只仰起脖子往嘴里倒酒,她上来一把夺过酒瓶。

“学姐你好奇怪呀！我不想喝时你要我喝,我要喝时你又不让我喝。”他愤然道,“你到底想怎样呀?”

“我没有说不让你喝呀！要说想怎样嘛……”她举起酒瓶,“这样吧！我们带着它,一起找中村喝去！”

“找中村?”他迟疑了一下,说,“不,不去。”

她把酒瓶还给了他,沉下脸说:“你不要以为找他喝酒是我的意思,我只是传他的话。”

“噢?”他不解,“中村要找我喝酒?”

“他说,作为校友,又是室友,他很想化干戈为玉帛,一酒解千愁。”她冷冷地说,“你想去就去,不想去就拒绝他,与我无关。”

炳文见学姐耍了脾气,就轻声问道:“刑务所管制那么严,能让带酒进去吗?”

“昨天已经宣布免于对他战争罪的起诉了。”

“啊?”他又惊又喜,“那倩姐的意思是,中村君不是战犯了?”

“不是我的意思。”她纠正道,“是美军军事法庭的意思。”

不管是谁的意思,中村和炳文当着学姐的面,能够坐在刑务所一间宽大的房间里肆无忌惮地喝上酒了,而且那个美军少尉再也没有过来监督。中村刚喝完一口酒,就哭了,而且越哭越凶,炳文劝也劝不住。安如倩说,要是因为喝酒哭闹她就走了。中村就说,他确实是因为酒才哭的,但停不住哭,是因为他喝的是中土绍兴的黄酒,想的却是家乡山梨的清酒。

“中村,你到底想说什么?”她非常不满。

中村无视她的话,喝完了一杯又倒上一杯,继续说:“我又从清酒想到黄酒,又从日本想到了中国。”

她很不高兴地起身走出了房间,炳文想去追,被中村一把拉住。“不用去管她。”中村叹息道,“她永远不会把我的话听完的。”

“好吧！我听你说完。”他无奈道。

“其实我想说，清酒是借鉴黄酒的酿造法发展起来的，日本文字呢，也是借鉴中国的汉字发展起来的，还有……”

“是的，过去你也说过，日本不忘先师，鼓勇气以报贵国。”他有些激动，“可是你们回报的方式却是屠杀和掠夺呀！”中村放下酒杯站起来，向他深深鞠一躬，并保持不动，他赶忙说，“我又不是盟军，你不必那样的！中村君。”

“你叫我中村君？”中村抬起头，显得很惊讶。

“因为从你的嘴里，我再也听不到‘支那’这个字眼了。”

“是！”中村又重新低下头，纹丝不动，他就要起身拉他，中村制止道，“你必须答应我一件事，我才肯罢休。”

“你，你这不是逼我就范吗？”他觉得莫名其妙的，“况且我还不知道是什么事呢？”

“你必须重视起来！”中村抬起头，眼里充满着期待，“虽然我们是冤家，但你却是我所有认识的人当中，最让我有信赖感的人。”

听到外边有安如倩的高跟鞋声，中村迅速地从衣服里掏出一个牛皮信封，递到炳文手里。“拜托了！”

一路上，安如倩一脸严峻，炳文想去问明她和中村将来的打算，还没张嘴，她先发制人：“你们两个人的话，怎么比女人还多？按说男人之间是不会有什么秘密的呀！”听完这样的问话，他实在有些心慌，就马上说：因为是酒话嘛，所以多些，没什么的。她瞟了他一眼：看来你以后还是不喝酒的好。他连忙点头，不敢再说什么。

回到勤德巷，他急忙打开那个牛皮信封。上写：

炳文君：

在这场战乱中，我终于明白，你认为的敌人其实是朋友，相反，你认为的朋友其实是敌人。我不得不说，你是我战胜不了的敌人，同时又是我不能不信任的朋友。

我在苏州路190号公济医院藏有我珍贵的私人物品，拜托下次见面带上。切勿让任何人知晓。

（藏处附图）

最信赖你的中村敬一

炳文没有太能理解中村的第一段文字究竟表达的是什么意思，第二段文字虽然已经在附图里清清楚楚地标明了那件私人物品的藏处，但是他却无法揣摩出中村为何选择他去取回，而且在这个时候的独自行为，肯定是要冒着可能被发现而被视为偷盗的风险。这件物品也许对中村来说是珍贵的，但在其他人眼里，或许至关重要，或许一钱不值。不过有一点是毋庸置疑的，除了中村知道它是什么，对于其他任何人来说都是未知的，包括他的妻子安如倩。过去他面对未知的东西，既不去妄加猜测，也不会无端质疑，只视为一项使命，有责任帮助别人去完成，也显出他有一种无知无畏的精神。在仁俊没有说出“迟仲年是叛徒汉奸”这句话前，他根本就没有去想过迟仲年托付给他的密码箱里究竟装的是什么，相反他想的是，就算里面什么也没有，他也要把它亲手交给那个叫詹姆斯的人。但自从仁俊说了那句话后，他便开始恐惧不安起来，过去对未知东西的那种“什么也没有”的态度变成了“什么都有可能”的想象，抑或轻于鸿毛抑或重于泰山，抑或是福祉抑或是祸根，但无论如何，轻与重该由该知道它的人去承受，福与祸不该由不该知道它的人去背负。眼下中村这份未知的物品再次降临到头上，他开始动摇了。是继续享有他讲信义的美誉，甘愿背负着可能由此带来的罪名呢？还是避免可能由此带来的罪名，而放弃把他视为最值得信赖的中村？如果选择后者，就如同他当年放弃了迟仲年，永远不会担心那密码箱里给他带来任何的负面影响。事实上他选择了前者，虽然他因此神奇般地找到了问清，但正如仁俊说的，他可能背负着助纣为虐的罪名。假设有一天那个箱子里的秘密被人揭晓，他也许还要承受与此相应的外在惩罚以及内心深处一份永恒的悔恨。

动荡的岁月，动荡的人生，同时也动荡了人的意识，炳文不由得想起那次晕船的感受。他记得很清楚，刚刚吃完东西，海浪阵阵袭来,船舱随之颠簸不停。他紧靠舱壁,努力想控制住身体的摇晃,结果适得其反,他不但开始眩晕,而且觉得恶心。于是他惊慌地跑去甲板,用双手紧握着栏杆,然后屏住了呼吸,好让狂乱的心脏恢复先前的平和。但是一切都是枉然,呕吐完后,他开始大汗淋漓,一阵风刮来,他感觉整个身子都快要飘起来,若不是手抓着栏杆,恐怕身子就要飞向天空了。当他面色苍白回到舱内时,一位老者对他说,年轻人别挣扎了,躺着去吧,对付晕船的最好办法是睡觉。随波逐流,酣然大睡,也许对付晕船是个办法,但对于人生这样严肃的问题,操作起来恐怕没那么简易便捷吧!他回过头来,再去咀嚼信中第一段话的含义。中村的敌人,无非是他面对的战争对手,那些一切积极抗日的人们。他奉天皇之命赶赴沙场,他的朋友说,你会死在敌人的手里的;而抓住他的敌人却说,你不是活得好好的嘛!回去吧!你的朋友在骗你呢。或许中村的敌人在拟定第十一条军规时根本就抄袭了圣人昭示的第十一种良方,因为他们知道饶恕一个人远远要比惩戒或杀戮他所产生的力量强大的多,但没料到,这股力量能强大到中村把他的朋友当成了敌人。炳文虽然没有参与这场战争面对面的肉搏,也尽可能地去体验中村的切肤之痛。所以他初步断定,这件物品对他原来的敌人是不具备威胁性的,因而他完全没有必要因为自己的敏感而失去一个迷途知返的故人,何况这个故人已经将自己纳入最值得信赖的人。

只是有一点,也是他最想明白的一点,为何中村不将这份珍贵的物品托付给安如倩呢?她毕竟是他的妻子呀!背着妻子的秘密会是什么呢?也许从这个意义上,这物品纯粹就属于私人的,和战争没有丝毫的关系。可是他背着学姐暗自帮助中村,是不是会对不起她呢?她毕竟是自己最敬重的人了,相比之下,中村则显得微不足道。假设他要把这件事透露给她,中村这边又怎么交代呢?他准会说,你呀你呀,你真让我失望!没想到你竟然是这样一个出卖朋友的龌龊之徒!他该怎么办?又有一个什么样的理由能够两全其美呢?嗯,很简单!去刑务所。当着中村的面问他:你这件珍贵的私人物品,第一必须安全可靠,第二必须对学姐毫发无损,我才会帮你取回,哪怕被人指骂为盗贼。好,他明天就去院长那里请假。

到了医院,他发现大门上挂着一条“欢迎朱仰高主席莅临指导”的横幅,心想这名字似曾相识,院长告诉他朱主席是公济医院的院长,他这才想起援救的那天他们还见过,只因匆忙没有过多寒暄。院长还告诉他,朱主席原是军委会侍从室医官,也是委员长的贴身医师,现在是上海医师公会的主席。炳文说这些跟他没有关系,他只想请个假。院长态度非常坚决地说:“请假绝对不行!而且今天朱主席来跟你有直接的关系。”

“啊?”炳文想到中村的那件物品就藏在公济医院,心就有些虚,“为什么要这样说呢?”

“不要紧张嘛!”院长笑呵呵地说,“说不定我们还要沾你的光呢。”

院长的话确实没有夸大,朱仰高在欢迎会上说完冠冕堂皇的话后,马上就点到了金复生的名字,高度赞扬了他的援助行为和精湛的医术。炳文马上解释说,这是院长的意思,他只不过赶上了值班而已。院长觉得很有面子,顺便把炳文也夸耀了一番,朱仰高当即决定会后和他单独聊聊。院长不放心,先跑到朱主席跟前嘀咕几句,然后又凑到炳文的耳边嘟囔道:“这个姓朱的,正张罗着创立流动医院,千万不要被他挖走!”

朱仰高拉上炳文,到了一个僻静的地方才开口说话:“金大夫,我在重庆就听说过你的名字。”

“学生只是个无名小卒,何足挂齿。”他说。

“老实讲,我是从戚寿南院长那里听到的,他说你是个很讲实效的外科大夫。”朱仰高说,“你也知道,公济医院遭受战火涂炭,困难重重,幸得卫生局的接济,才最终渡过难关。”

“朱主席。”他忍不住说,“关于流动医院,我个人认为……”

“我听院长说,金大夫是伯特利医院的董事,自然不会屈驾本院。”朱仰高严肃道,“今天我找你,是要谈另外一件事情。”

“噢?”他心里有些发怵。

“公济医院一度被日军指定为患病囚犯和集中营病人的集中地,最近我们打开了被日军封存的地下室,发现了几具躺在病床上的尸体和一些相关的病例。”

“啊?”他开始发毛。

“这些病例表明,尸体很可能生前被他们作为临床实验的对象。”

“活体实验?这太可怕了。”他大为震惊,继而又问,“可是朱主席,我不明白您为什么要单独对我说这些呢?”

“因为我听戚博士说,金大夫原本志在病理解剖学研究的,后来因为战乱才转向临床的。”朱仰高说,“坦率地说,我手里缺乏这方面的专家,恳请你协助我们查实地下尸体的真相。”他拿出一份标有绝密的档案递给了炳文,“另外中统局已经介入此事。”

从这份函件的措辞上看,肯定先由朱仰高密报委员长,然后再由中央党部派发到中统局的,而且行文的开头和结尾并没有明确调查此事的目的。他就问:“我们调查此事的意义是什么呢?”

朱仰高踌躇了一下,说:“当然是为惩办那些日本战犯提供证据呀!我还听说,日军派遣军第13军军医部长北野政次中将常来公济光顾。”

“北野政次?”

“正是他!这位被授勋为三等医学博士的细菌学专家,曾经是关东军防疫给水部长。”

“那当时这个地下实验室的负责人是谁呢?”

“中村敬一。”

“中村敬一?”他非常惊讶。

“是的,他担任该军的军医少佐。”

“真是他!”

“怎么?金大夫认识他吗?”

“哦,是呀。”他不敢说假话,“他是我霍普金斯医学院的校友。”

既然说了实话，就不能推脱协查此事了，于情于理他都不能不对这种违背医学道德的行径加以揭露。中村作为实验室的操刀者，更是有悖天理。如果不是朱仰高意外阻止，他恐怕还要为中村隐藏的物品铤而走险。他想到了学姐，必须提醒她，中村竟然是这样衣冠禽兽的家伙。

由于机关无法破解，那扇用水泥预制板制造的厚厚大门，是被炸弹炸开的，中村在附图上的机关说明看来是白写了。地下室的构造呈扇面形，进门后直接就是一个半圆形公共大厅，然后围住大厅分出九间房屋。与其说这种构造是复杂的病房，不如说是简易的实验室。屋内阴冷但并不潮湿，在电灯的照射下，一切显得整洁明亮，福尔马林的气味虽然刺鼻，但不至于令人窒息。朱仰高说，这里的房间都有良好的通风装置，通风孔正好与医院的烟囱秘密相连。那些尸体因为被福尔马林浸泡过，虽然早已风干，但保存得还算完整。从骨骼和头发上初步断定，这些尸体属于白色人种。一共有五具尸体，其中有两名是妇女，也就是说，他们生前极有可能来自于盟国侨民集中营。朱仰高逐一介绍了这九间房的用途，其中有一间密室，大门也是用炸药炸开的。炳文想，按照中村附图上的标记，私人物品就藏于此。他在犹豫，要不要把此事告诉朱仰高呢？

"金大夫，时间很紧迫，上头限令三天后出来初步结果。"朱仰高神情严峻，"除了必要的设备，我还专门为你配备了一名法医和一名检验师作为你的助手。"

"这可是五具尸体呀！朱主席。"他面有难色，"为什么要这样着急呢？"

"如果工作量太大，你只需解剖一例即可。"

"我尽力而为吧！"他说想了一下，说"回去我安排一下计划，争取事半功倍。"

"我已经跟你们的院长打过招呼，不必担心！"

他感觉对方似乎有不放他走的意思，马上解释道："可是我是伯特利的董事呀！有些事是要交待的。"

“不必那么紧张！我是相信你的。”朱仰高态度温和地说，“我不过是转达上头的意思，你可以回去的，两个助手呢也一直陪着你，无大碍的，只是要注意保守秘密。”

秘密这个字眼，炳文是从欧拉冒岛听来的，当初他只是认为迟仲年为了让他完成嘱托而刻意加强的语气，现在看来，这貌似关乎到国家的利益，泄露出去是会受到法律追究的。当安如倩问他这些日子为何神情恍惚时，他无言以对。

“你要是有事装没事，没事装有事，我还怎么跟你说话呀?”她没好气地说，“哦，对了，下个礼拜他就要回日本了。”

“谁?”他心不在焉，眼睛不时地张望着远处盯梢他的助手。

“还能是谁?”她似乎并没有领会炳文张望的意思，淡淡地说，“中村说临走前，希望再和你见一面。”

“你说中村真的能回日本?”他问。

“不是我说的，是美军军事法庭说的。”

“哦。”他关切地问，“他去了日本，那倩姐你怎么办?”

“难得你关心你倩姐一下。”她嘲讽道，“是不是今天的太阳从西边升起的?”

“看你说的，每次都想问，只怕自讨没趣嘛！”

“这次不怕了?”她反唇相讥道。

“你看你，又来了！”他一脸苦笑，“你总这样堵住我，我还能问吗?”

“好，倩姐谢谢你的关心！”她的态度总算诚恳下来，“虽然法庭免于起诉，但并没有说他就自由了，回到日本后，他还要继续受到有关方面的讯问。”

“他要走了，没向倩姐交代什么吗?”他试探着问。

“交代什么?”她反问道，“你希望他交代什么?”

“你们夫妻的事情，我怎么知道?”

“夫妻怎么了? 你想关心，我可以告诉你呀！”

“好好好，我不问了，还不行吗?”他只好闭嘴。其实他是想提醒她，中村恐怕回不了日本，但学姐的态度竟然这样傲慢，他要是再多说几句，指不定她炸了锅，引起旁边盯梢者的注意。秘密这两个字很吓人的。

第一天他选择了一名来自德国的犹太女尸下手，由于她的资料保存得相对完备，工作进行得很顺利。到了第二天中午，他趁着助手们还在细嚼慢咽的时候，独自去了密室。按照那张附图的指示，他找到机关打开了墙壁的一个夹层，在夹层里藏着一个保险柜，他对好密码打开柜子，里面有一个密封的铝制盒子，这就是中村所说的珍贵物品。等到两个助手回到地下室，他已经将盒子放进了他的公文包。虽然做的没什么破绽，但他心里仍像装着十五个吊桶，七上八下的。到了第三天，地下室的门口站着两个荷枪实弹的士兵拦住了他。炳文正欲争执，朱仰高过来解释说，美国人参与进来了，事情变得复杂起来。炳文问：这究竟是怎么回事呢？他说：我也是刚接到上头的一纸命令，具体缘由我也不清楚。炳文问：那我该如何安排呢？他说：你先回去等信吧。

“我自由啦？”炳文不放心地问。

“你说笑了，本来你就是自由的。”朱仰高皱起眉头，“只是事情还是不要声张的好。”

炳文一直没有等来朱仰高的召唤。他就想从学姐那里得到中村的消息，以便决定这件物品是否送到他手上。正思忖着，安如倩来了。她告诉炳文，中村的行程提前了，明天就可以为他践行。这突如其来的消息，让他感到自己的大脑断路了。一边是朱仰高煞有介事地向他描述中村怙恶不悛，一边是安如倩若无其事地向他宣布中村重回故里，两边截然相反的说辞掺在一起，让他感到中村好像不应该是同一个人。他必须直接与中村对质，看看公济医院地下室到底是怎么一回事。

与中村会面之前，那个美军少尉和安如倩嘀咕了几句，炳文隐约听懂了一些，大概是说中村近来情绪波动很大，需要人的呵护和慰藉，尤其是故人。如果按照少尉的话理解，中村近日并未受到其他事情的袭扰。事实上，见到中村后除了激动一些，实在看不出他还有别的什么情绪裹杂，难道朱仰高会虚构一个耸人听闻的故事给他听？要是这样的话，那太不可思议了。

“炳文君，恐怕我这是最后一次与你见面了。”中村显得悲悯万分的样子。

“为什么要这样说呢？”炳文安抚他道，“战争都已经结束了，也意味着过去事情的了结。学姐整天跟我较劲，你快点解脱我吧！”

“你快一边待着去吧！”安如倩从来不给他揶揄的机会，“我给中村去办些手续，你就起劲在背后损我吧。”

她走后，中村马上索要那件私人物品，炳文则要求他必须告知有关公济医院地下室的真相，他才能将东西交给他。中村沉默片刻，然后态度十分诚挚地说：“炳文君，我想你应该明白，我们在同一所学府里探究医学真理，接受的训教应该是一致的。我总是谨记罗斯教授的教诲，只有奉行独立学者的精神，才能凭借自己精湛的学识推动科学与社会的前进。”

“但是中村君，你毕竟站到了侵略军的行列呀！”

“是的，有些事情我虽然过于偏执，但最终我还是努力了。”

“什么事情呀？中村君。”他显得没有耐心，“既然你把我当你最信赖的朋友，为什么就不能坦言相待呢？”

“我当然会的，但是这里不是说话的地方。”中村略带神秘地拿出一个写有地址和姓名的信封，“他会告诉你一切的。”

“冈田弘？”他看着信封上的名字大吃一惊。

“不用惊慌！他只是日裔，是一位不问政治的澳门商人。”中村将手放在胸前，“我向你保证，我所做的一切，对得起你，也对得起安如倩小姐，更对得起医学这门科学。”他双手掬起，“炳文君，请把盒子交给我吧！那仅仅是一件私人物品呀！”

看着中村如此诚恳、如此谦卑，他不再想别的了。既然已经带在身上，就不能再拿回去了，那样也显得太无聊。很多事情都是做了以后才知道对与错，做的时候，只要有一个能说服自己的理由就可以了，“好吧！我们同校同室一场，风风雨雨，也算是缘分。”他对中村说。

“何止是缘分！炳文兄，认识你简直是我的造化。”中村激动万分道，“假使没有你，安小姐恐怕永远不能成为我的妻子。”

“你怎么能这样说呢？”他又把刚刚拿出来的东西收了回去。

“你可以不给我，但这句话我是一定要说的。”

本来东西就是要给他的，炳文收回去只是想表达自己不愿接受他那番话，没想到他竟然这般认真起来。炳文担心学姐突然出现，会使场面更难堪，就不再与他僵持，将东西递到他手上。那个铝制盒子分量不算很重，但在中村眼里，似乎有千钧之重，接过去的时候，都能看见他的太阳穴随着他的手一样颤抖。

“只有一事想问问。”炳文问。

“你尽管问。”中村将盒子捧在胸前显得无比解脱的样子，似乎所有的艰难困苦都不在话下。

“这事你怎么不跟学姐说呢？”他问，“而且我能不能将此事告诉她呢？”

中村的表情瞬间凝固住，刚才的释然变成了茫然不知所措。“阿诺。”他无意识中挤出一句日语，觉得好笑，就说，“总之，炳文君，这是写一本书也说不清楚的事情。倘若你真想告诉她，也是在你与冈田弘先生见面后，再做你的选择吧！”

冈田弘这个名字最先是从仁英那里听到的，他是宪兵队冈田直一郎中佐的胞弟，而冈田直一郎的名字又从阿露嘴里听到过，最至关重要的是，柳家父女和李氏父子先后与这冈田牵连在一起。现在中村又把他抬出来，冥冥之中，这冈田倒成了炳文命中注定要找的人。他脑子里突然想到马路上偶然相撞的那个盲人，也许这辈子他就是个坐等命运安排的人。看似平稳的人生计划，被这一个个突如其来的人和事搅得乱七八糟，似无头绪又有头绪，仿佛暗中被人牵着走一样，他再次强烈感觉到自己是个摆来摆去的提线木偶。接下来的事情让他更加确认无疑。

他和安如倩分手后，急忙要按照中村给的地址去找那个冈田弘，就在他刚叫了一辆黄包车这会儿，两个彪形大汉不等他反应就将他推进一辆轿车里。他想动弹，两个人按住他，他想理论，两人没有搭理他。车子开进一幢洋楼里，两人一前一后把他领到屋子里。

“这是什么地方?”他见两人还不开口，愤懑无比，“你们是木头人吗?”

“对你来说，他们确实是木头人。”一位着中山装的人背着身子说，“金复生先生，你要接受我们的询问。”

他愤然道：“我触犯了哪条法规，你要询问我?”

“别激动!”那人语气很和缓，“你先坐下。”

旁边两个人搬来椅子，他拒绝道：“不用！我被莫名其妙地带到这里，怎么会不激动呢?”

“你要是不坐，就表明你和我对抗。”那人说，“彼此对抗，就无法对话。”

“既然对话，就要告诉我你是什么人?”他不甘示弱道。那人转过身来，他吓了一跳。如果把墨镜摘掉，再把络腮胡子改成菱角胡子，他一定会认为是李积忠的。

“我是中央执行委员会调查统计局的特派员林守安，你现在可以坐下了吧!”

“当然。”他嘀咕道：天底下怎么有这么相像的人呢?

“你答应坐下，怎么不坐呢?”林守安说，“不能因为不相信人，连椅子都不信了吧!”

“哦哦。”他这才发现自己还站着，于是就坐下了。

“那我就不用那么多客套，直接就问了!”

“问吧。”他又嘀咕道：人也许在危难的一刹那，总幻想着迎面那个敌人是朋友化妆的。

“我问的这件事，关系到国家的机密，任何危害国家机密安全的行为，都必须受到法律的追究。”林守安表情严峻道，“你作为一名留学归来的医生，不会不懂得这一点吧!”

“你说你直接问，怎么还是绕着圈子呢？”他讥讽道，“法律是讲究证据的。”

“好！我问你，中村敬一你认识吗？”

“认识。”他说，“他是我留美的校友，还是室友。”

“很好！”林守安继续问道，“那你知道他被俘前曾是日本上海派遣军第 13 军军医少佐吗？”

“知道。”

“你什么时候知道的？”

“什么时候？”炳文不想把安如倩牵扯进去，就说：“前两天，是公济医院的朱仰高院长告诉我的。”

“中村敬一在公济医院地下室有一个医学实验室，你知道吗？”

“朱院长比我知道更早，你应该去问他呀！”他不耐烦起来，“你就直接说，我把你们发现的秘密泄露给中村了呗！”

“哦，我可没说，这是你自己承认的。”

“哈！我算看明白了，原来你讯问人都是这样的呀！”他起身站了起来，“要是我说不知道，你们就要刑讯逼供了？”

旁边两个人动身要制止他，林守安摆摆手，笑道：“金先生，别犯庄稼火！是怎么样就是怎么样。”

“那我就告诉你，我没有向任何人泄露过任何所谓的国家秘密。”他余火未消，“你们带我到这里请拿出证据来。”

“你都已经亲临拘务所和中村有亲密接触了，还需要别的证据吗？”

“好，就算我把你们发现地下室的事情告诉中村，他又能怎样呢？”

“你承认了？”

“不！我只是想知道，把秘密泄露给他，对你们有什么损失呢？”

“金先生，实话告诉你。”林守安过来，把炳文又按回椅子上，“本来是我们有优势的，现在好了，美国人倒打一耙，反来说我们藏东藏西的。”

“什么意思?”他被弄得云山雾罩的,“我怎么还是不明白。”

“你真是个学究呀!”林守安叹道,“那中村敬一原在关东军防疫给水部冈本病理班供职,民国三十四年,他随北野政次一同来第13军,是为了实施‘上海决战计划’的。”他说得有些激动,“我再告诉你,关东军防疫给水部就是满洲731部队,是日军细菌战制剂工厂的代号。知道了吧!”

“林特派员,你说的这些我确实一无所知。”他满怀委屈道,“事实上,中村并没有告诉我他在地下室做了什么,我也没告诉他我在地下室做了什么。”

“是与不是,你自己心里清楚。在拿不出证据前,我们只能用排除法来判断谁走漏了风声。”

“你说说其他嫌疑人,也许我能帮你理理思路。”

“哇,你太客气了!”林守安嘲讽后就低调起来,“行!就先假设你是清白的。地下室一事,除了院长朱仰高,还有两名助手,剩下的就是你了。你分析分析谁会做这样有损国家利益的事情呢?”

“朱院长当然不会了!”他真就分析起来,“我听说他是委员长的贴身医师。嗯,我觉得两个助手肯定出一个。”

“拉倒吧!”林守安不屑地说,“实话告诉你,他们都是中统局内部的人,做这种事情是要杀头的。”

“那肯定是我们四人没有守口如瓶,无意之中让有心人听见了。”

“我相信除了你,别人都不会的。”

“朱院长再三叮嘱我要保密,我认为我是很注意的,丝毫没有向任何人提及。”

“金先生,不管你怎么说,上头要结果,你和中村又这样明目张胆地往来,不办你办谁?”林守安显得很无奈,“只好委屈你了。”说完他示意那两个人动手。

“特派员,你不能这样轻易下结论!”他使劲挣脱那两个人,“我是冤枉的！”

“你好好再想想，三天之内给我一个答复，我也好向上面汇报。”林守安冷冷地说。

炳文被关进地下室一间没有窗户的小屋子，除了一个女佣给他送水和食物外，没有人理会他，他试着大声喊两句以示抗议，也无济于事。他想用挟持女佣的办法招惹人的出现，但实在又下不去手，只好垂头丧气地冥思苦想起来。究竟是谁泄的密呢？左想右想也没什么头绪。哎，你也太无聊了吧！这本该是林守安他们该想的，与你有什么关系呀？就算你想出来了，谁信呢？然后他就想这地下室究竟是做什么用的，中村最擅长的是神经科学，能得到罗斯教授的褒奖，肯定在睡眠障碍研究上有所造诣，但这种研究跟731的细菌战有什么关联呢？从解剖尸体的内脏切片上看，炳文并没有发现人为植入的病菌，再从他对中村人格方面的了解，以及学姐愿意嫁给他的外围因素上分析，中村能冒天下之大不韪，除非他一度精神失常过。难道是自己对事物的判断过于简单，轻易相信了事物的表面存在，以致一步一步地走向罪恶的深渊？如果是这样的话，自己二十余年建立的人生价值观将彻底被摧毁。也许从他无知地断送父亲生命的那一刻开始，他便要背负起错误的十字架走向坟墓。

三天过去了，除了门缝里透出的一线光亮，他看不到任何的希望，就颓废地躺在两个木箱拼凑的床上，什么也不去琢磨，甚至连问清也不再想了。到了第四天，仁俊代替那个女佣走了进来。

“怎么？换成你来审讯我了？”炳文语气生硬地说。

“我？”仁俊觉得他这问话突兀，也没好气地回敬他，“对，是换我来审讯你。”

“问吧！”

“一会想吃点啥呀？”

“这里还能按我的愿望吃东西？”他诧异地问。

“你这个人就是轴，愿意待在这里你就待着吧！”

他这才反应过来，仁俊是接他出去的。他马上问道：“仁俊，你阿爸呢?"似乎他还想证明林守安是李积忠化妆的。

"我阿爸?"仁俊发懵道,"这跟他有啥关系呀?"

"额,是呀!"他顿觉林守安与李积忠没有任何关系,"哦,我也觉得跟你阿爸没关系。"

"这才关了几天,你就神志不正常了?"仁俊皱起眉头。

"哎呀,快告诉我,究竟是谁泄密的?"他忍不住问。

"不晓得。"仁俊摇摇头说:"这跟你没关系呀。"

"不!没有查出泄密者,我还是个嫌疑犯呀!"

"帮帮忙好哇!"仁俊实在烦了,"我真是服了你!"

"你总得给一个我获得自由的理由呀!"

"赶紧跟我走吧!"仁俊过来拽他,"出去问你的学姐好了。"

安如倩在大门口的轿车里等着,见炳文很憔悴地走出来,有些心疼地问:"他们是怎么对待你的?"

"没什么的,倩姐。"他说,"除了没有自由,其他还好。"

"还好呀?"仁俊挖苦道,"肚子里的油水都耗干了,赶快去补补吧!"

车子开到豫园荣顺馆停下。面对满桌子的鸡鸭鱼肉,炳文问这是谁破费的?安如倩说她想破费也没这个财,仁俊就嫌他话多,一定是没被人家审问够。炳文说:"仁俊呀,你真没必要这么破费的。"

"嘿!我好心当成驴肝肺。"

"你的好心我领了,但这确实不值得。"

"啥意思嘛?"仁俊说,"没听说过,受罪的人嫌饭多呀!"

"一看你就顺顺当当没受过什么罪。"他解释道,"在牢房里想的什么,一旦出来就不想什么。我被关在里面不是头一回了。"

"噢?说来听听。"

"第一次在美国警察局就想睡觉,可是出来后就怎么也睡不着了。第二次在日本宪兵队,眼睁睁地被那些小鬼子弄晕过去,迷迷糊糊的总想醒来,可真正睁开眼睛了,又觉得还不如不醒来呢。"

“那这一回呢?”仁俊问。

“就想吃饱睡足了,什么也不想。”

“那你现在呢?”安如倩问。

“自由!”炳文张开双臂,“呼吸呼吸外面的空气,饱矣。”

“够酸的!”仁俊嘲笑道,“刚才你还在说,给我自由的人,你要给我一个理由呀!”

炳文知道仁俊是在故意歪曲他的意思,念其救出自己,就不与他争辩,埋头用筷子去夹菜。仁俊按住他的手:“先别动!不管怎么说,今天你至少要喝三大杯。第一杯感谢你学姐为你两肋插刀的功劳,第二杯自然是我为你东奔西跑的苦劳,这第三杯嘛!为你的自由干杯。”

“不要那么说,我也没什么功劳,这都是他自己的造化。”安如倩说。

“倩姐为什么要这样说呢?”炳文问。

“是这样的。”她解释道,“你被软禁这两天,其中有个助手突然失踪了。”

“噢?”他思忖片刻,“那就对了,一定是他泄的密,做贼心虚跑了。”

“据说他是军统潜伏在中统内部的特工,中美所是军统和美国海军参谋部联合成立的,军统特工将情报告诉美国人是可以理解的。”她问仁俊道,“是这样的吗?专员大人。”

“军统那么大,我哪里晓得那么多事情?”仁俊笑道,“来吧!喝酒。”

这回炳文又酩酊大醉了。醒来的时候,他很纳闷自己怎么躺在病床上,手腕上居然还插着针头打点滴呢。院长告诉他,昨天他虚脱了,是被抬到医院来的。怎么会这样呢?院长就责怪他不该空腹喝酒,而且身体还那么虚弱。他就问安如倩在哪儿呢?院长说她昨晚值夜,一大早接完电话匆匆离开了,问她去哪里,她也没说。炳文想,她一定是去中村那儿了,就要拔掉针头,起身去找她。院长不允,他坚持要这样做。争执时,安如倩出现了。

“倩姐,你去哪儿了?”

“哦,哪也没去。”她脸色很不好。

“不对,你一定去了什么地方。”他不信。

“瞎说!”

“倩姐你不要瞒我。”他追问道,“你一定去了刑务所!”

见院长离开了,她点点头:“是的,和他见了一面。”

“中村君怎么样?”

“很不好。”

“怎么不好了?”

“非常不好。”

“哦?怎么又变成非常了?”

“他好像变了一个人,变得谁也不认识了。”

“连你也不认识了吗?”

“别说不认识我。”她悲哀道,“连他自己也不认识自己了。”

“啊!这究竟是怎么一回事呀?”

“刑务所的人说,从他的房间里发现了一个医用的铝制盒子。医生初步判定,他可能是服用了某种药剂而导致脑部受损,目前处于重度失忆状态。”

“啊!”他大惊失色,“怎么会这样呀?”

“事情都已经这样了!”她沮丧道,“现在唯一的线索就是那个铝制盒子,找到是谁送给他的,也许还能治好他。”

“找到了吗?”他心虚地问。

“估计找不到了。”她摇摇头,“医生说,那铝制盒子上面刻着中村自己的名字,也就是说那盒子是他自己藏匿的,药剂是他自己配制的。”

“那怎么救治他呢?”

“除了他自己,恐怕谁也救不了他。”她说完拿出一封信来,“这上面写着你的名字,算是他的病前留言吧!希望能找到医治他的良方。"

炳文赶忙打开信封,信上写:

炳文君:我的朋友!

当你阅读这封信之前,我已经删除我过去的全部记忆了。还好,你阅读的这段时间,我提前分享了我们曾经拥有的过去,也非常感谢你帮助我结束了我的过去!之所以这样,是想跟你说明以下三点:

第一,我对不起你和你的母国。虽然没有直接参与谋杀中国人,但毕竟我作为日本军人的身份出现在战场上,对贵国造成的伤害,我表示深深的歉意!对你的歉意,是关于柳问清的事情,有一点我对你保留了。现告知你,我对她实施了删除记忆手术。请原谅我!这不是我的本意,是上司的命令,在那个时候,作为军人我是不能违抗的。

第二,我对不起你和你的安如倩。首先请原谅我的自私,因为从见到安如倩小姐开始,我就深深爱上她了,甚至不择手段地想得到她,并且牵连到你。她和我结婚,我沉浸在幸福中,天真地相信了这是苦苦追求的回报。婚后才发现,她并不爱我,而是你。我虽然不能相信,但事实就是这样的。后来我才想明白,当初她能和我结婚,是因为当时你关在宪兵队的拘禁所里。我当时得知这个消息就告诉了她,她心急如焚,说一定要救你出去。其实当时我已经跟上司担保了你,但我还是跟她开玩笑地说,除非你跟我结婚,我才能答应向上司求情。没想到,她真的就答应了。现在我才明白,她是答应救你,而不是答应和我结婚。我已经把她交给你了,不久她将接到一份由我提出的离婚书。

第三,我对不起罗斯教授和我们的母校。罗斯教授很器重我在神经科学方面的建树,希望我留在他那里继续深造研究，但我没有听他的话，一心想报效天皇。到了上海，我不满宪兵队许多很不人道的做法，就被调去关东军防疫给水部工作。在那里，我的部队长北野政次很赏识我，希望我继续在神经科学方面有惊人的成果，他会竭力支持。我也真的没想到，他所期待的成果是用于战争，而他支持的手段是活体实验。开始我是不能接受的，也拒绝参与这种实验。但后来我还是经不住诱惑，也许是太急于求成了吧！我竟然在上海犯下了如此有失医德的滔天大罪。

那些实验数据及报告都被我记载下来，我没有选择交给北野将军，也没有交给美军军事法庭，而是交给你。如果能够，或者在你情愿的前提下，更确切地说，你认为我对神经与记忆方面的研究对人类与社会有帮助的前提下，帮我完成这个学术愿望。

请记住我曾经向你提到的那位冈田弘先生。

最信赖你的中村敬一

读完信后，炳文心里沉甸甸的。他抬头望安如倩时，人已经不在了，也许交给他信的同时就已经离开，只不过自己没有发觉而已。学姐就是这样，总是在他最需要的时候出现，而当自己得意忘形或者尴尬难堪时，就悄然而去。他心头顿时涌起一股暖流，但转眼又被他强行压制住，他不敢也不能接受学姐的感情。不敢，是因为中村对她的爱纯粹无瑕无私，尽管她违心地接受了他的爱，但毕竟包装给众人看到的是个事实，他没有勇气撕开这个包装告诉大家：那是个违心的！如果那样，自己也和学姐犯了同样的错误：违心；不能，是因为他的心里深处只有问清，尽管他没有向她表达，尽管他也不知道向她表达后她的回答是什么，尽管她现在已经成为别人的妻子，尽管她现在还不是一个健全的人。曾经他的脑中闪过亲昵别人的念头，甚至带到梦中成为轻歌曼舞的现实，但是每次醒来，心却不能苟合，怦怦乱跳的罪恶感令他窒息，仿佛是神明照着他，限令他不能轻举妄动。即便如此，他的梦中也从来没有出现过安如倩的身影。

从军人的角度来说，中村的这封信分明是在下达一项指令：彻底放弃柳问清那块毫无意义的虚幻阵地，顺利去接管安如倩这座充满真情实感的城池。但他并不是中村的士兵，他也绝不能把安如倩当作战利品看待。男人对女人单凭脑子去获得，恐怕叫邪念，只有用心去赢取才算是爱情。他努力让自己那颗悸动的心安静下来，去想象和学姐未来相处的种种细节。想来想去，不但没有丝毫的诗情画意，反而让自己疑虑重重。他迟钝、刻板、封闭、不善言谈，而学姐豪爽、率真、有胆有识，两个截然相反的人怎么能相濡以沫呢？既然如此，学姐为什么还要对他情有独钟呢？或许学姐根本就没那么想，完全是中村假传旨意，害得自己痴人做梦。

他强打精神从病床上坐了起来，准备跟学姐好好解释一番。仁英提了一兜子苹果走进来，他赶忙又坐了回去，故作镇定地问："哦，仁英是你，你怎么来了？"

"我听阿哥说你的情况，就买了点水果。"她解释说，"苹果是解酒的。"她拿出水果刀动手削了起来。

"我平时不怎么喝酒的。"他也忙解释说，"都是仁俊这家伙灌的。"

"你还能听他的呀！"她嗔怪道，"从小他就欺负你，难道你忘了吗？"

"儿时的把戏哪能算数呀！"

"可我阿爸说，三岁看小，七岁看老。"

他疑惑地问："他们父子不是和好了嘛！怎么还有成见呢？"

"阿爸说，人之将死其言也善。"

"哎呀，仁英，你为什么总听你阿爸说呢？"他说，"仁俊只是受到枪伤，不至于死呀！"

"你为啥总要为阿哥辩护呢？连他自己都承认，说自己挨枪子以为自己死过去了呢，醒来后才觉得亲情重要，钱财都是身外之物，生不带来死不带去。”

“既然认识到了，不就好了嘛！”

“哼！好了伤疤忘了疼。”

“不会不会！你看他现在不是救我出来了吗？”

“我就晓得你要这么说。”她有些失望，“他救你不就是要瓦解你的斗志吗？”她将削完皮的苹果递给他。

“不！我不要。”他没有接那个苹果，“仁英，你到底想说什么就直接说吧！”

“阿爸的起诉书都有了，法院马上就要发传票开庭。”

“啊！”他简直不敢相信，“仁俊怎么会这样？”

“都已经这样了，你还不信吗？”

“那，那伯父的身体怎么样？”

“刚刚好两天，现在又打回原形了。”她将苹果按在他手上的同时，又拿出一份起诉状的影印件，“反正阿爸的事情你看着办吧！”

那状子上写道：

李积忠系浙江吴兴人，初在震旦大学读书，后赴日本京都帝国大学深造。日伪时期，与周佛海、傅筱庵、苏锡文等相交甚密，还与日寇村井苍松、冈田直一郎等有直接往来。据相关羁押人犯交代，周佛海曾经在担任伪财政部长期间，将贪污的一笔款子转入李氏实业的账号。傅筱庵曾在担任市长期间推行奴化教育政策，李积忠与日本人合办学校积极响应之。村井苍松在担任日本驻沪总领事时，曾与李积忠密谋筹建同学会的亲日组织。冈田直一郎在担任日本上海宪兵队少佐时，曾撮合其侄子冈田弘与李氏船务公司成立昌旗丸运输株式会社，非法走私大量的军需物资、战时急需品以及医疗用品，并提供给敌对方。以上事实，证据确凿，且有证人证言相佐证。特提交上海地方法院检察处依据民国政府《惩治汉奸试行条例》，对李积忠所犯战争通敌罪和走私商罪一并向法庭提请公诉，并没收李氏实业一切非法财产。

国民政府上海肃奸委员会

“仁俊怎么就非要这样干呢?”他唉声叹气道，“我至死也想不通。”

“阿爸说，这叫冤孽。”

炳文想起那个冈田弘，就向她打听。仁英说她也是听那个冈田直一郎说的，问及她阿爸，他也说从未谋面。

“你阿爸没有向你隐瞒什么吗?”

“你这个人呀!”她脸憋红了，“我不是跟你讲过我阿爸是个简单的人，做事都很透明的，要不阿哥怎么能有机可乘呢!”

看来及时找到这个冈田弘至关重要，从他那里不但能获知李氏实业的真相，也许还能找到诊治问清和中村的良方。炳文按照中村留下的地址，找到了爱尔考克路一家犹太人开的首饰店 。店铺不大，柜台上摆出的货品也少得可怜，一个戴琥珀色眼镜的伙计解释说生意刚开张，过些时候更多款式会有的。炳文就忙说他是来找人的。

“你找哪位?”

“我找一位叫冈田弘的先生。”

“冈田弘?”那人皱起眉头。

“对! 是一位葡萄牙籍的日本人。”他补充道。

“不晓得。”伙计摇摇头，“你到别的地方问去吧!”

他心想是不是自己走错地方了，出了门口，他又去找那个弄堂的名字，没错，就是这里呀! 或者是附近还有一家首饰店? 他又往前去找到了一个路口，是往左走呢? 还是向右呢? 他站在那里含糊了。一个报童过来对他说，往右手走有个咖啡馆，那里有位胖老板等你。他愣了一下，然后掏出零钱来，报童说那位胖老板已经给过，就跑开了。走进咖啡馆，他左右环顾，发现有个戴礼帽的胖子正低着头翻阅一份杂志。

“这位先生,你找我?”他试探着问。

“是的。”那人摘下墨镜,现出一双眯缝眼,“你是金复生先生?”

“是呀！你怎么知道我?”他满腹狐疑,“我不认识你呀!”

“对,你不认识我,我也不认识你。”那人笑道,“但是我们有一个共同认识的朋友。”

“谁?”

“中村敬一。”

“你是冈田弘先生?”他惊讶地问。

“不！我不是。”那人说,“我叫严德虎,是《太平洋事务》杂志的驻沪编辑,冈田先生是我的朋友。”

“哦。”他有些失望。

“我为你要了咖啡,不知道是不是加糖加奶?”

“哦不,谢谢!”他说,“我喜欢喝纯的。”

“有关中村先生的委托之事,冈田先生曾交代给我了。”说完严德虎拿出一把铜制的钥匙。

“噢?”他接过钥匙问,“这是什么钥匙?”

“具体我也不清楚。冈田先生说你应该知道的。”

“我什么也不知道呀!”他感觉被冤枉似的,“冈田先生为什么不直接来见我呢?”

“也许他很忙吧。”严德虎戴上墨镜,“如果没有其他事情我先告辞了。”

“等等!”他说,“能转告冈田先生一声吗？我很着急想见他一面。”

“这个……”他踌躇了一下,“我想办法吧。”

“那我怎么再见到你呢?”

“我会来找你的,金先生。”

“哦。”他心有不甘,“严先生请尽早安排,谢谢!”

“我会的。”严德虎将手里的那份杂志递给他,“这是新出的一期，欢迎给我们写稿。”然后起身告辞。

炳文没有心思读那份杂志，急不可待地端详起那把钥匙，上面刻有“永亨银行”字样。永亨银行？在上海的大银行里没听说过这个名字呀！是不是一家不起眼的小银行呢？再说中村留给他银行的钥匙，是何用意呢？想不明白他便开始细心品味着咖啡。咖啡纯粹是苦的，人们不甘心，非得挖掘出其中的香醇美味出来，但对他来说，只想麻木自己而已，所谓苦中作乐。现在他开心不起来，首先是问清的下落迄今还没有打听到，然后又搅进李氏家的官司，最后是中村，给他出了一道不知道该如何回答的难题。他想起了欧拉冒岛，想起奴瓦伊让他留在那里做巫师的事情，当时认为匪夷所思，荒唐之至，现在看来那简直是一种逍遥自在的梦境。

维德伦来了个电话，说希望他能去一趟律师事务所。到了那儿，他才知道维德伦是特意给他介绍了一位叫张春寄的人。此人瘦小枯干还谢了顶，自称是善后救济总署特派上海的专员。炳文感到很意外。

“不用惊讶！金先生。”张春寄和蔼地说，“我是比帕先生的朋友，是他推荐我来认识您的。”

“哦。”他问，“那比帕先生呢？”

“他去重庆了。”

“那张先生何意要认识我呢？”

“当然是为李氏的官司了！”张春寄说，“您忘记你们曾经委托过比帕先生吗？”

“哦，对对对。”他马上意识到自己说话太唐突，赶忙客套起来，“还烦张先生鼎力相助。”

“法律法条上面嘛，自然要靠维德伦律师的才干。”张春寄道，“但既然是朋友，我就要讲实话。”

“自然自然。”他乘势添加热情道，“比帕先生和我是舍友，维德伦律师也是我的校友。”

“如今世道，人心不古，加上政府里一些官员不能自检，趁火打劫。所以明面上依仗律师，暗地里还要靠我们做大量工作。”

“嗯。”他感兴趣道，“很想听听张先生的高见。”

“我们这方面的嘛，金先生大可放心！至于您这方面的事情嘛……”张春寄欲言又止。

“该我们做的事情，自然义不容辞。”

“您是没有问题，我只是担心李家是否对您信任。”

“张先生，您多虑了！”他觉得很奇怪，“其实我也算是外围人员，从旁人的角度去帮助他们，他们还有什么理由不信任我们呢？”

“此话差矣！”张春寄摇头道，“我在救济总署工作，见到的商人多了，拔毛相助的都很难见到，更何况是拔刀相助的呢！”

“张先生的话我没有听明白。”他一头雾水，“我们是在商议如何帮助李先生打官司，怎么谈上您的工作了呢？这风马牛不相及呀！”

“欸，我意思都已经说得再明白不过了。”张春寄嗟叹道，“难道金先生真是不食人间烟火的仙人嘛！”

“张先生你可真有意思！”他反倒讥笑道，“明明是您讲些扑朔迷离之语，反倒说我是仙人，好奇怪！”

“好吧！就算我这辈子遇到仙人了。”张春寄无奈道，“我希望这场官司赢了，李氏实业将其财产的三分之一捐献给本署。”

“啊！”他站了起来，“怎么会这样？”

“又不是从金先生的口袋里掏钱，何须如此惶恐？”张春寄觉得好笑。

“我当然要惶恐啦。”他努力辩白道，“正是因为钱在人家口袋里，而我们呢，却合计掏人家的口袋，这还不能成为惶恐的理由吗？”

“金先生，您太可笑了！”张春寄辩解道，“就算从人家口袋掏钱，也没有放进我们自己口袋里呀！您别激动。”说完他将炳文按在椅子上，“您也别误解！本署的宗旨是救济那些无家可归的难民和积重难返的单位，以及一切亟待救援的星星力量，尽快让国人走出灾难深重的战后困境。”他拿出救济总署的宣传画册，指着页面上那些惨不忍睹的照片,“真是饿殍遍野,满目疮痍呀!”

“张先生不必再说了。”他显然是被对方的演说打动了,“我一定向李先生转达您的意思。”

“哎呀,您可不能这样直白呀!捐献是一种自愿行为,不能由官方强迫执行呀!”

“那你要我怎么说呀?”

“好,好。”张春寄耐下心来,“你把意思点到为止就可以了,人家心甘情愿地张口才算恰当。”

“从人家口袋里掏钱,还要人家心甘情愿?”他喃喃道,“有这样的事情吗?”

“您看那要饭的花子,成功的从来不说,先生太太行行好,把你口袋里的钱掏给我吧!”

“花子也有成功人士?”

“三百六十行,行行出状元。”张春寄作践自己道,“比如我就是个高级花子,虽然算不上成功,起码也懂点儿技巧。”

“嘿嘿!张先生您也太幽默了。”

“不跟你说笑了。”张春寄自知这样的比喻对炳文来讲不恰当,“总之,您要会铺垫。”

“哦?”他似懂非懂地听着。

“写文章您在行吧!这篇文章不能开门见山,而要承上启下。”

听完他的一番话,炳文又忽然想起那个撞见的盲人。他应该算是个顶尖的成功行乞者,既有先天的瞎眼条件,又有后天的算命本领。离开张春寄走在大街上,他刻意观察起那些乞丐来。直呼大叫的,要么没人理睬,要么就是被人乱骂一通;那些默默无语的,或蹲或趴或躺,前面都摆着一张行乞的状纸,没看的路人倒也罢了,看了的不能说大把大把掏腰包,总会些许点缀一下,他们宁可相信那状纸上说的是真话。到了李公馆,他决定尝试扮演一下“花子”。

“仁英,我问你。”他语气很生硬,“李家究竟有多少财产?”

“炳文哥,你咋突然问这个?”她很诧异。

“既然伯父将家私委托与我，我自然要问个仔细嘛。”

“喔！总算你态度明朗了。”她欣喜万分，“以后你多要为李氏基业操心哟。”

“到底多少嘛？”

“据我所知，李家财产除了李氏织造实业的八成，兴昌船务公司的七成，昌旗丸运输株式会社的六成，还有三所学校的五成，两所医院的四成，三家银行的三成，两家育婴堂的两成。”她想了想，“另外还参股了一家典当行和一家保险行。”

“为什么就没有一家救济机构呢？”

“这个嘛！”她解释说，“虽然没有，可学校、医院和育婴堂也算是慈善事业呀。”

“可是这毕竟还是以赚钱为目的呀！”

“那炳文哥的意思是啥呢？”

“我？”他想了想，“我只是觉得小的时候我们在一起无忧无虑，可是经历了战争的涂炭，再高枕无忧有些恐慌。”

“我没听明白。”她诚实地摇摇头。

“所谓‘朱门酒肉臭，路有冻死骨’呀。”

“安得广厦千万间，大庇天下寒士俱欢颜。这也是杜甫说的。”她领会道，“你的意思是，我们应该把李氏家业拿来作为纯粹的善款？”

“我可没这么说呀！”他表面否认，暗自又继续激发她，“李氏家业是你们李家的，是否同意，要看伯父的意思。”

“好呀！只要炳文哥高兴做这样的善事，我当然愿意。”她显得很开心，起身就走。

“仁英，你干什么去呀？”

“我现在就上楼跟阿爸说去。”

炳文周身起了冷痱子，他完全被刚才的对白给吓住了。究竟他是演员，还是她是演员呢？仁英能爽快地甘愿上当，虽然也对慈善事业满怀理解，但最重要的是冲着自己来的呀！即便他根本不用表演，她也能同意的呀。哎，还没有想好如何对待学姐的办法，现在仁英的事情又占据心头。既不能伤害她们，又不能开罪她们，怎么办呢？很快仁英就下楼了，她告诉他，她阿爸答应遵守诺言，李家所有一切由他秦炳文全权负责。听到这个消息，他的心情似乎并没有像他预先想象的那样顺畅，反而愈加沉重起来。

“千真万确！阿妈也是这样说的。”她见他并不开心，就问，“你难道不希望这样吗？”

“哦，是吗？”他突然意识到，除了仁英的因素，更令自己心情沉重的原因是“责任”这两个字。

“咋了？你。”她关切地问。

“没什么的，这么大的事情，我再回去仔细想想。”

他确实要仔细想想。李氏父子的冲突，他本来简单理解为财产之争，没想到演变成了生死之战，正当他们沦为一种骨肉相残时，中介力量又把他们归回为财产瓜分问题。真就如此倒也罢了，倘若损失了李家的财产，官司没有取胜，他不但辜负了李氏家族的期望，也未必能如仁俊所愿，他始终认为仁俊的做法是身不由己的。离开李公馆，炳文急迫地感到他该找阿露聊聊了。作为仁俊的秘书，她不可能不知道上司的行为动机。她越是敷衍他，就越说明她心中有鬼。他一直觉得仁俊“死而未死”的奇迹掺合了人为因素，较早的几天，他还认定是李积忠与管菽芹的合谋，从阿枝那里得到消息后就放弃了这种想法，现在与阿露联系在一起，他更加确信自己的判断是正确的。很显然，事后清醒过来的仁俊也似乎看穿了他们的企图，不但不表现出丝毫的悔悟，反而变本加厉地去迫害李积忠，这种带有强烈反弹意欲的行为，绝对不是仁英所谓的“好了伤疤忘了疼”能解释得通的，唯有爱恨情仇这样的特殊情愫才能激发人的杀伐之心。如果把李积忠的图谋定义为苦肉计，那么阿露参与的动机又是什么呢？种种迹象表明，她对钱财的欲求好像没有那么强烈，并且对政治也漠不关心，唯一能让她就范的只能是情感。难道阿露真的爱上了仁俊？难道她的这份爱遭到仁俊拒绝或者愚弄后，即刻转化为仇恨？从阿露她过去的叙述中，他已经感受到她对仁俊的暧昧，只是没有得到她嘴上的认可而已。要是这种推论成为现实，他秦炳文的厄运也将随之降临。因为傻子都知道，她对他的种种暗示，无非是在说一个字：爱。一旦她再次遭到拒绝，就迫使她走向绝境，按照她的性格，兴许死去的不是他，而是她。她很可能会用一种美丽的仪式，结束她自认为美丽的一生。这太可怕了！他必须要和她面对面地坐着，请求上帝作证，坦言心中的一切想法。他深信，自己的真心一定能换来她的真言。

他的这种自信似乎都感染了他的步伐，鞋跟敲打在百乐门大门的地砖上，噔噔作响。门童迅速作出反应，深深鞠了一个躬。他特意给出足够的小费询问他露露小姐是否来了？门童感激不尽后说今晚是露露小姐的专场表演。他心想，既然是专场，为何不邀请他呢？看来平日她嘴上的甜言蜜语全是别有用心。他马上收回刚才建立的自信，像个小丑一样窥视着眼前的一切。大厅里座无虚席，来宾们个个心花怒放的样子，并且交头接耳，争先恐后地表述自己曾与露露跳过多少回舞，说过多少次话。看着他们油嘴滑舌且油头粉面的样子，完全和自己格格不入，炳文就想，阿露幸亏没请他来，不然他还不知道怎样应酬这些人呢！舞台顶框打出“露露小姐钢琴舞曲特别奉献”的醒目横幅，他不明其意，就悄声问一个端着酒水的侍者，侍者疑惑地看着他：先生是报馆的吧？他只好硬着头皮点头。侍者告诉他，晚上是露露小姐钢琴舞曲的专场，他苦笑道，这等于什么也没说呀！话一出口就觉得少了手续，赶忙又从口袋里掏出票子。侍者说，露露小姐退隐江湖有些时候了，今晚有雅兴来点儿新鲜的。

“什么新鲜的呀？”他还是不明白地问。

“记者考我呢？”那侍者嘿嘿一乐，“反正过去都是乐队伴奏舞曲，今天露露小姐偏偏来个钢琴独奏。”

“哦，是这样。”他自言自语道。

“你说新鲜不新鲜？”侍者含糊地问。

“新鲜，是够新鲜的。”他含混地答。

一阵喧嚣后，就是劈劈啪啪的掌声，然后灯光忽然就全部黑掉了。正当大家不知所措时，钢琴声悠悠传来，一束追光打在一对服饰耀眼的男女身上。他们手挽手来到舞池中央，众人惊叹不已，叫好声一片。炳文看清楚了，这一男一女，一个是阿露，一个是仁俊。随着钢琴抑扬顿挫的节奏，他们表演起华丽高雅的探戈来。交叉步、踢腿、跳跃、旋转，令人眼花缭乱，几乎所有的探戈招数他们都用尽了。从仪表形态上看，他俩配合默契称得上是绝好的搭档；从内在神情上看，他俩眉来眼去又恰是般配无比的伉俪。他就想，既然如此，仁俊又何须与问清死死纠缠呢？这不但跟他秦炳文过不去，也跟他自己过不去嘛！再说这阿露，既然与仁俊激情奔放，又为何还要对自己脉脉传情呢？进门时那双轻飞如燕的皮鞋，现如今却变成了沉重的石头，趁着黯淡的灯光，趁着旁人不注意，他要拖着它如同磨盘一般磨着地面，不声不响地离开这里。他再次悟出一个真理，皮鞋就是皮鞋，你一定要把它当作飞燕，最后的结局就只能以石头收场。他的脚步挪到门口，舞曲刚好结束。仁俊和阿露选择高抛低吸的造型定住，全场先是屏息凝神，继而马上沸腾起来。

“诸位！诸位！”仁俊示意大家安静下来，“我和露露小姐只是一个铺垫，真正要推出的是我们的谷素梅小姐！”他的手指向钢琴伴奏的位置，问清起身站立来，微笑着朝大家鞠了一个躬。炳文呆在门边，简直无法相信自己的耳朵，还有眼睛。

“谷小姐是我的慕道友，也是我的姐姐。”阿露介绍道，“今晚她屈尊来我们百乐门为我捧场，是我的造化，同时也是大家的荣幸。”

“阿露啊，你的谷姐姐真能识大体。”那个姓付的老者轻狂地问，“我付满堂请谷小姐跳一支舞好不了？”

“不行！还没听说谷姐姐跳过舞，你要出她洋相呀？”阿露厉声道，“别忘了，今夜是钢琴舞曲专场，她要是陪你跳舞，啥人来伴奏？你这不是拆我的台吗？”

“阿露呀，嘴巴不要翘得那么高嘛！我这里还真有一个会玩钢琴的。”付满堂请出一个娇媚的女人来,“阿雅呀!你来伴奏。”

“慢!”仁俊拦住那个叫阿雅的,“这位老先生,露露小姐都已经婉言谢绝你了,你咋还不识相呢?”

“年轻人,开口不要张狂!”付满堂不甘示弱道,“我姓付的已经非常有涵养了。”说完,他身后呼啦啦有一群人虎视眈眈的,仁俊这边也被人簇拥着。两军对峙,剑拔弩张。

“啊哟,我说付大人,您这是做啥呀?”阿露堆着笑脸,“我阿露陪您跳下一个曲子不就结了嘛!”

“不可以!”仁俊拦住她,对付满堂道,“看来你是早有准备,想来砸场子,对不啦?”

“少来这套!”付满堂态度蛮横,“老子准备了又咋样?”

“付老先生,大家都是朋友,不用板面孔的!”那个姓黄的老板出来打圆场,“不看僧面看佛面,看在百乐门热闹祥和的份上,今天就罢了吧!”

“你算个老几?”付满堂翻起眼珠子,“也来这里假姿假眼的轧闹猛。”

“我是个洋盘,算饭泡粥了。”黄老板退缩道,“你是市长的人,惹不起,好不啦!”

“哦,原来是市长的人!”仁俊嘲讽道,“是钱市长呢?还是吴市长呀?”

“口气蛮不小。”付满堂怒目横眉,“你想搞明白,就要他们跟你讲吧!”几个人快速将仁俊团团围住,只要付满堂一声令下,仁俊不是鼻青脸肿就是头破血流,炳文暗自为他捏了一把汗,不料那付满堂大喊道,“别乱来!”原来是仁俊的人用枪顶住了他的脑门。

“你的红头阿三还不少。”仁俊占了上风,就挖苦道,“咋样?是要命呢?还是要面子?”

“老话说得好,宁为玉碎,不为瓦全。”付满堂镇定下来,“小赤佬,有本事开枪呀!老子不怕。”

“好呀!只当我提前打击黑恶势力,为民除害!”仁俊道,“我倒数三下，就要他见阎王。”全场鸦雀无声，只等着仁俊喊到第三下，枪声一响，众人就一哄而散。

“慢！”问清大喊一声，走到仁俊跟前，“我看今天砸场子的不是付老先生，而是你。”

“你？”仁俊愣住，“为啥要这样说？”

“付老先生不过是想跟我跳个舞嘛！”问清转脸问付满堂，“对吗？”

“对对对！”付满堂醒过神来，“老夫仰慕谷小姐高雅端庄，诚心想取悦巴结，没想到他们误解我的意思。”

“哪里哪里，看您老客气的。”问清挑动眉毛道，“陪您跳个舞，毛毛雨啦！”说完，她纤细的手软绵绵地搭在他的肩上。付满堂便顺势搂住她的腰肢，另一只手向那个阿雅打了个响指，钢琴声响起，两人翩翩起舞。众人见状，也附和着跳了起来。整个舞厅又恢复了歌舞升平的景象，似乎刚才的一幕没有发生一样。炳文的脑袋像是被无数个针扎了一样，刺麻麻的，肠胃里的东西翻滚着涌向嗓子眼。如果没有中村那封信的提醒，在他眼里，问清方才的轻佻之举完全算是堕落。他觉得实在没有理由在这里继续煎熬着，终于悻悻离开了。

他曾经以沮丧失落接受了仁俊传来的问清“婚事”，也以痛不欲生承受住宪兵队传来的问清“死讯”，好不容易面对问清迷幻般的现身，正绞尽脑汁一步步拨开云雾时，她却变得判若两人。而从刚才的表现看，问清似乎也并不认同仁俊。中村在删除她过去记忆的同时，恐怕也抹掉了她先天的秉性。如果是这样，问清不堪失去迟仲年的沉重打击，思想和行为很容易滑向消极的方向，从此沉沦下去。想到这里，他的心都要碎了。不！不行！他绝对不能放弃她，必须想尽一切办法拯救她。

翌日，他找到阿露究问昨晚发生的事情，她很奇怪他是怎么知道的，他就实话实说，并责问她为何不邀请他去？她解释说，原本是约他来的，但专员强烈反对，而且反对的理由是责备她不该拉拢腐蚀他老实巴交的朋友。

“仁俊怎么能这样说呢?”他说,“好似我不食人间烟火。”

“是呀!好似我也落入风尘。”阿露说,“在他眼里我从来就是个烟花女子。”

“不会的。”他否定这个说法,“要是那样,仁俊怎么能让你去政府部门工作呢?”

“那一定是利用我啦!”

“利用?”他质疑道,“你一个弱不禁风的女子,他能利用你什么呀?”

“你不用为他辩解!从最近的表现看,是不是利用,我心里有数。”她若有所思地说,“我问你,昨晚那个谷小姐哪一点胜过我?”炳文不知如何回答,她说,“其实很简单,你们男人眼里就一个字。”

“一个字?”他迷惑地问,“什么字?”

“新。”

“新?”

“你真是榆木疙瘩!”她笑道,“还是跟你说四个字吧,喜新厌旧。”

“为什么要这样说呢?”他问。

“专员认识我四年有余,却只有三天的新鲜。”她讥笑道,“而专员认识她不到三天,就似有四年的话要说。”

“我看未必。”他说,“茕茕白兔,东走西顾,衣不如新,人不如故。”

“你这是啥意思?”

“哦,没什么。”他觉得实在没有必要把这段旧事说给她听,“既然如此,你为什么还要去认识这位谷小姐呢?”

“不是我要认识她的,是蟊贼要她认识我的。”

“蟊贼?”

阿露说,那天她去教堂做礼拜,刚出大门就遇到小蟊贼抢走她的手包,追赶两步,谷小姐在前面使了个绊,那蟊贼翻了跟头,丢下手包就溜了。“我从包里拿些钞票答谢她,她显得很生气,说我这样做,就等于把她和那个蟊贼看成一样的人了。”

“人家是见义勇为,你怎么能用钱说话呢?”

“是呀!她还说,早知如此,就让钱给那蟊贼抢去好了。我自知理亏,就诚心跟她交个朋友。”

“昨晚我好像听你叫她姐姐了?”

“是呀!一来二去的,我觉得她稳当,又大方,就叫她姐姐了。”她说,“更重要的是,她跟我有同样的经历。”

“哦?”他问,“什么经历?”

“都有杀父仇人。”

“想起来了,上次我们在教堂遇见,你提的慕道友想必她。”他追问,“那她的杀父仇人是谁呢?”

“哎!”她叹息道,“至今还没有找到。”

“有线索吗?”

“没有。”

“你能不能带我去见她呢?”

她停顿了一下,问:“咋了?难道你有线索?”

“没有没有。”

“那你为啥要见她?”

他无法直接回答她,因为解释起来很费劲,所以就说:“从谷小姐的气色和神态上看,她似乎抱病在身。”

“啊!专员也这样说呀!”她感叹道,“我就很奇怪你们男人,喜欢一个女人,为啥要把她说成病人呢?是不是你们喜欢病态美呀?”

“我是个医生,不能乱说话的。”他一本正经道,“至于专员为什么这样说,我不知道。”

“你保证你没说假话?”

“按你的逻辑,全医院的女病人都成美人了,我的假话才成立。”

“也是。”她喃喃道,“如果金先生这样的人也说假话,这世道就没人可信了。”

阿露将他们约到咖啡馆。之前炳文嘱咐她，只说是慕道友切磋教义，千万别说诊病，否则谷小姐会忌讳不来的。他特地买来肖邦C小调《幻想即兴曲》的唱片，交给店老板放在留声机里。这首曲子是问清最喜欢演奏的，一旦听到，定会勾起她对往日的记忆，然后他再顺势帮她记起校长训斥他的那一回，她拉着他，让他静下心来听她弹琴。想着想着，他会心地笑了。店老板过来问他，什么时候放唱片？他说，等两位女士进到屋子就立刻放。店老板说，一个时辰都过了，他们怕是等不来了。炳文一看表，果然和他说的一样。他就犯嘀咕，难道是阿露故意晃点他？如果是这样，说明她心存妒意，唯恐他们往来。或者问清知道是他来，有意不见他？要是这样的话，是不是因为他误杀了迟仲年，她耿耿于怀呢？正当他要离开的时候，阿露独自来了。她面带愁容地告诉他，谷小姐不能赴约。

“为什么呀？”他问。

“她说孩子今天突然发高烧。”

“什么什么？”他瞪大眼睛问，“她有孩子？”

“你瞪那么大的眼睛干嘛？”她奚落道，“是失望呢？还是不相信呀？”

“不不！我只是从身材和形体上推断，谷小姐没生过孩子。”他解释道。

“你的意思是，只要生过孩子的女人就该是胖子啦！”她不屑道，“你不要总拿个医生的身份吓唬我。”

“我不是那个意思。”他不想讨论这个话题，就问，“那孩子几岁了？”

“告诉你吧！我也刚晓得。”她说，“之前谷小姐也没跟我提过。”

“那我们赶快去她住的地方吧！”他着急道。

“咦！”她揶揄道，“你咋对她那么上心呀？”

“哦哦。”他支吾道，“孩子病了，你总不能让我这个医生袖手旁观吧！”

“告诉你吧！我也不晓得。”她满脸哀怨，“哎，我们俩就不能坐在一起谈这个说那个吗？”

“当然当然。”他也觉得自己对问清的关心超过常人，为了不让阿露察觉，就说，“我买了张唱片，一起来听听。”

“好喔。”她高兴起来，掏出一支烟，“我能吃烟吗？”

“我不干涉你的自由。”

“你为啥总对我这么客气？”不等回答，她起身过去跟他并肩依偎，“这样听曲子会更惬意。”

他想推开她，但又怕惹她生气，扫了大家的兴；任由她摆布吧，心里又七上八下的，貌似堕入茫然不知的无底深渊。幸亏留声机响起，阿露主动终止他心怀的忐忑。“这个钢琴曲，我是不喜欢的。”她敏感地避开他，坐到原位，“你分明是准备给谷小姐听的。”

“你小心眼了。”

“才不是呢！你们男人就是这样。”她抱怨道，“待你们殷勤体恤，你们就嗤之以鼻，不加珍惜；对你们薄情寡义，你们倒紧追不舍，不离不弃。所以呢，刚才说到一个新字，现在再加上一个‘贱’字。”她白了他一眼，“莫非我又看走眼啦？你金先生也没有逃脱这臭男人的德性？”

“阿露小姐。”他宽慰道，“你要这么说，就干脆别把我当男人，好不？”

“哈，稀奇！”她很意外，“不把你当男人，那拿你当做啥？”

“就把我当你阿哥呗！”

“阿哥？”她愣了一下，马上说，“我的阿哥一大把，干爹也有好几个。我呀，不缺你这一个。”

“哦，是吗？”他真的不知道该怎么应对她了。

“算了，我也不难为你！”见他面有难色，她就说，“阿哥就阿哥，横竖也不多你这个。”然后喃喃道，“我也别那么贱了！让人看不起。”

“不是这样的！”他不想伤害她，“我没有看不起你，阿露妹妹。”

“直接叫阿妹不行呀！你这个男人真猥琐！”说完她起身离开了。

“阿妹！你别生气呀！”他赶忙去追她，“今天我好好陪陪你，好吗？”

“那明天就不陪了？”她挑逗道。

“明天？”他想了一下，“明天值班呀！”

“那后天呢？”

“陪你呗！”

“算了吧！强扭的瓜不甜。”她还是坚持要走。

“后天我陪你再逛城隍庙。”

“不用不用。”她开心起来，“我呀买些菜来，去勤德巷自己动手烧，好不啦？”

“我，我不会呀！”他木讷道。

“还用你会呀！”她沾沾自喜道，“看我的手艺就好。”

炳文心里很不自在。本来用她来找问清的，结果问清没找来，反倒把她引到屋里。拒绝吧，怕是断了问清的这条线索；接受吧，下面的戏该怎么演呀？坐在看诊室里他的脑子还纠结在昨天，病人对他的心不在焉极为不满，即刻起身投诉到院部。院长不信，过去一看果然如此，就叫来安如倩去询问。她质疑院长为何找她？院长说：“你俩这阵子有些隔阂，除了你，我找不出其他原因。”

“院长，你不要乱点鸳鸯谱！”她解释道，“我跟他没什么的。我不开心，是我的原因，跟他无关；同样他不开心，跟我也无关。”

“哎呀！求求安大夫啦！”院长恳求道，“那个病人是林特派员的夫人，得罪不起的。”

“林特派员？”她迷惑地问，“哪个林特派员？”

“林守安。”院长神情紧张，“中执委调查局的。”

“就是中统呗！”她不屑道，“有什么好怕的？”

“怕倒不怕，怠慢病人总是不好的吧！”院长说，“跟你交个底吧！我们医院过去跟日本人有过往来，他们正找茬呢！”

“哦？有什么往来？”

“其实也没什么！算是正常的业务范畴。”院长显得很无奈，“可是欲加之罪，何患无辞呀！”

“哦，是这样。”

“安大夫呀！”院长摆出一副神秘的样子，“我发现，你这个小师弟蔫蔫的，却总冷不丁地捅些小娄子。”

“院长一直这样看他？”

“哎呀，我没说他的坏话，事实是这样的呀！”院长哀求道，“你呀，不为我，也为董事长费心呀！”

安如倩把林守安的太太叫到自己的诊室。她说：“其实林太太的肝火不用那么大的。”

“你们医院可是美国人开的，怎么还有他那样的大夫？”林太太余火未消，“太不像话了！”

“火气大可要影响胎儿哟！”

“什么？大夫你说什么？”林太太难以置信。

“你怀孕了。”

“啊！”林太太仍然无法相信，“我这是做梦吗？”

“没有！”她十分肯定地说，“恭喜你林太太！”

“太好了！太好了！”林太太激动不已后，忍不住说，“这回我看你林守安还有什么话说？”

送走林太太，安如倩来到炳文这里。她告诉他，中村已经返回日本。

“什么什么？这也太突然了！”他责怪道，“倩姐你为什么不通报我一声呢？”

“你整天迷迷糊糊的，告诉你又有什么用呢？”

“同窗一场，总要告个别呀！”

“他那个样子，谁也不认得。”她灰心丧气，“告别不告别没有任何意义。”

“倩姐，你别灰心！”他安慰道，“他的病能治好的。”

“国内外我都打听了，连罗斯教授我也问过，没有人打保票。”她苦笑道，“只有等着你了。”

“义不容辞。”他认真道。

“过去你们俩势不两立，现在怎么突然又亲如手足了？”她疑惑道。

“哎！”他替她解释道，“毕竟中村是倩姐的夫君呀！”

“那就不必你费心了！”她冷言道，“管好你自己吧！别像只无头苍蝇似的，四处乱飞乱撞。”

其实炳文很想向学姐请教的，这些天的困扰他该如何解除？可又担心困扰没有解除，反倒添加新的烦恼。他只推脱说自己身体不适，怕是要去院部请假休息两天。

那个叫张春寄的专员急着约请炳文到维德伦的律师事务所。他将一份协议意向书放到桌面上，说：“请金先生过目。”

“这也太突然了吧！”炳文惊疑道，“我还没有完全考虑好呢！”

“可我听到了一些风声，说李先生的案子已经触动到高层。”张春寄显得很急迫，“如果高层有人点头定了调，恐怕为时已晚。”

“张先生不就是靠高层的人吗？”

“你说的没错！”张春寄道，“在上我们靠高层，对下我们也得靠你们呀！”

“靠我们？”他不解，“靠我们什么？”

“钱呀！我的金先生。”张春寄简直要把心掏出来给他看，“说白了，我们是权钱的中转站。”

“哦哦。”他胡乱点了一下头，心脏就剧烈跳动。

“金先生，最近身体不好？”

“是呀！确实不好。”他恢复平静后，仔细看桌上那份协议，“不对呀！张先生。”

“怎么不对了？”张春寄解释道，“我们特意请维德伦先生起草的，法律上没有任何疑义。”

“可是上面没有任何一条表明李先生是无罪的。”

“哎呀，我的金先生。”张春寄叹道，“这是政府和企业之间签署的正经文书，怎么能把桌下做的事情放到桌面呢?”

“那张先生，你怎么能保证李先生一定无罪呢?”

“人格。”张春寄十分自信地说，“我用人格保证。”

“哦，我相信张先生的人格。”他内心踯躅，表面镇定道，“这样吧！容我回去跟李家做最终决断。”

“请尽快吧！”张春寄严肃道，“虽然亡羊补牢，犹未晚矣，但到那时恐怕代价会更大。”

炳文心里清楚，他其实已经跟李家说好，决策权完全掌握在自己手中，但到了签字画押这样庄重的时刻，他还是犹豫了。这并不是出于对钱财的考虑，而是一旦事与愿违，他不但背负着贻害李家的骂名，还要留下贻笑大方的话柄。面对仁俊，张春寄究竟有多大胜算呢? 仁俊代表了庞大的军统组织，要斗过这股势力，高层必须是能够约束或者是牵制军统的，而这些他一无所知呀！对，他要继续问阿露。这样想来，约她到勤德巷是意外之喜了。

阿露果然烧得一手好菜。炳文特意买了南溪烧酒，自然他的醉翁之意不在酒。开吃前阿露特别声明，如果炳文再提谷小姐，她就开路走人。他马上说不提不提。三杯酒下肚，她脸上泛起红润，而他的脸却惨白惨白的。她就说：“别人都说脸白的人不能交，你金大夫是不是这样的人呢?”

“不是不能交，是难交。”他说，“我这个人生来呆若木鸡，又拙嘴笨舌的，不是我不愿意交朋友，是我不会。”

“瞎话！”她嘿嘿地笑了，“我看你蛮有女人缘的。”

“阿露呀！”他嗫嚅道，“你，你取笑我?”

“真的，我没开玩笑。”她瞪起双眼，“你有学问，又不炫耀，踏踏实实的，女人这辈子就要找一个靠得住的男人过日子。”

“靠得住也得用钱支撑呀！没钱怎么过日子?”

“拉倒吧！”她又自饮一杯，“曼丽姐倒是有人给她大把大把的钞票,可还是靠不住呀!"

"那是因为那个刘四爷除了有钱玩些古董,也没有别的什么。"他顺势试探道,"是不是权势比财富更靠得住?你看那鼎鼎大名的电影皇后,到头来不也跟着你们大老板了吗?"

"哇!"她惊讶地看着他,"没想到你对花边小道也蛮在意的。"

"报纸上登的,不能怪我的。"他说,"从相片上看,你们大老板果敢坚毅,不应该呀!难道果真是谣传诽谤?"

"不!那叫英雄抱得美人归。"她嗔怪道,"英雄也是男人嘛!不像你,连个男人都不敢承认。"

炳文不接受她的挑逗,依旧抱着原有话题:"你们大老板果然了不起!报上说,他住院期间,委员长还派夫人去看望,简直就是'旷世恩典'呀!"

"你好幼稚!这是面子上的事情。"她讥笑道,"过去大老板受赏识很吃得开,是因为抗战需要,如今胜利了,委员长就在军统之上成立一个五人小组,其中就包括现在的上海市长钱大钧和警察局长宣铁吾,但是,偏偏就没有我们大老板。"

"哦,是这样呀!"

"你今天要我来,就是谈我们大老板的吗?"她不满道,"你指东打西的,是不是觉得我也是个重权重势的人呀?"

"哪里话。"他慌了,"我随便问问而已。"

"天父说,你的财富在啥地方,你的心就在啥地方。同样,你的权势在啥地方,你的心就在啥地方。"她开始感慨地说,"我满以为这个世上,只有你金大夫靠得住。没想到呀,你说话拐弯抹角,搞得我都快不认识你了。"

"是,是我不好,你别气!"他劝她道,"我只是不想糊涂而已嘛。"

"我告诉你,过去各派势力能够拧在一起,是因为他们有一个共同的敌人,日寇。现在呢,他们又开始互相拆台了,为的是啥呀?当然是因为他们又有了共同的朋友。"

“共同的朋友?”

“就是大家说的‘五子登科’。”

“五子登科?”

“金子、房子、票子、车子和女子。那些外省的啥子司令呀,军长师长呀,各种权利,各种势力,争先恐后,互不相让,对于同一接收对象,一接再接,甚至三接四接的现象到处发生,乌烟瘴气的。”

“那上海呢?”

“天下乌鸦一般黑。”她想了想,“不想跟你说太多。”

“我明白了,他们巴不得天下所有财富都是敌产、逆产。”他确信道,“所以李氏财产,不管是什么,一定在劫难逃,对吗?”

“对的。不过也怪专员的阿爸自己,啥人要他跟日本人有染呢!”她叹息道,“更最重要的是那些签署的合同文本都有他的印章呀!专员想帮忙也只能适得其反,不但救不了他阿爸,还会丢了前程。”

炳文开始含糊了,欧拉冒岛情节再次冷却了他的心。他不能再按照自己的性子来,眼睛看到的只能是外面,不能透彻人心。也许仁俊是对的,即便伯父真是冤枉的,李氏家业也无法保全,因为觊觎的人太多了。怎么办?是放弃与李积忠签下的密约,置身于外,坐观李家父子间的残酷拼杀?还是顶住巨大的权势压力,冒死去充当一个中庸的善人?

“来吃酒吧!”阿露举起酒杯,“别那样自寻烦恼,要不我真不晓得你是啥人了。”

在这种孤立无援,苦力支撑的时候,炳文只有在阿露这里找到一点儿慰藉,毕竟她对他没有任何的功利。他喝下酒,满嘴辣辣的,周身却是暖融融的,然后他又喝,只喝到摇头晃脑的。看着阿露妩媚的娇颜,他的心陡然颤动了一下,脑海空白一片,目光随即扫到地上。

“咋了?你。”她怯生生地问,“你害羞了?”

“哦,没什么。”他的心砰砰乱跳,脑子里慌忙找着理由,“我,我去一下就回来。”

炳文拧开水龙头，双手掬起水往脸上浇，清醒一些后，发现镜子中的自己不仅丑陋而且龌龊。得不到问清，却要从仁俊的身边夺走阿露，甘愿把自己当成仁俊手下的败将。没有尊严，没有骨气。不行！听仁英讲，她阿爸和阿哥毕竟是营救柳氏父女才被迫与日本人打交道的，无论如何他要不惜任何代价，哪怕是向某些势力低头，也不能让李氏父子再斗下去了。他要跟仁英好好商量一下：第一，将李氏实业的三分之一交给善后救济总署，前提是张春寄必须确保五人小组中有人出面斡旋，或比五人小组更强有力的权势力量；第二，将秘密协定改成仁俊、仁英所有，争取仁俊退出公诉人的行列，反而以当事的证人出现，陈述他当初与冈田弘合作，完全是因为救人心切又迫于宪兵队的压力，在万般无奈中作出选择的事实。

想完后，他步履轻盈地走了出来，却发现阿露不见了。她去哪儿呢？他去厨房找，没有人影，又去书房，还是没有。他慌了，心想：她难道去卧室了？果真如此，他该怎么办？不能，他不能就这样毫无准备地坠入一场近乎游戏的深渊，而完结了他独立成章的人生之旅。可对阿露来说，他这样想是否有些过于自私，过于残忍了呢？毕竟她是无辜的。他该怎么办？他的心跳急遽加快，快得要到晕厥的地步。

“金大夫，准备好了！”卧室里传出阿露的声音。

在那一瞬间，他的脑子里是空白的，腿肚子像灌了铅不能动弹。她走了出来，开始要搀扶他，他想拒绝，却又选择了任人摆布。床上的被子被掀开了一角，他心里想着退缩，脚步却是向前蹒跚。她轻轻松开手，他的整个身子就倒在床上。他的眼睛分明是睁开的，却无法分辨她的面容究竟属于哪一种？他的胸前被掀开的一角被子盖上，并且耳朵听到她说：“你好好睡上一觉吧！”然后他像一个乖孩子一样，顺从地睡着了。

醒来的时候，已经天明。阿露已经不在了。炳文努力搜索昨夜究竟发生了什么，但怎么也回忆不起发生了什么。他扫视了一下房间，那些想丢又懒得清理的垃圾，已经不见踪影；那些想洗又懒得动手的脏物，已经焕然一新，有的叠放在柜里，有的挂到阳台。整个屋子变得赫然亮丽，令人赏心悦目。一股从未有过的暖流，呼呼地流过他的血脉，攻心而去。许多年后，他总结了一条，每当你处在那种进退维谷或者生死攸关的时刻，一定要显得淡定，因为得到的结果往往是相反的。就比如你期待你发财，你可能就发不了财；你期待你升官，你可能就升不了官。那些中大奖的，没有一个是刻意为之的。

炳文找到了仁英，把他昨天想的意思原原本本跟她说了，她当然表示认同。“就这么简单？”他问。

“是呀！就这么简单。”她说。

“就没有一点你自己的意见？”

“有一点。”

“那你说呀。”

“我自己的那份，可以不要的，都给阿哥就好。”她真诚地说，“那样阿哥也许更能向着家里。”

“可是这对你也许会不公平的。”

“女孩子家家，本该就是家中的外人。”

“但这并不是你说了算。”他想了想，“要不我们再找你阿爸阿妈商量一下？”

“找阿爸就算了，找阿妈倒是可以的。”

李夫人没有立即同意他们的意见，而是先把仁英支到一边，直截了当地问炳文，与仁英的婚事是否考虑好。他不敢回答，但实在又觉得在这种时候不能驳对方的面子，就只好硬着头皮说，待官司了结再做打算。李夫人不住地咳嗽起来，他这才注意到，对方面容憔悴，似有病苦缠身。于是他当即抓住这一点，岔开了话题，问起她的病情来。李夫人便开始抱怨，主题自然是丈夫对儿子的苛刻，那种冥顽不化的态势，简直令她难以忍受，幸亏仁英及时赶来，才算打断她的声讨。李夫人强挤笑容，对他说：“炳文呀，你的意见就是我的意见，仁英的一半还是应该有的。”说完后就要起身上楼，仁英上前搀扶,她拒绝了。

“你阿妈身体也有症状了?”他说。

“是呀！阿妈脾气一向温良的,一定是最近动了真气,才会这样的。”她说。

“最好去医院确诊一下。”

“我也劝阿妈去,可她却说医院是看病的地方,不能消气的。”

离开李公馆,炳文和仁英就去找仁俊。在大门口正好赶上他穿着军服出来,面色很难看。他的身后还跟着两个便衣随从。“我正好要去找你呢,炳文兄。”他说。

“哦,你找我?”炳文问,“哪里不舒服吗?”

“啥地方都不舒服!”仁俊显得很烦躁,“问清的病一天治不好,我就狂躁地想要杀人。”

“哦,这是怎么回事?”炳文不解。

“走吧！跟我上车。”仁俊见仁英也来了,就说,“阿妹呀,你先回去吧,车子坐不下。”

仁英很不情愿离开,炳文就对她说:“放心！我会处理好的。”

上了车,炳文问去哪?仁俊说,到了就知道了。车子在天目中路北边的一条狭窄的弄堂口停下。这弄堂里显得很凌乱,穿梭的行人衣衫褴褛,贫民味十足。不时还有人从屋里向外张望,似乎他们的穿戴和这里不是很协调。炳文还是忍不住问:“我们这到底是去做什么?”

“肯定是你我想做的事情。”仁俊说,“明白吗?”

“不明白。”他摇摇头。

“她是我的至爱,也是你的至亲。”仁俊说,“明白了?”

“啊!”他反应过来,“你是说问清住在这里?”

“没错!”仁俊一指前面破旧的门说,“到了。”

炳文心中一阵心寒后,旋即又暖融融起来,毕竟找到了问清阿妹,这也许是他在世界上唯一的亲人。院门半开着,往里探头看去,是几家挤在一起的平房。一个不到四岁的小男孩正蹲在院子里撒尿。有人边喊边走出屋子:“驹儿,屋里有马桶呀! 怎么跑外面去呢?”

“阿妈,我不要吃药!”驹儿皱着眉头哀求道。

“不吃药好呀! 我们打针去!”

“都不要呀!”驹儿边喊边往院外跑,正好跟炳文撞了个满怀,炳文顺势抱起他,并且摸着他的额头。

“你是谁呀?”驹儿问。

“是一个你一定喜欢的人。”他说。

“为啥一定喜欢?”驹儿问。

“因为我可以让你不吃药也不打针,病就好了。”

“你骗人! 阿妈不是这样说的。”驹儿嘟着嘴要挣脱开他。

“我是大夫,不会骗你的。”

“那阿妈骗我了?”驹儿冲着正好过来的问清,“阿妈你骗我!”

“阿妈几时能骗我的宝宝呢?”她抱过孩子,没有理会来客,径直往屋里走。

炳文急着要去追,被仁俊拦住。他问:“那孩子究竟是怎么回事呀?”

“肯定是迟仲年的孩子呀!”仁俊说,“不要急嘛! 要急也是我比你还急。”

“奇怪? 她不认我,也得认你呀!”

“所以我才狂躁呢!”仁俊说,“前几日她跟我好好的,从那天晚上开始,她突然又不理我了。”

“哪天晚上?”他不想让仁俊知道那晚他也去了百乐门,“那天发生什么了吗?”

“她居然要跟一个老可乐轧闹猛,真是不可理喻!”仁俊哀声叹气,“她究竟是真有病情呢? 还是存心气我?”

据仁俊叙述,那晚炳文悄然离开后,问清不再去碰钢琴,而是埋头跟付满堂跳舞,任凭仁俊在一旁上蹿下跳干着急。阿露好言相劝,她也置若罔闻。散场了,仁俊要去送她,她却上了付满堂的车,并且对他说,付老先生不但比他有钱有势,还有品位。

“我也想不明白。”炳文迷惑道,“她的人格走向怎么朝相反的方面走呢?”

“是呀！简直就是大世界里照哈哈镜,面目全非了。”仁俊悻悻道,“这一定是她在有意气我。”

“不会的。”炳文问“作为一个患者,她气你的动机是什么呢?”

“哦,对呀！动机是啥呢?”这一句把仁俊问蒙了,半晌他才说,“你问我,还是问她呀?”

“不管问谁,找出病因,恐怕还要有一个漫长的疗程。”

“所以我才找你这留美的大医生呢!”仁俊还是显得很焦躁,“快快把她治好！我的扁鹊,我的华佗。”

他们正要走进屋子,听到院外有人高喊谷小姐,回头一看,是那个付满堂,后面还有两个跟从。付满堂似乎无视他们的存在,走到屋门口,低声叫道:“谷小姐,我听说孩子病了,特意开车过来接孩子去大医院。”

“惭愧惭愧!”问清走出来,“小儿生病还有劳付先生亲自跑一趟。”

“应该的应该的。”付满堂彬彬有礼道。

“我们家驹儿不要紧的,吃些药就好。不用去医院的。”

“我派个奶妈照看小孩,晚上我们去百乐门?”付满堂问。

“我倒是蛮愿意的。”她目光投向仁俊和炳文,“可门口站着的人不同意呀!”

“哦,原来是个上校,好大的官呀。”付满堂对仁俊揶揄道,“嘿嘿,不过我的年纪要比你大哟！年轻人还是识趣点,谷小姐的话你应该听清楚了吧!”

“当然听清楚了!”仁俊强辩道,“谷小姐的意思是,我们不同意,她就不能去。”

“你是她啥人？她要做啥还用你点头呀!”付满堂嬉笑道,“除非你让那孩子叫你爹。”

仁俊的脸气得煞白，刚有动作，付满堂的两个跟从早已经掏出枪来，炳文连连道："别激动！别激动！有话好好说。"

"他那是好好说话吗？"仁俊忍气吞声道，"明摆着是来挑衅的。"

"哇！年轻人，分明是你狂躁得不行，咋还赖在我头上？"付满堂转脸对问清堆笑道，"我帮谷小姐转达她的意思，对吧？"

大家都把目光投向问清，她笑了笑，然后点点头。仁俊面如猪肝，使劲拉了炳文一把："炳文，我们走！"

车在一栋红色洋房前停了下来。开门的是个男工，态度非常谦卑地称仁俊为"老板"。屋内，又有几个男工一起鞠躬向仁俊说"老板回来了"。炳文就紧张地问："仁俊，这是什么地方呀？"

"不用害怕！他们不是特务。"仁俊一边悄声对他说，一边对那些男工们点头示好，"他们都是摄影爱好者，愿意帮我做一些洗印剪裁的工作。"

他这才想起来，仁俊从小就酷爱摄影，曾经学的专业也是摄影。扫视房间摆放的一些与摄影相关的器材，他相信仁俊说的话。仁俊把他带到一间独立的房间，窗帘紧紧封闭，熹微的光线让人很难分辨出这究竟是一间酒吧，还是一间卧室？仁俊让他坐在高脚椅子上，然后打开留声机。一位男工端来一瓶白兰地酒和两个酒杯，炳文骤然感觉到一阵晕眩，心想，这李仁俊的葫芦里究竟卖的什么药？

"法国马爹利，干！"仁俊没等他反应，就径自喝完。他刚想开口，仁俊又喝完一杯。他显得很尴尬，仁俊仍然旁若无人地自斟自饮。这样反复了五六次，他终于忍不住抢下酒杯："你叫我来，就是让我看你酗酒吗？"

"我也没拦着你吃酒呀！"仁俊眼色有些浑浊，似乎开始自言自语起来，"我就一直没搞懂，问清从啥时候开始，又是啥原因，变成了这个样子？"他拍着炳文的肩膀，"你真是个没用的阿哥，连自己的阿妹都管不住。"

"我说仁俊，你酒喝多了吧！"他用手压在仁俊的手上，"你对她的关心呀，我看顶多算是崇明的蟹，嘴上讲讲。”

“哦，啥意思?”

“那些年我在美国待着，你呢，天天守着她，结果还让人家娶走了。现在呢，又来个老可乐，你倒束手无策了。”他推开仁俊的手，“应该怪你自己呀!”

“怪我? 怪我啥?”

“很简单! 你一门心思就想窝里斗，跟你亲阿爸过不去，哪有心思去理会问清?”他嘲讽道，“所以你只好对那个付先生忍气吞声啦。”

“你，你不要激我!”仁俊喝了一大口酒，眼睛里满是血丝瞪着他，“再讲一遍，跟阿爸的事呢，是公事公办! 跟这老划水嘛，是私人恩怨，公私我会两不耽误的。”

“未必是私人恩怨吧!”他分析道，“我听说那个付先生有市长给他撑腰，所以才能对你狠三狠四的。也就是说，市府比你们军统面子大。”

“嘿嘿，炳文兄，你有长进咧。”仁俊笑道，“一介书生，咋一下子就晓得了世态炎凉，谁教你的?”

“没谁教，报纸上看的。”

“那你的意思是，市府的人要和军统叫板，问清不过是一个借口而已?”

“是这样的。”他继续分析，“你想想，付老头有妻有妾，儿孙满堂，又何必没有道理地去窥视孤儿寡母呢? 这分明是冲你这个军统牌子来的。”

“你的意思是，我们军统要和市府火并一场，才能救出问清?”

“我哪有这意思?”他矢口否认。

“那你是啥意思?”仁俊敏感地追问。

“我明明没什么意思，你干嘛非要说我有什么意思?”他狡辩道。

仁俊审视着他，然后说:“我咋看你，像个共党分子呀!”

“哎呀！你喝多了吧！”炳文去抢他手中的酒杯。

“没多。”仁俊推开他，又是一饮而尽，“共产党就这样，东头挑一挑，西边又挑一挑，直搞得东西相残，自己却在一旁看热闹。”

“哎呀！我们在说问清的事情，你怎么扯到共产党那里去了？”

“是你要扯的。”仁俊回敬道，“那付老头冒犯了问清，就等于侮辱了我们，很简单的事情。”说完，他从腰间掏出手枪，放到吧台上。

炳文吓得一哆嗦：“仁俊，你，你想干嘛？”

仁俊将手枪推到他跟前：“你用它，把那个老三老四的付老头崩了！咋样？”

他还是第一次这样近距离地看着枪，从它精巧的手工制作看，根本就无法想象它能够把一个活生生的人瞬间打死。他忍不住去摸了一下，冰冷生硬的感觉即可让他不寒而栗：“仁俊，你拿我开心！”

“呵呵，你害怕了？”仁俊嘲笑道。

“没，没害怕。”炳文努力让自己从容起来，“只是觉得这也不是办法呀。”

“没有办法，你就别饭泡粥！”仁俊将手枪收了回去。

“你别着急！就算清理了那付先生，问清也不见得能怎样，也许还会适得其反，加重她的病情。”

“她究竟是啥病呀？”仁俊用手使劲拍着桌子。

炳文突然想起什么，问：“仁俊，当初问清得知迟仲年是叛徒汉奸时，是什么反应？”

“坚决不信！当我第二次跟她说时，她竟然歇斯底里地厮打我。”仁俊回忆道，“第三次嘛，她就不理我，不认我了。最后躲着我，满世界找不到。”

“也许她默认了你的说法。平复后，滑向相反的人格。”

“破罐子破摔？”

“也许。”炳文喃喃道，“但是我一直想不通，问清怎么能跟一个叛徒汉奸结婚呢？”

“这有啥！衣冠禽兽者大有人在。”

“你确认?”

“咋是我确认? 这是组织上的判定。”

“组织上?”

“当然。”仁俊肯定道,“这就像你们专家会诊一样,给你一个诊断结果就好了。难道非要把病历堆在你面前,你才相信吗?”

“也是。”炳文暂且相信他说的说法,“父亲被害,丈夫又背负叛徒汉奸的罪名,双重的打击,必然导致问清人格裂变。所以必须让她恢复如初,她的人格才能往好的方向发展。”

“我还要着光棍呢!”仁俊非常恳切道,“拜托,你一定要把她治好呀！还给我一个往日的问清。”

“我保证,她的病能治好的。”他说,“那你也得答应我。”

“答应你啥?”仁俊警惕地问。

“赶快撤销对你阿爸的指控吧!”他补充道,“仁英已经给我看了那份影印件。”

“哎呀,那是司法组的草拟文件！我偷偷拿出来,是打算让阿爸交出财产免于起诉的。”仁俊叹息道,“可我阿爸是个守财奴,舍命不舍财呀!”

“我不信！这么大的事情,你的那些同僚们竟然置你的感受而不顾?”

“你真是饭泡粥！我告诉你,阿爸的事跟其他任何人毫无干系。”

“为什么要这样说呀?”他试探着问,“难道是你阿爸不愿意将财富托付与你?”

“好你个秦炳文！我算看错你了。”

“看错我什么?”

“你这个俗人！俗得我都觉得不该跟你坐在一起吃酒。”

“哦,这么严重!”他眨巴眨巴眼睛。

“原来你一直是以小人之心度君子之腹呀。”

“啊！怎么会这样呢？”他见仁俊真情流露，就低下姿态道，“愿闻其详。”

“你所谓的财富在我眼里，如同粪土一样。”仁俊又往酒杯里倒酒。

“仁俊。”他拦住他，“你到底想说什么呀？”

仁俊没有理会，坚持把酒倒进肚子里，然后打了个嗝，踉踉跄跄地向窗子走去，炳文过去扶他，被他一把推开。到了窗前，仁俊猛然拉开窗帘，那光线就像无数支箭一样，仿佛要刺瞎了人的眼睛。炳文紧闭双目，久久不敢张开。

“你，你好好看看！炳文兄。”

眼前的一幕，简直让他惊呆了！满墙挂的都是问清的照片。从小到大，从无忧无虑到多愁善感，从苦苦的哀怨到甜甜的微笑，从沉静的阅览到欢快的跳动。他被震撼了！震撼的不是因为被摄者的千姿百态，而是拍摄者的坚韧不拔和对被摄者无微不至的关注。常常自以为深不见底的幽幽情丝，看来，被猛然目睹的这把阳光大刀无情地斩断了。他想哭，却无泪，他想笑，却似哭。

“唰”的一声，屋角一块法兰绒的毡布被仁俊一把扯开，露出一架钢琴来。炳文分明记得，这就是问清拍卖的那架斯坦伯格钢琴，当初自己还立下誓言要赎回它，现在简直就是自惭形秽。

“这才是我的财富，懂吗？”仁俊又指着墙上的照片，潸然泪下，“没有她，我将一贫如洗。”

炳文极力平复内心澎湃的波浪，劝他道：“既然如此，就把你的想法与你阿爸和盘托出，问题不就解决了吗？”

“我倒是想这样做，可你去问我阿爸，他愿意吗？”仁俊讥讽道，“你什么也不明白，晚上不做梦，却偏要留在白天做。”

“你说的什么呀！我怎么还是听不明白？”

“实话告诉你，比起那个付老头，我阿爸更让我痛恨。”仁俊拉住他，问，“炳文，金钱和爱情，你选择啥？”

“当然是爱情。”

“假如父母要你获得金钱,放弃爱情,你该咋样?”

“应该说服父母,获得爱情。”

“要是说服不了呢?”仁俊暴躁起来。

“仁俊呀,你先别急!慢慢来,你阿爸不像个独断专行的人,之所以这样做,想必是有原因的。我听仁英讲,起初你阿爸是支持的呀!”

“拉倒吧!那完全是因为我跟他抗辩了无数个回合,才勉强同意的。”

“那后来呢?”

“后来,我都要跟他断绝父子关系了,他毫无根据的果断不同意。”仁俊气急败坏,“这不是故意谋杀我,是啥?”

“毫无根据?”炳文大惑不解地问,“你阿爸怎么会这样呢?”

“你去问他去,别问我。”仁俊叹道,“哎,如果说付老头是抢我财富的强盗,我可以亲手用刀杀他,可这阿爸算啥呀?”见炳文无语,他继续说,“你劝不了我了!哎,我真不希望李积忠是我阿爸呀!”他哭了起来。

炳文也想哭,因为他早就想哭了,但是,他绝对不会当着任何人的面哭。他活在这个世界上太憋屈了,心中深藏的各自秘密无法向旁人诉说,唯一的问清,却还神志不清。悲催的是,她要真清醒起来,恐怕也不能归属自己,而是眼前的这个发小兄弟。在那些女人,或叫女孩子面前,他之所以能够保持沉寂或者叫冷傲,是因为问清这个梦死死地支撑着他。如今梦境已轰然坍塌,所有破碎的残片宛若锋利的刀片,小心翼翼切割着他的心脏。他多么希望获得一种法宝,能将这残片化为灰烬,不再难为他那颗孤苦伶仃的心。这法宝究竟要去哪里寻找呢?

仁俊否决了与他阿爸言归于好的各种可能,炳文只好硬着头皮带着仁英去找张春寄,希望从他那里获得五人小组的信息来决定李积忠官司的成败。不料张春寄的回答是,此事如果委托于钱大钧和宣铁吾,结果很可能是鸡飞蛋打。

“为什么会是这样呢?”

“他们胃口很大。”张春寄说,“穷人有一口饭吃就行,他们给多少口都不够,欲壑难填。再说我们是慈善机构,不与他们谈买卖。”

“但是李先生的案子是由军统起诉的,能制约军统的只有五人小组呀!”

“谁说的?”

“不管谁说的,这样说,难道不对吗?”

“佩服佩服!”张春寄伸出拇指,“我听说金先生是留洋回来的医生,没想到对国内政体竟然如此了解!”

“哎,这不都是形势所逼嘛!既然张先生同意我的说法,为何还不面对这个问题呢?”

“说通俗一点,如今世道,猪朝前拱,鸡往后刨,各人办事都有各人的招数。”张春寄笑道,“金先生,事情办成了,不就是行了嘛!何必要个什么理由呢!”说完,他拿出协议来。

“这个,这个。”他慌乱地看了一眼仁英,她显得比他更不知所措。

“这样吧!我们慈善机构,本着以善为本的原则,先办事,后谈捐款,你们该放心了吧!”说完,张春寄又收回了协议。

“不不不!”仁英终于开口,“张先生,请原谅我们的疑虑!我们担心的不是协议的完成,而是我阿爸是不是真的获得安全。”

“好吧!既然如此,我就跟你们透一点风。”张春寄道,“我们善后救济总署的后台是联合国,由美国人支撑,与蒋夫人有着密切联系。你们该明白了吧!”

正当炳文满足于从张春寄那里获得必胜保险的喜悦时,竟然在一周内接连发生了三起血案:一是付满堂的太太突然失踪,三天后在黄浦江码头的滩涂上发现了她的尸体;二是林守安的太太出了车祸,在送往医院途中死亡;三是公济医院那个在逃的助手被枪杀,尸体扔在南汇的周浦镇。报纸上载文:当人们还沉浸在抗战胜利的喜悦中,却乐极生悲,竟然发生了如此令人发指的血腥事件,究竟谁是凶手？意欲何为呢？这无疑是给当今政府的一道试题。市长钱大钧怒不可遏，责令警察局长宣铁吾务必在本月底里抓捕凶手，以正视听。

炳文生怕这事和仁俊有牵连，否则五人组有两人动怒，李积忠的案子会难上加难。他将这份报纸即刻递给仁俊看，他说办公桌上已经堆积如山了，再加一份也不算多。

“事情这么急迫，你还这样轻松？”

“这是警察局该办的案子，关我何事？”

“你敢说这些事都跟你没干系？”

“咋了？”仁俊若无其事地问，“你怀疑是我干的？”

“事情总不会那么巧吧！”

“那付老头也这么认为，带着警察到我这里无理取闹了一会儿。”

“哦？”

“拿不出证据来，被轰走了！”仁俊很得意。

“那现在警察局怀疑是什么人干的呢？”

“肯定找黄老板杜老板啦！”仁俊说，“那姓吴的市长和青帮洪门的有过节呀！”

“那林守安又是怎么回事呢？”

“你去问警察局呀！”仁俊恼火起来，“唯我是问，啥意思？”

“可是我听说林太太刚有身孕呀！”

“对了！这就是问题的关键。”仁俊道，“林太太的孩子要是生了，其他几个姨太太咋办？啥事情要多方面去考虑。”

“这样做也太不人道了！”他愤懑道。

“对她人道了，对其他的人就不人道了。”

“你这是什么逻辑呀？”

“得了！你用不着那么着急。宣局长不是说了嘛，新年前答案就出来。”仁俊拍着他的肩说，“我们现在应该去关心一下问清。”

他们又来到那条窄窄的弄堂里，不料问清正往一辆小轿车里走,驹儿被一奶妈抱着拼命喊“阿妈”。问清哄他道:“我的乖宝宝,阿妈去给你买好吃好玩的,一会儿就回来。”驹儿不干,继续哭闹。那付满堂忍不住从车里出来哄。

“好个老东西!”仁俊骂道,“家里的丧事不去办,跑这里轧姘头。”

“仁俊,不要瞎说呀!”炳文道,“这不是糟践问清嘛!”

“她也太不像话!怎么能放下孩子,跟这个糟老头子厮混呢?”

“她不是病人嘛!我们暂时不要激怒她。”

“那你说咋办?”

“让你手下的人暗中保护她,不出什么意外就好。然后我再找机会接近她。”

“不行!我可不要眼巴巴地看着那老东西吃她豆腐。”

“你究竟是想治她的病,还是治你的病呀?”他严厉道,“讲好了,我是医生。”

“好吧!依你的,我先咽下这口气。”仁俊狠狠道,“早晚我还是要出这口气的。”

就在炳文不知道如何去接近问清的时候,阿枝突然出现在医院,这让他欣喜若狂。她并没有回应他的惊喜,而是显得很平淡的样子,指着她身后的一位裹得十分严实的人说:“大夫,我是带人来看病的。”然后她转身离开诊室,并将门关上。那病人揭开面纱,是管菽芹,他又惊又喜。

“来得太突然,金大夫。”她礼貌地说,“请见谅!”

“不不!很幸运再次见到你,郑太太。”他很友好地说。

“首先由衷地感谢金大夫上次救了我。”

“不用客气!职责所在。”

“今天我来,主要有四个问题想问你。”

“尽管问。”

“第一,上回我们在溢香居碰面,你曾透露给谁了吗?”

“这个……”他皱起眉头,“有一些日子了,一下子我还真想不起来。不过,我保证没向人提过。”

“哦,对了！顺便也向你解释一下,我们迟迟不来拜访的原因,也正是因为在茶馆发生意外事件后,谷素梅女士突然失踪。”

“是这样呀?”他觉得很意外,想问个究竟,“那后来呢?”

她没有理会他,继续问:“第二,你跟李仁俊是什么关系?”

“我跟他是从小一起长大的。”

“第三,你跟中村敬一是什么关系?”

“留美的同学。”

“第四,迟仲年是怎么死的?”

“这……这要说起来,话挺长的。”

“没关系！你不用那么快就回答我。以后我们有机会再聊。谢谢你！金大夫。”说完她起身要走。

“等一下!”他忍不住问,“郑太太,能告诉我你是哪个团体,哪个派别的吗?”

“这个……”她犹豫了一下,“以后吧!”

“嗯!”他不肯就此结束,“我很想知道迟仲年究竟是不是叛徒?”

“这是谁说的?”她很诧异地问。

他正要说什么,阿枝推门进来,神色紧张地说有人来,然后就掩护着管菽芹迅速离开了房间。他想去追,却被安如倩撞住了。她说:“这些日子你怎么魂不守舍的样子?”

“哦,也没有呀!”他觉得这样搪塞有些说不过去,“只是面对李积忠先生的官司,很是头疼。”见她没有回应,就反问,“我倒觉得学姐气色蛮不好的,中村君近况如何?”

“我来就是告诉你这个的,过些天我去东京看他。”

“哦。”

“这次我去是和他办离婚手续的。”

“哎。”他一声叹息,想多问又怕她挤兑自己,不问吧又显得自己不近情理。

“我都没什么,你叹什么气呀? 用不着你惺惺作态的,好自为之就是。”说完她觉得不放心,就说,“我走后,有什么事情可以找比帕。尤其是李家那场官司,找他还是管事的。”

“哦。”见学姐态度转暖,他赶紧想安慰几句,话到嘴边又收住了,“我听倩姐的就是了。”

安如倩走后,炳文心里空荡荡的。离开欧拉冒岛以后,他本来已经习惯了这种孤苦伶仃的感觉,但自从回到上海见到她以后,就觉得这个世界有了生机,接二连三富有戏剧性的场景,他似乎被推上了舞台,由不得不去演那个角色。不是主角,起码是个不可缺少的配角。导演自然是上帝,但主角呢? 他眼下还不得而知。或许他已经上场了,你还蒙在鼓里浑然不知;或许他根本还没有登场,一直等待精彩的一幕,他才炫耀闪现。

今天是圣诞节,他没有选择跟阿露去百乐门,而是买了惠特曼巧克力和一些糖果,还有一个很精致的铁盒子饼干,准备单独去看望一下问清母子,毕竟他是驹儿的舅舅。刚过天目中路,就要往弄堂里走时,他碰见了阿枝。“你怎么会在这里?”他很吃惊地问。

“你不要大惊小怪的嘛!”她拉他进了一家粥铺,“你千万不要去谷姐姐那里。”

“为什么?”

“好多人监视她呢!”她说,“警察局的人,付满堂的人,还有李仁俊的人,还有……”

“还有你,对吗?”他抱怨起来,“为什么这么多人存心跟孤儿寡母过不去呢? 我去看看他们,他们能把我怎么样?” 他还是执意要去。

“你真的不能去的!”她拦住他,用恳求的口吻说,“金大哥,我这样做都已经犯纪律了。”

“金大哥?”他在惊讶中感到了温暖,“你叫我大哥?”

“是呀! 你救了房东太太,一定是个好心人,叫你大哥还不应该吗?”

“哦。”他又问，“你刚才说的纪律，是谁的纪律呀？”

“哎呀！不要问的啦！横竖我是为你好呀！”

“我知道你为我好。”他恳切地说，“可是阿枝呀，那谷小姐是我阿妹呀！说什么我也要去的。”

“什么？你说什么？”她瞪大眼睛问，“你是她亲阿哥吗？”

“是呀！我们从小就在一起。”他看着她，“你为什么要这样看我呢？”

“没什么的。”她有些失落，“那我不拦你了。”

走出屋子，炳文觉得阿枝的神情有些不对劲，就转身去看她，却发现有一个鬼头鬼脑的人盯上了她。他警觉起来，尾随其后。穿过大统路，阿枝叫了一辆黄包车，那人马上也喊了一辆。炳文意识到有人跟踪她，于是就改变主意，参与到这场追逐里。到了一条弄堂口，阿枝下车后走了进去，那人连忙溜进街边的电话亭。炳文心说不好，那人一定是打电话通风报信，等大队人马一来，阿枝他们就危险了。他快速追进弄堂里，趁阿枝敲开的院门还没有合上，也跟了进去，开门的马识路一把将他按住。阿枝一愣："你怎么能跟踪我呢？"

“不不！阿枝姑娘。”他上气不接下气地说，“不是我，是有别人跟踪。”

管菽芹从屋里出来，发现是炳文，示意马识路松开他。炳文就将刚才看的一幕说给他们听，末了说："那人只是进了电话亭，并不知道是哪个门牌。"

“太太，你赶快带人走吧！”阿枝从腰间掏出一把枪来。

“你想干什么？阿枝。”管菽芹喊道。

“我去把他引开。”

“不行！”管菽芹制止她，“这样做太危险。”

“是我犯了纪律，才带了尾巴来。”她自责道，“我的错，我去解决。”说完，她猛地推开马识路，开门跑了出去。

炳文也想跟出去，被管菽芹一把拉住。她对马识路说："老马，你去看看,让她千万别过激!”

马识路出去不到一会儿又返身回来,大叫不妙。管菽芹就急令屋里的人迅速从后门撤离,炳文也被强行拽走。从着装上看,这些人明显来自不同行业,似乎今天在这里举行一个会议。从后门出来后,大家四散开去。炳文紧贴着马识路问,刚才究竟发生了什么?阿枝怎么样了?马识路没有回答他,而是用埋怨的目光瞪着他说:“都是你惹的祸!”然后很快淹没在行人里。他不甘心,又绕到前面的弄堂口,那里有很多人围观。还没等他靠近,一辆军用吉普车冲开人群,很快就消失了。他急忙问旁边的人,那人说:一个女的用枪打死了一个男人,然后警察就开车来了,把她抓走了。

“你确认是警察吗?”他不放心地问。

“你这个人真好笑!”那人嘲笑道,“当街抓人的不是警察,是绑匪呀!”

炳文无法找到管菽芹,只好到杜美路向阿露打听,因为他突然想起,那天阿枝和管菽芹去勤德巷,正好碰见过她。这事一定跟阿露有脱不了的干系。

“她跟你究竟是啥关系呀?”阿露问。

炳文还真不知道该怎么回答,明显阿枝参与什么地下组织,如果说出来,不但救不了她,反而要捅更大的娄子,所以他说:“冥冥之中,我总觉得她是我失散多年的妹妹。”

“你这个人真滑稽!”她笑道,“你有啥凭据吗?”

“见到她,我总忍不住想起我娘。”

“你的想象力太丰富了。”

“不不!”他认真道,“她的笑跟我娘的简直一模一样。”

“那你是咋找到她的呢?”她补充道,“上回去勤德巷子就想问你,怕有啥隐私就不敢问。”

“哦。”他没想到她提这个问题,没来得及准备就支支吾吾道,“那年我回美国,遇到一位朋友。他委托我给他捎一封信到上海。然后就遇到了她。”

“你说的我没明白。”她追问道，“朋友，捎信，和她有啥关联呢?”

“那个朋友的朋友住在梅花巷320号，她正巧在那里帮佣。”他喘了口气，“这样才碰见的。”

“真是太巧了!”她紧接着试探着问，“你不愿意告诉我，你这位朋友是谁吗?”

“这个，我暂时还不能告诉你。”

“你们这些男人呀！总是希望女人相信你们，而你们呢，首先就不相信女人。”她抱怨道，“你死都不肯信我，我咋能信你呀！互相不信，还咋帮忙呀?”

炳文又想起了酒醉的那天晚上，觉得不能不再相信她了，就说：“我信你，阿露。我只是觉得我这位朋友和我们没关系，说出来除了增添额外的烦恼，没有什么益处。”

“你总以为女人喜欢吃甜的，不愿意跟你们受苦，对不对?”她愈发不满。

“你说的话，我没明白呀!”

“不明白?”她笑了，笑得很假，然后语气冷冷道，“好，我算明白了！你们根本就是把我当做一个啥子工具。你可以走了。”

他刚要解释，正好仁俊回来。他瞪了阿露一眼，然后让炳文进到里面的屋子。炳文把刚才跟阿露说的那套话又跟他重复一遍，见仁俊一直没有什么表情，他就急了：“仁俊，你倒是开口说话呀!”

仁俊正儿八经地对他说：“不管她是你啥人，她是共党分子，你晓得吗?”

“共党分子?”他瞪大眼睛。

“咋的？你的政治观点果真要同情共产党吗?”

“哦，不。”他继而问道，“我只是觉得国共两党既然签了双十协定，怎么还要抓他们呢?”

“问题就在这里，这些人不愿意公开承认他们是共党的身份呀。”

“奇怪！民国政府是认同共产党的呀！他们怎么还不愿意公开呢？”

“很简单，这些人在日伪时期，曾经做了不可告人的事情呗。”

“不可告人？”

“就是和日本人勾勾搭搭，和汉奸蝇营狗苟。”

“那也不对呀！”他问仁俊，“过去你不是也在日本人手底下做事吗？”

“那是军统的安排，做的是抗日锄奸的地下工作。”

“国民党的安排算合法，共产党的安排就不算合法了？”

“你这样说话过分了！”仁俊厉声道，“共产党是因为日本人来了，它才勉强合法，如今日本人走了，它还能合法吗？”

“还真是‘飞鸟尽，良弓藏，狡兔死，走狗烹’呀！”

“既然你懂历史，就不要明知故问了。”仁俊缓和态度道，“炳文呀！就算你留着他，他也不留你呀！共产党的政治纲领明明白白地写着，推翻政府，建立政权。”

“可是仁俊，毕竟现在两党还没有公开翻脸呀！”

“所以我们没有用共党分子的名义处置他们，而是交给了警察局。”

“警察局？”

“对呀！警察局自然按刑事案交由法庭审判。”

他心有不甘地问：“可是那女的我看年纪不大，又似乎是个帮佣，没有动机参加什么组织呀？”

“共产党就是利用这双无人员，鼓动穷人杀富人。”

“双无人员？”

“就是无知和无产。”仁俊不屑道，“他们煽动农民在乡下分田地，工人在城里搞罢工。你当医生的还没有切肤之痛，等哪天你有钱了，一样。”

“你别取笑我！但据我所知，苏俄也是这样的一个国家呀，我看没有什么不好呀！”

“你危险啦!”

“我危险什么?”他不以为然,“赚钱够我活着就知足了,不奢望有什么意外之财。富人要看病,穷人也要看病,一个看病大夫而已,谁能把我怎么样?”

“你不要用这样态度跟我说话!”仁俊正色道,“我提醒你,不要参与任何政治势力。”

“好吧!我听你的规劝。”他不愿与他交锋,“不过你要告诉我,她现在究竟在哪里?”

“她到底跟你啥关系呀,让你如坐针毡?”仁俊吼道,“我阿妹哪点不好,值得你不去珍惜。就算你和她志不同道不合,你的学姐总不能不和你相配吧!偏偏去哀怜一位女佣?是不是你们当医生的都有这样的怪癖呀?”

炳文简直无法忍受他的羞辱,但又暂时不想激怒他,只好忍气吞声退去。他想起了比帕,因为他曾经说,官员们会为了利益而放弃政治的,也许用金钱能救出阿枝来。他来到报馆,对比帕他干脆就说阿枝是他妹妹,需要他想办法帮忙。比帕问:“你有足够的钱吗?”

“有一些,但是不知道你说的足够是什么含义?”

“足够不足够,不是你说了算,也不是我说了算,是办事的人说了算。”比帕说,“当然,愿意出钱总是一件好事。”

“可我听说她是共产党呀!”他不放心地问。

“没有钱,不是共产党也把她说成共产党,有了钱,是共产党也把她说成不是共产党。”比帕见炳文目不转睛地看着他,就问,“你看着我干嘛?不相信我说的吗?”

“不不!”他笑道,“我只是不相信你是美国人。”

“哈哈哈哈。”比帕大笑后抓起电话接通了警察局,“老董呀!给查一个叫阿枝的人。对,是女的,昨天抓的。”然后他放下电话对炳文说,“在中国,要想吃得开,就得朋友多,对吧!”

“嗯。”他点点头。

电话响了。比帕皱起眉头:“什么? 没有这个人。你再查查。我请你吃法国大餐。什么? 查遍了也没有。”挂了电话,他说,“分局都查了,确实没有。”

“怪了。”他喃喃道,“难道不是警察局抓的人?”

“有可能。”比帕说,“抓共产党的,要么是军统,要么是中统。”

“军统,我问了,没有呀。”

“我再帮你打听打听中统。”比帕说,“等有了情况我再通知你。”

炳文刚回到医院,比帕的电话就追来了,说中统方面也没有打听到阿枝这么个人。他慌了,是不是她惨遭到黑手了呢? 按照仁俊的说法,国共合作时期,处决共党分子肯定要秘密进行的。不行! 他一定再找阿露问问。他约她去了那家咖啡馆。当他再次提起阿枝时,她怒不可遏地说:“连你从小一起长大的兄弟都不告诉你,还来盘问我?”然后她站起身来,“好吧! 我告诉你。这个叫阿枝的人,正是你的好兄弟带人抓的。”说完她转身跑出了大门。炳文呆若木鸡。他没有过多地去体会阿露的愤怒,而是想,仁俊为何不说实话呢? 他为何对共产党如此仇恨呢? 在他的印象中,延安那些人,一个个都是朴实得不能再朴实了。国家权利,为什么一定要国民党执政呢? 美国不也是共和党和民主党互相竞争吗?

他再次去见仁俊。仁俊正埋头审阅文件,根本就没有用眼睛去瞧他:“你是如何看上她的? 一定要说实情,我才能帮助你。”

他提前就准备好回答这个问题:“在医院里看上的。”

“是你的病人?”

“是的。”

“我就晓得。”仁俊抬起头,不免有些得意,“你就是这样一个稀奇古怪的人。”

“只要放她,你说什么都可以。”他装出玩世不恭的样子。

“那仁英咋办?”仁俊用笔敲打桌子。

“放不放她,跟仁英有什么关系?”

“自然有关系。你想想,你找我放她,总不能是公事吧?”

“当然是私事。”

“既然你要我帮你办私事,你也应该答应我的私事吧!”

“仁俊,你究竟要说什么?”

“很简单!你答应和阿妹结婚,我就想办法救出你的小可怜。”

“为什么要拿这样严肃的事情做交易呢?”

“交易?”仁俊显得很窘迫,“原来你不是来和我做交易的呀!那好,你可以走了!”

“不!我不能走。”

“你不走,我叫人了。”仁俊站起身,“那样太难堪了。”

离开杜美路,他实在郁闷,就找个咖啡馆坐了下来。“伙计,来瓶南溪烧酒。”

“先生,我们这里是咖啡馆,没有这种酒。”

“哦,那就来瓶法国马爹利。”

“一瓶?”

“对!先来一瓶。”他没有得到响应,就抬眼瞪着伙计问,“怎么?一瓶不行呀!不够再来一瓶呗。”

“先生。”伙计礼貌地笑道,“我建议您还是先来一杯再说。”

“哦哦,那就先来一杯吧!”

他端起酒杯正要喝的时候,有人过来跟他说话。他一看,是那个叫马识路的人,“怎么是你?你也来喝咖啡?”

“我不喝洋中药。”

“洋中药?”

“哎呀,就是你说的咖啡呀!”马识路拿出一个布包裹说,“给你的。”

“这是什么?”

“不知道!就知道是阿枝留给你的。”

他迫不及待地要打开那包裹,马识路按住他的手:“找个安全的地方吧！我走了。”

“等等，我怎么再找到你们呀?”

“有情况，我们会主动找你的。”

回到勤德巷屋里，炳文打开包裹，里面是半截镯子，他惊呆了！马上拿出自己的那一半，两截一对，正好吻合。没错！阿枝就是他失散十八年的亲妹妹。他的眼泪犹如山泉，不住地淌了下来。这个世界对他来说，太古怪太不合情理。从他刚懂事那时起，他就忽然失去了亲情，好不容易从柳氏夫妇那里找到这种温暖，又被日本人无情地葬送了。他想把心偷偷交给问清，而她却变得麻木不仁，浑然不知。眼下，阿枝妹妹不费吹灰之力就呈现在他面前，这不是上帝的恩赐是什么？一股锐不可当的力量，让他一定要把妹妹救出来。谁对她不恭，他就要和他拼命。他要向仁俊摊牌，向阿露摊牌，他那颗滚烫的心一定能感化他们。

“坦白跟你说吧！阿枝是我亲妹妹。”他对仁俊直截了当地说，“放过她吧！”

“你神经呀！问清才是你妹妹呀，咋又多出一个?”

他拿出两截镯子，说出了一切。“仁俊呀！”他几乎是哀求的口吻道，“我还想知道我亲娘的下落呢。”

“她是你亲妹妹不错，可她是共党分子，也是不错的。”仁俊显得无能为力，“你不能让我犯错误呀！”

“你也少拿这种腔调跟我说话！”他怒道，“如今国共合作，重庆都能谈判，上海就例外了吗?”

“哎呀！我的炳文兄，不是我打官腔。”仁俊过去拉他坐在椅子上，“我再告诉你，她不仅仅是共党，还参与了一些不利于政府的地下活动呀！再多说，我就该泄密了。”

“不管怎么说，她是我的亲妹妹。”他的口气也相应软下来，“你要想个办法，我要先见她一面。”

“这个嘛！我暂时办不到，炳文兄。”

“李仁俊，你这个冷血动物！”他愤怒站起身来，“以后我没你这个兄弟。”

“别急别急！”仁俊又强行将他按在椅子上，“你还没有答应我的事情呢？”

“什么事情？”

“还不是你和仁英的事情嘛！”

“你先放了阿枝，我们再谈别的。”

“炳文兄，你是不是搞错了！”仁俊讥讽道，“是你求我，还是我求你呀？”

“行！”他拉长腔调，表示自己处于劣势，“算我求你，好吗？”

“你求我，我就应该答应。”仁俊乘势指责道，“那我求你，你怎么就不答应呢？”

“你……”他一下子没了应对的话，竟冒出一句，“你这是狡辩！”

“狡辩？”仁俊显然被他激怒，“嘿！我说秦炳文，你少在这里假装耿直，我最看不惯你这一点了。很早我就提醒过你不要掺合我们家的事，你听了吗？既然你掺和了，我也愿意让你成为我们家的一员，跟仁英成婚，你听了吗？这也不听那也不听，都让我们听你的，你以为你是啥人呀？”

面前仁俊盛气凌人的攻势，除了阿枝是他亲妹妹这个事实，他也确实找不到任何别的理由反击他，唯一能打破眼前的僵局，只有答应他和仁英的婚事，但在这一点上，在没有解开问清失忆之谜以前，他是不敢松口的。也许从儿时起，“小火车”在他手上留下了的印记，就注定他始终在仁俊设下的圈套里寻求见识，或者说，他永远在人生的陷阱里领悟存活的依据。他觉得没有必要再争辩下去，起身对仁俊说：“李专员，给你添麻烦了！”

他走出大门的时候，并没有觉得仁俊有多么不近人情，而是怨恨自己与生俱来就是一个废物，在风雨袭来的时候，他唯一的本领就是躲进垃圾桶。或许当初他随那两个乞丐而去，虽然过着不太体面的生活，但内心的苦难程度绝对达不到今天这样的顶点。于是他悲观地悟出了一个颠覆性的真谛:权柄才是这个社会中至高无上的东西。过去他一直抱定物质原理的纯粹性和人类情感的独立性,即刻在他感受到的荒谬性中化为乌有。只要你拥有权力,一切财富和情感,都将成为你的俘虏。同时他又从管菽芹的阵营中获得了一个道理:权力是不可能用协议书进行交易的,必须用武力去争夺。他的这个观点曾经在《太平洋事务》中披露过,并且延伸出的结论是:翻开中国的历史书,朝代的更替没有一例不是以战争作为代价的,其实这在上帝看来是个悲剧,是一个罪人审判另外一个罪人的悲剧。

此刻,他想到了管菽芹。他深信共产党不会放弃自己同伴的,在延安待的那些日子里,他就感受到这一点。彼此是兄弟姐妹,平等友爱,一方有难八方支援。他想,管菽芹他们一定在想办法营救阿枝。可是,那个马识路分手时匆匆忙忙,没有留下任何线索,又如何找到他们呢?与其守株待兔,不如再找阿露尝试一下,就算她无力回天,至少也能打听到阿枝当下的处境。他宁可向阿露制造的温情投降,也不愿意向仁俊手握的权柄低头。没料到她却冷冷地说,她这辈子也不再想见他了,他感到很震惊:“阿露,你这是怎么了?”

“很简单!你们男人不可靠。”

“你们?”他不解地问,“你可以认为我不可靠,但为什么要说你们呢?”

“我早就说了,专员和你一样,喜新厌旧。”

“阿露呀!你误会我了。”他万分委屈道,“那阿枝真是我失散多年的亲阿妹呀!”

“真的吗?”她紧绷的脸松弛下来,“你有凭证吗?”

炳文将那两截镯子给她看,并且开始叙述他的身世。她听得很认真,时不时用异样的眼光投射他,他偶尔停顿下来问:你不相信吗?她摇摇头,用表情示意他继续下去。除了那些关乎他人命运的事没有说,该说的他都说了。见她一言不发,他就问:“你是不是觉得我在跟你编故事呀?”

“你就那么不自信?”她说。

“不不。”他辩解道,“我是怕你不信。”

她扑哧一笑,笑得没有一点做作。她穿的是一件薄薄的棉袍,大概刚从机关出来,脸上铺设的油彩也跟衣服一样淡雅。她保持缄默,似乎是给对方充裕的时间仔细端详自己,炳文也仿佛洞察到这一点,目不转睛地审视着对方脸部的每一个细节。她的眼睛深深下沉,像两汪幽幽潭水;鼻子恰似山泉流泻的停顿,圆润而光洁;嘴唇仿佛不甘束缚,坚持要向鼻子看齐,并且也激发出下巴颏向前翘起的冲动。炳文猝然联想到一件随时拔出刀鞘的利器,不由得心惊胆战起来。

“咋了你?”阿露问。

“哦,没什么的。”他马上转入迷茫状,“我在想,阿枝要有什么不测,我存活于世的理由究竟是什么呢?”

“你吓唬我?”她用惊恐的眼睛看着他。

“你误会了! 我是在思考,天主为何要用家人的死成全我的生呢?”

“肉体的死,并不代表他真正的死,末日的审判才是最终的结果。”她解释道,“阿枝的存亡,必定是天主安排的,你不必过分担忧。”

白天是军人,夜里是舞女,当着他的面又披着天主的外衣,这在他的想象中是不可能并存的,但是现实就摆在你眼前,你不能不相信事实,而去相信你的想象。“但是阿露,我总不能在天主面前无所作为吧!”他说。

“是的。”她用肯定的语气说,“你唯一能做的,就是祈祷。”

“不!”他腾的一下站了起来,“我绝不会面对我阿妹的遭遇,浑浑噩噩。”然后他弯下身子问她,“你告诉我,他李仁俊到底有没有能耐放她出来?”

“以专员现有的权限,是无法直接放她出来的。”

“不能直接,是不是有间接的办法呢?”他紧追不舍地问。

“除非你阿妹写悔过书。”她为难地说。

“那不就成了变节分子，视为叛徒了吗？”

“这叫迷途知返，洗心革面呀！周佛海、顾顺章，连军统的文强将军过去也是共产党呀！”

“我了解阿枝的品性，这样做还不如让她死。”

“我也讨厌叛徒，可是别的办法我想不出来呀！”

“你再找仁俊商议商议？”

“这些日子我跟他闹别扭，恐怕他不给我面子。”

“我阿妹生死一线，你还担心面子吗？”

阿露转动了一下眼珠子，说：“好吧！我可以为你失去面子，但是你把她救了出去，共产党那边也不会再相信她了。我听说文将军就是这样的。”

“我带她去美国，总可以了吧！”

阿露终于不能抗拒炳文的执着，就低三下四地找到仁俊，向他摊牌。不料仁俊不但不给她面子，还扬言要将她清理出军统队伍。炳文听完她的回复后，大为恼火，甚至开始怀疑仁俊对问清的爱，貌似坚韧，其实是一种充满侵占性的自私行为。因为只有将这种爱归结为狭隘，你才能明白仁俊为何以此冒犯孝道，无视友情，丧失怜悯。难怪李积忠极其反对他和问清的婚姻，原因也许就在于此。他爱问清的理由太偏激，太冲动，太不管不顾，太不可理喻。这种爱一旦不能获得，就会变成可怕的恨。一旦恨字成立，他就会丧尽天良，毁灭一切他想获得的。仁俊是危险的，是丑恶的。炳文不想以任何方式向他摇尾乞怜。

黄昏时分，他只身来到霞飞坊酱园弄，相信在这里一定能打听到管菽芹的下落。果不其然，他的脚刚踏入胡同，黄包车师傅就拦住了他：“先生，你找哪位？”

“我是医生，来回访512号的病号。”

“哦，是个大夫。”师傅打量他一番后，“那，那请上车。”

黄包车在爱尔考克路那家犹太人开的首饰店的门前停下，炳文很是纳闷，上次和那个叫严德虎的人约会，也是这里，难道他，还有那个冈田弘，跟共产党有联系？一个是美国杂志的编辑，一个是葡籍日本商人，怎么能和共产党挂上钩呢？

“先生，看你东张西望的，不像是个买卖人。”那个戴琥珀色眼镜的伙计依然那么小心翼翼，生怕进门的人不是来挑首饰的，而是藏着凶器随时准备打劫的。

“你不记得我了吗？”他问，伙计仔细辨认，然后摇摇头，他就急躁起来，“上回我来找人，你就说不晓得，这一回你总不能再说不晓得了吧！”

“哦哦。”伙计似乎想了起来，“那先生找谁呢？”

“郑太太，管菽芹。”

见他如此恳切，伙计说：“那好，你跟我来吧！”

伙计引他去了后面的房间。管菽芹似乎早有准备在里屋等候。见炳文忧心忡忡的样子，她安慰道：“金大夫，不必着急！阿枝的事，我们慢慢说。”

“我就知道你们不会放弃她的。”他着急地问，“想出办法了吗？”

她犹豫了一下，然后说：“不瞒你说，从原则上讲，组织是不同意营救阿枝同志的。”

“为什么？”他问。

“因为这是她违背纪律造成的，后果必须由自己承担。”

“她究竟犯了哪条纪律？”他问。

“金大夫，关于阿枝违纪一事，是我们内部的决定。什么原因，暂时还不便转达给你，请你理解！”

“我不管她犯了什么错，但毕竟还是自己人呀！”他非常激动，“你们总不能见死不救呀！”

“先别激动！我们也正在积极想办法。”

“我能帮上忙吗？”

“如果需要，我们会通知你的。”管菽芹起身向炳文道别，末了叮嘱道,"以后这个店铺你也不要再来了。"

就在为阿枝发愁的这会儿,炳文又从仁俊那里得到另外一个坏消息:驹儿失踪了!而且目击者说,他是被人掠走的。他大为震惊。仁俊说,警察局查遍了有嫌疑的人贩子,初步排除驹儿被拐卖的可能性。

"谁会这样做呢?"他问。

"我怀疑是那个付满堂。"仁俊脸色铁青,"现在我正准备带人找他质问,你跟我去吗?"

因为阿枝的事情,炳文本不愿意理睬他的,但现在牵扯到问清,所以他暂时不得不跟他形成一个同盟。他拦住仁俊道:"付先生和问清正是和好的时候,他没有理由这样做呀?"

"这些粗人,为了达到目的,会不择手段的。"

"什么目的?"他问。

"哎呀,亏你还是他阿哥。那老划水要问清填房啦!你还不晓得?"

"不会吧!"他难以置信,"他的太太尸骨未寒,而且凶手还没找到呀!"

"你真是阿木令!"仁俊数落他道,"这些个流氓地痞,啥事情做不出?我都怀疑他太太是他自己做掉的。"

"这也太不近情理了吧!"他的头皮都发麻了,"怎么能有这样的事呢?"

"你慢慢想吧!我去给你找答案就是了。"

炳文没有选择跟他去逞匹夫之勇,而是去了李公馆找来仁英和他一道去问清那里。屋子里有几个邻居正安慰问清,他们进去的时候,并没有被大家发觉。炳文扫视了一下房间,发现墙上挂着迟仲年和她的结婚照。迟仲年面带憨实的喜悦,而她的眼睛里却充满着迷茫和困惑。炳文心中不由得泛出几分酸楚,在觉得对不起柳氏夫妇的同时,更多的是对问清的内疚。如果当初迟仲年幸免于难,可能结果不会是这样。虽然他对他们的婚姻至今还不清楚是怎么一回事，但毕竟他们有了驹儿，是一个完整的家庭。如今却如此惨淡，他的眼眶里充盈着泪水，稍不控制就会倾泻下来。

“你们是谁?”她问。

炳文这才发现邻居们都走光了，屋里只剩下他们三人。仁英又惊又喜：“我是仁英呀！问清姐。”

“仁英?”她摇摇头，“我叫谷素梅。你们一定是找错人了!”

“哎呀！没有呀!”仁英指着炳文说，“他是你炳文哥哥。”

“炳文？哪个炳文?”

炳文凑到她跟前，低声说：“上次我们在溢香居茶楼见过面的。”

她根本没有理会他，只是很失望地坐在那里开始絮叨。炳文似乎听到的是驹儿差点没生下来，如果不是有贵人相助，恐怕这个小生命就不在人间了。他想利用这个机会，好好诊断一下她的记忆到底停留在哪个程度，就问：“你说的哪个贵人是谁呢?”

“不知道。”她说。

“贵人怎么能忘呢?”他问。

“因为没见到。”她低头回答道。

“那谁告诉你的呢?”

“当班的护士说的。”

“那护士叫什么?”

“不记得了。”她警惕起来，“你问这个做什么?”

“我是医生。”

“我又没有病。”她突然喊道，“你不是帮我找驹儿的吗？怎么跑来问这个？你到底是谁呀?”

“我是你炳文哥呀!”

“炳文哥？我根本就没阿哥。”

“小时候的事你就一点儿都不记得吗?”

“你这个人好滑稽!”问清有些急了，“非要说我们以前就认识，像在马路上搭讪陌生人一样，好不高明!”他再想说什么，她起身赶他们出门。

他们闷闷不乐地走出弄堂，正好迎面碰上了火急火燎的仁俊，他说付老头拒绝承认绑架驹儿，并要向问清再问个究竟。仁英说，该问的都问了，毫无结果，提议先回李公馆坐下来商量一下。仁俊不从，坚持要去问清那里。她拦住他道："阿哥呀，你忌讳阿爸，也该回家关心一下阿妈了。"

"阿妈咋了？"

"这两天，阿爸阿妈老吵架。"她满脸愁容道，"阿爸的病刚有些好转，这阿妈就跟着病倒了。"

"阿妈这辈子就是没出息，阿爸说走东，她就不向西走动半步。"仁俊愤愤道，"我这就跟你回去，好好帮阿妈理论理论。"

"阿哥呀，你要是帮着吵架，就不要去了！免得你火上浇油。"

"傻妹子，不会的！阿哥只是去安抚安抚阿妈。"仁俊回头看着炳文，"何况还有你炳文哥在呢。"

炳文不愿意搅和李家的纠纷，就推说先回医院取问诊箱，然后再去。很多问题，如果你坦然面对，可能就不成为问题。相反，你要刻意回避，问题就越来越大。就如同疖子，是疖子就一定要出脓，捂住它包住它，就会越生越大，最终还是要爆裂而出。果不其然，刚到医院他就接到李公馆的电话，说家里出了大事，他问究竟是什么大事？电话就挂了。他慌忙地叫了救护车，火速赶到了李公馆。眼前的情景让他大吃一惊：仁俊满脸煞白举着手枪，正对准瑟瑟发抖的李积忠；李夫人则瘫在沙发上浑身哆嗦，仁英搂住她，面如土色。炳文算是真正目睹李氏父子面对面的激烈冲突，领教到亲人对立起来简直比仇人还要惨烈。他想去劝，但结果肯定会适得其反，不劝呢，会让人觉得幸灾乐祸。正犹豫时，李夫人放下昔日端庄娴淑的仪态，跪倒在地，泪流满面地哀求父子休战。两人同时去扶她，但马上又收敛起来，实在不愿意向对方暴露自己的弱点。仁英想过去搀扶李夫人，炳文也正要过去帮衬，不料李积忠暴跳如雷地向仁俊吼道："你这畜生！有种你朝老子开枪呀！"

仁俊倒退了两步，眼神转向李夫人："阿妈，你不要怪我，这是他逼我的。"

李夫人泣不成声地对李积忠说："你，你少说两句，好吗？我求求你了！都是我的错，都是我的错。"

"阿妈呀，确实是你的错呀！"仁俊道，"小的时候，我就看你顺他从他，任凭他暴戾恣睢，简直就没有一点自己的尊严。"

"听见没有，夫人。"李积忠也不甘示弱对她大加训斥，"这就是你宠他惯他种下的恶果！每次你都要拦着我不好好教训他，今天我就好好出这个气。"说完，他举起手中的拐杖朝仁俊的头上挥去，仁俊下意识扣动扳机，不知哪来的力气，李夫人跃身而起，挡住了李积忠。"砰"的一声，李夫人倒在李积忠怀里。刹那间，屋子里死一般的寂静，仿佛听见的都是每个人心脏激烈的跳动声。

幸好叫来的救护车没有及时返回医院，就像安排的戏一样，李夫人被迅速地抬往医院的急救室，炳文亲自上手术台，将那颗子弹从肺部轻而易举地取了出来。就在缝合伤口的一刹那，炳文隐约地发现，在她肺部的支气管粘膜上出现了微小细密的肿块。他不敢马上确定这一定是肿瘤，所以不敢妄加手术。昏迷不到十二个小时，李夫人苏醒了。她对炳文开口的第一句话就是："快！快去叫你伯父来，我有重要事情跟他说。"

炳文虽然不知道李夫人究竟对李积忠说了什么，但他肯定地知道，自此以后所发生的一切都与这次谈话密切相关。在当初的印象中，李积忠从病房出来后坐在走廊的椅子上，眼睛盯住天花板上的灯死死不放，仿佛他第一次看见了灯。炳文走过去的时候，他竟然问那灯是什么？炳文说灯就是灯呀！他说：不对！你看到的灯不算灯，看不到的灯才是灯。炳文没有反应过来，他就站起身笑道："炳文呀！你回头告诉仁俊，我和她阿妈和好了，对他的鲁莽之举我也不会计较。"

他高兴地将这消息告诉仁俊，仁俊不以为然："他是在向我阿妈暂时低头，而不是冲我。"

“那你到底要你阿爸怎样?”

“很简单。”仁俊说,“无论他反对我,还是支持我,我都需要他给我一个理由。”

“他是你父亲,给了你生命,就是理由。”

“你的意思是,他生我没有理由,弃我也可以没有理由吗?”仁俊说,“这是不对的!恰恰相反,他生我就该有理由,弃我也更该有理由。”

“仁俊呀!你这样说话太极端了。”他耐下性子,“你阿爸并没有丝毫弃你而去的意思呀!相反,也正是你的极端之举,他们反而缓和了关系。”

“你不懂。”仁俊坚决不认同,“这只是突发事件后出现的一种虚假状态,不是根本。风平浪静后,还是山归山,路归路。”炳文企图再说服他,他摆摆手,“你不必再废口舌!不过,炳文兄,不管咋说,我真心要感激你!毕竟面对我们家的麻烦事,你不但不笑话,反而还如此操劳。有你这样一个发小兄长,我心足矣。”

“算了吧!”炳文想起阿枝的事,就觉得他虚伪,“高帽子你自己戴吧!”

“既然如此,我就要回应你吧!”

“回应我什么?”

仁俊环顾左右,然后低声对他说:“今晚八点,将有好戏上演。”

“好戏?什么意思?”

“地点是南翔镇北市梢,那里有一间华成电器废弃的厂房。”仁俊坚定地说,“你尽管通知一些相关的观众参加。”

“仁俊,你卖哪门子关子呀?”

“少来装胡羊!你应该明白的。”仁俊推他出门,“事不迟疑,你赶快准备去吧!”

炳文虽不确定,但也猜出个八九不离十。他就先直接去了那个首饰店,伙计告诉他,老板不在,但他一定会及时转达的。炳文就把时间地点统统告诉他,然后匆匆离开。回到医院,他担心有什么不测，就调派了一辆救护车早早去南翔镇耐心等候。天还没有黑，自己就只身寻到那间厂房。里面空空荡荡的，除了一些默不作声的机器，还有几处破洞百出的蜘蛛网，他看不出这里将迎来什么样的一台戏。天色已晚，他看了一下怀表，将近八点，就找到一个有开孔的铁柜子，藏了进去，诚惶诚恐地等待即将上演的无名戏剧。

第一个从厂门外登场的是仁俊，身后还有两个手提马灯的随从作为龙套。龙套找来一把凳子，并掸掸上面的尘土，仁俊环顾四周后，淡定地坐下。第二个从侧门上场的对手，手里也提着马灯。让炳文万万没有想到，她竟然是阿露。他猛烈地抖动了一下，如果那柜子不是厚铁铸成的，估计他就成为这出戏的插科打诨者。

“非常有胆识！”仁俊鼓起掌来，“总算没有白白培养你。”

“废话不说了。”阿露说，“赶快把人交出来吧！”

“痛快！干脆！”仁俊笑道，“有话我们留着以后说吧。”

“以后我们无话可说。”阿露冷冷道。

“那么绝情嘛！也好。”仁俊并不让步，“不过，我先要看见我想要的人。”

“我不会像你的，时时说谎话，处处提防人。”阿露坚持说，“快放人吧！”

“告诉你，我代表的是组织，不是个人。所以这个原则我必须坚持。”仁俊语气很强硬，“你不把兔子放出来，我是绝不会撒鹰的。”

阿露只好将身后的人质拉到前面，那是驹儿，然后她又蹲下身子将他抱起。

仁俊站了起来，确认驹儿完好无损后，就对她说：“我想问你，你是什么时候跟共党勾搭上的？我怎么笨得浑然不知呀！”

“你错了！”阿露反唇相讥，“我后悔的是，为什么跟你们这帮特务勾搭上了？”

“就因为这个，你要发疯去救一个共党分子？鬼才相信。”仁俊突然想起，“难道你为的是那个金复生？”

“少废话，交人吧！”阿露不想跟他斗嘴，举起枪对准仁俊，“别耍花招!”

仁俊不由得倒退了几步,然后稳住神挥了挥手。阿枝被两个大汉押来。

阿露放下驹儿,对他说:“不要害怕!宝宝。”驹儿竟然不肯走,她又说,“听话!阿姨跟你讲好了,现在要你回到你阿妈身边。”

驹儿一步一回头,似乎不肯离开她。这一边,阿枝也朝厂房的中间位置走去。两人刚交错而过时,“砰砰砰”响起了枪声。炳文“啊”的一声,担心阿枝倒下,但是出乎意料,阿枝依旧还站在那里。他的目光马上扫视阿露。阿露踉跄了一下,倒下了。“砰砰砰”,又是一阵枪响。仁俊这边的人急忙躲闪,并回击从侧翼发出的火力。交火大约不到五分钟,仁俊这边的人带着驹儿迅速撤出厂房,并且伴随着摩托车的发动声和人的嘈杂声,不一会儿这些喧嚣就渐渐消失了。

炳文推开柜门,直奔阿露那里。她仰卧在血泊中,已经奄奄一息。她伸出手,炳文紧紧去握住。

“金大夫,我总希望我有病找你看,现在总算需要你,可是已经晚了。”

“阿露,千万不要这样说!”

“我不这么说,咋办呢?今天的子弹是长眼睛的。”

“你是说,仁俊故意要加害你吗?”

她没有回答,这时管蔌芹、马识路和阿枝走了过来,她对他说:“金大夫,我跟他们不认识,所以我就不是共产党。”

“那,那为什么要去救他们呢?”

“因为你说了你的身世,所以,我是一定要救的。”

他想起了外面有等候的救护车,就要阿枝他们去叫,阿露拒绝了。他再也抑制不住,泪水充盈着眼眶。

“不要哭!”她微笑道,“抱抱我就好了。”

他就紧紧抱住她,嘴唇不住地颤抖,泪水顺着脸颊止不住地流淌,直至脖颈、衣襟。从这一刻起,他体验到一种从未有过的感动,也许爱就是感动。

“答应我，不要去找仁俊算账。”

“嗯！我答应你。还有什么要说的吗？”

“没有了！我等他来接我呢！”

“谁？”

“不要问！你就这样抱着我吧！”

“嗯！”就这样抱了很久，他感觉到了冰冷，就缓缓松开她。无论再有惊天动地的呼喊，她也不再做任何回应了。按照她的说法，天父接她去了天堂。他还有很多很多的话要跟她说，还有很多很多的问题要问她，一切的一切，只有等到来世再续了。

阿露的死换回了阿枝的生，这让炳文的内心久久不能平复，并且寝食难安。面对阿枝，他不但没有想象中的激动和欢愉，反而迸发出的是悲悯的慨叹。那种被视为永恒的血脉之情，竟然是被这看似偶然的爱情拯救，尽管他并没有在意阿露的爱意，甚至现在还不能承认他接受她那份爱，但事实已经征服了他。他在反思，究竟他对问清的那种眷恋不舍，属于什么样的范畴？爱情究竟属于双方的获得才算成立，还是一往情深，孜孜不倦，独立也能成章呢？

“阿哥，不要坐在这里难过呀！”阿枝站在他面前安慰道，“一切都会好起来的。”

炳文从她的眼神里，仿佛找回了当年娘对他的那种抚爱。尽管是稚嫩的妹妹，也尽管妹妹胸襟不如娘的宽阔，但他还是情不自禁地将头倒入她的怀中，眼泪扑簌簌地掉下。阿枝轻轻抚摸着他的头发，仿佛对待自己的弟弟：“阿哥呀！阿露姐是为我们的活着才死的，应该好好活着才是呀！”他瞬间感觉自己简直太脆弱了！完全可以被心理医生诊断为情障患者。他挣脱开她的双手，满脸羞愧地望着她。也许从情商上，他真没有资格做她的阿哥。当听完她的叙述后，他更加确信阿妹的遭遇超越了他的成熟。

从阿枝开始记事起，爹娘这个概念是没有的。她的身边是一个满嘴镶着金牙永远喋喋不休的老太太，和一个只晓得干活打死也不愿意开口的儿媳。长到有力气提得动马桶了，她开始伺候躺在摇篮里的小少爷。有一天她忍不住偷偷问那儿媳：我的爹和娘呢？儿媳摇摇头。她又问：我算这家里的什么人呢？没等儿媳张口，她的脑袋挨上那老太太的一通鸡毛掸子。老太太凶巴巴地说：她是儿媳妇，你是孙媳妇！只干活，不说话！到了她 18 岁这一年，也就是 1942 年，日本人攻占了她生活的这座城市——安庆。有一天，几个日本兵闯入外间的堂屋里，唧唧哇哇说了一大堆话。老太太听不明白，也朝他们唧唧哇哇喊了一通。日本兵愣着了，旁边冒出个平时就惦记着阿枝的地痞，对老太太说：老太婆，识相点！皇军相中你家屋子大，住起来方便。老太太冲他嚷道：你这从小就鼻子拉呼的八货！他们方便，我还不方便呢！那地痞指手划脚一番，说这屋里有花姑娘，日本兵心领神会，马上要去搜查。老太太拉开架势进行阻拦，被当头的日本兵用刺刀挑得飞了起来。这一幕，被躲在堂屋暗楼上的儿媳和阿枝看得一清二楚。阿枝差一点儿喊了出来，幸好儿媳死死捂住了她的嘴。儿媳知道躲不过这一劫了，就急忙要阿枝换上她男人衣服，带着小少爷从屋顶上逃出去。屋外日本兵的嘶吼声越来越近，阿枝吓得浑身哆嗦，脚步死活就不能挪动。儿媳一只手塞给她一个包袱，另一只手抓起一把灰土一巴掌打在她脸上，并终于开口说话：快！到上海找我男人去。阿枝带着小少爷，慌忙爬出暗楼的小窗孔，攀上了屋顶。顺着屋顶最低的一处，她先跳下去，然后去接着小少爷。小少爷不敢跳。这时屋里传来日本兵野兽般的嚎叫并伴随着儿媳妇绝望的哀鸣。小少爷被吓得拼命地哭喊，阿枝赶忙用脚尖使劲往上跳起，但怎么样也不能够到他。小少爷的哭声越来越大，直到“砰”的一声枪响，他才止住了哭声，一头栽倒在地。小少爷还不满 10 岁。

阿枝解开包袱，有两样东西：一样是写有人名和地址的信封，一样是半截手镯。她历尽艰辛逃到上海，按照信封上写的找到了极司菲尔路 76 号。那“男人”听完她的哭诉后，居然无动于衷。她非常生气，急得都想跳脚。他这才说：仇恨不是用嘴巴说的，那样只能激起更大的仇恨。她听不懂他在说什么,就把那半截手镯交给他,转身要走。男人说:这东西是你的,是你娘临死前留下的。她疑惑,怎么是半个呢?男人摇摇头,然后拿出一些钱来给她,说:上海不是好人待的地方,你最好还是回去吧!阿枝觉得这个人毫无人情可言,心想:我好不容易逃到上海,你怎么又要打发我回去呢?

"阿妹呀,那男人叫什么名字呢?"炳文着急地问。

"郑席君。"

"阿妹,你没记错吗?"他有些不相信自己的耳朵,"他确实叫郑席君?"

"我不识字,但我找了个识字先生认的。他说信封上写的就是这三个字。"

"哎呀!他是我们的大表叔呀!"

"表叔?你怎么会晓得这些的?"

炳文将他的经历叙述给阿枝听,她当时就呆了。

"快告诉我!大表叔现在在哪里?"炳文问。

"自从那次把他的钱摔到地上后,就再也没去理他。"阿枝满不在乎地说,"后来证明,我不理他是对的。"

"为什么要这样说?"

"因为76号公馆是日本汉奸的魔窟。"

他暂时不想在这个问题上跟阿妹起争端,就拿出那半截镯子,把这段辛酸的往事说给她听。阿枝禁不住掉下眼泪。"我真要感激娘呀!如果当初她不留下这半个镯子给我,我哪里去找你们呀!"

"阿哥,别难过!"她擦去眼泪,现出笑容,"娘在天上一定安心地笑了。"说完,她紧紧抱住他。久违的暖流传遍了他的全身。有人进来打断他们说,时间已经不允许了!她就惋惜地说:"阿哥,恐怕以后我们再见面就难了。"

"为什么?"

"这些天,我做完一些事情,就要去解放区了。"

"刚刚相聚,又谈分离,这究竟为什么?"

“这是组织的安排。”那人说。

“阿妹呀，加入组织就是麻烦。”他叹气道，“哦，对了。上次你到底犯了什么纪律呀？”

“不，我不能再说，再说又要犯纪律了。”

炳文不再为难阿枝，就要和她道别。她问他：“阿哥，你有什么打算？”

“不知道。”他觉得这样说太压抑，就又说，“等知道了，再告诉你。”

“阿哥，你要保重呀！”

与阿枝分手后，他心里很是酸楚了一阵。调整后，他觉得必须要去仁俊那里，给阿露讨个说法，虽然他答应了她不去找他算账。仁俊并不去回答他提出的责问，而是说：“不管咋样，你的阿枝妹妹是不是安然无恙了？”

“那不是你李仁俊白白放走的，而是用阿露的命换来的。”他冷眼道，“我不会领你这个情的。”

“且不管阿露是不是共党嫌疑份子，从法理上，她绑架儿童也是罪有应得。”

“阿露没有任何虐待儿童的迹象，更是以交换人质为条件的，你还认为她有绑架罪吗？”

“哎呀！炳文兄，你不要在我这里饭泡粥了！再咋说，驹儿得救了，问清的心病消失了。如果我把对问清的爱搬出来解释我的行为，你还不消气，我就视为你妒忌我的理由了。”

“你在这里耍无赖。”

“呵呵！”仁俊笑问，“你敢承认你不爱问清吗？”

“无耻！”

“哎呀，炳文兄，现在你脾气咋越来越大？若不看你是我发小兄弟，我真的不会理你的。”仁俊说完拿出一份报纸，“你好好看看吧！战乱年代，人心不古，鱼目混珠。唯有我李仁俊心明眼亮呀！”

那报纸载：付满堂拉大旗做虎皮，招摇撞骗，浑水摸鱼，有大小别墅五六处，姨太太五六个，汽车数辆，金条数百，珍珠数百。炳文对此并不关心："这付老头是早晚要出事的人，不值一谈。"

"我也对这老划水不感冒，但是老鼠拉木锨——大头在后。"仁俊得意地说，"经确切侦查，那副市长吴绍澍私吞房舍一千余栋，汽车八九百辆，黄金万余条，还有珠宝无数。市长钱大钧呢，私卖的敌伪物资竟然高达四十二亿元呀！"

"这是你的工作，我关心的是驹儿现在怎么样了？问清摆脱付满堂的纠缠，一定清净了不少。"

"驹儿好，问清也好。"

炳文正要延续这个话题，仁英从医院打来电话，急促地说，母亲快不行了！他们就急忙赶往医院，仁俊劈头盖脸责怪起护士看护不周，炳文说，这跟护士无关，由于伯母的肺部的枪伤，使得体内免疫机能正日益降低，其内分泌功能也随之失调，肺部能量骤然减退，趋向衰竭。

"你的意思是我杀了我阿妈吗？"

"仁俊，你先别激动！"他压制他的情绪，"其实伯母很早就有支气管肺癌病症，我初步判定是家族遗传。"

李夫人在接近死神之前，努力抚摸着仁俊的头，用微弱的声音叮嘱他，一定要遵从他的父亲。安葬完母亲后，仁俊虽不情愿，但还是按照母训双膝跪地，请求父亲原谅。

李积忠说："我能原谅你，首先是因为你阿妈原谅了我，其次我也原谅了你阿妈。"仁俊没有明白他的话，他继续说，"我现在已经没有理由阻拦你和问清的婚事，只要她愿意，我支持。"

仁俊以为他是在说梦话，就说："我请求你的原谅，不是要换取阿爸的让步，以前你告诉我没有理由阻拦，现在又同样告诉我没有理由支持。"

"你非要个理由吗？"

"是的！"

"那你只好等到我闭眼那一天吧！"李积忠起身扶起他，"李氏祖业将传给仁英，你同意吗?”

“当然同意。”仁俊说，“但我不希望这是阿爸同意我娶问清的理由。”

“我已经说了，离世前再告诉你吧!”

仁英把父子言和的消息电话告诉炳文，也把仁俊即将去问清那里求婚的事情跟他说了。他说，这些天医院连续加班，一直没有工夫去问清那里，现在有些空暇，希望仁英陪他去。她说，自从阿妈过世，阿爸的头发就全白了，终日拉着她的手不愿放开，而且咳嗽愈加厉害，怕是阿爸也要紧随阿妈而去。说着说着，她禁不住抽泣起来。他慌了，放下电话就赶到李公馆。他根本没有顾忌仁英笑脸上的泪痕，急急忙忙要上楼看诊，李积忠却拄着拐杖下来了。他告诉炳文，他的病是心病，医生是治不了的。

“先前伯母也这么说，但其实是晚期癌患者。既然您的心都感受到了病状，那就一定有疾缠身了。请伯父不要忌讳医生!”

“呵呵! 能理解。”李积忠坐下后问他，“可是，病是什么呢?”

上回炳文就被他的“灯是什么”弄得云山雾罩，这次他再次晕掉，真不知道该怎么回答这个问题，仁英抢过话来:“阿爸，人家是医生，还用你来教呀!”

“是呀，在他眼里所有人都是患者，头痛治头，脚疼治脚。”李积忠笑道，“可我的理解是，人放在心上就成了事，事要做不成呢，就积为病。”他又对炳文说，“医生呀! 还不如我们联手，去病不如先去事，去事不如先去人。”

“人?”他眨巴眼睛。

“我所谓的去，是了却，了结。”李积忠说，“说白一点，去字当成两个娶字。”

“我简直不知道，伯父究竟是研究文字呢? 还是要我们猜谜?”他发懵地问。

李积忠哈哈大笑起来，仁英拉着炳文说:“炳文哥，别理我阿爸。我们走!”

“去哪里呀?”李积忠喊道。

“我们看问清姐去。”她说。

“你们去哪里看她呀?”李积忠问。

“当然是去她家里。”她说。

“她家在哪里,你们晓得吗?”李积忠似乎明知故问。

“我们去过的,不用阿爸操心。”

“呵呵!”李积忠笑她,“你们一定没去过的。”

她疑惑地问:“阿爸,你啥意思嘛?”

“来来,坐下。”李积忠招呼他们,似有事情要交代,“不忙不忙的。”

仁英和炳文又重新坐下。李积忠从怀里小心翼翼掏出两把中式钥匙。

“这是啥?”她问。

“钥匙呀!”李积忠说。

“哎呀!阿爸,我晓得这是钥匙啦!”她说,“我是问,屋里钥匙那么多,为啥要给这两把?”

“呵呵!”李积忠笑着对炳文说,“你看,我们仁英就是聪慧吧!在别人眼里,这钥匙就是钥匙。可她却要问我,这钥匙肯定就不是钥匙。”

“哎呀,阿爸,你别再绕弯子了!”

“好吧!”李积忠先举起其中的一把钥匙说,“这一把呢,是你阿妈交给你的,算是完成了她的心愿。”然后他又举起另外一把,“这把呢,是你阿爸交给你的,也算了却我的心愿。”他又对炳文道,“心事了结,我的病也就好了。医生,你说是吗?”

炳文不置可否,仁英就急了:“阿爸呀!就算你的病好了,也不能把病传染给我们呀!”她将那钥匙还回去。

“为什么这样说呢?”李积忠将钥匙挡了过去。

“我们糊里糊涂的,不晓得阿爸你在说啥,能不算心事吗?”她将钥匙放到茶几上,“有了心事,不就是有了病状吗?”

“好了！我来告诉你，这两把钥匙是做什么用的。”李积忠态度开始郑重起来，炳文就想起身离开，李积忠就用手示意他不必回避，“仁英呀！你拿着它，到圣伊纳爵主教座堂找一位叫甄训道的神父。他会告诉你一切的。”

“阿爸，你为啥不能告诉我呢？”

“你爷爷临终前告诉我的就是这些。你阿妈说，你外公跟她讲的也是这么多。”

“为啥不把它传给阿哥呢？他可是爷爷的长孙呀！也是外公的长外孙呀！”她大惑不解，“难道这也是爷爷和外公说的吗？”

“不！这不是他们说的，是我和你阿妈说的。”

“那阿爸阿妈为啥要这样呢？”

“这属于你阿爸阿妈的心事。”她还想说什么，李积忠制止道，“你为什么不能忍到你阿爸这个年纪，才去想你想明白的一切呢？”

“难道阿爸阿妈有心病，就一定要遗传给后代吗？”她反问道。

“那你要问医生，心病真成为遗传，就是无法根除的。”李积忠悲凉地说，“女儿呀！除非你现在就要你阿爸撒手人寰。”

仁英不再坚持说什么，炳文更不知道对父女俩的算术题该做什么样的加减乘除。沉默片刻，李积忠开口说：“哦，对了！我刚才还说了一个‘娶’字，你们怎么也不问问我？如果能这样，我的心事就全部了结啦！”

“哦，那你说。”仁英道。

“第一个娶，是仁俊娶问清。”李积忠说。

“阿哥不是还没去吗？”她想制止他，“你就在这里瞎说。”

“去过了，仁俊来电话说的。”李积忠肯定道，“我也找人确认了！仁俊已经把问清安置到那幢红楼里了。”

“噢！那问清姐答应嫁给阿哥了吗？”她问。

“答应了！答应了！”

炳文的心骤然凉去，眼睛一片昏暗，身子似乎失去重心，抖动的手竟然碰翻了茶几上的杯子。“炳文哥，你咋了？”仁英关切地问。

“哦，没什么的！”他推辞加班太多太累的缘故，马上又圆和道，“我总担心问清太固执，会辜负仁俊的。”说完，心里虚得一塌糊涂。

“哎！”她长叹了一口气，“真是美女怕魔狼呀！”李积忠和炳文同时惊讶地看着她，她马上改口道，“哦，不对，应该是功夫不负有心人！”

“这第二个‘娶’字嘛！”李积忠拉长语气，试图等待炳文的反应。

炳文心领神会，根本不给他说下去的机会，站起身来，并用手摸摸自己的额头：“恕不相陪！我，我很不舒服。”仁英要起身去扶，他一把推开，“我自己能行的，谢谢。”

一路上他就想，他的演技实在拙劣到家了，是个人都能看得出，更何况是李氏父女！他们在背后一定会取笑他的。但不这样做，他又能怎样呢？他不能去相信李积忠所说的是事实，就算是事实，也是问清做了一个违心的选择。这里面一定有问题。他先是去了天目中路，想确定一下问清是否真的搬走了？到了那里，问清和驹儿确实不在，邻居告诉他，一大早娘儿俩就被一辆小轿车接走了。他就急忙要赶往那幢红楼，实在太想知道，问清是不是真的答应嫁给仁俊了？迎面正好来了一辆黄包车停在弄堂口，他就迫不及待地朝师傅喊去，没想到，车上下来的人正是问清。他呆了，呆完后就开始欣喜。问清并不理会他，直愣愣地往屋里走去。炳文紧随其后。她似乎进屋子寻找什么东西，没有在意他的存在，等到发现他时，她就问：“你这个人，为什么老跟着我？”

“因为我是你阿哥呀，问清。”他说。

“哦，可是我已经找到一位阿哥了！”她骄傲地说，“不稀罕还有什么阿哥。”然后继续找她的东西。

“驹儿还好吧？”他问。

“他很好！”她好像找到东西了，把它塞进了包袱，然后转身对他说，“马上我要给他找个阿爸，你同意吗？”

他没有说话，因为他并不认为她的神志是清晰的。

“你这个人好怪!”她瞪大眼睛,“不让你说话,你要说,让你说话吧,你又不说。”

炳文这才注意到她的眼睛,凝神闪光,于是惊喜地问:“问清,你应该想起什么了吧?”

“我什么也没有想起。”她又忙叨着找别的东西,“我就是要你答应我,一定答应我!”

“答应你?答应你什么?”他强调道,“问清,说明白一些。”

“刚才我不是说了吗?答应做驹儿的阿爸。”她又转过脸来,“我不但要你答应这个,还要你答应另外一个。”

“啊?还有另外一个?”

“嗯,是的。”她点点头,“你要娶仁英。”

“这不可能!”他往后退缩了一步,马上又向前仔细分辨她的眼神,“问清,你一定记起了什么,但绝不代表你完全记起了什么。”

“你瞎说,我根本就是这样的!”她争辩道,“不像你说的,我记起了什么。”

“你有的!”他武断地说,“你必须接受我的治疗,我才允许你拥有你该有的选择。”他帮她取下墙上那张婚照,指着迟仲年说,“有关他的故事,你必须听我讲完,才能记起更多的事情。”

“他,他是我已故的丈夫,还用你来讲吗?”问清似乎被炳文提醒,“他是叛徒,他是汉奸。”

“不不!他是个好人。”他向她解释道,“就算是政府的定论,也一定会改过来的。”

“不!他死有余辜。”她突然爆发起来,猛地夺过相框,将它狠狠摔在地上。玻璃破碎的声音,不但刺耳,而且扎心。

炳文马上意识到,问清这种貌似恢复记忆的症状,一定是被某种外来的意识耦合了,如果这种意识导入错误因素,她的未来将是异常恐怖的。他必须予以纠正,使她按照原本的品性趋向正常人格。果然,问清宣泄完刚才的无名怒火后,马上变得迷蒙和慌乱,浑身开始哆嗦。炳文向她张开双臂,示意她靠拢过来。她凝视着他好半天，然后慢慢依偎过去，在他的耳边轻声说："是的，我是柳问清，是的，你是炳文哥。"然后她又猛地挣脱开，怯生生地说："我求求你，让我嫁给仁俊吧！一定的。"

他久久看着她，问："你爱他吗?"

她的眼睛湿润了，然后点点头："嗯，是的。"

仿佛是一张被遗弃的试卷，多少年以后才被人想起来，并告诉你一个失败的结果。或者说，他就像犯人一样四处躲藏，这一刻终于被法官定为死罪。他没有任何申诉的理由，也没这个资格，因为宣判者是自己选定的，她让你死你就得死，绝不反悔。炳文不再说话，将身子背转过去，想用眼泪表达一下自己的不幸，更主要的是，他不忍心看她流泪，更不愿意她看着他流泪。

"答应我，和仁英结婚吧！"她从后面搂住他，"然后把驹儿带走，走得越远越好！一定的。"

他没敢用衣袖擦拭眼泪，而是使劲眨巴眼睛，努力让泪水回收进去。他问："你为什么不把驹儿留下呢?"

"因为我跟驹儿说了，你就是他的阿爸。"

"为什么要这样?"他感觉泪水已经干涸，就转过身来，"再说仁俊他能答应吗?"

"他不答应，我就不答应跟他结婚。"

"这太不可理喻了！"他推开她，抓起自己的头发，在屋子里团团转。

"阿哥，你不爱你的阿妹吗?"她深情地望着他。

他简直像触电一样，浑身麻木，简直觉得这个世界颠覆了。说不爱是不可能的，说爱就等同于他要接受她提出的一切合理或者不合理的要求。他索性一摆手："问清，你先告诉我，我去美国后，家里到底发生了什么?"

她愣了半天，最后终于选择泪流满面。

"阿爸和阿妈呢?"他继续问，"你快告诉我呀！"

沉寂许久，她停止了哭泣："阿哥呀！你不必再问了！有一天，我会告诉你一切的！一定的。”

“为什么现在不能告诉我？我已经憋好多年了！”

“阿哥，你好自私！阿妹这样求你，你还是不答应我，是吗？”说完，她离身出门。

他拦住她，她就倒入他的怀中再次哭泣。他彻底让步了：“只要你幸福，阿哥什么都愿意，什么都答应。”

“嗯嗯。”她已经泣不成声，“我的，好阿哥。”

“嗯。”他抽搐着脸，告诉对方他在笑，但这种笑容连上帝都不敢去看。

就在炳文无法安顿自己纷乱的思绪时，另一个事件又让他的大脑忙碌起来。李氏实业的案子终于被报纸披露出来，很快李积忠也被法警提解走。他火急火燎找到维德伦，期待张春寄出面做个解释。

“哎呀！本来是尘埃落定的。”张春寄唉声叹气道，“不料风云突变，李氏实业一案不单纯属于企业的问题，而是涉及到了共产党，另外，还有第三国际作为背景。”

“但是共产党并没有规定为违法政党呀！”炳文愤愤然，“这不是明目张胆的一党专政嘛！”

“你说得没错！”张春寄又解释说，“但是人家并没有据此办案，而是交由法庭，以敌产逆产的名义惩治汉奸。”

“那怎么办？”他急躁起来。

“先别急！金先生。”在一旁的维德伦终于开口道，“既然交给法庭，我们律师就有了辩护的权利。”

“不过这场官司想打赢，难度很大。”张春寄愁眉不展，“暗箱是这么规定的，共党财产一律以各种违法名义强行没收，由市党部亲自监督，任何人不得插手。”

“可是张先生，难道我们以前签订的协议作废了吗？”

“事情没办妥，协议自然不算数。”张春寄说，“但是请金先生放心！既然从一开始我们就选择了对李先生案子的支持，就会一如既往支持下去。”

维德伦说，既然这桩案子牵扯到政治，那就要利用国际亲共力量和国内中间力量加以调和。张春寄非常赞同他的说法，除了维德伦作为外籍律师，他还准备请出史良这样重量级的人物，一方面她是著名的大律师，另一方面她也是中国民主同盟常务委员。为使法庭公正，不至于法官加入个人及党派的色彩，维德伦提议法庭改变惯有的德国法系，而是参照先进的英美法系，组成一个由23人组成的大陪审团，在律师没有出席前，就对检察官提出的罪证是否成立进行审查。

炳文第一个想到的是仁俊，他要将这个消息传给他。既然父子握手言和，他就一定能做一些翻案的事情。不料红楼已有便衣把守，他们挡住了他。理由是，李仁俊被界定为案件的亲属回避人，规定不得接见来自任何一方的代理人。他只好去李公馆与仁英商量，她告诉他，仁俊曾偷偷打来电话，说千方百计要找到那个叫冈田弘的人，于是炳文便想到严德虎。他又一次来到爱尔考克路那家首饰店，伙计显得异常兴奋，说有位先生正好要找他呢。炳文兴冲冲要往后屋走，伙计拦住他说：“不急！还是那家咖啡馆。”

胖乎乎的严德虎依旧戴副墨镜，悠闲地翻着那份杂志。炳文坐到他面前说：“这位先生，戴着墨镜看得清楚吗？”

“哎呀！是金先生，你的眼睛真毒呀！”严德虎摘下墨镜，“来杯什么咖啡？”

“我看着你喝就好。”他急不可耐，“快告诉我，我能马上见到冈田先生吗？”

“不急不急！情况我都知道了。”严德虎慢慢腾腾地说，“你见他没有意义，他见你也没有什么意义。”

“那到底什么叫有意义呀？”

“有意义的时候，他自然会出现的。”

“别打哈哈了！你急着找我做什么呀？”看着他懒洋洋的样子，炳文有些来气，“我是不会给你写稿子的。”

“你一定要写的！”说到稿子，他身子坐得笔挺起来，并拿出手边的一打报纸，“看看这些，你就一定会写的。”

他随便一翻，满眼充斥的都是声讨李氏汉奸罪行的檄文，“这完全不符合事实呀！谁能这样胡诌呢？”

“这些报纸都是国民党操控的。”严德虎眯缝着本来就眯缝的眼睛分析道，“如此说来，此等舆论压力会对李氏案子很不利，它会极大影响公民的正确判断力。听说律师协会要求法庭参照英法陪审制，我看呀，就算成立了陪审团，估计结果也是一边倒的呀。”

果不其然，不久报纸上又载出：就李氏实业特大汉奸一案，上海高等法院已经核准成立13人的陪审团，这一举措将掀起一场全民公审汉奸的高潮。《民国日报》首当其冲，各家大小报纸纷纷效仿，发表各种义愤填膺的评述。李氏铁杆汉奸的名字已经铭刻在大街小巷，那些受惠过李氏实业的人，也开始怀疑自己被李家蒙骗了。案子还没有开审，眼下的气势就已经将李氏吞噬殆尽了。炳文必须去找比帕，希望在他的报纸上客观公正地澄清李氏实业的真相。比帕耸耸肩，显得无能为力。

“开始你不是信誓旦旦，大包大揽吗？现在怎么又偃旗息鼓了？”炳文很不满。

“哎呀，你的成语用得太多，我听不懂。”

“你这个人好奇怪！想懂的时候，不懂你也装懂，现在你不想懂，懂了也装不懂。”炳文意识到什么，“是不是没给你实惠呀？”

“实惠？”

“就是钱。”

“噢？”比帕一个劲儿地耸肩摇头，没有接他的话。

“怎么不吭气呀？”他气愤道，“是不是默认你就是那个夏洛克呀！”比帕还是没有搭理他，低头审阅文稿，他一把抓起稿纸，道，“我这样损你，你倒是说话呀！”

比帕只好说：“老同学，人在气头上，杀人的心都有，你责骂我已经算是轻的了，我还有什么可抱怨的呢？”他端起桌上的一打报纸，

“现在的报纸已经政治化了，民众完全陷入口号的呼喊中，摆事实讲道理，简直就是对牛弹琴。”

比帕说的是事实。走进举证大厅，那些陪审员具备的倾向性意志虽然不是内部操纵的，但在此之前已经从民意中提前完成了。检察官只需简单列举李氏船务公司与日本运输公司的合同书及一些货运单，还有几个在押日本战犯和汪伪汉奸的口供，陪审团就以11票压倒2票的绝对优势，裁定检察官控告的证据成立，并强力支持对李氏实业汉奸罪的起诉。紧接着，与李氏相关的企业、工厂、机构全部查封，就连与之相关的医院、学校也都遭到牵连。李公馆自然被查封，家务人员一哄而散。

仁英也被赶了出来。炳文要了一辆黄包车，载她去了勤德巷。炳文说家里很少生火做饭，希望她一道去楼下的馆子吃点东西。她说她一点儿也不饿，只觉得冷。他就劝她去卧房里休息，盖上被子可能会暖和些。天色已经暗了下来，她想了想，问他在哪儿休息呢？他说去医院留宿。仁英欲言又止，他想说点安慰的话，但又怕自己粉饰得太假，就只好眼巴巴看着她凄苦而又哀怨的神情，默默离去了。第二天一大早，他回去看她，发现她不见了。他很着急，后悔不该为了自己所谓的清白，而甘愿放弃对她的保护。他就像个无头苍蝇，四处乱撞。没人能听明白他在絮叨什么，就更不可能指望有人告诉他，他要找的人在什么地方。炳文把心跳强行调回正常，然后就想：她会不会去仁俊那儿呢？到了红楼，便衣似乎比以前还多。他不能靠拢，当然也就得不到院里的任何消息。他崩溃了！就突然想到了外白渡桥。仁英会不会想不开，去那儿了呢？他开始疯狂往那个方向跑去。撞到了人，他甚至质问人家为何撞他？那人说他是个瞎子，炳文只好道歉说，自己也是个瞎子。

桥上并不曾有仁英的影子，他既感到失望，同时又觉得欣慰，毕竟仁英还站在某个地方，只是他没有发现而已。低头看着苏州河流淌的水，他才真正领悟到士珪禅师“落花有意随流水，流水无情恋落花”的含义。他收拾好心情，就沿着外滩迈步往南走去，然后再向西，一直走到了徐家汇。仰望圣伊纳爵主教座堂那两个直插云端的尖顶，他再也走不动了。他倚靠大树，席地而坐，闭上眼睛什么也不想了。因为他知道，无论你怎么想，你也想不过上帝。似乎有什么尖硬的东西敲打着他的皮鞋，睁开眼一看，是几只鸽子围在他脚下争夺食物，再抬眼看去，是维德伦。他手里拿着鸽食，向炳文微笑。是巧遇吗？维德伦说，也不全是，因为他也一直想找到他。“我去医院把住址都打听了，发现没有，就问了比帕。他说你偶尔会去教堂的。我就想，你一定遇到最近的麻烦，不能解脱，所以来教堂是必然的。”维德伦解释道，“其实我也是信奉天主的，来这里也是我的必然。”

“你这么急于要找到我，有何缘故呢？”炳文问。

“首先我要向你表达，同时也向李家人表达，我对李氏一案的歉意。”维德伦欠了一下身子，然后说，“其次我是来向你道别的。”

“不必的！我们都知道你已经尽力了。”炳文说，“但是你的道别实在令我惊讶！”

“昨天，我已经向律师事务所递交了辞呈。”维德伦哀怨道，“与此同时，我向国际律师协会并英国律师协会致信，宣告我在中国大陆所做的一切努力已经被证实是天真的，是失败的。”

“维德伦先生，难道站到上帝面前，你还要这样悲观吗？”

“哦，我只能说，耶和华恐怕还没有降临到东亚大陆。”维德伦颇有感慨地说，“日本人信奉神道，视天地精华为神，以打不败神来证实神打不败。我原以为中国民众是朴实单纯的，事实可能是这样的。但是，那些庙宇，无论禅寺还是道观，都建构高山，深不可测。”

“嗯，基本是这样的。”

“所以那些高高在上的人，为了证实自己是神，就要打败那些不信他的人，让那些半信半疑的人相信他。”

“对不起！维德伦先生。”他不能完全理解，“我的想象暂时还跟不上你的逻辑。”

“很简单。”维德伦耸耸肩，“他们永远都沉浸在用自己说服自己的阶段。”

“也许。”他还是不能完全理解，就问，“回到英国你想做什么呢？维德伦先生。”

“我会考虑去教堂，做义工。”

“噢！看你的神情，你对中国还是有感情的。”他忍不住问，“还会回来吗？”

“会的，那时我可能是个神父。”

很多年以后香港回归中国，炳文在英国的南格洛斯特郡再次见到了年愈90的维德伦。他既没有当神父，也没有回过中国，而是在自家的农庄里钻研中国的道家。3年后，他死于脑猝中，西医称脑梗死。而当时炳文坚信维德伦一定会再次回到中国的，因为既然他要当神父，就一定与上帝同行，上帝绝不会放弃任何一个他所爱的人，无论是西方，还是东方。

与维德伦道别后，天色已晚。炳文赶忙回到了勤德巷，他发现自己的担忧是多余的。仁英安安静静坐在那里。他的心似乎被温水浸泡了一下，紧绷的身体即刻变得松软，甚至有些倦意。这种感觉比起跟问清在一起，显得平缓和温馨，而与阿露相比，这种感觉又显得平淡和生硬；最不能相提并论的是学姐，在他眼里，她是温度，而他就是温度计。一个人单方面被他人左右，是拘谨的，是被煎熬的。

“炳文哥，你回来了？”她问。

“哦，是的。”他关切地问，“仁英，你这一天去什么地方了？”

“哦，一大早我就去了教堂。”

“教堂？”他惊讶道，“是圣伊纳爵主教座堂吗？”

“嗯。”她点点头。

他心想：哎，真是心有灵犀，但又失之交臂呀！“是去见那个叫甄训道的神父吗？”

“嗯。”她又点点头。

“见到了吗？”

“没有。”她摇摇头说，“教堂的人说，甄训道神父早已升天了。”

“是这样。”他有些失望。

“不过，我取回了一样东西。”说完，她拿出一件包裹，轻轻放在桌上。

“这是什么？”他问。

“这是甄训道神父生前留下的遗物，说是交给一个拿两把钥匙的人。”

“所以你出示那两把钥匙，教堂的人就将它交给了你。”他确认道，“他们还说了什么吗？”

“没有。”她说，“他们要送我，我谢绝了。”

遗物被一块厚厚的橄榄绿洋布紧紧包扎着，里面似乎是一个方形的箱子。

“要打开吗？”她问。

“这是你的选择，为什么要征求我同意呢？”

她像是被针刺痛了一般，皱了一下眉头，然后就把那包袱收了起来。炳文意识到自己的回答过于生硬，就解释说，“仁英，你别误解我！我的意思是……”

“你不必说了！”说完，她收拾行装要走。

他拦住她：“这已经是晚上了，你要去啥地方？”

“我去啥地方，要征求你的同意吗？”

“当然不需要，但是那样不安全的呀！”

“安全？”她充满怨气地说，“在你这里的确很安全，但是安全得让我感到窒息！就像家里的电冰箱，只有冰冷的感觉。”他不知道该如何消除她积压已久的情绪，只有沉默地接受她的宣泄，她继续说，“炳文哥，在你眼里，我仅仅是一只小绵羊。而你，就像一个孤独的猎人，从来没有把我这只羊放在眼里。”

这个比喻，他从来没想到过，经她这样一说，仿佛被点醒。也许他真就是独来独往的猎人，但一定是个失败的猎人，手里的枪从来就不曾扣动扳机，自然就没有任何猎物供他炫耀。看似心门紧锁，其实心早就被盗贼偷进云里雾里，不知该坠落何处。他不能再当猎人了，而应该踏踏实实当一个牧羊者，安稳平静地生活，来梳理这颗即将支离破碎的心。他开始全神贯注地凝视着眼前这只即将成为狮子的小绵羊，而她也正希望眼前的这个猎人，将手里攥着的那支根本就没有派上用场的猎枪改成羊杖，悠闲自在地放牧青山绿水。

他们拥抱了！先前的一切泥沙俱下，被这突如其来的清泉，冲刷得毫无踪影；原本的所有爱意情愫，被这灵光乍现的光环，聚合得严严实实。迄今为止，他也不明白当初的情感冲击波，来自他灵魂中的哪个部位。总之，他这位野性十足的猎人，反而被那只芊芊百态的绵羊最终征服了。或者说，他应该是一只走散的绵羊，而她，才是真正的牧羊者。她手持羊杖，棒喝着他，催促他最终回到了羊群。就在他的心绪像漏斗里的沙子一样向下流泻时，猛然间，他的脑海里闪现出问清眨巴的眼睛，石头般卡住了洞口。不！不！他马上松开她。

"咋了？炳文哥。"

"哦，没什么。"他支支吾吾道，"我的意思是，我暂时不同意打开这个包裹。"

"为啥？"

"我觉得眼下最要紧的，是不惜一切代价要打赢这场官司，真心不希望一个包袱没解开，又要去解开另外一个包袱。"

她并不认为眼前的这个包裹是个包袱。她坚信他阿爸是无辜的，从小到大她就没有见过她阿爸做过任何一件损人利己的事情。眼前的这个遗物，一定是冥冥中帮她阿爸的忙。"有了钱财，洋律师和那个慈善家不就无话可说了吗？"她说。

"但是现在你阿爸的案子是政治之争，金钱已经不再起作用了。"他说。

她不愿意去理解他的话，他就把他近日了解的情况向她说了。她陷入绝望，便又开始怨恨祸起萧墙。他就说，事端已出，抱怨亦无益，既然父子修好，仁俊也一定会暗中想办法的。事实上，他这个判断是正确的。不久他们就得到了仁俊差人送来的一份影印件。上面写的全是日文,他们就找个日语翻译。翻译告诉他们,这是一份昭和十九年,即1944年,东京法庭对一位女士的死刑判决书。

“这位女士叫什么呢?”他急切地问。

“吉永佳惠。”

“吉永佳惠?”他又问,“她犯的是什么罪呢?”

“1943年,她在上海被大本营参谋部特高课抓捕,后引渡到东京警视厅,1944年以‘背叛帝国罪、出卖绝密罪、外患罪、通敌罪’起诉,判处死刑。”

他们正疑惑这份日文判决书和李氏一案有何关联时,一位自称史良助手的律师找上门来。他叫孟唤博,是上海政法大学史良的校友,毕业后就一直追随她,现在被委派到李氏实业案的律师团。他们就即刻将这份影印件交给了他,希望他不至于一无所知。孟律师说,其实他们早就掌握了这份材料,而且他还知道,这位叫吉永佳惠的女士是佐尔格“拉姆扎”小组成员之一,先是负责活动经费的筹措供给,后担任情报收集及转送,其真实身份是日本共产党受共产国际委托派往上海支部的联络员。她的公开身份是日本上海派遣军司令部中佐,后转入驻上海第13军司令部,最终调进大本营参谋部特高课,晋升大佐。

“但是这跟我阿爸的案子有啥关系呢?”仁英问。

“问题是,吉永佳惠在司令部期间,负责的是军需品的调配和运输工作。”孟律师回答说,“她利用了一位叫冈田弘的葡籍商人,通过与李氏船务公司的合作,将大量军用物资,包括医疗用品等等,先走私到澳门,然后运抵重庆,最终源源不断地送往延安等共产党掌握的根据地。”

“我明白了!”炳文有了眉目,“也就是说,李氏虽与日商合作,但其目的反而有利于抗战事业。”

“那为啥还要这样对待我阿爸?”她愤怒道。

“刚才的问题虽然已澄清,但李氏运输的物资并未直接交给重庆方，而是交给了共产党。”孟律师说。

“对呀！”炳文更加确信维德伦曾经给出的论调，就说，“所以现在所谓的地产逆产的罪名，其实并不重要，重要的是重庆方面要借机打压延安势力。”

“没想到，金先生还真有政治头脑。”孟律师赞许道。

“但是请问孟律师，我们该怎么利用这些关联的证据，打赢这场官司呢？”他问。

“正如金先生判断的一样，既然这件案子已经被政治干预，所以我们现在就要针锋相对。”孟律师斗志昂扬道，“他们借所谓法律回避政治，我们就偏要谈政治。他们动用宣传工具，制造舆论，我们也要相应地作出反击。”

这以后，首先是《文汇报》推出了一篇题为“法大？还是官大？”的文章，就李氏陪审团成为人偶悲剧的现象进行了深刻剖析，紧随其后的是《新民报》的事实调查，通过一位匿名陪审员的陈述，透露出庭审裁决完全来自一种强权压迫。比帕所属的《大美晚报》相继刊登了一些民主党派人士的声讨观点。其他商办各报为了抓住读者，也见风使舵，调转枪口，纷纷指责李氏案件的幕后黑手。紧接着有关钱大钧、吴绍澍等政府高官的贪赃枉法行为，陆续被披露出来。炳文找到严德虎，在《太平洋事务》中以无党派人士发表文章，揭露政府一党专制的独裁统治行径。霎时，整个上海掀起了一阵谈论政治民主的热潮。李氏一案的结论没有出来，倒使得钱大钧、吴绍澍等先后提出辞职。此时政府正忙于迁都南京一事，行政院匆匆任命吴国桢出任上海市长，期待他扛起“民主先生”的大旗，力挽狂澜，拨乱反正。吴国桢早年留学美国，在格林内尔学院获得经济学硕士后，又获得了普林斯顿大学的政治学博士，素以从政勤勉，办事独到闻名府内外。他亲自到看押室探望李积忠，并暗访了秘密抓捕的几个与此相关的共党地下人员。之后，他对庭审法官表示政府和政党绝不插手此事，并在报纸上公开声称：任何一件案件，无论大到升天，还是小到落地，都必须遵照法律法条法规行事。

李氏一案的律师团辩称，起诉方所提供的证据，均为肃奸委一手取证，疑似操控而成；其证人证言，皆为在押人员所招供，其中大都是日军战犯嫌疑人和汪伪汉奸罪嫌疑人，有的证人身份并不真实。而作为当事人的亲子李仁俊，成为立案侦查方所得之证据，尤为不可信；起诉方竟以李氏船务公司财务总监迟仲年的"通敌汉奸罪"作为旁证，实属荒唐。陪审团开始交头接耳。法官请求肃静后称，被控方在没有证据或者证据不足的前提下指责取证方的事实主张失之偏颇，本法庭不予采信。律师团马上表示愿意呈上证据，并请求法庭引渡与此相关的证人出庭作证。陪审团哗然。法官看完那份东京法庭的判决书后，思忖片刻说：准许！休庭。

那位被宣判死刑的吉永佳惠，因特高课核对疑问需要，死刑暂缓执行，翌年8月日本投降后，她幸存下来，但仍然滞留在狱中，接受神奈川县检方对她涉嫌一起故意谋杀案的指控。经过一番交涉，神奈川方面亲自派人押送她到上海出席李氏一案的庭审。她的出现，让炳文大吃一惊！她不是别人，正是他常常思念的柳母水谷佳。虽然分别已经九年，但她的音容笑貌依旧是那样的慈爱，所不同的是，这慈爱中多了些许刚毅和坚韧。更令人始料不及的是，李积忠浑身战栗后，竟然当场昏厥过去。肃静的法庭内顿时喧嚣起来。法官不得不再次休庭。

他非常想去看望她，但被那两个看押的日本人制止。他说："她是我母亲呀！"他们不知道他在说什么，使劲地摇头，他就冲她的背影大声喊道，"柳妈妈！柳妈妈！"吉永佳惠扭过头来，看见了他。

"是我！我是宝儿。"他大声喊道。

她已经被押进车里。他看见她留下了眼泪。

他一定要把这个消息告诉问清，让她开心，让她能多记起一些事情，尽早完全康复。红楼照旧被人死死看住，任何地方都找不到钻进去的可能。恰巧有一辆救护车驶来，他灵机一动，赶快找到那位当值医生，向他禀明自己的身份，请求他的帮助。医生犹豫了一下，最终还是答应了。他蒙混进去后，总算松了口气。但很快他又陷入担忧中，被抢救的不是旁人，正是问清。她的手腕被仁俊紧紧握住，但鲜血还是止不住向外流淌。

“仁俊，问清这是怎么了？”

“别问了！”仁俊大声吼道，“快送去医院。”

炳文快速用绷带缠着她的手腕，然后抱起她就往外跑。仁俊也想跟车而去，门卫拦住了他。他发疯似地抽打门卫，门卫把枪送到他手上：“专员干脆你打死我吧！”

仁俊无可奈何，只得抱头痛哭起来，并大声嘱咐炳文：“不能让她死呀！”

问清醒来后，炳文迫不及待地将他见到柳母的消息告诉她，她却无动于衷。“问清，你怎么能这样呢？”他急切地问，“难道我们的阿妈，你也想不起来了吗？”她就哭了，哭得很伤心，他惊喜地问，“问清，你想起来了？”

她没有回答，而是擦去眼泪，死死盯着他，半晌才开口：“你一定要答应我，娶了仁英。”

“啊？”他非常失望，像个泄了气的皮球。

“怎么？”她瞪大眼睛，“你答应我的事，不算数了吗？”

“哦，算数算数。”他应付道。

“你答应带驹儿走，也算数吗？”

“当然当然。”

“你好像不开心？”她用另外一只手，抚摸他的脸，“为什么不开心呢？”

“没有没有。”他拼凑出笑脸，“开心，蛮开心的。”

“开心就好。”她看着包扎的手腕，“可是我不开心。”

“为什么？你为什么要做这样的傻事？”

“因为他不要我了。”

“胡说！仁俊爱你都不要命了，怎么会不要你呢？”

“事实就是这样的嘛！天天把我关在屋里，也不让见见阳光。一提起婚礼，他就推三挡四的，好像有什么坏事瞒着我要做。”

“不是这样的，你误会他了！”他替仁俊开脱，“这些天有一大堆烦心的公事缠绕着他，你要体恤担待一些，原谅他理解他哟！”

“什么事情？为什么不能告诉我呢？”

“仁俊爱你，怕你担心，怕你不开心嘛！”

“我不信。”

“到时候，你会信的。”他觉得解释多了，反而会露出马脚，就劝她好好休息。她还要追问，他就说，等她的伤养好了，就告诉她一切。

吉永佳惠当庭承认了她暗自促成了昌旗丸会社的建立，以及给予大量业务支持的事实，更强调所运物资完全是出自对延安等苏区抗战行为的认可。当法官询问她动机时，她说：“很简单！我是日本共产党，接受第三国际委派，并执行中共的指示。”

“我得到确切消息，在押的日共人员全部获得自由，为何山口小姐还处于管制阶段呢？”法官问。

“很抱歉！法官。”她莞尔一笑，“这是家事，恕我不便回答。”

法庭认为，吉永佳惠的证言只能作为旁证的一种主观臆断，充满着假定性，不能作为当事人的事实主张，因为毕竟还没有确凿的证据表明昌旗丸会社所运物资交与的就一定是苏区，而不是日伪占领区。法庭掌握的只有供货的出库单，并没有任何一份来自接受团体或者个人的签单。因此，冈田弘的出现将是李氏实业一案成败的关键。炳文再次见到了严德虎，希望他无论如何也要让冈田弘现身，他愿意付出一切代价。见他之前，炳文已经跟仁英商量好，交出那两把钥匙。

“这是李氏家族仅有的财产，希望严先生一定请出冈田弘先生。”炳文几乎在哀求他。

“钥匙你拿回去，冈田先生并不缺这个。”严德虎一改过去的慵懒之态，“既然事情这般严重，我也不瞒金先生了。”

“那你快说！难道冈田先生也有什么难言之隐？”

“金先生果然有一双慧眼，能看透人心。”严德虎将眯缝眼瞪圆，“的确，冈田先生有一事相求。”

“请说！”

“冈田先生有一位兄长现在押提篮桥监狱，即将被盟军军事法庭宣判为战犯执行绞刑。”

“是宪兵队那个冈田直一郎吗？”

“正是。”严德虎非常惊讶，“金先生也认识？”

“岂止认识！还面对面交锋过。”

“哦？你们有过节？”

“跟我过节事小，他杀人如麻，恶贯满盈事大。”他马上意识到对方的意图，“难道冈田先生要给他兄长求情？这万万不能！”严德虎没有接话，品着咖啡，又恢复他原有的慵懒样子，他余怒未消，“我的话，严先生没听到吗？”

“冲动是不能解决问题的。”严德虎慢条斯理地说，“金先生还是来杯咖啡吧！或许听完我讲的这段故事，再做决断不迟。”

这段故事自然讲的是冈田兄弟如何情真意切的。当年冈田直一郎的父亲在澳门赌博输个精光，不敢回大阪见妻儿，就留下来做苦工。期间他和一位同情他的华裔姑娘相爱，并生下了冈田弘。若干年后，他赚了一些钱，就偷偷回到大阪看望他的原妻和直一郎。不料被原妻兄发现，原妻家族属三口组成员，认定他有辱名声，将其活活打死。17 岁的一郎不满族人仗势欺人，决计杀死舅爷为父报仇，不料刺杀未遂，反被追剿。他无处安身，只好逃去了上海。以后他偷渡澳门，千辛万苦找到了后母。他哭诉衷肠后，两人抱头痛哭，甚是凄凉。自此直一郎挑起家中重担，与后母幼弟相依为命。为让弟弟念书，直一郎竟然在外干了三份活。有一天他收工回到家里，惊讶地发现后母倒在血泊中。后母说是原妻兄带人干的，然后就断了气。直一郎忍下这口气，为的是把冈田弘送进大学。昭和三年，他告别了弟弟，回到日本。他努力进了陆军宪兵学校学习，积蓄自己的力量。终于在毕业典礼的前一天，直一郎率几位生死同学，成功刺杀了舅爷及其帮凶。“一·二八”事变，他随师团被派遣到上海。“据我所知,金先生为救亲妹妹不顾一切,而冈田先生为救哥哥反倒就错了吗?”严德虎说。

“严先生,我并没有任何责怪冈田先生的意思。”他没有否定他的说法,“我只是认为他的嫡兄作恶多端,不可药救。”

“不可药救?这不是医生所言呀!”严德虎抓住这一点,劝服他道,“冈田先生认为,他已经做了大量帮助中国人抗日的事情,不求功劳,也只求替他哥哥赎罪呀!”

“他到底想怎样?我又能做些什么呢?”

“冈田先生曾结识过一位叫中村敬一的军医,据了解,这位军医也是金先生留美的同室校友。冈田先生更知中村有要事托付金先生。”

“不不!”他起身站立,“容我三思。”

“为救兄长,冈田先生筹谋已久,万般无奈才出此下策。他深感用商人手段谈人情买卖,实在有些龌龊,但念金先生谨遵医道,奉行救死扶伤精神,成全了李氏和冈田两家的和睦吧!”

“请允许我好好考虑考虑。”他抽身离去。

自从踏上上海滩后,炳文觉得自己不再是精通医术的大夫了,而是一个彻头彻尾的蹩脚商人。一会儿跟这个谈协议,一会儿又与那个谈条件,现在居然要和严德虎明目张胆地交换人质。他既没钱,也无势,为何还有那么多人相中他呢?难道自己身上果真有正义感吗?可是事实上,这种所谓的正义感完全是自以为是,欧拉冒岛那些被冤屈的阴魂,不就葬送在他的手中吗?他算明白了,自己只不过是两军对垒的一个中间人,一个尚有利用价值的传话者。他没有理由去反驳任何一方,更不可以凭借自己的主观意愿,去干预双方有可能达成的妥协性协定。他是因为怜爱仁英才去支持李积忠的,同样,他也是因为憎恨冈田直一郎才去反对冈田弘的,如果排除了爱与恨的因素,将李积忠与冈田直一郎作为一种物理交换,才是理性的。他应该彻彻底底地做一个中立者。

他向医院请假。院长故意瞪大眼睛问他去哪?他说去澳门,院长就怨天尤人起来，说因为李氏一案的牵连，医院已经遭到流言蜚语的围攻了，如果金董事再不辞而别，特别是去澳门这种地方，恐怕伯特利就会垮掉的。然后他又开始捶胸顿足，数落自己无能，上对不起董事长，下对不起病患者。炳文知道他是在指桑骂槐，于是就说："院长，我去澳门不是去赌博的！之所以这样做，完全是为医院着想，否则天地不容。"

"你就一定要去？"

"是的。"

"那就去吧！"院长无奈道。

"我真的不是去赌博。"他看他不信任的神情，又重复道。

"没事的。"院长表示理解，"其实输赢都一样的。"

"院长，你到底什么意思？"

"我是说，输了，钱给了别人；赢了，钱还是给了别人。"

"啊？"他对他意味深长的话没有听懂。

院长就说了大白话："我是说，金钱永远是给那些有权有势的人准备的。"

院长其实也是位虔诚的基督徒。1950 年他参与发起了"三自爱国运动"，并动员石美玉女士将伯特利医院交予上海市市政府接管，不幸在 1956 年又因退出"三自组织"被打成反革命，押解到青海农场进行劳动改造。80 年代政府决定给他平反，他不但没有领受，反而认定这是天主安排的苦难，是他作为一个基督徒的荣耀。1988 年，他死于肝硬化，享年 87 岁。离世时，他仅存下一个五分的硬币。

到了澳门，经过多方打听，炳文找到了那家永亨银行，并用那把钥匙打开了保险柜。里面是中村留下的实验数据和相关论证，还有一个铝制盒子。盒子摆放的是若干只密封的玻璃试管，试管里装的是颗粒状紫色晶体。他心想，中村必定是服用了这些晶体才导致记忆全无的，效尤此法，冈田直一郎也同样能逃避法庭的制裁。于是他小心翼翼地取出其中一只，但很快他又心神不宁起来，中村给予他无上的权利，毕竟是学术之托，并非让他做这种偷窃的勾当牟取利益呀！他又重新将那试管放回原处，锁好了箱子。在离开银行大门的时候，他又拼命说服自己掉头回去。白蛇为救夫君能盗仙草，自己为保全李氏全家，何其相似乃尔，效仿古人总不会有错吧！南极仙翁尚且能同情蛇精，自己是个凡人，自然更不会受到神仙谴责的。再说，法庭只关心犯人肉体的存亡，并不曾关心他们灵魂的去留。恰恰相反，他的做法只是让犯人的皮囊尚存，但精神却已经消亡。确切地说，犯人获得的只是婴儿般的生命，除了原有的生理机能，其他的一切又要重头再来。作为一名医生，他给他的病人诊断的是精神绞刑，这也许要比法官宣判犯人的肉体绞刑更高明一些。炳文终于说服了自己，同时也觉得说服了上帝。取出试剂后，他没有再去动其他的东西，依旧按照原来的样子摆放好，然后悄悄离去。

不久，冈田直一郎被狱医确诊为精神失常后免予起诉，不日将遣回日本。李积忠也因冈田弘出庭作证被法庭宣判无罪，当场释放。清静多时的李公馆恢复了昔日景象，那些远离李家的亲朋好友又重新簇拥过来。李积忠推说身体不适，躲进书房，仁俊只好出面应酬。问清依偎在他身旁，腕子上的伤痕被一条宽宽的镶玉银镯紧紧包裹住。炳文想上前问候她，但又怕不合时宜，恰巧仁英过来轻轻碰了他一下，低声说："你跟我来一下。"

炳文随她来到楼上的书房，李积忠坐在那里静静地抽着雪茄烟，待他进屋后，仁英从后面关上门。屋里只有他和李积忠。"伯父找我?"他问。

"炳文呀！你为我的事身心交瘁，疲乏已极。"李积忠说，"我该怎么感谢你呢?"

"不用那样说的，晚辈只是尽了绵薄之力。"

"哎！"李积忠叹息道，"老夫无能呀！"

他发现他鱼鲠在喉，便说："伯父，若有难处，请尽管吩咐！"

李积忠眉宇舒展道："实不相瞒，我考虑再三，这事还必须请你出手才是。"

“晚辈理所应该，伯父请讲。”

“你尽快去一趟日本，找到吉永佳惠的律师。”李积忠拿出一个文件夹来，“这里面有两封信，一封是写给吉永佳惠的，一封是写给她长辈的；还有两张空白支票，一张给律师，一张给她家人，数额随他们的意愿。”

他就想，难怪那天柳母出现在法庭上，李积忠会突然晕倒呢？“伯父认得吉永佳惠？”

“是的。”李积忠感慨道，“她原来的名字叫水谷佳。”

“哦？”

“她既是问清的母亲，也是你的养母。”

“那伯父也一定知道我养父了。”

“当然，仝应算是我们的义弟。”

炳文惊讶地听他叙述着往事。原来柳仝应还在襁褓中的时候就随母亲邱氏来到李家，也从此成为李家的养子。之所以如此，是因为他还未生之时，父亲就因严重的痨病不治身亡。正巧李家夫人生下双胞胎缺乏奶水，邱氏就带着他前来做了奶妈。李家宅心仁厚，仝应与积忠积厚两个兄弟一同茁壮成长。念完中学后，兄长积忠去震旦大学读书，积厚却要提出赴日本留学，李家恐他生性浮躁，惹出麻烦，就征得邱氏的意见，派仝应一道前往，明面陪读，暗中掣肘。邱氏念及积厚与仝应打小融洽，一动一静煞为匹配，就欣然答应了。到了大学二年级末，他俩先后结识了一位来自神奈川的姑娘水谷佳。水谷佳的父亲曾参加过中日甲午海战，在旅顺大屠杀中，趁机掠回一些字画和瓷器，从小她就非常喜欢这些东西，大一点的时候她就想，偌大中土怎么会输给一个弹丸岛国呢？进入大学，她专门选修了汉语，准备结识一位中国人，希望他能回答这个问题。一次舞会上，她发现了坐在一旁看书的仝应，就过去问他为何有如此古怪的行为呢？他说是陪人来的，不善跳舞。她就一定要教他跳。他的扭捏和拙笨，引来几个日本同学的嘲笑。他不去理会。其中一个被他的沉默激怒，上去就将他俩拉开，并猛地一把将他推倒在地。他慢慢站了起来，掸了掸身上的灰土，大家以为他要出手教训那个日本同学，不料他却很礼貌地对水谷佳鞠了一躬，然后转身离去。事后，她去宿舍质问他：你怎么不还手呢？他说：若我还手，对方就再还手，我又还手，彼此就要交恶到底，永不休止；我若不还手，他恐怕就此罢休了。她问：他要是不罢休呢？他说：多行不义必自毙。她无法听懂他在说什么，积厚就过来告诉她，这是孔子说的，孟子还说过“得道多助，失道寡助”。从他们嘴里，她还知道了老子、庄子和孙子。从此，三人常在一起散步说笑。

水谷佳率真大方的性格深深吸引了仝应，他暗自喜欢上她了。他正苦苦练习如何向她表达时，积厚却抢了先手。他问仝应：水谷小姐配得上我吗？仝应犯了愁：说不配，低看了她；说配呢，又高抬了他。他只好说：那水谷小姐是怎么回答的呢？积厚说：我还没问呢，要不你帮我问问？仝应更是犯了愁：去吧，怕水谷佳答应；不去吧，又怕开罪少爷。他只好出主意：不该问她配得上你吗，而应该问她，你能配得上她吗？没想到因为自己的多嘴，反倒成全了他俩。两人以后的亲昵之举，让他又气又恼。他恨不得要写信给家里，告发少爷的不轨之举，但终究还是忍住了。正当两人海誓山盟之际，水谷佳的父亲出现了。他对积厚怒吼道：我家女儿已与山本家订下亲事，绝不容你这支那猪玷污！说完，手下人将积厚痛打一番，然后强行将水谷佳带走。积厚咽不下这口气，就想花钱请黑帮的人为他出气，并抢回水谷佳。仝应害怕，赶忙给家中写信，只说遇到麻烦，没有具体说事。不久，家中以家父病危为由，急令积厚回国。临走前，积厚给水谷佳写了一封信，嘱咐仝应一定要想方设法交给她。

回到家中，积厚发现父亲虽面容黯然，却并无病症，顿觉他与水谷之事被仝应告发了，于是双膝跪地，静候发落。不料父亲双手将他扶起，仔细端详他一番后说：为父诳你回来，实属不得已而为之，还望我儿不要计较。积厚还从未领教父亲这样的谦卑，激动得眼睛里湿乎乎的。父亲说：为父有一事相托，你必须答应。积厚亮起眼睛说：父命不可违，儿当至死尊听。父亲说：从今以后，你就是你胞兄李积忠，积厚这个名字只当没有过。积厚大惑不解地问：我哥呢？父亲说：他已经死了。

原来父亲李乃雍与他的拜把兄弟朱器丛曾有誓约：长子长女必须联姻，否则人财两空，天诛地灭。李家有了积忠，朱家有了朱珠，两家约定成婚。不料婚期临近之时，积忠离家私奔，后被家丁抓获。他表示自己另有所爱，至死不悔。家族最终以最严厉的家法将其处置：装进麻袋，投入太湖。为不使李氏家族蒙受毁约的骂名，也为了保全李氏家业不致败落，积厚必须替兄完婚，并且还要让对方认定他就是积忠。双胞胎的外貌极其相像，只要积厚不说，朱家没有任何可能去识破。万一有人多嘴问起积厚来，就说他在日本因病亡故。

积厚有些为难。哥哥虽殁于家法，却总算是为红尘舍命，留下一个不爱江山爱美人的名声；而自己呢，不仅辜负了水谷佳的期望，还要毁尸灭迹般地为兄殉节，连个牌坊都不曾有。但父命难违，更有前车之鉴，他只好向父亲先妥协一步，然后再争取下一步：同娶双妻。不料父亲捶胸顿足道：都是些忤逆之辈呀，恐怕富不过三代，到第二代就要败落了。大约是兄长气过一回父亲，加上他这一次，父亲竟然口吐鲜血，昏死过去。积厚迫于家族的巨大压力，只好屈从，与朱家大小姐朱珠完成了婚约。

后来，奶妈邱氏死了，积厚回吴兴给她送葬时碰到了仝应，又惊又喜，不禁假装问起积厚来。仝应就告诉他，积厚刚走不几日，水谷佳就慌慌张张跑回学校，说她打伤了人，伤的人可能已经死了，她要积厚带她一起跑。他说，积厚已经回了中国，并将信给她看。读后她呜呜大哭起来，请求他带她去中国找积厚。他开始是犹豫的，后来水谷家人四处搜寻，弄得惶惶不可终日，直到有一天，搜寻的人都快抓住她了，他才带着她匆忙偷搭了一艘开往大连的邮轮，躲过了这一劫。从大连到了上海后，他们又马不停蹄地赶去吴兴老家。回到镇上，他不敢直接带她回家，先偷偷见了母亲邱氏，告知她一切。母亲大惊，也告知李家近来发生的事情。他没了主意，想去跟她实话实话。母亲慌忙说:不可不可！消息传出去,李家就要有灭顶之灾。他不知所措,母亲就语重心长地说:李家待我们不薄,要么你劝这位水谷小姐赶快返回日本,要么你就替积厚迎娶她。

积厚还想打听这之后的消息,全应似乎认出他来了,就讥讽道:一个活人为何还要去关心一个死人呢？积厚很尴尬,不好再问下去,只好说:大哥我在上海,你们可以在那里发展,有什么要求尽管开口。全应说:我们彼此相亲相爱,不劳少爷的驾。以后,积厚千方百计去打听他们,还是杳无音讯。直到孩子上了学堂,他才发现柳全应是他孩子的校长,校长夫人是水谷佳。看到两人彼此相亲相爱,还有一位可爱的女儿,他那颗长期以来内疚的心,算是平复了许多。

“这么说,伯父你就是弟弟积厚。”

“是的。”

炳文突然想到那个中统特派员林守安,莫非他就是李积忠,死而复活？“那真正的李积忠已经死了吗?”他问。

“是的。”李积忠认定道,“他的墓地就在吴兴老家,但碑上刻的名字是李积厚。”

“棺木里一定是空的吧!”

“不！里面是兄长的尸首。”

“不是投入太湖了吗？哪来的尸体呢?”他不相信世界上还有那么相像的人,表示深深的怀疑,“伯父亲眼见到了吗?”

“你这孩子！活人有罪,死人就不该有了。”李积忠叹道,“毕竟是族人,打捞上来,再行葬礼,也算是对他在天之灵的一种祈福吧。”

虽然他还是心存疑惑,但一味坚持自己的判断,将林守安拉来与李家相认,即便是事实,其结果也许会适得其反。真的假不了,假的真不了,这也许是存在人心里的话,而在表面上,人们常常喜欢把真的说成假的,把假的当成真的。赵高指鹿为马,那鹿就一定是马,只有自以为明白的糊涂人才说它是鹿。这其中的奥妙只有当事人明白,何须你一个外人捅破这张纸呢！连林守安都不出头露面,你跳出来，不是别有用心嘛！一定要较这个真，那鹿究竟是鹿是马？终归有一天，上帝自然会给出答案的。眼下，既然假的李积忠说真的李积忠死了，那就是死了。

"我明白了。"炳文态度中肯地说，"伯父与我养母过去是一对恋人，现在听说她还拘禁在日本，很想让她获得自由，然后……"

"是的！我要向她说明一切。"李积忠耷拉着头，"是否原谅，是否宽恕，全在于她了。"他长吁一口气，然后抬头对炳文说，"但是，我更希望她回来，来参加仁俊与问清的婚礼。"

"明白。"他又问，"伯父，我有一个非常好奇的问题，不知道能不能开口？"

"你说吧！"

"既然你早已经知道问清的身世，开始为什么要坚决反对他们的婚姻呢？难道你不希望李家和柳家有过密的交往吗？"

"这个嘛。"李积忠有些为难，"我想想该怎么回答你妥当。"

"伯父，让你难堪了。"他有些后悔，"仁俊都不知道，我就更不应该知道了！"

"你跟他不一样！他是个偏执狂，你是个善解人意的孩子。"李积忠皱着眉，"我告诉你真相吧！希望你要保住这个秘密。"

"我保证！伯父。"

"问清是我的亲生女儿。"

"啊！"他十分惊讶。

"开始我也是惊讶的。"李积忠说，"但是惊讶后，我表示深深的内疚和悔意。"

李积忠是从柳校长嘴里得知真相的。当时为了营救问清，他极力主张问清在婚约上画押。遭到问清拒绝后，他从宪兵队那里争取到与校长会面的机会，企图让柳校长说服问清，无奈柳校长向他道出了真相：当年水谷佳因为找不到积厚的消息焦急万分，又从他这里得到积厚"暴死"的消息，几度产生了轻生的念头。原来她轻生的原因是有了积厚的骨肉，她既无脸回日本，也无法待在中国。柳校长怀着一颗对她原本就有的爱心，一边安慰她，一边鼓励她，并发誓陪伴她渡过艰难的时刻乃至一生。李积忠明白了一切，跟他商量出一个权宜之计，先让问清签约，待她获得自由后，即可解除这个婚约。

“无论仁俊如何置我于死地，我也绝不会答应这门亲事的。”李积忠又端起了雪茄，“你现在明白了吗？”

“可现在伯父为什么又答应了呢？”

“能理解人的人是永远不会去问理由的，相反，不理解的人在你没有理由告诉他时，他就充满怨恨。”李积忠说，“朱珠就是这样的，她几乎天天抱怨我，说我和谁都有理由过不去，为何偏偏要挑自己的儿子过不去呢？直到她过世前，我才把问清的身世告诉她，没想到她不但不怪罪我，反而告诉我，仁俊跟问清没有任何血缘，他们是可以结婚的。我当时就糊涂了，她就请求我的原谅，说仁俊也不是她和我的亲生儿子。”

炳文现在才算明白，李积忠当初为何对仁俊说：我能原谅你，首先是因为你阿妈原谅了我，其次我也原谅了你阿妈。原来朱珠在东亚同文书院读书期间，爱上了比她大三岁的学长。两人形影相随，如胶似漆。临近毕业的头三天，朱珠突然被父亲召回家中，让朱珠与李家大少爷完婚。朱珠不从，朱父就告诫她：你那位学长是个骗子！她不信，他就拿出一封学长留下的绝情信，上面诉说他家有妻儿的苦衷，恳请她的原谅。朱珠愤怒至极，就跑回学校质问学长，却发现他早不见踪影，以后也再无音信。和李积忠匆匆结婚后她暗自发现自己早有了身孕，而这一切，新郎竟丝毫没有发觉。

“哎，上辈们背负的罪名，却要下辈们糊里糊涂去承担，实在是罪过。”李积忠狠狠吸了一口雪茄。

“伯父，人谁无过？过而能改，善莫大焉。”

“天下后辈像你这样能宽容人的不多。”李积忠感叹后说，“好了，现在我们该说说你去日本，该如何帮助你养母吧！”

其实在此之前，炳文已经早有准备。就在问清割腕的那天，他就留下她的血液，等到了神户川法庭，可以提出做亲子鉴定的请求，并以此来说明处于失忆症的女儿，亟待她母亲唤醒她原有的记忆。他相信人道主义精神是能够感染法官的。李积忠叹道：等有一天，法官和医生是一个职业就好了。

正当他计划动身去日本时，安如倩突然回来了。他颇感意外，说自己马上要去日本，倩姐怎么就回来了呢？她的脸色很不好，并用命令的口气对他说："你去了日本就不要再回上海了！"

"嗯？"他觉得莫名其妙，"为什么呀？"

"没有原因，务必执行就是了。"

"执行？这也太荒唐了吧！"他百思不解，"再说，不回上海，我去哪儿呀？"

"你不是一直想回美国吗？当初我使劲劝你留下，你才勉强同意。"她从他的话里找出理由并嘲讽道，"现在怎么反倒不愿意走了？"

"因为我不但找到了问清，还找到了阿枝。"

"更重要的是，你还找到了心上人，并且即将成为她的新郎？"她更加严重地挖苦起来。

"这些都是你倩姐提前知晓的呀！"他有些委屈，就质问，"正是因为这些，你才要我离开的吗？"

"你太小看你倩姐了！"她有些愠怒，"而且是不止一次地小看你倩姐。"

"好好，算是我小人之心度君子之腹。"他嘻嘻笑道，"你大人不计小人过，好吗？"

"不要跟我嘻嘻哈哈的！我又不是三岁的孩子。"她并不领情，但态度有所改变，变得诚挚起来，"以前所有的，算我是小人，你可以置若罔闻，但是这一次，你必须听你倩姐的，而且我会陪你去日本的。"

"哦？"

"办完你该办的事情，然后去美国。如果美国不想待，你可以选择去任何一个地方，但上海，你是决计不能再回了。”

见她如此执拗，他也表示绝不屈从：“不告诉原因，我肯定不会糊里糊涂跟你走的。”

看他这样坚定，她没有跟他硬碰硬，用缓和的口吻道：“好吧！我答应你，等到有一天安全了，我会告诉你一切的。”

“我现在不安全?”他打量一番自己，又看看她，觉得好笑，“倩姐你说笑了！”

“我没跟你说笑。”她又板起脸来。

“不要这样嘛！倩姐。”为了消除她的严肃，他就问，“中村君情形如何?”

“他很好，无忧无虑的。”她依旧冷冰冰的，“你若不放心，到了日本，我可以带你去看他。”

他这才理解到，也许是因为学姐刚从中村那里回来的缘故，偏执的心情导致她有如此怪诞的举动。所以他不再与她争辩，待她情绪渐渐稳定后，做一些疏通开导的工作，情形自然也就会好起来，但她已经从皮包里掏出飞机票来，他才觉得学姐是当真的。当看到机票上写的是 Peter. Z，他又觉得她是在故意作弄他。于是他笑了。

“你笑什么?”她拿出一本护照递给他，“皮特先生。”

“皮特? 谁是皮特?”他翻开护照，名字写的是 Peter. Z，但照片却是他本人，“这，这是怎么回事?”

“因为秦炳文死了，金复生也不能存活。”

“倩姐，这到底发生了什么?”

“我答应过你，等有一天安全了，我会告诉你的。”

他无法抗拒她强硬的好意，又无法从她嘴里得知这葫芦里卖的是什么药，只好采取缓兵之计，暂且回避：“倩姐呀！我是坚决不坐飞机的。”

“为什么?”

“我怕了！上次坐飞机……”他发现漏了嘴，马上改口道，“我，我晕机，都吐到旁边乘客的身上了。”

“怕是担心飞机坠入大海吧!”

“啊!”他吓了一跳! 学姐简直就是自己心里的蛔虫,随时都能绞痛自己的心肠,“倩姐你又说笑了。”

“说笑不说笑,你心里明白。”她诡异地说,“飞机不坐,那就换船吧!”

“还是倩姐想得周到。”他奉承道,心里兀自发憷。

“不用你夸我!”她毫无逗趣的兴致,“我要提醒你,我离开你后,任何人要见你,你都必须拒绝! 特别是陌生人。”

“呃——”他故意把声音拉长,“会有陌生人见我?”

“你别在那里装疯卖傻的。”她警告道,“你老老实实回勤德巷等着我,船票到手,我就来找你。”

炳文没有顺从她的意志,而是先赶到仁英这里,将安如倩如此古怪的言行通报于她,希望她能有一个既合理又得体的说辞能够去劝住他的学姐。不料仁英表现出很宽容的样子,说:“炳文哥,其实你可以先不用顾忌我的。花些时间陪陪你学姐,她受到的伤害一定不是寻常人能够想象的。”

“嗯! 我会尽快回来的。”他说,“因为,因为我已经答应你阿爸了。”

“答应他啥了?”她羞涩地问。

“回来后,我们马上结婚。”他愣愣地说。

“哦。”她眼珠转动着,“那你的意思是,要是阿爸不答应,你也就不答应了呗!”

“啊? 不不。”他的眼珠也转动起来,“我答应,我答应。”

“你答应了,也是不可以的。”她娟媚地噘起嘴。

“欸?”他开始犯愣了,“为什么不可以?”

“为啥?”她又略微扬起脸,“那还要看我本人答不答应呀!”

“哦。”他明白了,顿时感觉到脸有些发热,就慌忙低下头去。

她就笑了,说:“炳文哥,我还头一回看你脸红。”

的确,在姑娘面前,他心动过,心慌过,甚至心虚过,但从来没有脸红过。任何人夸他,他都觉得是一种刺探性的嘲讽或者挖苦,如同解剖他那颗紧缩而脆弱的心。上一回在勤德巷,他已经沦落成了绵羊,甘愿败在她这位牧羊者的杖下。如今她又如同小小的火苗,漫不经心地烤着他的身躯,让心血顺过血管扩散到他的脸上。"要不,要不,我们的婚礼和仁俊问清一道举行?"他怯生生地说。

"炳文哥,这事不能乱说的呀。"她笑了,害羞中透出温存,"你尽管与你学姐去,我会静心等候的。"他还想说什么,她就说,"Go from me. Yet I feel that I shall stand. Henceforward in the shadow. Nevermore."

回到勤德巷,炳文一边整理行李,一边就想起仁英说的这句英文。表面上他佯装不知,其实他怎么会不熟悉呢!那曾经是他向问清的表白,一首来自勃朗宁夫人诗歌的开头句。

舍下我,走吧。可是我觉得,从此
我就一直徘徊在你的身影里。
在那孤独的生命的边缘,从今再不能
掌握自己的心灵,或是坦然地
把这手伸向日光,像从前那样,
而能约束自己不感到你的指尖
碰上我的掌心。劫运教天悬地殊
隔离了我们,却留下了你那颗心,
在我的心房里搏动着双重声响。
正像是酒,总尝得出原来的葡萄,
我的起居和梦寐里,都有你的份。
当我向上帝祈祷,为着我自个儿
他却听到了一个名字、那是你的;
又在我眼里,看见有两个人的眼泪。

如今仁英又以此向他表达,他不知道是喜还是悲?有人敲门,他去开,是两个陌生男人。没等他反应,两人就已经跨进屋里。他觉得学姐真没有跟他开玩笑。

“我并没有请你们,为何如此莽撞呢?”他愠色道。

“请原谅！金先生。”其中一个中山装的说,“不是莽撞,是情况紧急,我们必须来保护你。”

“保护？简直荒唐！我好端端的,哪来的什么保护?”炳文打量他们一番,“再说,你们是谁？又何来此言呢?”

“我们是中统的,是按特派员的指示来执行任务的。”

“特派员？哪个特派员?”

“林特派员。”

“林特派员?”他问,“是林守安吗?”

“是的。”

“是他!”他觉得蹊跷,“他凭什么来保护我?”

“我们也不清楚了。”另外一个穿西服的过来生硬地说,“正好带你去问问他好了。”

“什么意思?”他警觉起来,“要抓捕我吗?”

“哪里哪里。”穿中山装的那个狠狠瞪了穿西服的一眼,然后对炳文堆出笑脸道,“是请,一定是请！呵呵,我们是专程来请金先生去见我们特派员的。车子在外候着呢。”

通过李积忠说的那段往事,炳文也很想见这个林守安,探究一下他到底是不是那个真正的李积忠,如果是,他又如何起死回生的呢？“好吧！我先跟你们走一趟,但必须马上回来,还有事情等着要办。”

“没问题的。”两人回答得很爽快。

好奇心驱使着他,让他完全忽略了安如倩如同禁令般的叮嘱。他坐上车,心里虽有如履薄冰之感,但也多了几分探赜索隐的兴奋。车子由南向西行驶,貌似这条路他曾经步行过,他想问去哪儿,一看两人脸色呆板,就懒得张口,但是车子停在圣伊纳爵主教座堂大门前,他就不得不问:“你们中统难道在这里办公吗?”

“这是特派员约的地方,我们也不清楚。”穿中山装的说。

“为什么要约到这里?”他问。

“都已经到了,马上就要碰面。”那个穿西服的瓮声瓮气地说,“你问特派员不就行了嘛!”

今天不是礼拜的日子,所以教堂里显得很空荡,他进去的时候,都能听到自己的脚步声甚至喘息声。林守安面对他站着,显得和蔼可亲,和上回审问他时判若两人。炳文没有去靠近他,而是保持距离地问:“上回林特派员恨不能吃掉我,这一次,怎么又要不同寻常地保护我呢?”

“上回只能说是一个误会,而且是一个小小的误会。”林守安依旧保持着笑容,“这一次嘛! 有人要杀你,所以自然要保护你喽。”

“有人要杀我?”他难以置信,“谁? 谁要杀我? 而且为什么要杀我?”

“是谁,我暂时还不知道。”林守安终于收敛笑脸,“但为什么要杀你,我知道。”

“哦? 为什么?”他提前声明道,“我金复生不过是个医生,似乎也没有误诊过什么病人。”

“他们要杀的当然不是你金复生。”

“那还能是什么?”

“他们要杀的是杰弗森,一位飞机失事的幸存者。”

“啊!”他惊恐万状,“你是怎么知道的?”

“别紧张!”林守安拿出一份影印件道,“这是一份乘客意外保险单,所有死者家属都领取了赔偿金,唯独杰弗森的那份没有领。”

“这能说明什么呢?”他佯装不知,“也许他是个孤儿。”

“孤儿,也有孤儿院的人来领取。”

“你到底想说明什么?”

“我想说明他还活着,而且现在就站在我面前。”

“特派员真能说笑。”他不能就这样简单承认,“谁能证明呢?”

林守安往侧后身一指,他这才注意到,早有一个人背身坐在那里。那人转过身来，他大吃一惊，虽然时隔四年，虽然只是一面之交，但他还是能认出此人是詹姆斯。

他逃离欧拉冒岛后来到檀香山，按迟仲年提供的地址，找到了土著人开的那家酒馆。酒馆紧挨着珍珠港，他还记得那天店里的日历牌上显示的是：12 月 5 日，星期五。他告诉店主，他来找一个叫詹姆斯的人，店主起先是不情愿的，当他拿出那个酋长的吉祥护身宝石时，店主甚至所有的土著人都肃然起敬。很快那个叫詹姆斯的人被叫来了。他也是土著人模样，但穿着打扮和言谈举止表明他是位斯文的文明人。炳文马上向他说明来历，并将迟仲年托付他的黑色密码箱交给了他。詹姆斯表示非常感激，并从口袋里掏出一个信封递给他，然后匆匆离去。炳文打开信封，发现里面塞着一打厚厚的美金。他起身去追，早不见詹姆斯的踪影。第二天他又来到酒馆，希望店主帮他把詹姆斯找回，将钱退还给他。等了整整一天，詹姆斯并未出现，很晚他才回到住处。他感到实在疲惫，倒头就昏睡过去，睡得很死，直到凌晨他被窗外的轰炸声震惊。从浓浓硝烟里挣脱出去后，他才从人们的议论中得知，日本人偷袭了珍珠港。自此他再也没有见过詹姆斯，也没有得到与他相关的任何消息。

詹姆斯眼睛似乎不是那么好使，上下打量了半天炳文，也不敢确认。炳文想起信封那一打美金，就说：“你给我的那些美金，我至今还留着，下次见面还给你。”

“那是属于你的。”詹姆斯微微点头，仿佛想起当年在酒馆见到的那个中国人，“你及时送到的那份重大情报，远不止这些。”

“重大情报？”他疑惑道，“詹姆斯先生，你说的我没听懂。”

“那黑箱子里是一份有关……”

“砰”的一声枪响传来，清脆而悠扬，炳文毫无反应。只见詹姆斯额头出现了弹孔，孔内向外喷出血来，紧接着又是“砰砰”两声，炳文这才感觉到耳边有子弹划过的气流，詹姆斯的眼部被两颗子弹左右击中，然后仰身倒下。接下来是枪声频繁的交替声，炳文找到两排椅子的缝隙躲了起来。密集的枪声持续不久就变得稀疏下来，炳文想从椅子后面探出头观察一下，有人一把将他拽起。“怎么是你？阿枝妹妹。”

“快离开这儿！”她将他往大门的方向推。

“阿妹，你不是说去解放区了吗？”他忍不住问。

“子弹不长眼睛的，你快跑呀！”说完她转身用枪还击迎面的火力处，他没有退却，反而去拉她，她大声喊道，“阿哥，你别过来！”话音未落，她被射来的子弹击中，踉跄了几步，又被击中，浑身跟蜂窝煤一样，然后就仰面躺下了。

“阿妹！”他大喊着往前奔，却又被人强力拉进门柱后，他扭脸一看是安如倩。

“你凭什么拿我的话当耳旁风？”她气鼓鼓冲他吼道。

“哎呀！我的倩姐。”他带着哭腔，“快告诉我，这究竟怎么一回事呀？”说完还要往阿枝那里跑。

她又一把拽住他嚷道：“有人已经为你倒下了，你还要多少人为你送命呀？”

“砰”的一声，安如倩的胳膊中了一枪，炳文掏出手帕前去包扎，并要搀扶她走：“倩姐，应该没事的。”

“算是我上辈子欠你的。”她一把推开他，“快跑吧你！你这木瓜。”

“木瓜就木瓜！”他不从，坚持拉她一起跑。到了教堂前的草坪上，五六个端着冲锋枪的人拦住了他们。

正当他们不知所措的时候，侧翼射出几发子弹，走在前面的两个应声而倒。他还站在那发愣，她一把扯住他的衣袖，掉头往回跑。进到侧面的走廊里，刚要喘口气，迎面撞上了林守安，旁边站着刚才那个中山装和西服。他们的枪口齐刷刷地瞄准着安如倩。

“你们这些明火执仗的匪徒！”他怒不可遏，“打着保护我的幌子，先杀我阿妹，现在又要杀我阿姐！”

“非常遗憾！金先生。我们并不知道谁是你阿妹谁是你阿姐。”林守安显得很从容，“但是他们杀了詹姆斯，我们就必须还击。

因为詹姆斯先生是美国联邦调查局的特工人员，背负着重要使命。我们是秉公行事，并不掺杂个人恩怨。现在是国与国之争，党与党之争，私人纠葛只好服从这个最高原则。”

“你少在这里高谈阔论！放了我阿姐，我们再来谈公事。”

“我倒是想这样做，可你问一下这位阿姐，她同意吗？”不远处交火声仍在继续，林守安示意左右二人往前逼近。

“别过来！”她用枪对着炳文，“不然我彻底灭口。”

“倩姐，这是怎么了？”他目瞪口呆。

“怎么了。”林守安道，“我刚才不是告诉你有人要杀你嘛！此人正是你这位阿姐。”

“你简直是痴人说梦！”他反驳道，“阿姐拼命救我，就是为了杀我吗？你说笑吧！”

“不是说笑！”林守安厉声道，“你和她合作，她也许不会杀你。一旦你选择与我们合作，她就一定要杀你。”

“是这样的吗？倩姐。”他难以置信。

“他在蛊惑你。”她开导他道，“姐姐和你在一起这么多年，要杀你早就动手了。”

“可是今天，看你拿着枪，我真不知道以前的你和现在的你，是不是一个人？”他满腹狐疑，“你究竟代表的是谁？”

“我来告诉你。”比帕突然冒了出来，手里还端着一把微型冲锋枪，“杰西卡小姐 1941 年 9 月，被美国报协调局秘密情报处发展为远东成员，1942 年 6 月，协调局改为战略情报局，杰西卡享有上尉军衔，1945 年 9 月被晋升为中校。她的公开身份是上海伯特利医院的内科医生安如倩。”

炳文迷糊了。究竟眼下发生的一切是梦境呢，还是曾经发生的一切是梦境？如果过去发生的是真实的，就不该有今天的结果；如果今天发生的是真实的，那过去的一切就是虚假的。难道学姐以前和他都是在做戏，就是为了等待今天这一刻？而比帕简直就是个魔术师，前不久还拿着钢笔，现在居然变成了冲锋枪？

密集的枪声开始向他们这个方向逼进，比帕冲他们嚷道："要想两全其美，就跟我来！"

一切都好像有细致的安排，在拐角处有两辆等候的小汽车，司机不但打着了火，还将门敞开着。比帕带着安如倩和林守安上了头一辆车，中山装和西服押着炳文上后面的一辆车。炳文因为心里惦记着阿枝，很不情愿就范，两人就用枪顶着他，行为十分生猛。林守安从车窗里探出头来，大声斥责那两人后，对炳文说："金先生，他们是粗人，不要计较！关于令妹的不幸，我表示同情！但毕竟人死不能复生呀！我们厚葬她就是了。"

昔日做医生，病人心甘情愿地躺在手术台上，等待他起死回生，而今这些人用刀用枪强迫他作为病人，如果顺从，可以苟且活命；如果拒绝，可能死于非命。按照他的品性其实是宁死不屈的，眼下阿枝妹妹十之八九已经蒙难，但还有问清，或者还有柳母，仁英，或者还有病床上那些卧榻的病人，令他牵肠挂肚，割舍不去。他如梦方醒，更觉得应该理性地接受眼前的事实了。车子往远郊开去，在一个僻静之处停留片刻后，几个人才聚合在一起。

"杰弗森，让你委屈了。"比帕显得心满意足的样子，"大家在车上谈得十分融洽，杰西卡和林先生都达成了共识。"

炳文看了一眼安如倩，她捂住受伤的胳膊，脸色煞白，就想上前问候，但同时又觉得陌生起来，不敢张口，便转眼看着比帕说："他们的共识跟我有什么关系吗？"

"当然有，而且是密不可分的关系。如果不是你，他们还建立不了任何关系。"比帕像个解说员一样，"你，是林特派员要保护的人；你，又是杰西卡中校要除掉的人。由于你，他们两人就构成了敌对关系。"

"哦？"他更想知道共识的结果，"那现在呢？"

"很好呀！大家都为了活着，而且找出了活着的理由。"

"荒唐！"他不能接受这样的说辞，"之前我们活得好好的，虽有迷惘和烦恼，那也不是不活着的理由呀！为什么你比帕先生，现在突然就成了我们的生死判官呢?"

"我的上帝!"比帕耸耸肩,"杰弗森先生,现在是战争时期,我们远不能用正常思维审视人与人之间的关系了。大家都在为国家利益服务,具体一点,就是为能获得国家利益的政治势力效力。"

"那么比帕先生,请问你从中得到了什么利益呢?"他问,"难道是获得一则惊天动地的新闻吗?"

"你真是个木瓜!"安如倩忍不住道,"你应该叫他比帕少校,一个假扮记者的盟军情报局秘密特工。"她显得很沮丧,"很遗憾,这些我知道得太晚了。"

"常言道,知道得越多,危险就越多。"林守安也上来帮腔,"总之,杰弗森先生,特殊时期一切都身不由己。"

"你们争先恐后启发开导我,到底要我做什么?"炳文也不想听得太多,"你们直截了当地说,让我听得更明白些。"

"你必须隐姓埋名,让所有人都知道你已经不在人世。"比帕不等炳文开口,"因为只有这样,你的倩姐才算完成任务,才能活下来。当然,她不是冲你这个师弟去的,而是你知道了也许不该知道的事情,或者说,你见到了不该见到的人。"

炳文再次盯着安如倩看,她低头不语,似乎认同了比帕的说法,他又问比帕:"好!就算我懂你的意思,可是这位林特派员又如何去交差呢?"

"这个问题回答起来确实有点难度,但是我敢向你保证,林先生能够答应这样做,其中肯定有合理的地方。"比帕征询林守安的意见,"是这样吗?林先生。"

"是这样的。"林守安点头表示赞同,"求同存异,只要大的利益一致,敌我关系顷刻间就能化为乌有的。"

"我要说不同意呢?"他试探着问。

"哈哈哈哈。"比帕大笑起来,"那你只能看着你的学姐和林特派员互相厮杀,谁死谁活?你看他们目前的实力就可以知道了。"炳文左右张望,没有说话。

“噢，我想起校园那场决斗了！杰弗森，我们一起坐山观虎斗，可以吗？”比帕靠近炳文，“我再次提醒你，按照常理，你倩姐早该对你下手了，根本不给你现在看戏的机会。”

“那你到底想要我怎么做？”他终于表态，“比帕少校。”

“三天，只有三天的期限。”比帕非常肯定地说，“你必须离开上海，从此杰弗森和金复生这个人就永远销声匿迹了。”

“为什么只是三天？”他不满地问。

“那完全是因为杰西卡小姐接到的指令所致，她必须在三天内向上报告暗杀是否成功的结果。”比帕说。

三天，三天的期限。炳文只能在这个期限里处理完在上海的所有事务，然后在第四天离开中国大陆，或者去日本，或者去美国，或者其他。过去他一直是自己约束自己，现在被人约束，内心的压抑和焦躁无法言表。但是静心想一想，过去自己盲目自信，却导致一个又一个的无辜者倒下，而现在屈从他人，未必就是一个不好的结果。总之，他要在这三天里，将自己的人生好好捋一遍，真的假的，泾渭分明，然后对未来做一个了结。

还算讲信用，林守安第二天就找来人安葬阿枝，按照炳文的意思，墓地选在徐家汇公墓，他希望她能临近教堂，在天堂里得到永世的快乐。他没有通知他熟悉的一切人，独自在墓碑前沉痛悼念。他知道管葳芹和他们的人是不会来的，因为旁边的人都是林守安派来站岗放哨的，自己的一举一动都在严密的监视中。翌日，他去了仁俊的红楼，远远就传来他多少年没有听到的钢琴声，没错！这就是问清经常弹奏的那首肖邦《幻想即兴曲》。但是这首本该深奥而富于幻想的曲子，现在却似乎透露出无尽的忧思和惆怅。门口的男工拦住跟在炳文后面的两个随从。

“不让他们进，我也进不去的。”他指着两人手里提的礼物盒，“这都是给孩子的。”

“噢，那您等着，我去问一下太太。”男工说。

“太太？哪个太太？”他发懵地问，“你是说柳问清小姐吗？”

“柳问清？不对！先生，是谷素梅。”

“哦，一个意思。”他结结巴巴问，“他们结婚了？”

“是呀！结婚照结婚证都有了，明天就举行婚礼。”

“啊！”他大吃一惊。

“怎么了？先生。”

“哦，没什么。”他镇定下来，“你们老板呢？”

“去李公馆了，说是安排明天的婚礼。”男工说，“我去叫太太。”

他这才发现，花园已经修葺一新，红楼也装饰得喜气洋洋。他满腹狐疑：这等大事，为何不通知他呢？钢琴声停了，问清带着驹儿来迎接炳文。驹儿边跑边叫：“阿爸阿爸。”

他虽觉得突然，但着实激动起来，顺势就将驹儿抱了起来，问清站在一旁微笑着。他撇了她一眼，一种幸福的感觉油然而生，并情不自禁在驹儿的小脸蛋上亲来亲去：“驹儿，你看娘舅，哦不，是阿爸，给你带什么好东西了吗？”

两个随从分别打开手中的礼品盒，一个里面是各式各样的糖果饼干，一个里面是需要组接的电动火车。驹儿选择了火车，并嚷嚷要那随从一起玩，随从尴尬得不知如何是好，炳文就鼓励他的爱心，让他无法推脱；另外一个紧跟着他和问清，炳文就板起脸拿出林守安的命令来：“特派员明确向我保证，只许你们跟随，不许你们贴身。”随从只好站到大门口那里。

“不要向我提问！”问清似乎早先就知道他要问什么，“按我说的做，你才是我的好阿哥。”

他一肚子话就这样被噎了回去：“不过，我想知道驹儿怎么一下子就喊我阿爸了呢？”

“不是一下子。”她说，“驹儿一直哭着闹着要阿爸，我就跟他说，你喜欢哪一个呀？你猜他说什么？”

“噢？不知道。”他摇摇头。

“驹儿说呀，他喜欢那个让他不吃药不打针的那个。”

“哦，驹儿还记得头次见面的事呀！”

“我说，对！那个就是你阿爸。”

“那仁俊呢，怎么办？”

“我问过驹儿啦，他说不喜欢。”

“噢，为什么？”

“他说，不喜欢就是不喜欢。”她马上反问，“你是什么意思？你不愿意驹儿叫你阿爸？”

“不不！你误会了。”他解释道，“我是担心……”

“不要你担心什么！”她态度很坚决，“我跟他说好了，你和仁英结婚，然后带着驹儿离开这里，越远越好。”

“仁俊没跟我说过呀！”

“反正我跟他说了。”她赌气道，“他要是不跟你说，你又不这样做，我是不会跟他结婚的。”

“好，就算是这样，驹儿也不愿意离开妈妈呀。”他有些激动地说，“再说，你能舍得他吗？”

她迟疑了一下，说：“这个我想好了，长痛不如短痛。”

“你就真愿意和仁俊相伴一生吗？”

“是的。”她没有丝毫的迟疑。

他开始迟疑了。待心酸的感觉散去，他说：“这次我去日本，是要把阿妈请回来。”

“阿妈？谁的阿妈？”

“我们的阿妈。”他强调说，“上回我跟你提过的，现在她人在神户川。”

“噢？”

“你真的不记得阿妈了吗？”

“不记得了。”

“那阿爸你还记得吗？”

“不记得！”她激动起来，大声嚷道，“不记得不记得！”

他马上靠近她，她就依偎在他怀里，禁不住抽泣起来。他轻轻抚摸她的头发：“不哭不哭！是阿哥的不对。”

“我真的就记得阿哥，仁俊，还有仁英。”她轻言细语道，“我们在一起玩耍嬉戏，好开心好开心呀！”

“是呀！是呀！”

“阿哥一定要答应我，好吗？”

“好好好，阿哥答应你。”

“你要跟仁英妹妹结婚，带驹儿去个好地方，让他好好长大，好吗？”

“好。”

“阿哥真好！”她挣脱开他，“既然阿哥答应了我，我也答应阿哥一件事。”

“哦？什么事？”他觉得有什么重要事情。

“阿哥走的时候，我一定送阿哥。”

“哦。”他有些沮丧。

“而且还要给阿哥一封信，写了一些话，留在里面。”

“现在为什么不说呢？”

“现在？”她想了想，“哦，现在嘛！现在还没有想好。”

“那好吧！”他泄气地说。

她认真起来：“一定要答应我，过一段时间才许撕开它。”他点点头。她放心不下，就要求拉钩决定。他伸出小指头，同意了。

“这一段时间是多长呢？”拉完钩他问。

“嗯。”她看着小指头，想了想，“一个礼拜。”觉得不对，她又改口说，“等驹儿不再想阿妈了，就可以了。”

看着问清那样坚决，从病人的角度上想，炳文不敢再与她顶撞，就问：“我们什么时候走合适呢？”

“我们的婚礼在后天举行，你一定要在这之前离开。”

他吓了一跳，这个时间也恰巧是限定他离开的日子，难道他们背地里一起合计好的？“啊？这是为什么？”他惊讶道，“这么美好的瞬间，为什么不要我欣赏到呢？”

“没什么的。”她本来不想回答，但还是找到一个理由说，“因为我不想让驹儿知道，他刚认了你这个阿爸，不能又看到他阿妈又找到另外一个阿爸。”

离开问清，炳文心里很不是滋味。一个医生，头一次屈从了一个病人，实在心有不甘。他仿佛又回到了学生时代，坐在教室里等待老师发来的考卷，然后在试题提供的选择答案里勾画一个正确的。不行！他不能因为这个病人是他的亲人，就这样简单勾画，他一定去李公馆摸摸底，看看究竟哪一个答案是正确的。第一个要探问的是李积忠，从他嘴里得到的消息自然最可靠。

听说炳文来了，李积忠忙不迭地从楼上下来，带着咳嗽声就问道：“炳文呀！你可回来了啦！”

“伯父，你身体怎么了？”他关心他的病。

“都是他们给气的。”李积忠瞪眼看着仁俊和仁英。

“怎么了？”他小声问他俩。

“都给我出去！”李积忠不等他们解释，就冲他们喊道，“我要和炳文好好谈谈。”

仁俊还想抗辩，仁英扯了他一把，两人就离开了客厅。

“先说说，到了神户川见到她怎么样？”李积忠迫不及待地问。

“哦，伯父，对不起！我还没去。”

“什么？没去？”李积忠不信。

“是的。”他确认道。

“好呀！你们三人联起手来气我。”李积忠咳嗽得更厉害，炳文想过去搀扶，被他一把推开，“我早说我要是有病，就一定是心病。”

“伯父，晚辈真没有存心气你。”

“哎，真是嘴上没毛，办事不牢呀！”李积忠责备他后，开始自言自语道，“幸亏我做了两手准备，但愿我的同学能帮上忙，让她及时赶回。”

“伯父，后天我就动身。”

“什么？什么？该要你走你不走，现在不该走，你又要走了？”李积忠继续咳嗽。

“伯父,我有些听不懂。”

“有什么听不懂的呀!”李积忠有些怨气,“后天仁俊和问清就要举行婚礼,你想故意不参加?”

“仁俊没跟我说呀。”他显得很无辜。

“他没跟你说?”李积忠愕然道,“你看看,仁俊的主意该有多大!首先是不和我商量,其次是不跟你商量,我是他阿爸,你是问清的阿哥呀。”

“是的。”他马上又表示,“但这只是我们的道理,他们也许也有他们的说法。”

“哈,话都让给你说了。”

“毕竟是他们结婚呀!”他打趣道,“伯父的心事了却,就不该生气了,不生气伯父的病不就没有了嘛!如果再有病症,我这个当医生的就要介入了。”

“嘿嘿!你这小子,倒蛮会说话的。”李积忠表示喜欢他的样子,“对了!你和仁英的事情到底怎么样了?”

“哦。”他犹豫了一下,“非常感激伯父,还有伯母对我的厚爱……”

“这话不要说了!好烦呀。”李积忠急躁起来,“你要是觉得仁英跟你不合适,或者你还有别的意中人,千万不要墨迹!好好向她说明一切,我想我们家仁英是不会那么小气的。”

“伯父,您误会了。”

“别打岔!我还没说完呢。”李积忠像有准备一样,继续说,“仁英这孩子,乖巧温顺,聪明善良,和仁俊完全两个样。她从小就喜欢你,跟着了魔似的,有一回还因为这个跟我赌气。你留美那阵子,媒人给她提了好几回亲,她都拒绝。她阿妈不死心,反倒疯狂地经营此事。其中有一门亲事,是她阿妈反复论证过的,我也没意见,甚至仁英都快答应了。可是,到了和对方父母见面时,仁英竟然对那家公子冒出一句英文,公子懵了,他阿妈就出来打圆场,说儿子是留学德国的。仁英就用中文说,舍下我,走吧!可是我觉得,从此就一直徘徊在你的身影里。"

"啊!"他惊讶地想起前日仁英留给他的道别语。

"怎么?你知道这句英文?"

"哦,不。"他不敢承认,"我是觉得仁英怎么这样奇怪呢?"

"是呀!对家也这样认为,以为我家孩子脑子会有什么问题。不管她阿妈怎么向人解释,都于事无补了。她阿妈就朝她喊道:你这简直就要把我逼疯了!她却笑着说:不这样,阿妈的疯病就治不好。哎,打那以后,再也没人跟她提什么亲了。"

"伯父,您也别叹气了!"他含糊其辞,"我和仁英也算差不多了吧。"

"什么叫差不多呀!"李积忠兴致勃勃道,"要不你跟仁俊他们说说,你们四人改在一天举行婚礼,那该多好!"

"这种事情,当然伯父说最好。"

"我说?他小子才不听我的呢?我说等问清她阿妈回来,再举行婚礼,那才叫喜庆圆满呢!可他偏偏不听,存心气我。"说着说着,李积忠又开始使劲咳嗽。

"阿爸。"仁俊跑了过来,"跟你说了多少遍,这不是我的意思,是问清的意思嘛!"

"我不信!"李积忠余怒未消,"你让她过来亲口跟我说。"

"伯父,我刚才见了问清阿妹。"炳文证实道,"仁俊说的没错,确实是问清的意思。"

"哦,是吗?"

"是的。"他紧接着说,"问清还跟我商量了一下,决定让我带着驹儿一道去日本,然后到美国。"

"什么什么?"李积忠惊诧道,"为什么要这样?"

"因为她说,去美国可能更适合驹儿的教育。"他看到仁英也在一旁,就走到她身边,说:"伯父,仁俊,我想带仁英一起去。"

最后一天,炳文觉得无论如何也要去见安如倩。医院没有找到,他就去了她的住处,还是不见踪影。他开始担忧起来,学姐会不会有什么不测呢？他急匆匆到报馆找比帕。比帕说："金先生，不用担心！你学姐说，你离开上海前，她一定会跟你道别的。"

"什么时候？"

"她没有说。"

也许是学姐不愿意和自己坦诚相待，吐露她最真实的一面，亦或许不愿意听到他与仁英将成为伉俪的消息，以免伤心。他十分清楚，学姐一直是在用她最露骨的做法，全然表达她对他的关爱。否则以她的个性，她是绝不会委屈接受一个她根本不爱的中村敬一，也更不会违反军令，去接受一个敌对方有辱人格的协约。他早先就有这种被关爱的体验，但因为对问清的思恋占据了他所有的心房，所以现在想来，这种体验也许就是自己内心深处显现出的私欲，而这种可怕的私欲是建立在失去哥哥后一直索求的补偿。他呼唤着倩姐，其实是呼唤永远不会有回应的哥哥，他在用学姐的关爱来掩盖自己对冤死哥哥的惶恐不安。他实在是个罪孽深重的人。

第四天一大早，炳文带着仁英和驹儿到了码头，除了李积忠身体不适，几乎所有亲朋好友包括林守安派来的人都来送行，问清和仁俊还特意穿着结婚礼服。看着这对新人，炳文开始是尴尬的，因为他真不知道该如何形容自己的心情，说悲也悲，说喜也喜，要哭也能哭，要笑也能笑，各种感受毫无规则地盘根错节，像一个巨大的钢丝球压在心头。如今面对这个不得不承认的现实，长期以来苦心孤诣的这个钢丝球就总算搬走了，他没有理由不向他们做一个肤浅的道贺。问清趁大家不注意的时候，向他递来一个特别的眼神，他一下没有明白过来，显得很不自然。她又用手拉了他一下，他才知道她悄悄将一封信塞进随手的皮箱里。而这一举动似乎被仁英看在眼里。哎，本来是件很大方的事情，问清为何要这样鬼鬼祟祟地处理呢？如果她不是一个尚未完全康复的患者，按她的品性，他是想不通的。但眼下又最让他想不通的是安如倩，船马上就要起航，她为什么还是不能出现呢？他开始忧心忡忡，甚至焦虑不安起来，直到比帕出现，他才将眉头舒展开来。仁英抱着熟睡的驹儿，领着挑夫先往前走了。

“她为何来不了?” 他马上问。

“她说有要紧的事。”比帕耸耸肩。

“说好的事情,她怎么能这样?” 他大为恼火。

“不要责怪你学姐!”比帕压制他道,“她专程让我来,是要向你捎句话。”

“噢? 什么话?”

“她说,她对不起你!”

问清似乎早有准备,为了避免孩子离开母亲的哭闹,驹儿一直处于睡眠状态,到了船舱还没有醒来。炳文就想,孩子能在如此喧闹的环境里昏睡不醒,要么是夜里不曾入眠,要么就是服用了安眠药。他就用手轻轻拍他,不料,驹儿迷迷糊糊睁开眼睛,并嚷嚷着要阿妈。炳文去哄他,怎么哄也不行,不见到阿妈他就要哭闹,而且越来越凶。他慌了手脚,不知该怎么办,就赶快喊仁英帮忙,可她不在房间。他就跑出房间,去外面找。此时船已经启动。他半天找不到她,就开始喊,直到几乎全船都喊遍了,却还是见不到仁英。他找到了船长,船长就用喇叭帮他喊。喊到有人出来说:哦,好像是这样的,这位先生所描述的那位女士,我看到她在船要收起梯子的时候,跑下船去。哎,我还以为是送客的呢,原来是乘客呀,真是不幸!

“不过她为什么要这样做呢?”那人不痛不痒地问。

“我怎么知道呀!”他气急败坏,“我还想问你呢?”

这个仁英,究竟是粗心大意忘记什么重大以致无法舍弃的东西呢? 还是处心积虑要跟自己开一个惊天动地的玩笑呢? 通过安如倩翻天覆地的变化,他不得不相信后者,就像花朵之所以千姿百态那样,表面上是招蜂引蝶,其实真正的目的是传播花粉。或者说你自己就是一个非常侥幸的无头苍蝇,一直天真的以为世界上根本就没有传说中的恢恢天网。他不得不对这变幻莫测的世界有一个重新的思考,到底这个世界不理解他,还是自己不理解这个世界? 他颓唐步入船舱。驹儿因为哭喊过度,又睡着了。他看了一眼行李,发现并不曾少了什么，再去看看仁英的细软小箱，连同那个从教堂取回的包裹，也原封不动锁在私人藏柜里。他就更加确定，仁英效仿着学姐，用最极端的手法取笑着自己，挖苦自己。现在他唯一能做的事情，就是尽心尽力照顾驹儿，也许这就是上帝的刻意安排，因为毕竟他是这个孩子的杀父仇人，尽管不是蓄意谋杀。他上前要去抚摸驹儿，不料驹儿翻了个身，他猛然发现下面压着那封问清给他的信。信封是打开的。他紧张地阅读着：

炳文哥：

当你看这封信的时候，我可能已经死了。因为我终于找到了出卖我父亲的凶手，千真万确。这场婚礼也将是这位新郎的葬礼。

驹儿是我心肝，我虽不忍割舍，但更不希望他有一个杀人犯的母亲。所以你不要告诉他任何有关我的真相，而你将作为他的父亲，好好待他。

拜托了！炳文哥

永别了！炳文哥

柳问清留字

现在他意识到，仁英一定是看了这封信才匆匆离开的，大约她不愿意看到他阿哥死在问清的手里，才起身相拦，避免这场悲剧的上演。但是，仁俊真的就是害死校长的凶手吗？这简直太不可思议了！他仔仔细细回顾自从与她重逢后的每一个有关她的细节，以及他每一次看似古怪的决定。过去他一直以为她是一个尚需康复的失忆病患者，现在看来，她不但清晰，而且还有决定性的选择。这分明是在证明她已经是一个恢复了理性的人，前面的一切都可能有意遮掩着什么行为。而这个行为就是等待着绝无仅有的一天，当众宣判杀父仇人死刑的这一天。可是，问清宣判仁俊死刑的证据从何而来呢？仁俊的杀人动机又是什么呢？眼下，对于他来讲，这一切只能是个谜。

船毫不留情地向北驶去，撕扯着他的心。望着黑黝黝的大海，他仿佛看到的是他心间流淌的血，也仿佛是不尽的泪水。驹儿扯着他的衣角，眼神里弥漫着怯意："你，你真是我阿爸吗？"

"嗯。"他噙住眼泪，微笑着，点点头，然后一把抱起驹儿，泪水夺眶而出。

船一靠岸，炳文即刻找到电话，给李公馆去了电话。许久才有女佣的回答：大小姐和大少爷都中了枪击，送去医院抢救无效，已经双双离开了人世。

"这是怎么一回事？"他心里明白这是问清干的，但还是要核实一下，"究竟是谁开的枪呢？"

"是新娘。"

"她为什么要这样呀？"

"先生，具体的我也不了解。"

"那，那新娘呢？"

"不清楚。"

"伯父呢？"

"哦，他在医院呢。"女佣补充道，"因为受到刺激，已经昏迷好几天不醒了。"

他愣在那里，脑子竟然一片空白，不知道再问什么。

"这是啥地方呀？"驹儿拉着他的衣袖问："他们说的话我怎听不懂呀？"

"哦，这地方叫日本。我们是中国人，他们是外国人。"

"为啥我们要来外国呢？"

"哦。"他强颜欢笑，"那是因为你的外婆在这里呀！"

"哈哈。阿妈原来没骗我呀！"

"驹儿，你在说什么？"

"阿妈说，我要是乖，阿爸就带我去外国见外婆。"

从驹儿的话中，他清楚地认识到，问清其实早已经恢复了记忆，伪装出的一切假象都是铺垫，旨在杀死仁俊，大白天下。他赶快去了一家华人会馆，在那里找到了近期的报纸，果然，上海大小报纸包括《大美晚报》几乎都登载着一个标题：新娘杀新郎，声称替父报仇；医生杀病人，名曰为母雪恨。报纸说，就在昨天的几乎同一时刻，上海相继发生了两起命案，开枪者同是女子，被杀者同是亲属。炳文悲恸欲绝，更是震惊无比。如果说“新娘杀新郎”是他早有预料的，不过是想通过报纸证实一下，了解更多的细节，那么后一起“医生杀病人”则是他完全不能想象的。“医生”是安如倩，“病人”是林守安，彼此之间还居然是父女关系，这实在令他匪夷所思。如此悲剧，如果不是亲眼所见，谁能相信呢？如此仇恨，如果不是亲身经历，谁能理解呢？世相如此诡异，人情又如此反常，他在崩溃中去哪里寻求安宁呢？

这家会馆供奉着一尊观世音像，当今之世，人间苦难重重，灾祸频生，正急需观音菩萨的慈悲救济。他情不自禁地靠拢过去，端详其永恒慈祥的容颜，他就想，世间或悲或喜，菩萨何以永恒？在于无亲无故；无亲无故，就自然无怨无悔。既然独自来到世上，就该独自离开，无牵无挂，才是解脱忧愁烦恼的良方。一世情缘，岂能引来万世不休？他强行用菩萨作为兴奋剂让自己尽快振作起来，才好去面对另一个让他牵肠挂肚的人。

“先生，你要见的当事人已经保释出去了。”留置室的警察对他说。

“谁保释的呢？”他问。

那警察查出是一个叫藤田佑树的人两天前来的，他想这一定李积忠的留日同学。他又问起吉永佳惠的律师，警察也查了出来。他马上去了这家法律事务所，律师告诉他，事实上这是30年前发生的事情，原名水谷佳的吉永佳惠女士因不满家族订立的婚约，私自逃离，不料被未婚夫山本赳夫发现并加以阻拦，结果导致山本被瓷器击打后，心病突发，猝死现场。当事人回顾细节说，当时她向山本作了一个表白，说她已经爱上了一个中国留学生，山本听完显得很生气，就要强行与她发生关系；她紧张万分，挣扎中用一个花瓶敲打了他的后脑，对方倒下后，她便慌忙跑去见那个中国留学生。

“那应该算是正当防卫呀！”

“其实这个并不重要。”律师说，“即便我的当事人谋杀罪名成立，那也是30年前的事情，早已经超过15年诉讼时效了，法律上是不予追究的。”

“噢？”

“眼下麻烦的是，水谷家族曾经与死者家属立下书面重约，抓获水谷佳以家法处死，否则以家产赔偿。事实上，不但水谷佳没被处死，赔偿也丝毫没有兑现。”

“是因为战乱的原因吗？”

“是的。战事爆发后，料理家事的大哥二哥都已经上了战场，不幸的是，两位兄长相继阵亡，父亲闻讯后也气绝身亡，家中只剩下母亲和弟弟。”

“真是不幸！对方既然知道这些，为何还要苦苦相逼呢？”

“哦，也许他们要尊奉守约精神吧！”律师又说，“他们可以不坚持这第一条，但必须要求完成第二条。”

“我明白了。”炳文将两张空白支票交给他，“可以按照你们的意志来填写。”

“不！”律师拒绝了，“藤田先生已经支付给事务所，控告方那边必须等待商议后执行，不能一厢情愿。”

离开事务所，炳文雇来一位翻译，按照律师提供的地址找到了水谷家。屋里只有年迈体弱的母亲，和一位患有先天愚型症的弟弟。他将李积忠捎的信递给了她，没等她看，弟弟就一把夺了过去，并且飞快地投入火炉里，然后朝他们做鬼脸。母亲并不埋怨他，好像什么事情也没发生。炳文对老人的麻木和迟钝心酸无比，但不知道该如何去交流，只好生硬地问：“奶奶，请问您的女儿，水谷佳小姐，回来过吗？”

她摇摇头。翻译觉得她的听力有问题，就大声喊着。她终于点了点头。翻译又问:她现在人在什么地方呢? 她摇摇头。从老人的神情中,他意识到,水谷佳一定是得到什么消息,匆匆去了上海。他就要翻译问,她是不是去了中国? 母亲听完翻译的问话后,不住地点头。此时他突然想起了比帕,回到饭店后马上给报馆挂通了电话。

“比帕,我是杰弗森。”

“不要再提这个名字,皮特先生。”比帕提醒他。

“哦。那请问贵报刊载的消息是否有新的进展呢?”

“两人已经由警方拘捕,检方开始以谋杀罪向法院提起公诉。”

“那该怎么办?”

“我不是法官,无法告诉你。”比帕回答得很冰冷。

“那我就亲自回去打听。”他赌气地说。

“不可! 绝对不可!”

“岂有此理!”他很是愤慨,“既然林特派员已经死亡,我和你们的约定就该作废了。”

“噢,我亲爱的皮特先生。”比帕耐下性子,“正因为杰西卡刺杀了中统官员,事情变得越来越复杂了。”

“我回来不就是把复杂的事情简单化吗?”他据理力争。

“不! 你回来除了添乱,没有任何的价值。”比帕语气十分肯定,“我提醒你,杰弗森的肖像已经出现在上海各个特工部的秘密搜捕令上。”炳文还想说什么,比帕不容他插话,“另外,皮特先生,我提醒你,以后不要再与我联络了。”说完,电话就挂断了。

炳文万般无奈,只好带着驹儿搭上了开往美国的客轮。这以后,他几次三番想返回上海,终因国内爆发了国共战争而无法成行。他只好平整自己的心情,一边读书,一边工作,实在没有照顾孩子的经验,他就请来一位叫阿谨的保姆,帮助料理家务。驹儿六岁这一年,他获得一个去香港的机会,打算绕道去上海。正要出发的头一天,有两位自称众议院非美活动调查委员会的工作人员拜访了他,希望他务必出席巴尔的摩法庭的一个听证会。

“什么听证会?”他问。

“皮特先生,您将作为希斯—钱伯斯伪证罪一案的证人出现。”一个年长的工作人员说。

“啊！证人?”他懵了,说自己既不认识什么希斯,也更不知道什么钱伯斯。

“那你一定知道这个人!”另一个年轻的工作人员举起一张照片。

他仔细辨认着。这是一张旧照片,上面的人显得瘦小枯干,头发几乎就没有了。“他应该叫张春寄。我是民国时期认识他的,他是善后救济总署特派上海的一位专员。”年轻人又拿出另一张,他确认是严德虎。

“非常感谢皮特先生,同时我们也非常佩服您了不起的记忆力。”年轻人喜出望外,再次拿出一张希望有同样的结果,不料他摇摇头,年轻人不信,瞪大眼珠子,“再好好回忆一下。”

“回忆多少下都没用,知道就是知道,不知道就是不知道。”

“但是这位先生的名字,您一定知道。”

“噢?”

“塞尔瓦。”

“塞尔瓦？闻所未闻。”

“因为他是一位日裔葡萄牙人,还有一个日本名字,叫冈田弘。”

“冈田弘?”

“对。皮特先生难道忘记了?”

“我当然没有忘记。”他质疑道,“可是,这三个人跟你们所说的希斯和钱伯斯有什么关系呢?”

“他们是否有关系,自然要到法庭上去说。”年轻人又拿出一些照片让他相认,其中有一张是身着戎装的水谷佳,“这里面有佐尔格、尾崎秀实、武田毅雄、西里龙夫,史沫特莱等等。”他单单没点吉永佳慧的名字,所以炳文就摇头过去了。

“皮特先生真是个诚实的人。”那个年长的工作人员终于松了口气，站起身来和炳文握手，“非常感激你！皮特先生。上帝会保佑你的。”

但是，他的所谓诚实似乎并没有给他带来好运。首先是他的旧账被人翻了出来，那就是他一度拥有的“杰弗森”。杰弗森将作为远东上海李氏一案的被告代理人，来见证他所知晓的张春寄、严德虎和冈田弘。

“是证人皮特·L 先生吗？”法官问。

“是。”他答。

“1936 年至 1941 年曾一度起用杰弗森的名字吗？”

“是的。”

“1941 年至 1946 年换用了金复生的名字，是这样的吗？”

“是的。”

“从 1946 年开始，一直沿用皮特·L 至今吗？”

“是的。”

“你曾经资助过张春寄这个人吗？”

“是的。”他答道，“确切地说，应该算是李氏家族资助慈善机构的。”

“你在严德虎主编的上海《太平洋事务》杂志中登载过文章吗？”

“是的。”

“你帮助过塞尔瓦，也叫冈田弘这个人吗？”

“是的。”

“你曾经参加过共产党吗？”

“没有。”

“你知道张春寄、严德虎和冈田弘是共产党吗？”

“不知道。”

“你知道以上三人曾经和希斯有直接或者间接来往吗？”

“不知道。”

这段时间，他作为共产党的同情者完全被监视起来，并且必须接受联邦忠诚委员会的调查，在忠诚宣誓书上签字后，交与移民局规定书写修改名字的真实过程，并提供相关证人，才能享受美国公民应该享有的充分自由。他陷入深深的痛苦之中，他的良心良知受到了极大的考验。如果依循过去，既然要在宣誓书上签字，他就应该供出所有他该知道的一切，但是现在他越来越觉得，说不说实话并不重要，重要的是向谁说实话。他曾经试探着选择上帝，可是上帝给他的回答却是，你是自由的。他无时无刻都想自由，可是当他每次选择自由时，却往往罪恶深重，不是冤死兄长，就是贻害父辈，不是误杀妹夫，就是拿阿露阿枝以及仁英作为陪葬，还有那些无辜的幸存者，都被他相继宣判死刑。相反，中村敬一、冈田直一郎这些个双手沾满鲜血的战犯们，却被他一一拯救，存活世间。好容易他在隐姓埋名的桎梏中默默生存，却引来是否忠诚的考验。忠诚能够写在纸张上表达，应该就不算忠诚，正如自由是由别人嘴里说出来的就不算自由一样。所以在签字前，他必须把这个道理讲给工作人员听，那人听后就笑了，说："你应该把这些话说给杜鲁门和尼克松听。"

他的这番言论，被那个工作人员记录下来，当初只当作为讥讽不识时务者的笑柄，但是到了希斯—钱伯斯一案拖到 1950 年初陪审团判定希斯有罪后，这个记录就成为一项罪名了。他的出国护照被吊销，医院也辞掉他的工作，并且三番五次受到非美活动调查小组的查访和联邦调查局的传讯。这些人无非想从他这里获取到拉铁摩尔、费正清、谢伟思、柯乐布与张春寄、严德虎、冈田弘这些铁定共产党分子的直接证据，但这一切都是徒劳的，因为他确实不知道。他开始厌倦和质疑这个国家了，因为这个国家最值得人们炫耀的民主和自由，如今却像奇货可居的商品一样，被投机者们明码标价了，认购的人越多，它也将愈加贬值。有一天，家里来了一位自称中央情报局的工作人员，直接就问起詹姆斯被杀一事，他根本不予理睬，而是滔滔不绝地宣泄他对现行政策的极度愤慨。那人居然满意地点点头,然后无声无息地离开了。又有一个报社记者登门采访,他更是唇枪舌剑,并运用了孟德斯鸠的一句话“一切有权力的人都容易滥用权力”,矛头直指当今红人麦卡锡。

不久,他便遭到移民局的传讯,因为没有任何证人证实他所说的是真实可靠的,他的忠诚度从各种迹象表明,实在是糟糕透顶,执法处遂以涉嫌非法入境的罪名加以拘留。他开始后悔了,后悔的不是祸从口出,而是祸出以后,驹儿该怎么办?虽然阿谨没有因为他被医院辞掉而嫌弃他们,但毕竟阿爸不在他身边,驹儿要是问他阿爸去哪儿了?阿谨无法回答,驹儿该怎样?是哭?是闹?是伤心?还是想不通做傻事?另外家里现在拮据,驹儿上着学,正是用钱之时,一旦消耗殆尽,阿谨又该如何面对?哎,困扰既然源自琐事,琐事就不该被忽略或者轻视。炳文呀炳文,你是个医生,就该老老实实治病救人,以此谋生;那些政客,是一定要拿你当病人的,不然就没了生计,你何须去抢人家的饭碗呢?哎,他这是第四次被囚禁起来了。虽然每次时间并不长,但却告诉他这样一个事实:他起初是美国人不喜欢的中国人,后来又成了日本人不喜欢的美国人,中国人不喜欢的中国人,这一次又开始轮到他是美国人不喜欢的美国人。

“皮特·L先生,你可以出去了。”一个警察对他说。

“就这样出去了?”他不敢相信。

“是的,有人保释你。”

有人保释?谁呢?他一边走出看押所,一边想。想到任何人,他也想不到是比帕。他开了一辆敞篷的大众“甲壳虫”,显得神采飞扬:“哈罗,我的老朋友!你受委屈了。”

“我真是难以相信!”他表示惊讶,“你怎么会在这里出现呢?”

“噢,你是我的恩人呀!”比帕一边开车一边感叹,“恩人落难,我岂有不管之理呀!”

“你真能说笑!”他不解地问,“什么时候我就成了你的恩人呢?”

“我所得到的勋章和财富,完全离不开你呀!”比帕开心地按了两声喇叭,“喏,瞧这辆最新款的车呀! 也算你的恩赐。哈哈!”

“这也太夸张了吧!”他仍然一头雾水。

比帕说这并不夸张。在上海遇到炳文之前,他一直是一个不起眼的秘密特工,毫无建树地蜷缩在报馆里,东逛逛西吃吃的,没有一个情报是值得上司赏识的。直到邂逅安如倩,他才在无意中发现了秘密,这个秘密居然出人意料地得到上司的极度关注。他得到指令:不惜一切代价获取该秘密的拥有权,一旦获取,他将被授予相应的勋章以及重金的补偿。“侬看吾,神兜兜的,哪里会弄怂侬哟!”

“但你说的秘密究竟是什么呢?”他问,“怎么我一无所知呢?”

“哦?”比帕愕然道,“我觉得你应该知道呀!”

“我真的不知道。”他显得很木讷,“你能跟我说得更明白一些吗?”

“算了! 不知道就不知道吧! 作为一名情报人员,我已经向你说得够多的了。”比帕又补充道,“就算我全身隐退,也只能说这么多。我的老朋友!”

“其实你真不了解你的朋友。”他很失望地说,“凡是朋友向我说的,要我做的,将都是秘密。”

“我的上帝! 你就像我的上司。”比帕惊叹道,“但是你知道,其实在接受上级指令时,我就提出:使命一旦完成,我将退出情报部门,真正去大学当一名教师,并保证忘却一切秘密经历。”

“哦,现在如愿以偿了吗?”

“当然,我教的是汉语语言学,你该叫我比帕教授了。”

“很好很好。”他开始羡慕他,“不过,你既然不在情报部门工作,怎么就知道我在巴尔的摩呢? 而且还奇迹般地把我保释出来?”

“关心你的人远在天边也会关心你,不关心你的人近在咫尺也懒得搭理你。”比帕开始沮丧起来,“就像我,当初就想贴在一起,现在还想贴在一起,可人家就是不和你贴在一起。”

“我说比帕教授,你在说天书呢? 还是自己跟自己说话呢?”他迷惑道，“我没听懂呀!”

“甲壳虫”停在一座天主教修道院前，他愈加迷糊地问，“比帕教授，难道你要请上帝帮你解释刚才你想表达的含义?”

“你真是一针见血。”比帕用诡异的眼神盯着他，“坦率地说，原本华人在我眼里，简直就是毫无主见又自以为是的一团乱麻，漏洞百出，任何一种虫子，无论大小，都能以此寄生。战争时期，我的这种观点得到更充分的验证。”

“噢!”他不敢苟同，“你的眼界毕竟有限呀，上海这地方鱼目混珠，不好一概而论的。”

“最起码在我眼前晃悠的那些人，大抵如此。”比帕不想跟他辩论，“我无意跟杰弗森先生讨论这个话题，相反，是为了说明我原本的观点是有缺陷的。原因是，我发现了一个人，通过方方面面的接触和仔仔细细的观察，这位华人不同寻常。”

“噢? 怎么不寻常呢?”

“我见到的华人，都以自我为中心，亲人、朋友甚至情人，都是可以出卖的，所谓人不为己，天诛地灭。”比帕说，“唯独她，以他人为中心，不惜一切。”

“也不对呀!”炳文仍不放弃争论，“战争中那些仁人志士，抛头颅洒鲜血，不也是为了他人吗?”

“不! 那是带有民族性和国家性的，中国人有，美国人也有。但我得承认，美国人在这方面比较迟钝些，如果珍珠港不被日本人偷袭，美国人可能至今还没有醒来。”然后他又强调，“我说的是一种纯粹的。”

“纯粹的?”

“这种纯粹源自爱，为了这个爱，她可以向敌人妥协让步，以致投降牺牲。”

“你是在说十字架上的耶稣吗?”

“不! 耶稣的眼里是没有敌人的，因为人是他创造的，何来的敌人? 在他眼里只有信他和不信他的人。”

“老同学,你直接说吧!”

“我说的那个人就在里面。”到了修道院的门口,比帕停止脚步说,“她的圣名伊莉莎白,取自希伯来语上帝的誓约。”

“你为何带我去见她?”他纳闷地问。

“因为你是我的恩人,我深知什么叫感恩。”比帕又说,“过去我曾对你粗暴无礼过,请求你的原谅!”

“那你为何留步不前呢?”他还是希望他一同进修道院。

“她拒绝见我。”比帕阻止他再说话,很神秘地作了一个手势,“嘘!我在车里等你。”他刚要起步,比帕又转身嘱咐他,“哦,对了!他们要问你找什么人时,你只说找一位叫伊莉莎白的修女,不要提别的。”

“他们要问我,为什么单单见她?我怎么回答呢?”

“他们不会问的。”

果然,他向一位迎面走来的修女打听伊丽莎白时,她谦卑地欠身后,用手一指:“伊丽莎白修女在护理病人。”

这是一座比较大的修道院,后面还附属着一所护理院。他按照修女指示的方向找到了病房,几位修女正护理着床上的病人,他巡视并判断究竟谁是伊丽莎白。其中有一位修女正背着身子给病人喂药,身形属于亚裔人,他就想,肯定是这位了。为了证实自己判断是正确的,他忍不住用手指着她,悄声问旁边的修女:“她就是伊丽莎白修女吧!”修女无声地点点头。

当那个叫伊丽莎白的修女转过身来时,他惊呆了!不由得大喊一声:“倩姐!”所有人都扭过脸来,瞪大眼睛盯着他。他觉得自己很冒失,就向大家鞠躬道歉,众人接受他的歉意后又把目光投向了安如倩。她显得十分淡定,并且用浅浅的微笑告诉大家:不用惊疑,什么事情也没有发生。然后她开始继续服侍病人。

炳文退出房间,按捺住内心的激动在外静静等候着。安如倩推着护理车出了门,但并没有去看炳文一眼,他就上前拦住她:“倩姐,为什么要回避我?”

“我是伊丽莎白。”她沉稳地说，“不能为了无谓的聊天而中断了我的工作。”

“不！这不是你的工作。”他有些冲动，“你是医生，不是护士。”

“重点不是我做什么，而是我为什么做。”她微笑道，“你要是这样拦着我，我什么也做不了。”

她的微笑像一股神奇的力量，将他移开。她继续推着车子，他跟她并排走着，“倩姐，难道你也成了失忆患者了吗？”

她没有理会他，把车子送往护理室，将手洗净，然后出来对他说：“我去找院长，一路我们可以聊一下。”

“太好了。”

“但话题不要再针对我。”她的目光朝着正前方，“只可说说你的将来。”

“跟你刚才说的一样，重点不是我们要谈什么，而是我们要知道我们是谁？”他不满地反讽道。

“我是伊丽莎白，你是皮特·L。”

“谢谢你赐予的名字。”他又开始兴奋起来，“你总算告诉我，你还记得从前的一切。”

他期待她继续带来话题，但是半晌她也没有启齿，待他想张口提问时，她又打住了他：“是比帕引你来的吧！”

“是呀。”他等待她继续提问。

“祷告天主宽恕他的冲动。”她说，“你可以听他所说的一切，相信不相信并不重要，重要的是我们拥有一颗什么样的心。”

“噢？应该是什么样的心呢？”

“一颗仁慈善良的心，足以能奉献给天主的心。”

马上就要到修道院主楼了，他实在忍不住，大声地问：“倩姐呀，你为什么一定做修女来责罚自己，逃避现实呢？”

她用手势示意他安静，然后说：“我们生下来就是有罪的，时时刻刻都要责罚自己。主耶稣为我们蒙难，是在告诉我们永生的快乐。”她没有改变她的微笑，“我们该侍奉天主，传扬福音。”

已经到了来访者的禁区，他不希望就此了结，一种想哭又哭不出的感觉煎熬着他，他想爆发："伊丽莎白修女，我能不能用我的全心挽留你回到人间？又用我的全意服从你的安排呀？"

她停住脚步，沉寂片刻，终于转过身来，对他保持着微笑："好好善待孩子吧！我为你们祷告，天主保佑你们安康常在。"说完，她转身走进楼门，消失在他的视野里。许多年后，他再次造访本修道院，得到的消息是：1966 年越战时期，伊丽莎白修女亲临前线，在一次抢救伤员时遭到偷袭，不幸蒙难，年仅 50 岁。听院长说，伊丽莎白修女走的时候，没有留下任何遗言和遗物，只保持着她那永恒的微笑。

当初，炳文是绝对不能理解学姐为何要去侍奉天主的，从比帕这里得知一切，才勉强不去干扰她的静修。比帕说，在他见到她之前，她就已经在修道院待了五年，初愿和复愿签字画押，意味着她早已洗脱了世俗的眷念，割舍家人和好友，物质与记忆。"只待来年签订终身愿，她就开始与天主完美结合，不再有任何世俗的欢愉了。"比帕很惋惜地说。

"她为何要这样？"他反复问，"她为何要这样绝对呢？"

"我也这样问过她，她却反过来问我，你为何不这样呢？"比帕说，"我简直要疯了，恨不能掏出枪来，一枪杀了她，然后再杀了自己。"

比帕坦言道，他一度深深爱上了安如倩，因为得不到，甚至要做些傻事，但最终还是被她的经历打动，被她的人格折服。

"哦？"他想刨根问底，"那你从什么时候真正爱上她的呢？"

比帕说，起初他参与校园那场"决斗"，完全是他的好奇心所致。决斗是欧洲人的专利，也一度风行到美国，但到了十九世纪末被视为野蛮的行为后几乎绝迹，为何现时还要发生在两个东方人身上呢？究竟女人是战争的俘虏，还是战争是女人的俘虏？他既然专修的是东亚研究，就必须深入进去，亲身体验症结所在。但是结果并没有如他所愿，决斗不但搁浅，自己还背负着风流成性的骂名。他没有从这两个人各自的动机出发，而是十分窝火地在安如倩身上找原因。他的论文引证了他这段经历，“由于她的离开，被视为对他们的轻蔑遗弃，所以这场东方人的决斗也就名存实亡了。”

“哎，我还一直以为你是在善意地阻止我们呢。”他叹息道，“原来你在介入之前，根本就没见过学姐?”

“是的。”比帕点点头，“只是在她离开校园的那一刻，我才算看到她。”

“所以你的论文才有那样的结论，学姐既看不上中村，也没看中我。”他哭丧着脸质问道，“你哪来的自信，那么确信学姐心里的想法和你一致呢?”

“因为她的那种感觉……”比帕似乎在回味，“和我曾经拥有的心上人一模一样。”

“哦?”他开始认真倾听起来。

比帕提到的心上人，是他在德国上学时暗恋的一位犹太姑娘。母亲死后，他被父亲带回乌克兰，1939 年西部加入苏联后，他又随父亲来到美国，投靠在俄勒冈的伯父。在他迁徙的过程中，他无法忘却那位犹太姑娘，于是以书信的方式向她表达了他那份最炽热的爱，对方接受了，表示等待他到永远。他们书信来往频繁，除了表达彼此间的爱意，更期待着他们将在那座城市相约。最后他们终于定在罗马，希望在许愿池订下他们的终身。就在他动身前往的前夕，他突然接到她的一份电报，说全家人已经离开德国。从此，他再也得不到她的任何音信。后来他打听到，德国纳粹在清理犹太人时，大批难民逃往中国的上海。直到 1945 年他才查出，她一直被关押在上海盟国侨民集中营里。从日军提供的档案中，他得知她自杀了。

“她自杀了?”

“是呀。”比帕显得很痛苦，“她真傻！难道我对她的爱心还不足以支撑她活下去吗?”

“我想她一定是不堪日寇的百般凌辱，才那样做的。”他突然问，“她叫什么?”

“克丽丝汀。”

“克丽丝汀?”他瞪大眼睛问。

“是呀!”比帕也瞪大眼睛看他,“你惊讶什么?”

“哦,没什么的。”他马上说“我只是觉得这个名字好听而已。”

“当然!”比帕自豪地说,“这名字取自基督的鲜花。”

炳文一直觉得自己是这个世界最不幸的人,现在看来,比他更悲哀的人就站在他眼前。公济医院地下室那具被作为活体实验的犹太女尸,就是克丽丝汀。他不想把这个秘密告诉比帕,否则他的心灵将终身残疾。于是他安抚比帕道:“愿这朵鲜花永远盛开在美丽的天堂里。”

“克丽丝汀去了天堂,我何须在这人间地狱里厮混呢?”比帕无比痛心道,“那段日子我简直找不到生活的乐趣,终日抱着酒瓶昏昏欲睡。”

有一次他酗酒过度,被抬到伯特利医院,正巧撞见了安如倩。惊喜之余,他把他的不幸遭遇讲给她听。听完后,她对他说:你是个男人,应该鼓起勇气再去爱别的女人。看着她那双充满火花的眼睛,他仿佛找到了克丽丝汀的影子。这难道不是上帝赐予他的机会吗?于是他顺口说:我爱你,可以吗?她说:当然可以,只要你敢爱。他当时没觉得她在开玩笑,而是单纯地相信她一定还单身着。于是他就去德记凤祥银楼订做了一枚雍容华贵的戒指,以此骄傲地向她求婚,她伸出手对他说:我已经有了,再加上一枚,教堂里的神父是不允许的。当得知她的丈夫就是在押的战犯中村敬一时,他觉得他被戏弄了,可当他听完她的经历后,他又不得不开始敬佩她。

安如倩从小就没有父亲,一直想从母亲这里得到答案,母亲是一位十分虔诚的佛教徒,每次她的回答都几乎是:佛知道了,我们就知道了。她被这种怪癖的回答弄得性格无比叛逆,常常会因为琐事跟母亲大吵大闹。结果她开心了,母亲却躲在一角哭泣。总算有一次,姨外婆来到家中探访他们母女,在姨外婆与母亲的激烈争论中,她才偶然偷听到,原来母亲和她是被父亲遗弃的。起因是,父母私奔到了美国后,生活陷入了极端困苦和艰辛,父亲不堪忍受不该应有的贫寒,更不甘心失去应该拥有的富贵,留下一封翻悔书返回了上海。她无法想象这其中包含的故事,该是如何起伏跌宕的。姨外婆是位很知名的教会布道家,她不能容忍她的外孙女在这种袅袅香火中成长,就决定把她带回上海,在她开办的伯特利中学念书。安如倩自然心驰神往,暗自带着父母的结婚照,期待这个故事被她一一解读。

很快,她就觉得自己太幼稚了。茫茫人海,她在哪里去识别照片上的那个人呢?但庆幸的是,她毕竟找到了这个故事能够在这里发生的理由。因为只有在这里,才会把"自由恋爱"当作大逆不道加以鞭挞;也是在这里,人与人建立稳固的约定该是多么艰难。所以,父亲不能坚守与母亲立下的海誓山盟,当然就无可厚非了。似乎从这种理解中,她反而减弱了对这个故事的探求欲。时局动荡起来,安如倩又被姨外婆召回美国,到霍普金斯大学攻读医学,这一段时间里,她几乎已经淡忘了。

"既然淡忘,她为何又要以情报局特工的身份,刺杀她父亲呢?"炳文非常关心这一点。

"那是因为当初的美国情报协调局,是罗斯福总统仓促成立的。多诺万局长更要急于求成,于是无视有关规定,大肆招揽各种身份的人才,鸡鸣狗盗也好,政见迥异也好,他一概不管,只要有一技之长就行。如何在医学上获得情报,他们选中了上海伯特利医院的医生安如倩。选中她不如说是选中了中村敬一,虽然当时中村是宪兵队一名年轻的军医,但却是日军正要培植的留美精英,协调局敏锐地捕捉到这一动向,自然就不会放过他。但是,安如倩听说她主攻的对象是中村时,当即就拒绝了。她真心不情愿过多接触这个日本宪兵同学,而被周围的人骂成汉奸。不巧的是,中村将宪兵队拘禁杰弗森的消息传给她时,她又不得不跟他有密切接触了。"

关于安如倩这一段的心理路程,炳文早已从中村的告白中获悉,但他还是想从比帕这里得到进一步证实:"学姐当时为何一定要接受中村的求婚呢?”

“这个问题你不应该问我,而是去问她。”比帕显然对他的提问很不满,“对于一个亲近你的女人,你一定要向她表明自己的立场,到底是爱她还是不爱她。除此之外,没有别的选择。”

炳文被他说得无地自容。多少年后,他常以此教诲后人:不要因为别人爱你,你就沾沾自喜,也不要因为自己爱别人而自惭形秽。

比帕继续说:“次年,中村敬一被调往满洲 731 部队,协调局也改为战略情报局。安如倩得到指令,为最有效最及时地获得绝密情报,她必须成为中村的贴身之妻。就这样,她和中村在寒冷的哈尔滨一待就是三年。1945 年 5 月,中村奉命调去上海,准备协同完成日军的‘上海决战计划’,作为妻子的她也随军前往。同年 8 月 15 日,日本政府宣布无条件投降。由于提供的情报具有特殊意义,加上她富于牺牲精神,上级晋升她为中校,并下达指令:不惜一切手段,全盘占据 731 部队的所有情报。就在这个时候,你杰弗森奇迹般地出现了。”

“我的出现,跟她的指令有什么关系呀?”

“可以说没有直接关系,但是你跟她要找的父亲突然发生了关系。”

“噢?”

“通过你,她在医院里见到了李积忠,他的外貌跟她手里的照片简直一模一样。”

“嗯,我明白了。”

“她开始着手收集有关李积忠的一切资料,甚至连我都被她糊里糊涂派上了用场。开始,她坚定相信李积忠就是他要找的父亲,但是到了后来,资料越找得多,她反而越不能相信,直到发生了公济医院的泄密事件,她才彻底放弃。”

“公济医院事件? 就是中统拘禁我的那桩事吗?”

“正是。”比帕肯定道,“其实那时的战略情报局已经被新上任的总统杜鲁门解散,但多诺万并未放弃对 731 情报的占有,仍在指挥着旧属最终完成这项使命。她得到了更严厉的指令：当有人企图插手此事，必须坚决予以打击甚至清除。”

“你指的是，中统要参与进来？”

“中统参与事小，关键是中统开始倒向战情局的反对势力事大，尤其是盟军情报局。”

“太复杂了！”他瞪着比帕，“怎么又来一个盟军情报局呢？”

“别那样看着我！这是麦克阿瑟将军的主意，跟我没关系。”比帕说，“将军是职业军人，成立这个秘密情报局，自然是为了他打仗方便。”

“可是打仗和731情报有什么关系？”

“你这个人太书生，难怪你倩姐说你是木瓜。你没看报纸吗？最近朝鲜战场上出现了细菌武器。”

“好，我不插嘴了。”

“情报为战争服务，当战争胜利了，作为驻日盟军最高司令的麦克阿瑟，自然以胜利者自居，所有情报应该归他所有。但是，情报是有价值的，它不单单涉及到个人和机构的利益，更牵扯到某种政治势力的利益，到今天都已经发展成意识形态的争斗了。”

“你讲得很透彻！比帕教授。”他觉得比帕的的确确是位教授，“但我还是想听杰西卡中校的故事。”

“哦，对呀！”比帕笑了笑，继续说安如倩的事情。

她通过炳文知晓公济医院的地下实验室，就立刻通报上级。很快，中美所与军统局的上海联合办事处做出迅速反应，出人出枪强行接管了公济医院。中统方面只有干瞪眼，以告密者的罪名秘密处决那个助手，算是交了差。

“在她和李仁俊从囚禁室接走你的那天，她无意中窥视到林守安，才算发现她真正要找的人了。”

炳文已经完全相信，林守安就是传说中死去的李积忠，可是，他是怎样起死回生的呢？炳文等待比帕揭开这个谜。

“通过调查，安如倩发现了一个奇怪的现象，林守安除了妻子，还有两个姨太太。”

“这不奇怪,民国政府的法律是允许的。”

“我说的奇怪是,林守安的大奶奶没有生育,按说他娶姨太太是帮他传宗接代的,但恰恰相反,这两位都是带着孩子过门的。”

“你这样一说,还真是不可思议。”

“也就是说,林守安爱女人胜过爱子嗣。”

“这个说法应该是成立的。”

“同时她还发现,林守安正跟一位在电影界很有潜力的女演员有染。她就用重金收买这位女演员,希望打听到他更多的细节。”

“女演员答应了吗?”

“当然没答应。”比帕说,“对于尚未成功的女艺人来说,男的人钱她不能要,女人的钱她就更不该收了。”

“那怎么办?”

“她找到了我,说明来意,我说她还真找对人了。”

“哦,为什么?”

“因为女艺人首先要的不是钱,而是名;有了名,钱就自然有。相反,先有钱,后出名的,不是妓女就是嫖客。”比帕对自己的说法表示很得意。

“这跟她找对人有什么关系呀?比帕教授。”

“因为我是报馆记者呀!”比帕继续得意,“记者是做什么的?记者就是帮人出名的呀!我的木瓜先生。”

“你也没问她为何要收买女演员呢?”

“当然问了。所以这个时候,她才愿意把前面我跟你讲的跟我讲了。”

通过这位女演员,安如倩终于知晓了真相。原来外祖父是信仰天主的,他希望自己的女儿跟天主教徒结婚,而父亲家族是有婚约在先的,绝不容撕毁。两人的相爱均遭到家庭的反对。于是他们私自约定:从太湖搭船去宜兴,先藏匿于奶妈邱氏的洋溪乡下,安稳之后再作打算。不料临行的前一天,父亲突然产生了动摇,想侥幸求得家人同意,结果被视为大逆不道,遭到族人最严厉的家法——投湖殉节;第二天翘首以盼的母亲没料到等来的竟是此等惨剧,幸好这一切被她看在眼里,她喊人及时打捞,父亲才幸免于难。母亲不能相信父亲的家人,到了宜兴就直接投奔她在九江的姨外婆那里。母亲向父亲保证,姨外婆是基督教徒,丝毫不会走漏风声的。父母得到姨外婆家人的庇护,生下安如倩后,日子过得相对太平。姨外婆替父亲谋了个教书的差事,希望他们的生活更加踏实。可是父亲惶惶不可终日,不肯抛头露面,很快学堂就解雇了他,家庭陷入困顿。母亲整天为琐事忙忙叨叨,父亲却在一旁浑浑噩噩。姨外婆见状,就安排他们去了美国,希望他们能在一个完全陌生的环境里振作起来。

到了这里,很快又进入大萧条时期,父亲的萎靡不振开始转换成怨天尤人。母亲害怕跟他争吵,就依偎在他怀里,期盼用他们久违的原始情欲来唤醒他心中的爱,也希冀用精神食粮来补给他物质上的溃乏。但是,她失败了。父亲一把推开她,说:情爱只能让我们变成蝴蝶飞在天空,却永远不能让我们脚踏实地面对生活。母亲问:你想怎样?父亲说:一同回上海,在老祖宗面前低头认罪,痛改前非,虽不奢望荣华富贵,起码能处之泰然。母亲大失所望,抱头痛哭,昔日那些海枯石烂的誓言如同金子般闪亮和尊贵,顷刻间就变成了污秽不堪的垃圾。母亲虽不承认眼前的金子变成了垃圾,但这是现实,无法更改。她也只好不能苟同地说:嗟来之食,不能吃。父亲留下一封翻悔信,终于还是走了。母亲陷入极度的自责中,从怀疑天主的存在到放弃天主的过程,她经历了无数个挣扎,一直到许多年没有得到父亲的任何音讯后,她选择皈依佛门,期待混沌中有佛光的来临。就在安如倩刺杀林守安成功的第七天,这位期盼佛光的信女终于被召唤到西方极乐世界里。她死于车祸,终年 50 岁。

"她老人家怎么这么不小心呢?"炳文叹息道。

"据你学姐讲,她死的时候手里捏着一份中文报纸,那报纸上登载的就是她杀死亲生父亲的消息。"

“哎，我现在才算明白她做修女的内心理由了。”

“在她计划刺杀林守安之前，她需要给他一些提示。”比帕延续着安如倩的故事，“希望她的父亲能死得更明白一些。”

“哦？”

“当意外得知林守安的正妻怀有身孕时，她觉得这是上天赐予她的良机。”

“是这样的。”他想起了那天在医院见到的那位林太太，甚至他想起，他曾在仁俊面前诅咒过杀害林太太的人不人道，原来这个真凶就是自己的学姐呀！“哎，为什么仇字总能充当世人的统帅呢？任何一种爱都要成为它的手下败将。”

“就在她即将实施杀父计划的最终步骤时，东京那边传来指令，说有紧急事务与她面谈。正好，她也找个理由去探访一下中村。她的直接上司带着他的直接上司，很严肃地向她摊牌：交出所有731的情报，然后全面退出，并且从此闭口不谈。她问：为什么？上司说：内部人揭发你隐瞒相关情报，外部人又告发我隐瞒全部情报。她愤懑道：这是天大的诬陷！上司很同情地说：我理解你，你的处境也是我的处境，目前战情局已经解体，虽然我们各有各的归属，但旧属遗留下的问题，毕竟与我们的个人利益息息相关。她皱着眉，上司的上司开了口：如果不交出来，你和我，你的上司和我的上司，也就是总统赞赏过的多诺万局长，也将受到牵连。她虽不情愿，但是命令就必须得服从。紧接着，上司向她下达了另外一项新的秘杀令，她大吃一惊，表示万万不能接受。”

“就是教堂那一场枪战吗？”

“是的。”比帕说，“对一个特工而言，本来是一项最简单不过的暗杀令，但对她来说，显得复杂而又棘手。”

“因为暗杀对象是我的缘故吗？”他十分困扰，更有无尽的委屈，“我就一直不明白，我为什么就显得那么重要呢？我真的是什么也不知道呀！”

“他的上司非常严厉地告诉她，必须执行。她反对说：为何要杀无辜的人？杰弗森接近中村敬一，完全是因为他们曾经是校友，并不知道731的任何细节。上司说：我们不再谈731了。上司的上司说：我们现在面临着更加严峻的局面，有人要通过这个失踪的杰弗森挑起更大的政治事端，一旦被动，我们将死无葬身之地。她不解地问：谁要这样做呢？上司的上司说：也许是中国的蒋介石，也许是盟军的麦克阿瑟，也许是联邦调查局的胡佛，也许是非美活动委员会的戴斯。上司说：总之，我们身陷囹圄，必须用最极端的手段达到最彻底的拯救效果。她说：要是我拒绝执行呢？上司的上司委婉地说：拒绝的结果只能使情况变得相应复杂一些，但并不会影响结果；我们会另外派人执行，到那时，也许死的人会更多；第一个是那个叫杰弗森的，第二个便是你杰西卡，然后还有若干个可能因为执行命令不成功的人。她觉得他们的口吻不像威胁，就口头应允了。"

"比帕，除了杰西卡，你提到的每一个人，我都不认识。"炳文还是要纠结这个问题，"怎么我就成了他们的眼中钉，肉中刺了呢？"

"具体的我也不很清楚，你学姐也没有向我说明白，我的上司在给我下达指令时，也含糊其辞。总之，你一定是知道了不该知道的事。"

"我知道呀！"

"噢？你知道？"比帕似是而非地问，"你知道什么？"

"不就是那个迟仲年嘛！他临死之前交给我一个黑色铁箱子，我转身就交给那个詹姆斯了。詹姆斯真死了，我假死了，那个黑箱子的下落就无人知晓了呗。"炳文思忖道，"那黑箱子里面，究竟藏着什么不可告人的秘密呢？"

"你真的不知道？"比帕问。

"真的不知道呀！"他大喊道。

"我相信你！"比帕叹道"在我认识的人当中，恐怕只有林守安知道，可惜他也被杀了。"

"你的意思是，学姐的上司所指的那一伙人，其操刀者就是林守安？"

“我只能说大约是吧！”比帕闪烁其词，“抗战胜利后，蒋介石一直要重新树立起中统的形象，借此势力打击军统是一个方面，更重要的一方面，当初建立中统的根本宗旨是铲除共产势力。所以林守安以中统特派员的身份介入此事，一定是联合各派反共势力，打击美国的亲共势力。”

“你的意思是，学姐的上司可能是支持共产党的?”

“我只是推测，没有什么证据。”比帕又开始说这段故事，“东京受命后，她很快回到上海……”

“不用你讲了。”他打断他，把故事接了过来，“学姐不愿意我成为她的刀下鬼，就想出‘假死’这样一个两全其美的招法，既完成了她的使命，又让我隐姓埋名地活着。”

“是的。”

“始料不及的是，林守安蹦跶出来了。倩姐感到力单势孤，只好临时向管菽芹的力量救援。与此同时，估计也通知了你。”

“是的。”比帕说，“我马上汇报给我的上司威洛比少将，他乐不可支，说 731 的情报这下子吃定了。我没明白他的意思。他就提醒我，抓住对方的软肋，尽量获取最大的利益。”

“你从倩姐的手上轻轻松松得到情报，于是就升官发财了！”他挖苦道，“对吗?”

“你可以说我卑鄙，但是没有这个卑鄙，你和你的学姐就命丧黄泉了！”比帕反过来嘲笑他，“尤其是你，更悲剧！活也没活明白，死也没死明白。”

“你救了我的命，应该是我的恩人哪！怎么你说我是你的恩人呢?”

“你的命值钱呀！”比帕补充道，“不瞒你说，你目前还是值钱的，只是你不像我这样卑鄙而已。”

“不能再说你卑鄙了。”他觉得自己过于刻薄，就说，“你是个专业间谍，而我学姐完全不具备这方面的素质，除了能瞒着我和中村，她能骗过谁呀?”

“是呀！好端端的专职医生不做，非要去当一个蹩脚的特工。”比帕感慨道，“哎，这只能说你学姐是多诺万局长导演出的悲剧。”

“应该说是时代的悲剧。”他说，“战争让所有人都放下了专业，心甘情愿地去充当业余杀手。”

“其实教堂上演那场悲剧，在我看来是个喜剧。”比帕津津乐道，“按说詹姆斯先生是联邦调查局的特工，林守安是中统局钦点的特派员，有庞大势力的背景支撑，这场殊死搏杀的剧目，是不可能在我粗糙的导演下轻松收场的。你可以说杰西卡是业余的，但你不能说林守安不是专业的吧！”

“你真该当教授！但，你又把我弄糊涂了。”

“我的意思是，林守安是资深老道的特工，他不可能那么简单地听我安排。”

“那结果怎么又听了呢？”

“因为他发现了你学姐脖子挂着的那个十字架，实际上那项链是他亲手送给她母亲的。所以当他知道杰西卡就是她亲生女儿时，他的演出自然就成业余的了。”

“啊！当时你就知道这个事实吗？”

“不！这一切是她决定去修道院时才告诉我的。”比帕惋惜地说，“早知道这个真相，那天我替她给你捎口信时就该意识到。她避开你和我，就是为了只身刺杀他的父亲呀。”

“那时我就感觉有什么不祥的征兆，但万万想不到她去铤而走险。”

“很遗憾！我没有及时赶到现场，甚至我接到赶赴现场采访的通知时，也没有相信杀人者是杰西卡。到了现场，她已经被警察押走，留下的是林守安满头鲜血的尸体，以及他手里死死攥住的一把手枪。据法医鉴定，第一枪并未击中死者的要害，死者完全可以躲避并用手中的枪支进行还击的，但是在杀手的身上并没有发现任何枪伤，在她的后背部分也没有发现弹孔，更奇怪的是，第二枪的子弹是从死者的太阳穴处穿进去的。”

“这说明第二枪是林守安自己开的。”

“是的！这个情节拿到法庭去说，就成了她不构成谋杀罪的有利证据。其实法庭不过是走过场，真正让杰西卡引渡回美国的是那些各有所得的个人和集团，但是他们未必是在考虑她的安全，而是担心她可能说出不该说出的事情。唯一爱护她的是姨外婆，她用重金保释杰西卡安然到了家中。不幸的是，她此时才发现母亲因车祸已经离开了人世。我去加州看她的时候，家中无人，邻居说那房子已经出售了。我就找到了她的姨外婆，她说她取了圣名，叫伊丽莎白，在马里兰州的巴尔的摩修道院做了修女。”

“她做修女难道是受她姨外婆的启发?”炳文问。

“不！完全是自觉自愿的。姨外婆说，当初她杀父亲时，父亲实际上已经开始忏悔了。面对安如倩举起的手枪，林守安似乎早有准备，神情从容地请求她听完他的述说后再做决断。他的述说很简短：发现再娶的太太十载不能生育时，他就觉得是上天的报应；以后过门的两位姨太太，丈夫都是被日军杀害的遗孀，他这样做算是对那些无辜孩子的一种补偿；后来意外获知太太有了身孕，就觉得这又是上天的回报。安如倩打断他：所以你得意忘形，又和那个女演员勾勾搭搭。他点头称是：所以太太的遇害再次提醒我，头上三尺有神明，错走一步是坟茔。她又问：你就再也没有想过母亲和我吗?他说：想了就不能活，活着就不能想。她的眼泪止不住地掉了下来，她不相信眼前的这个男人就是她的生身父亲，但是她又不得不承认，这个男人就是给予她生命的那个人呀！她的手颤抖着，根本无法完成扣动扳机的动作。他鼓励她：女儿呀！我刚才已经说得很明白了！她愣住了，于是他大吼一声：快开枪呀！女儿。她的手抖动了一下，枪就响起了。他没有躲闪，子弹射进他的肩部。他热泪盈眶地说：女儿呀！阿爸现在想你们啦！说完他举起枪，对准自己的太阳穴。‘砰’的一声，沉闷而浑厚，就像石头掉进深不可测的潭水中。”

几十年后，炳文在一篇回忆文章里找到了与林守安相关的片段，作者曾经在中统局的专员室担任秘书。文中是这样写的：在我的印象里，所有专员中的林守安算是最清廉的一位，同时他也是一个非常讲信用的人，所以在选派上海特派员时上司相中他，是理所当然的；但是民国的官员就是这样稀奇古怪，越是贪就越无事，越是清就越有事，林守安遇害就足以说明这一点；我迄今还在怀疑，当年报纸登载他为亲生女儿所刺，是个讹传。炳文很想抽空找这位作者聊聊，可惜打听到联系方式时，他已经不在人世。

“她的姨外婆是怎样评价这件事情的呢？”炳文问比帕。

“她对安如倩说：当一个人知道自己犯了罪，不管罪孽有多深重，他就该得到宽恕，就算是敌人，你也应该有胸襟去拥抱他，更何况他是你父亲，一个试图悔过自新的父亲。”

“嗯，我有些明白了。”他又问，“学姐为何选在巴尔的摩呢？是因为她在这里上的大学？”

“我问她，她回答说，她的心是在这里献出的。我实在不懂，她就说，皮特先生也在这个城市，你去找吧！找到后千万别说我在这里。”比帕嫉妒地盯着他，“我恍然大悟，原来她的心早早就献给了你。”

炳文满心羞愧，第一次发现自己是那么的渺小。倩姐的爱没有选择用语言表达，而是通过各种行为迸发出来，自己却像一块石头，麻木冰冷。究竟是倩姐错爱了人？还是自己不懂得爱？他真心觉得自己对不起她。

“你不用自责！”比帕说，“我爱她，她不爱我，她爱你，你不爱他。谁爱谁，也许不是重点，有没有爱，才是重点。”

“你也开始布道了！”

“当然，这里的人很少不信基督的。”

“哦，对了。你是怎么打听到我的？”

“其实没有伊丽莎白的提醒，我也早早知道你的动向。自从你离开上海，就一直有人暗中关注你。因为如果有一天你死灰复燃，会极大威胁到某些人的生存和利益，相反，另外一些人会利用这一点，获取他们的利益。”

“我就一定那么重要?”

“是的。”比帕肯定道，“因此你必须忘记过去，更必须忘记我今天跟你说的一切。”

“是的!”

“我相信你!”比帕充满着信任，“因为我已经派过一位中情局的私交试探过你，你过关了!”他伸出手，“一切都成为我们的秘密吧! 带进土里，或升入天堂。我的同学，我的恩人，我的朋友。”

这以后，炳文和比帕再没有任何联系。时隔35年，他偶然从一份英文旧报纸上发现了一则消息：著名汉学家哈斯贝尔教授死于胰腺癌，曾著有《上海俚语考证》、《上海报业史略》、《东亚民族异同考辩》以及《生死之因》等。从登载的那张遗像看，他认出是比帕。一掐算，他都过世五年了。

小妹停顿了半天，没有继续再讲下去。二弟就问她是不是讲完了，她咽下口水说，算是讲完了吧。二弟就说她存心吊胃口。小妹没有搭理他，我就赶忙给她倒上一杯水。喝完后，她说：故事应该没完，但我实在不愿意再继续讲下去了。二弟着急地问：为什么呢? 她说：当时我跟你一样，总要问个为什么，所以故事就一直没完没了。小妹说得实在到位，所谓故事就是在诸多“为什么”的纵容下得逞的。二弟埋怨起她来：为什么不让爷爷讲完呀? 我说：二弟，你可真逗! 爷爷给你讲的那段故事，你不是也没让爷爷给你讲完吗? 我突然想起《一千零一夜》里的故事，就忍不住笑了，而且笑得前仰后合的。小妹和二弟就干在那里，不知道我笑什么。我说：你们都拿自己当宰相的女儿山鲁佐德了，爷爷呢，倒成了萨桑国的国王山鲁亚尔了。奚落他们后我马上意识到，其实自己也犯了同样的错误：光顾着问故事里的为什么，而故事以外的为什么就无人问津了。三段故事虽有些纰漏，但串接起来却是一个相对完整的大故事，加上结尾，再补足明显的漏洞，这个故事就算大功告成。这样一个充满真实感的故事,为何爷爷要对我们三人讲出不同的三段呢?二弟认为,这是因为爷爷考虑到三人有着不同的兴趣,于是就引经据典,深入浅出地引导后辈朝各自擅长的方面开创事业。我表示赞同。小妹却提出异议,说她现在的事业状态,似乎跟爷爷的故事没有任何关系,相反,听完故事后她反感故事里的那位失忆症患者柳问清。二弟带有挖苦的口气说:既然如此,你就不该去精神病医院了。她说本来就不该,只不过是当初没有别的专业可填。二弟还想抬杠,我就制止他:你怎么总希望你是怎么想的别人就该怎么想呢?然后我又对小妹说:你总要从故事里听出什么呀!小妹说:听故事就是听故事,为什么一定听出什么呢?要说听出什么,也就是那位伊丽莎白修女感动了我。二弟马上说:不要呀!你都三十出头了,再不嫁出去就真的要成伊丽莎白了。我再次制止二弟:你就会给别人看心理,从来就不顾及你妹妹。二弟说:算了吧!大哥,我要给她看心理,她就要拿我当她的病人看待了。小妹对二弟撅起嘴:去你的!

这时妻子打来电话,告诉我加急预约已经订好,下周五去美国大使馆办理签证。我皱起眉头挂了电话。二弟就做鬼脸说:是儿子那边缺钱了吧!我叹了口气。二弟得意地说:大哥,别着急!我那个杀人游戏企划案已经被网络公司收购,侄子的钱叔叔掏了。我说:我这个当大哥的,再苦再难也不能拖累你小弟呀!二弟不高兴起来:大哥呀,你是在用你的伪高尚猥亵我的真高尚吧!我笑笑说:你要嫌钱多呀,就留给小妹,她要嫁的人一定要比她的钱少。我知道这种话一出口,必然遭到小妹的袭击,所以没等她出手,我就溜之大吉了。

一路上我就想,弟妹俩没有一个对祖父故事中的漏洞提出丝毫质疑,也不想知道故事的结局是什么,自然就更不会把故事的主人公与祖父本人联系在一起。是因为他们各自忙碌自己的事情,无暇顾及?还是他们彻底就是把它当作故事来听?哎,也许故事就是故事吧,它只说明过去,并不能给将来带来什么。所以听完故事,或者哈哈一乐，或者哭哭啼啼，然后就该干什么就干什么去。可对于我来说，陆续出现这两桩焦心的事，一个是父亲猝死，一个是儿子哗变，让我不得不把事件往祖父讲的故事上去联想。如果故事的主人公真是祖父，哪怕主人公有一点点他老人家的影子，我都觉得，父亲的死和这个故事有着密不可分的关系。进一步说，如果这个故事是有关祖父的真实事件，当祖父告诉父亲原来他就是那个杀死他亲生父亲的那个人，父亲不能承受如此沉重的打击，自然就会崩溃，而只有这种崩溃，才会导致一位医生死在病人手上的这种无逻辑后果。回到家里，我便开始重新整理父亲留下的遗物。

妻子说：别找了，该翻的我都翻了，没有任何值钱的。我不想跟她拌嘴，只好说：难是难了点，但既然说大海里捞针，就承认大海里有针呗。妻子无语，继续做饭去了。遗物中最多的是书籍和手稿，好容易找到一本日志，内容记载的全部是专业，没有丝毫家庭琐事。饭菜端上来了，妻子边吃边问：你到底想找什么呀？我边吃边找，不想解释。妻子终于急了，丢下碗筷，跑进里屋去。我有些含糊，担心她有什么暴力倾向。她拎出一个旧皮箱往地上一墩：你是不是要找它呀！我赶忙打开了它，发现一堆五花八门的证书。我想继续翻腾，妻子一脚踩上去：饭吃完了再看！这回我听话了。

这些证书里有父母的结婚证和离婚证，还有父亲的毕业证、培训证、职称评定书，以及各种获奖证书、聘任书等。以此，我总结出父亲的基本履历：钟慕青，1942 年生于中国上海，1947 年移居美国马里兰州巴尔的摩，1969 年在霍普金斯大学医学院获得博士学位后，担任霍普金斯医院的主治医师。1979 年回国后担任北京协和医院主任医师。2003 年死于“非典”感染。

妻子问：是不是还替爸爸没有评上非典英雄，打抱不平呢？我只能应付道：算是吧！妻子再次怒了：爸爸都过世三年了，而你儿子现在发飙还不到三天，就开始不管不顾了！死人重要还是活人重要，你自己挑吧！这种关头，沉默往往是没有效果的，顶撞当然更不可取。我只好说，追念故人自然还是为了今人。妻子余气未消：别在这里文绉绉的，当我没听懂。我突然说：我有一种预感，一种强烈的预感！还没有等到我们去大使馆，儿子就会回来的。妻子没想到我来这一招，半天懵着没说话。我趁势往祖父那里跑，一路上给弟妹打了电话，让他们随后就来。

祖父还是采取不认得我的样子冷落我，我说：爷爷，您尽管装晕，一会二弟和小妹就来，三人合起伙来夹攻您，看您招还是不招！祖父猛地抬头瞧着我：嘿嘿！小家伙，有点爷们气概了。总算祖父认得人了，我又惊又喜：爷爷，我本来就是爷们呀，不然哪来您的重孙子呀！祖父亮起眼睛：好小子，什么时候学会油嘴滑舌了？我只好说：嗨！不这样，您不搭理我呀！祖父接得很快：我不搭理你，你怎么能长这么大呢？看来今天祖父不但清醒，兴致也很高，等弟妹再来了，他肯定会开怀畅谈的。弟妹差不多前后脚到的。三人就串通一气地让祖父承认他讲的故事不是编造的，而是在说他自己。爷爷当即否认了这一点，说秦炳文是他在美国留学的校友，乳名宝儿，英文名字杰弗森，抗战期间改成了金复生，以后又改为皮特·L。二弟当即就提出质疑：祖父与这个秦炳文的经历简直太相同了！不但驹儿与父亲的年龄相近，膝下的儿女也与之相仿，柳问清更是与祖母何其相似；最令人不可思议的是，他儿时就从未看到祖父与祖母同室而寝。我慌忙打住二弟，觉得这样说对祖父是个伤害。小妹更觉得他张狂之极，完全逾越了祖孙关系的界限：二哥，你真是二！我是来听爷爷讲后续故事的，不是看你在这里胡搅蛮缠的。祖父只是笑笑，没有仲裁弟妹的是非。我赶忙站到小妹一边，推波助澜道：爷爷，我二弟自以为学了心理学，在跟您赌心态呢，甭理他！我跟小妹一样，是来听您讲故事的。祖父大笑起来，笑得脸都白了，然后是很深的咳嗽，好像要把心吐出来。我们三个吓坏了，甚至都有了叫急救车的念头。祖父摆摆手，恢复了平静，脸色也开始红润起来。我们这才放心下来，小妹偷偷踹了二弟一脚。祖父语气舒缓并带着满足感道：你们兄妹三个，终于还是我想看到的三个。我们面面相觑，不知他老人家说的是什么意思。祖父继续说：到今天为止，你们三人能把我讲的故事串接在一起，不算早也不算迟呀！我们大约明白，祖父是希望我们做晚辈的团结一心才是。祖父略带笑意道：居然还有人质疑，好事好事呀！他这一笑，倒让我们更加捉摸不透。祖父平缓道：好了好了，我不妨把故事讲完，你们再提出问题吧！

故事从 1972 年说起。那一年的 2 月尼克松总统访华，赢得了中美关系最大化改善。10 月间，秦炳文终于获得了一个机会，去北京参加国际性医学研讨会。会上他认出了那位主持会议的副部长，就是当年他在重庆结识的胡尊礼。胡尊礼非常高兴，询问情况后，希望他能留下来参加社会主义建设。炳文说，他这个人私心太强，所以当初没能留在延安就是这个原因，如果现在留下来，也完全出于私心。胡尊礼笑笑说，私心也好，公心也好，留下来有利于中国医学事业的发展就好。炳文希望回美国后，携带家人去上海，胡尊礼欣然答应。分别的时候，他恳请胡尊礼帮助他找到过去在上海从事地下工作的管菽芹。

儿子表示不理解，说中国大陆正处“文革”动荡时局，回去怕是凶多吉少。炳文说，我们是医生，是去治病救人的，到哪里都是不用怕的。儿子反驳道，那个傅连璋不但是医生，还是个将军，不也被整死了吗？炳文急切地说：“可是我们要救的那个人，是你的阿妈呀！”

“阿妈？”儿子非常震惊，“阿爸，您不是一直说，我阿妈早就不在人世了吗？”

“那是因为我们回不去，说你阿妈在，你能安心吗？”见儿子半晌不能开口，炳文说，“我先理解你，等你能理解我了，再考虑吧！”

到了上海，炳文按照胡尊礼提供的号码与管菽芹通上了电话，当然，他最关心的是问清的下落。管菽芹告诉他，问清自从枪击新郎一案后，就被关押在提篮桥监狱里，后因李积忠先生和吉永佳慧女士的斡旋，狱医才诊断出她患有精神分裂症，没有提交到法庭。

“噢，那李先生和吉永女士的情况怎么样？”

“两人似乎受到强烈刺激，先后病倒。内战爆发前，我曾派人劝说他们撤出上海,没有成功。据说,两人在回浙江吴兴的途中,遇到国民党逃兵的抢劫,遇刺身亡。"

炳文觉得这简直就是一个可怜的悲剧,一世英名的伯父和养母,竟然被一群匆匆蟊贼毫无准备地夺去了性命。为了压制住心中无名的悲痛,他开始想起那些名声鹊起的武夫们,关羽为伏兵所获,张飞为末将所害,而闯王明明被一位名不见经传的寨勇所杀,有人却偏要说他当了和尚,归隐深山了。从这个意义上说,为名人所杀是鼠辈,被鼠辈所害是名人,而对于他来说,李积忠和水谷佳的名字将铭刻于心。

"喂,听得见我说话吗?"管菽芹问。

"哦,哦。"炳文收回纷乱的思绪,"我听得见。"

"一直到 1949 年上海解放,她才从监狱里出来,被送到普兹疗养院。"

"普兹疗养院不就是精神病院嘛!"他吼道,"不,这是误诊!她绝不是什么精神病患者。"

"金大夫,你先别着急。"她耐心道,"我们有话慢慢说。"

他马上意识到自己的冲动,连连道:"失礼失礼,我去拜访您便是。"

"可以理解。"她说,"这样吧!等下我派车接你。"

一辆北京吉普车来接炳文,他问司机去哪?司机说,去管局长家。胡尊礼提前向炳文交待过,那管菽芹曾经是上海市财政局副局长,后来因为历史问题,被下放到地处盐城的上海农场进行改造。尼克松访华后,她被放了出来,得以平反并恢复其副局级的待遇。三十余年未见,管菽芹完全失去了当年的光彩,变成了年近七旬的老人。炳文百感交集,一时不知该说些什么。管菽芹笑道:"你也60 有余的人了,还来惊羡我?"

"那倒不是!"炳文感慨道,"我听胡部长说,您老受过不少委屈。"

"没有委屈,哪来的清白?"她叹息道,"比起那些死去还得不到昭雪，活着还不能平反的人，我能算什么？迄今为止，迟仲年夫妇俩还蒙受着不白之冤。”

听管菽芹叙述，炳文才知道迟仲年因为没有将重大情报送达美国，导致日本偷袭珍珠港成功，当年被国民党视为日本间谍，定罪内奸叛徒，问清也因此受到连累。管菽芹请求组织极力保护她，因为迟仲年的真实身份是中共地下党，负责与第三国际的联络工作，同时也是她的业务员。他的为人她是知道的，是经得起历史考验的。

迟仲年原名钟午，祖上是张家口一带有名的皮货商。1930 年他赴日留学，在早稻田大学学习商科，读到第三年，家中突然发生变故，回国后才得知父亲因鼓动并资助冯玉祥、吉鸿昌建立“察绥抗日同盟军”遭到暗算。于是他放弃学业，只身来到南京，改名迟仲年进入外交部下设的一个情报机关，专门负责对日本经济动向的分析与研究，不久被中央组织部调查科主任徐恩曾吸纳。其间他发现了一个令自己改变政治立场的秘密：暗杀父亲的凶手竟然是调查科派出的特工，父亲的罪名是煽动独立，分裂中央。1935 年调查科升格为调查处，他被秘密派往上海港务局负责收集日本船只的运载情报，同年经白区中央局书记黄文杰的介绍，秘密加入中国共产党。很快黄文杰被捕，地下组织遭到重创，他也因此失去了联系。翌年他通过西里龙夫结识到冯雪峰，才算重新回到组织。以后他被戴笠看中，又成为军统阵营的一员。1938 年冬天，当汪精卫公开向日本投降时，他辞掉了港务局的公职，准备前往延安筹办改造俘虏的日本工农学校。临走那天，上级突然安排他去昌旗丸运输株式会社担任财务总监，没过几天他又得到通知，去五角场日军司令部接回他的“新婚妻子”谷素梅。

“您的意思是，他们的婚姻完全是组织安排的，其目的是为了营救共产国际的后人？”炳文忍不住问。

“是的，组织接受了吉永佳慧女士的恳求，决定让单身的迟仲年完成。”管菽芹说，“但是这个背景是我后来才知道的。起先他们夫妇是安排在余姚路的一家独门独院里的，因为起了事端才搬到梅花巷320号大院的。名义上我是房东太太，其实我要做的事情，一方面是暗中保护他们，更重要的是向迟仲年下达上级的指示。组织上再三强调，那迟太太一定要把她当作一位患者来看护，出门务必派人跟踪。”

“哦，起了什么事端呢？”

“有一次迟太太独自去梅兰坊的一家军妓馆，说这里以前是她的家，并找到老板大吵起来，斥责他强占私房，算是强盗。那老板是对面的街坊，马上认出她来，声辩自己是从警察局手里花钱包来的，不算犯法。盯梢的便衣发现她神智清晰，与居住登记上的描述有误差，于是很快就叫来另外一个。两人用枪逼着她往警察局走，经过一条狭小弄堂时，迟仲年迎面站出来，手里拿着手枪，没等那两人反应，枪声就响了。”

炳文十分清楚，从问清刺杀仁俊的计划以及留给他的那封信上看，她当时的脑子是清晰的，或者说中村早期的所谓删除记忆实验根本就是失败的。关于她佯装失忆这一点，恐怕组织也是不清楚的，所以她能骗过所有的人，而且利用所有的人，最终完成她替父报仇的计划。“当时她在您印象中是个什么样的人呢？”他问。

“是个沉默寡言的人，对周围的人充满着不信任。据跟踪回来的人说，她经常去找些底层的人谈话，起初我们认定她是在找回记忆，并没有留意，直到她受到李仁俊袭扰时，我们才意识到事情的严重性。”

“哦，那李仁俊又是个什么样的人呢？”

“当时他是昌旗丸运输株式会社的名义总监，只负责分红，业务从来不插手。通过一些调查，我们觉得他是一个可以争取的人，不料找他谈话的人回来告诉我们，李仁俊态度蛮横，说除非我们答应迟太太改为李太太，他才从命。所以迟仲年失踪后，我们一直怀疑跟他有关，抗战胜利后，我发现他的身份竟然属于军统，就更加确信迟仲年的死一定与他有密不可分的联系。我依然坚持自己的看法，提出为迟仲年申冤，但是上级回答是：国共处于合作阶段，许多事将来定论。在那个复杂的年代里，很多事情是看不透的，迟仲年具备中统和军统的双重身份，还是解放后我才知晓的，甚至他当初是怎么失踪的，我也一无所知。你的出现给我带来了惊喜，希望从你身上了解到迟仲年的真实情况，但上级的回馈是：谨慎从事，不做宣扬。我仍固执己见，私自约你们去茶楼相见，却没想到酿成了大错，不但阿枝受伤，迟太太也突然失踪，我因此受到上级的严厉批评。以后通过对你的跟踪，我们总算找到了迟太太，但出乎意料的是，她不但与军统特务来往，还穿梭于青帮洪门，最让人琢磨不透的是，她最终选择与李仁俊结婚这个事实。等报纸登出她枪杀新郎的消息，我才明白她做的这一切是为了替父报仇。"

"李仁俊真是杀害她父亲的人吗？"

"他几乎是当场死亡的，得不到任何证实。但从目击者的口中知晓，有人当场抱起倒在血泊中的李仁俊，声称一切谋杀的罪名由他独自承担。"

"哦，此人是谁呢？"

"是一位市政府的参事，自称李仁俊的生身父亲。正因如此，他才心甘情愿帮儿子做一切事情，无论是与非。儿子恨柳仝应，他就要除掉他；儿子恨付满堂，他就要毁掉他；儿子恨迟仲年，他就要清掉他……"

其实炳文早就从李积忠知道了这个秘密，那位参事必定是朱珠的学长，仁俊为他们所生。但这位学长究竟是谁？也许朱珠没告诉李积忠，或者李积忠不想告诉他。"这么说，所有的恶念由仁俊所生，所有的坏事由他生身父亲所为？"他问。

"这只是他的一种说法，可能为顾全儿子的名声承揽罪责，也可能自己罪有应得，为儿子洗刷罪名。"管葳芹说，"但不管是哪一种，他痛哭流涕一番后，开枪自杀了。"

炳文长长叹了口气。许多事情就是这样，在没有被证实前，往往留下个似是而非的定论。就像上海大街两旁那些依次排列的梧桐树，中国人管它叫法国梧桐，而法国人则称它为中国梧桐。既然仁俊和他的生身父亲双双离开了人世，这段冤魂史就只有到阴间地府去澄清了。

“替父报仇带有鲜明的动机，说明她当时是个明白人，为何后来安排到普兹疗养院去呢？”他问。

“她打出第三发子弹时，那位参事跑了过来，猛地将她扑倒，她的脑门撞击到石栏的一角。醒来后，她既不知道过去发生了什么事，也不知道今天为什么出现了这么多的陌生人。”

炳文悲惨地明白，过去她是假失忆，现在才算真的失忆了。上海解放后，管菽芹打听到问清在精神病治疗院，向组织提出请求，将她转到疗养院进行治疗康复，但并未受到重视。她只好写信给当时的潘汉年副市长，问题才得以解决。正因为这封信，1955 年潘汉年被捕后，她也因此受到牵连。获得自由后，她念念不忘问清，当打听到她被安顿在一家智残人福利工厂里，就马上前去探望。看到问清孑然一身，日子过得相当清苦，管菽芹就和家人商量，将她接到家中。从此他们就在一起生活，过得简朴而快乐。正说到这里，问清从外面回来。也许对于她来说，没有操心这两个字，她的容颜除了岁月自然留下的风尘，似乎看不到任何人为刻划的痕迹。一进门她就围着管菽芹转，絮叨着邻居的小胖终于叫她姐姐了。炳文的眼睛一直随着她的转动而转动，待她被管菽芹叫停后，他的眼睛就开始湿润了。

“你是谁呀？”问清开始注意到炳文，“你咋要哭呢？”

“这么些年了，激动的。”他擦去泪水，微笑道，“问清妹妹，我是你炳文哥呀。”

“你是我阿哥，我吃不消的。”她往后退缩，手指管菽芹说，“你都跟阿姨差不多的年纪了。”

“问清，他的确是你阿哥呀！”管菽芹拉着她的手。

问清盯着炳文看了半天，摇摇头说：“我没有阿哥。”然后转身跑出门，边跑边喊，“我找小胖弟弟去。”

炳文意识到，问清已经由原来的选择性失忆转成了全盘性失忆。管菽芹过来安慰,他说:"我是医生,能承受得住的,只是这些年多亏您和您的家人照顾,不然,问清阿妹的病症所引发的后果不堪设想。"

"你不用那么客气的,我们一直没拿问清当外人。看着她无忧无虑的样子,我们也蛮开心的。"

对普通人而言,管菽芹的说法属于正常,但对于一个医生来说,他感受的是痛惜和负疚。问清无论处在怎样的一种生存状态,终归是病患者,眼巴巴看着一个患者不能救治,是他做医生的最大悲哀。而接下来的这件事情,又让他体验到另外一种悲哀。炳文提出到徐家汇公墓看望他的亲阿妹阿枝,管菽芹告诉他,原来的墓地已经遭到破坏,阿枝的遗像摆放在了烈士陵园。按照档案的记载,阿枝本没有资格移入此地的,其中还有一条违纪的记录,就更不可能追认烈士,只因管菽芹的百般努力,她才以"掩护盟友,英勇牺牲"之名得以安息。

"她究竟违反了什么纪律呢?"

"当初组织规定只许跟踪你,不许与你有任何的正面接触。阿枝无视这条纪律,将你和特务引到了会议地点。你知道吗?那次会议来了我们许多重要领导人,甚至李克农同志也出席了。阿枝被捕后,关于是否营救她,我们内部产生了分歧,当然这是由于你的不确定性引发的争论。有人说,你是军统的间谍,所以导致仓库被特务袭击,然后你又假惺惺来给我医治枪伤,手术快得简直跟演戏一样,其最终目的是要置领导人于死地;而在这种情况下,阿枝居然还敢接近你,一定是你们之间存在男女私情。我反驳了他们的意见,说你在李氏一案中从始至终站对了立场,不能因为阿枝的失误,而去毁誉一位为保护我方财产起关键作用的人。因为昌旗丸会社实际上是我党一手操办的。至于阿枝和你的事,我单独问过她。她拿出半截手镯对我说,那天她帮你收拾屋子时,无意中发现了另外的半截,就觉得你一定是她失散多年的阿哥。她希望在属实前,我帮她守住这个秘密。你从首饰店发出救援信息后,我们马上赶往华成电器厂参加营救工作。哎,阿枝要我留守的这个秘密,我至今没有跟人提起过。因为革命年代,亲情作为组织行动的理由是不纯洁的。所以在教堂枪击案中,我们能去营救你,完全是因为你保全了我党的财富,才出手相救的,也正是因为在阿枝的履历中我着重强调了这一点,阿枝的牺牲才富于革命的奉献精神,才不愧于她烈士的英名。"

到了陵园,看着耸入云霄的纪念碑,炳文只感受到阿枝的高大和伟岸,却并没有体验到她的朴实和亲切。他多么想得到一张阿枝的照片呀,哪怕是遗像。不幸的是,当目睹到她的遗像时,那竟然是一张用白描线勾勒的画像,而且根本也不是他曾经见过的那副模样。更令人悲哀的是,上面写的名字"阿枝",连个姓也没有。悲哀良久,他向管理员提出带些骨灰回去寄托哀思,不料那管理员告诉他,盒子是空的。炳文忽然间胆颤心惊起来。阿枝为自己而死,落得个有名无姓,而那个阿露,连个名也没落。学姐死后,落的名也不是安如倩,而是伊丽莎白。原本他看到的,听到的,感受到的真实,在这里全然变得虚无缥缈了。等到他死的那一天,眼前一切一切的真实,也就彻彻底底灰飞烟灭,无影无踪了。那么将来自己死后,他究竟该落哪一个名字呢?

炳文突然想起当年那个马大胡子。管莪芹笑笑说,马识路早就不留胡子了,现在南汇区担任革命委员会副主任,势头旺盛,问他是否前去拜访?炳文马上表示回绝,理由是自己的美国人身份会给他添麻烦的。1977 年,马识路被视为"四人帮"的爪牙关押在提篮桥看守所,据说是因为他的缘故,这个大胡子竟然打了一辈子光棍。炳文有些过意不去,就前去看望他。马识路正好和人下象棋,没有抬眼去识别访客是谁。炳文就问他下棋的感受,他说:有赢有输,赢的不能总赢,输的不能总输,这把赢了,不能说下把就一定赢呀,输了也不代表下把就不能赢。炳文就问:难道赢输就那么重要吗?他反问:那你说什么重要?炳文恼火地说:你先看看我是谁吧!他这才认出来者是炳文,但他没有惊讶,反倒冷冷地一笑,说:你是赢家呀，所以你怎么说就怎么是。炳文长叹一口气，说：今天我来告诉你的是，阿枝是我亲阿妹。他瘫在那里，半晌不说话。炳文转身离开，只听身后马识路掀掉棋盘，喊道：不玩了不玩了！老子是粗人，没有文化，根本就不会下棋。马识路被放出来后，回到老家包了一块地种上许多向日葵，命名为“阿枝园”，过了两年又进城开了一家“阿枝记”榨油坊，不久死于煤气中毒。

经过几番周折，终于在胡尊礼的协调下，问清于1974年到了美国，接受霍普金斯医院神经病学和神经外科两方面专家的治疗。开始大家都带着极大的热情面对这位饱受战争摧残的受害者，但随着各种技术手段和特制药物临床实验的纷纷失败，专家们开始放弃了。他们认为，患者的创伤除了外部刺激和心理伤害外，最可怕的是，有某种药剂的人为移植。病人属于综合性的逆行性失忆症患者，过去所有的记忆信息将无法找回。炳文只好将她接回家中，尽心照料。虽看到她满面笑容地跟两个孙儿称兄道弟，炳文心里不免有几分酸楚，但比起她在医院里终日跟那些冷冰冰的仪器相伴，她毕竟显出了快乐。只要她快乐，还有什么值得自己怅惘的呢？

同时他内心一直在犹豫不决，是任她这样颐养天年呢？还是前往澳门启用中村的秘制药剂？他原本是精通病理学的，对神经科学实在是才疏学浅，贸然使用别人研制的成果，是很不严谨的，只有投机者和冒险家才那样做。儿子是心内科专家，自然也不谙此事。他想到了儿媳。她所学专业是精神病学，虽不属神经病学，但也算是精神领域的范畴，触类旁通，相信她看完中村的数据报告以及论点，是可以理解药理和药效的。他去了澳门，只是把那份数据报告拷贝了一份副本，没有动那个药盒。他还是想用其中的两三页，先试探一下儿媳对这些数据的反馈。

“爸爸，这不像是正常的实验数据。”儿媳用非常奇异的眼光打量着眼前的公公，“您从哪弄来的？”

“噢？”他一时不知该如何回答。

“就这两三页吗？还有吗？”她追问道，“千万别告诉我，您是从什么地方捡来的。”

“哦，捡来的?”他不免紧张起来，却反倒问她，“你为什么要那样紧张呢?”

“这是活体解剖才有的数据。”她紧张万分，“就算捡来的，也知道是从什么地方捡来的呀?”

是选择撒谎呢？还是选择坦白？结果他说：“让我想想。”

“什么？想想?”她按捺不住地说，“您再不说，我就要报警了！”

“大叔阿姨。”问清突然出现在他们面前，“你们这是怎么了?”

“哦——”儿媳突然晕倒，醒来之后又呕吐不止。儿子正好赶回来，急忙叫了救护车。到了医院，医生告诉他们，她怀孕了。炳文私下向儿媳致歉，说不该那样唐突的。她马上说，不用的！完全是她紧张过度的原因。炳文还要解释，她就说，待孩子大一点，她一定帮公公完成课题。没想到课题不但没有解决，以后还因此引发了儿子和儿媳的离异。因为当儿子得知儿媳试图利用来历不明的“数据”后，坚决不同意她采用。儿媳一气之下离家出走，不料在一次飞机失事中遇难身亡。当然这些都是后话。

就在炳文对问清的失忆症不抱任何希望的时候，她却有了异常的行为。从那天开始，她紧跟在儿媳身后形影不离，并且嘴里不停地絮叨着：“不要紧张！不要害怕！”几个月来，连两个孙儿都学会了这句台词。炳文敏锐地觉察到，这一定是患者即将复苏而发出的信号。于是在儿媳即将分娩的那天，他坚持让她守在手术台前。果然，就在儿媳声嘶力竭的一刹那，她也随之大喊一声，然后就晕厥过去了。她一直昏睡着，一个月过去了还不曾醒来，大家心灰意冷，万念俱灰，连炳文也开始后悔那天的冒险做法。

突然有一天，问清慢慢睁开了双眼，所有人都惊喜万分。她扫视了大家一眼，显得很陌生。正当炳文要开口问候的时候，她突然大喊道：“仲年呢？仲年呢?”

“仲年?”儿子疑惑地望着炳文，“谁是仲年?”

“哦哦。也许是什么故人吧。”他吞吞吐吐道。

“我的驹儿呢?”她的喊声变成了哀鸣,“驹儿在哪呢?”

“阿妈,驹儿在这儿呢!”儿子激动万分。

“你是驹儿?”她无法相信,“怎么长得这么大了?”

“是的是的。”炳文已经热泪盈眶,“他就是你的驹儿呀!”

“不!这不可能!”她惊恐万状,“你们是谁?这又是什么地方?”

炳文决定带问清回上海,只有让她看到了一件件旧物,她才能想起一桩桩往事,温故而知新。儿子同意他的想法,并且也支持他的做法。炳文带她第一个要去的地方,是他们曾经一起念书的那个学堂,目前已经改成一所全日制的小学。仔仔细细分辨后,问清猛地拉起他的手走出校园,然后拼命朝梅兰坊的方向跑,炳文实在跑不动就松开她的手,倚在墙边急促地喘气,她不管不顾继续往前奔。炳文缓过劲来慢慢走到了那个曾经属于他们的柳家,他发现院子里问清正冲几户住家喊道:这是我家,谁要你们来住的?那些人就懵住了,不知道发生了什么事。炳文赶快上前跟大家解释,然后拉扯着她回到管菽芹那里。

他下决心长期留在上海,就打报告给胡尊礼,很快他就被安排在第九人民医院也就是原来的伯特利医院担任主任医师。事实上从1951年开始伯特利就已经被军代表正式接管,一年后的12月更名为上海第九人民医院,两年后的12月,创办人石美玉女士在美国南加州的巴沙得纳安息主怀。他曾经是这所医院的董事,虽然名字改了,但相貌是无法抹杀人的记忆的,当那些老人们对他敬而远之,或者叫退避三舍时,他才明白自己是胡部长推荐的人。也正是因为这个缘故,两年后他受到牵连,被关进医院的地下室,写有关揭发“资产阶级当权派胡尊礼”的材料。幸好“四人帮”及时倒台,他才从煎熬中解脱出来。那一次算是他人生中的第五回囚禁。

有一天他路过曾经是李仁俊的那幢红楼,就想起了那架钢琴。幸好这幢楼改成了一家幼儿园,钢琴才得以原封不动地保存。当听院长说这个幼儿园直属财政局时,他欣喜万分,即刻找到管菽芹,希望能赎回它。管菽芹遗憾地告诉他，这是公家财产，不能出让给私人的。一直到中央内部有个适当归还资本家财产的精神出台，经过了几番复杂的手续，炳文才将那架斯坦伯格钢琴抬了回来。面对这样一个天大的惊喜，问清的失忆症病魔彻底被征服了。从那以后，她恢复了一切记忆。

“阿哥呀！你离开上海留学的那段日子，家里经历了巨大的磨难。因为阿妈加入了日本占领军，导致阿爸无论走到什么地方都抬不起头来，尽管他一再声称自己已经与妻子分道扬镳，但还是无人理会，以致被人嗤之以鼻。我在学校里也是同样的境况，同学们当面耻笑我半人半鬼，暗地里辱骂我是汉奸日寇。回到家里，阿爸拼命抽烟拼命咳嗽，我怎么劝也劝不住。我开始恨我阿妈，恨她迷惑我阿爸，让我成了一个半人半鬼的人。我的委屈，我的怨恨，都化成了眼泪，我用笔蘸着这眼泪，源源不断向阿哥倾述。但万万没想到，阿哥不仅没有及时回信，还在寥寥数封里谈论什么风花雪月。我是多么失望呀！”

“不对不对！”他简直要疯了，“阿妹呀！不是这个样子的。”

“阿哥，你不要急！听我慢慢说。”她继续叙述那段往事。

事实上，她那时就读于国立上海医学院护理专科，而仁俊在光华大学读报学，整天拿着个照相机到她这里晃悠。问清不喜欢这种死磨硬泡的感觉，就找了个同学做挡箭牌。这个同学正好是她的同室舍友，平素她就喜欢卖弄，还扬言将来找个阔少做男人。果不其然，当问清向仁俊介绍她之后，两人便形影不离了。当她暗自庆幸自己的金蝉脱壳之计成功后不久，她领略到的却是更为猛烈和可怕的反间计。表面上她清净了，但内心的折磨却与日俱增，到后来，这种折磨迫使她差不多都要屈服了。

“这到底是什么样的反间计呢？”炳文问。

“其实也很简单。仁俊让舍友密切跟踪我，在我打开信箱前，她就已经取走了你写给我的信。而在我发完信时，她就打开信筒，拿走了我写给你的信。”

“真是令人发指！难怪我得不到家里充分的消息呢！”他问，“那年仁俊来学校探我，说他和你已经订婚，还拿出那半截镯子，说是你退给我的。”

“这一定又是他的离间计！我根本就没听说过你说的什么镯子。”

“看来仁俊预先偷看到我给你留下的镯子，然后悄悄取走，不愿意让你知道。”炳文恍然大悟，“难怪仁英说他阿哥攻于心计呢！”

“那次他从美国回来后，就匆匆到我这里，拿出你和你学姐的合影。”

“仁英早就告诉过，我当时并不全信。”

“他说，你为了从你学兄手里抢回这个学姐，竟然和你的学兄发生了殴斗，以致被关进了警察局。结果还是他出钱把你赎出来的。”

“你信了？”

“开始不信。”

“那后来怎么信了呢？”

“他拿出一封信给我念，说是你写的。”

“噢？”他有些惊慌，“写的什么呀？”

“记不太细致了。总之，是说你和那位安小姐如何相爱，如何般配，如何幸福。”

“真是无耻！”炳文怒道，“你好糊涂！那封信也不看一眼吗？”

“我看了，那笔迹像是你的。”

“你先入为主，所以看的时候漫不经心。那肯定是仁俊找人模仿的，我写给你的信，他们不是盗去了吗？”

“当时我一无所知。加上你鸿雁难求，所以就信了。”

“所以你就答应了他？”

“没！他就拿出刀子要割腕。我当时说，就算我答应了，也是你手中的刀子，而不是你。他就丢下刀子，说明天再来等我答应。我真不知道该怎么办，就去问阿爸。没想到，阿爸暴跳如雷，说：我宁可你嫁不出，也不能认可这个李仁俊。第二天仁俊来了，阿爸用同样的话告诫他。仁俊问:为什么?总要给我一个理由呀!阿爸说:没有理由,就算我到了阴间,也没有理由。仁俊满脸紫青,悻悻而去。打这以后,仁俊再也没有出现过。直到阿爸和我被抓进日本宪兵队,我才算见到了他。"

"阿爸和你,是怎么被宪兵队抓走的呢?"

"因为我们的行为触怒了日本人。"问清叙述道,"阿爸是从日本留学回来的,阿妈又是日本人,态度上他是反对日本侵略中国的,但内心深处却含混不清。后来我才知道阿爸的学堂,实际上是仁俊的阿爸暗自投资的,表面上让他的一个日本同学挂名。与阿妈决裂后,他不堪忍受为日本卖命的名声,就想辞去校长一职。这时来了一个共产党,就是原来在学堂当校务长的那位。"

"是叫郑席君吗?"

"你认得?"

"阿爸在给我最后的一封信中提到过他。"

"他鼓励阿爸,不但不能放弃学校,还要反过来把学校作为抗战的有力阵地。阿爸开始是动摇的,直到有一天从老家宜兴投奔来的一个远房外甥出现,得知周铁桥的柳家连人带屋子都被日军用炮火炸光了,母亲洋溪邱家一家老少被日军关在屋子用汽油活活烧死了,他才开始清醒。阿爸联合各中学成立了'抗倭反伪'社团,教导师生如何抵制日伪的'奴化教育'。组织学生袭击维新政府教育长官,暗自派外甥刺杀了一位日本教育督察官。那个共产党向阿爸提供经费,建立地下印刷厂,出版宣传抗日的刊物。那时,我也加入了学生界救亡协会,积极配合阿爸的抗日工作。就在1938年冬天的一个夜里,我正在给咳嗽不止的阿爸熬药时,突然一队日本宪兵闯了进来……"

"是谁出卖你们的呢?"炳文问。

"当时我脑子里出现了三个人:一个是排版员,一个是印刷工,还有一个负责外发的表兄,除了这三人,阿爸和我,没有人知道印刷厂所藏之地。"

“是他们中间的哪一个呢?”

“开始我也一直是这样认为的,后来经过调查,我完全排除了他们。”

“那能是谁呢? 是仁俊吗?”

“当初不可能想到他,因为我从来没有向他吐露一丁点地下活动的消息。”

“那你还能想到谁呢? 会是那个郑席君?”

“不,不可能!”

“那是谁呢?”

“我阿妈。”她说。

“啊?”

“因为被抓的那一夜,阿爸向我透露过,阿妈曾私下找过他一次,提醒他做事不要大意。当时阿爸并不在意,反而愤怒地回绝了她,警告阿妈不得再与他会面。”

“也就说你阿妈事先知道了?”

“在我走出宪兵队之前一直是这样想的,后来我改变了。阿妈只是提醒阿爸,可能有别的事情引起日本人的注意,但并不知道地下印刷厂,也不知道宪兵队抓人的消息。”

“如果没人承认,你会永远不知道的,是吗?”

“是的。”问清陷入回忆的痛苦中,“我跟阿爸最后诀别是抓进宪兵队的第五天,按说我是绝对不能见到他的,因为宪兵队希望从我们口供的漏洞中找出更多的线索,以便获得最大的收益。”

“是因为李家父子出面的缘故吗?”

“是的。”问清回忆道,“而在此之前,仁俊拿来一式两份的婚约对我说,只要我在上面签字画押,就意味着立刻获得自由。为了强调他说的这些千真万确,他还请出冈田直一郎少佐作为担保人。我当即说,只有我阿爸获得自由,我才能签字。仁俊解释说,关于校长一事,他和他阿爸已经尽了最大的努力,终归无力回天,冈田先生可以作证。那个少佐就‘伊里哇啦’表示认同。为了见阿爸,我避开锋芒问:能见上我阿爸一面吗? 仁俊盯着冈田,冈田默不作声,转身出门,仁俊紧随其后。过了一些时候,一个宪兵押着我见了阿爸。”

炳文知道,在此之前李积忠正在说服校长,为保全问清性命,冒天下之大不韪也要她在婚约上画押,将来之事,他来应付。

“阿爸受到病魔和鬼子的双重折磨,已经不成人形,见我时大约还剩下最后一口气。我强忍悲伤听完他最后的几句话,他竟然说:子欲杀父,父不可杀子,倭要汉亡,汉不能忘倭;子逆父行而亡,女顺母走而生。我说:阿爸呀,你讲些明白的我听听嘛! 我想知道到底是谁出卖了我们? 你要是死了,我要报仇的! 听我讲这样的话,阿爸瞪大眼睛看着我,然后就昏了过去,旁边有人马上过来扶住阿爸,并呼唤他的名字‘全应全应’。”

“那人是仁俊的阿爸,是吗?”

“是的。阿爸似乎被他唤醒,用尽最后力气,将我推到他身边,微笑道:吾本仆人,不能主事,认其为父,随母而行矣。说完,阿爸撒手人寰,再也讲不了话。”问清哽咽着,不能继续。

这些身世也许炳文比她了解得更清楚,继续下去会让她更痛苦。看着这些日子她头发上平添的几根白发,他就想,也许煞费苦心医治好她的失忆症是一个错误。医生对一个人说:你病了必须治;那人说:我没病不需要治;医生就说:我说你病了你就病了,有病就必须治。医生永远是对的,病人永远是错的。问清也是一样,既然失忆了就必须要你恢复记忆,不管你愿意还是不愿意,不管你痛苦还是不痛苦。炳文猛然发现自己是自私的,打着医治她失忆的旗号,实际上是通过她的记忆去弥合自己内心深处的伤口。

“问清阿妹,既然过去是那样的令人痛心,我们就不要去回顾了吧!”

“我知道,炳文哥。”她轻轻擦去眼泪,“但是不把过去的事情想明白,我就看不清眼前的一切呀。”

“哦,是吗?”刚刚觉得自己很清晰的,被她这一说,他猛然又糊涂了,也许他这一生就是这样糊里糊涂地走过来的。

“第二天，也就是我关押在宪兵队的第六天，办好释放手续，两个宪兵正准备押着我往外走的时候，突然有人叫住我们。那人冲那两个士兵喊了一堆话，他们就把我又押了回去。不久我被秘密押解到日军司令部的医院里，一个叫中村的军医要我配合他的治疗，其实我在宪兵队也见过他。我毫不客气地对旁边的翻译说：我的伤是你们打的，为什么还要治呢？中村听后说：我不管打人，只管治人。他用各种仪器测试我，还抽了不少血。这你懂的？”

“嗯。他没想害你，只想得到你身体里的相关数据。”

“我除了想替阿爸报仇外，别的什么也没想。”她说，“大约过了一个礼拜，中村终于对我说：明天就开始对你进行全面治疗，你一定要配合我们，否则前功尽弃。”

“你果真按他的做了吗？”

“没有。”

“哦？为什么？”

“因为就在这天的晚上，阿妈出现在我面前。”

“啊！”炳文现在才算明白，从宪兵队提走问清的就是水谷佳，“阿妈告诉你，中村是在给你做失忆手术的试验吗？”

“是的。阿妈不但告诉我这是试验，还告诉我这个试验是她提议的。”

“她为什么有这样一个提议？”

“她说，绝不能让我嫁给李积忠的儿子，所以必须从宪兵队转移到她所在的司令部里。”

“但这跟中村的试验有什么关系呢？”

“我是‘学协’成员，日本人恨之入骨，阿妈找不到合适的名目放走我，属于循行私情，必遭渎职罪惩办。她找到出自石川县的司令官藤田进，以外祖父与他同乡的名义，获得了他的同情。但对一位抗日骨干的特批释放，特高课的人并不放心，他们除了要求我失去记忆后，还需要阿妈提议一个人质作为担保，而这个人质还必须与释放后的我，具有自然的或者人为的永固关系。”

“明白了！这跟仁俊和冈田谋求的婚约是一个意思。”

“阿妈不忍心她的女儿从此失去记忆，就告诉我如何巧妙躲过中村的手术实验，为了万无一失，她还暗自派人来协助我。”

“于是你作为失忆成功的临床案例，走出了司令部。”

“是的。”

“在阿妈的安排下，你所谓的失忆，原来都是假装的，对吗？”

“是的。”

“你假装不认识仁俊，不认识我，都是在表演吗？”

“是的。”

“你哀求我和仁英结婚，安排我们带走驹儿远走高飞，为的就是杀死仁俊，替阿爸报仇吗？”

“是的。”

“但在此之前，你应该不知道谁是你的杀父仇人呀！”

“都问完了？”问清反问他道。

“嗯。”他疑虑未尽，“暂时问完了吧！”

问清继续叙述道：“其实当初我并没有领阿妈的情，走出司令部大门的时候我就想：阿妈呀，你能救你女儿，为什么不能救你曾经爱过的丈夫呢？救女儿，只能说明你是为了满足你内心的原始私欲，而不救爱人，恰恰说明你已经彻底丧失了人间最纯粹最无私的爱。有一天当我找出害阿爸的凶手后，就来撕开你那虚伪的面纱。我忘不了那些宪兵凌辱我的狰狞嘴脸，我想象得到那些宪兵拷打阿爸的凶残面孔，我恨日本人，一切一切的日本人，包括生下自己的阿妈。所以阿妈帮我选择的这位夫婿，我必须充满仇恨。”

炳文内心很纠结。结局他都知道了，还需要探究过程吗？他想以谈驹儿的话题打断她，但她坚持说，不回忆，她根本就不能接受眼前的一切。

问清做的第一件事情就是在墙上赫然贴着“三不许”。迟仲年就问：“什么叫三不许呀？”

“不许碰，不许管，不许问！”她毫不客气地说，“你现在就犯了

第三条。"

"哦,那我错了。"他脸有些红,"那,那我来猜。"

"你猜什么?"

"猜这三不许如何落实到具体行动呀!"他说,"猜对了你点头,猜错了,你就不点头。"

"好啰嗦,你猜吧!"

"第一条我清楚,保证不会碰你。"他认真地说,她就认真地点头,"可是,你要是不小心摔倒在地上,我也不去碰吗?"

她犹豫了一下,觉得他在耍自己,就说:"我没有那么不小心,要是真摔着了,也是你推的。再说了,那也不叫碰,叫扶。"她还觉得没说够,"你又犯了第三条。"

"哦,我知错了!"他继续猜,"这第二条叫不许管,肯定不是你不许管我,而是我不许管你。"

"对!"她点头。

"我答应你。"他停顿片刻,说,"但是,我想说,这三条应该有个前缀。"

"什么意思?"

"就是三不许,改成家里三不许。"

"为什么?"

"因为我们一旦出门就随时有人盯梢我们。"他强调说,"明面上我们还是夫妻关系呀。"

"可以理解。那就加上'家里'两个字,"

"另外嘛!"他想了想,"还要在后面加一个括弧。"

"你得寸进尺!"

"不不! 你听我说完,如果不合适,就可以不加。"

"那你说。"

"比如家里来了客人,或者收各种费用的人,特别是那些别有用心的陌生人。"

"好好好,同意括弧里加上'无人'两个字。"

“应该是‘无外人’，三个字，呵呵。”

“谁让你笑的呀？”

“哦哦，我错了。”

迟仲年的温良和智趣，并不能消除她内心的仇恨，也改变不了她对他的冷漠。从余姚路搬到梅花巷的两个年头里，她从来没跟他同室相寝过。而在此间，她时刻都想着如何找出她的杀父仇人。第一个找到的是那个印刷工蒋阿勤，他正在码头当搬运工。据他回忆，当时他正在地下印刷厂工作，突然听到外面有枪声，就马上和邱大哥搬来汽油烧掉那些重要文件，宪兵队出现后，邱大哥坚持让他从密道里先走。他跑了出来，以后的事情就什么也不知道了。问清起初怀疑他的说法，但在后来的报纸上看到一则消息：在一次劫持军用物资的案件中，一名叫蒋阿勤的共匪分子被皇军开枪打死。她就相信他说的是真的。第二个被找到的人是排版员罗大伟。他告诉她，那天宪兵队搜查地下印刷厂时，他正好出去方便，回头发现了鬼子，就赶忙大声喊叫，想以此通知地下的同事。在奔跑的过程中，他的小腿不幸被子弹击中。为躲过盘查，他没敢去医院。说完他掀开裤管，问清目瞪口呆，那里面竟然露出一只木头做的假肢。最后剩下的嫌疑者是她的表兄，而关于他的消息，都是一些传闻。有人说，表兄正要焚毁印刷厂时被赶来的宪兵队开枪杀害了。还有人说，表兄根本就没有死，当时只断了一种胳膊，后来在一次锄奸行动中，因为又失去了一只胳膊，所以从此销声匿迹了。

炳文想起当年开导过他的那位病人，就问：“你表兄叫什么名字呢？”

“邱阿根。”

没错！邱阿根就是那位更名改姓的吴显耀。如今他将实情告诉她，不但违背了病人的意愿，恐怕还会给她带来意外的刺激。不久以后，他在病人档案里查知，邱阿根早在十年前就已经过世了。“哎！你表兄应该算是一位抗日英雄呀！”他感慨道，“问清呀，那些年你只念及杀父仇人，难道丝毫也不顾及迟仲年的感受吗？”

“你希望我关心他吗?”她用一种异样的眼光看着他。

“呵呵。”他很难回答这个问题,回答起来恐怕也言不由衷,或者说语言是回答这个问题的羁绊。他只能面带复杂的笑意,希望对方能捕捉到他的内心。

问清似乎看穿了他的心思:“你们男人总是希望在夫妻之间找到缝隙,好一头挤进去,对吗?”

话一出,炳文就立刻觉得天昏地暗。他由来已久对她固若金汤的身心,此刻被她化为腐朽。如果再把冤死迟仲年的事实和盘托出,他必将被定为包藏祸心的丑恶君子。他无法持续脸上的笑意,又实在不愿意将他那颗封冻的心拿到炙热的阳光下暴晒,他只好选择默无声息地转过脸,努力让自己眼里渗出的泪水悄然挥发。问清细腻地觉察到这一点,将手帕递给他:“炳文哥,我说的是李仁俊,你为何要这样伤感呢?”

本来他是要拒绝这手帕的,现在他反而接过来,边擦着眼睛边张开笑脸言不由衷道:“仁俊应该是真心爱你的。”

“不需要你为他掩饰!他要是真心,就该一心对我,而不是对别人。”她显得极为不满,“他把阻碍他的人一律视为敌人,不但包括我阿爸阿妈,还要包括他的阿爸阿妈,我就像战争中的战利品一样被他占有。所以在那次会社的家属联谊会上,我意外地碰到他,在惊喜中我更感受到一种恐慌。他对我说了一句非常露骨的话,仿佛是在告诉我,杀父仇人就是他自己。”

“哦?他是怎么说的呢?”

“他说:谁获得了你,谁就一定是你的杀父仇人。我表示没听懂,他就盯着远处的仲年,用充满嫉恨的口气说:我会帮你找出杀父仇人的。我突然明白,他当初是怎样对待你的,将来就一定怎样对待仲年。”

回到家里,问清陷入极度惶惑和不安中,虽然之前她并不知晓仁俊的所作所为,但她的第六感告诉她,迟仲年将大祸临头。迟仲年回到家中,发现没有开火,就去外面买来热腾腾的阳春面,给她端上楼去。她摇摇头,说自己不饿。他本该问她为什么不饿,但他没敢问。她就低头抽搐,他本该问她为什么哭泣,但他还是没敢问。他站在那里,直到手里那碗面条不再冒气。她终于不能忍受自我酿造的沉闷,冲他嚷道:“你为什么不问我呢?”

迟仲年指着墙上的“三不许”,默不作声。她一把扯下那张纸,然后趴在床头大哭起来。

“其实你藏在心里的事情,是不用问的。”他解释说,“问了,回答了,没有做到,还不如不问。”

她抬起头,望着他:“你想说什么呀?”

他憨实地笑笑,说:“我是说,你找仇人这件事情,我一直是知道的。”

“啊?”她质问道,“那你为什么还要假装不知呀?”

“我只是想,等找到答案,再告诉你。”

“你找到了吗?”她起身碰翻了他手里的面。她赶忙掏出手帕去擦他的衣服,他推脱说,下楼再去买一碗来。她第一次顺从了他,吃下了面条。在以后的日子里,一旦浓郁的葱香扑鼻而来,她的嗅觉记忆就一定提示她,迟仲年来了。

为了勾起问清更多更细的记忆,炳文带她去了城隍庙。在一家苏北人开的阳春面馆里,他们坐了下来。问清反复咀嚼着韧糯滑爽的面条,脑海里不断浮现迟仲年生前的音容笑貌。吃完面条她说:“仲年没有炳文哥这样魁梧的身材,也没有仁俊那张英武的面庞。他不仅体型消瘦,而且脸色黝黑,说话也不利索,但他骨子里透出的却是那种坚韧和刚毅。”

他们漫步在绿波廊的石桥上,炳文继续倾听她的述说。

问清推出的“三不许”政策,给家庭制造出无数个麻烦,也给对方带去无形的伤害,作为一个铮铮铁骨的男人,迟仲年毫无怨言地忍受了,并且一次又一次暗中保护了她。但是这些并不能征服她那颗早已封存的芳心,真正令人她震撼的是,迟仲年的身世竟然比自己的还要悲惨和凄凉!他的父亲被特务枪杀后,母亲又被奸商凌辱致死，大哥随吉鸿昌攻打多伦时牺牲，小弟被伪军俘获后斩首示众，几个妹妹在日军的大扫荡中相继被害。面对几乎灭门的遭遇，他没有选择悲观和沉沦，而是默默做着他该做的事情。此时，她才明白什么叫真正的男儿，什么叫真正的君子。所谓男儿有泪不轻弹，君子报仇十年不晚，在迟仲年身上已经彰显无遗。他从中统到军统这段时间内，已经彻查到亲手杀害父亲的凶手：一个在上海港务局的运输处任职，另一个在重庆财政部缉私总署负责运输物资的监督审查。

问清问："既然知道了，为什么不去报仇呢？"

仲年沉思良久，叹息道："国难当头，公益大于私仇。两人既然利于会社的事业，我只能因公废私。"

望着近两年来形同虚设的丈夫，她的心紧缩了一下，立刻又觉得心血向外猛然扩张，遍布四肢，充盈满面。她感到她的脸在发烧，那时正值上海夏末，她多么需要他的一双大手提前送来那凉爽的秋意呀！迟仲年的目光从她的脸上移到了地上，那张"三不许"的禁令仿佛有了灵性，眨巴眨巴眼睛嘲笑着他们。他先笑了，她跟着也笑了……

听到这里，炳文心里酸楚无比，对问清的表达，如果说仁俊是死缠烂打，仲年是死磨硬泡，而他则完全属于死鱼不开牙。这种比较，虽不是很恰当，甚至有些滑稽，但事实结果就是如此。

问清和迟仲年的幸福是短暂的，1941 年秋意正浓的这一天，也就是炳文被宪兵队关押的期间，迟仲年接到密令前往香港待命。他跟她说一个礼拜就回，那时问清暗自觉得自己怀孕了，因不敢确定，就没告诉他。一个礼拜过去了，他没有回来。她就去问房东郑太太，她说她也没得到任何消息。两个礼拜了，郑太太告诉她：迟先生失踪。一个月后，仁俊突然来到家中告诉她：她的丈夫是日本奸细，已经被宣布为汉奸。她不信，就又去问郑太太，她说：那只算会社的决议。不久，仁俊又传来消息：迟仲年因泄露绝密畏罪身亡，以叛国罪论处。她仍不信，郑太太告诉他，那只是国民党的定论不算数，他的真正身份是共产党。她马上问：共产党怎么说？郑太太说：尚无定论。她感到迷茫。肚中的胎儿一天一天长大,丈夫的罪名一天一天加重,她的脸色一天比一天憔悴。到了临产期,会社来人送她去医院。她猛然偷听到有人对医生说:孩子是汉奸后代,请务必除掉。她吓坏了!赶快逃出护理室,躲进一家旅社,不再去医院。在那个简陋的客房里,在接生婆的生拉硬拽中,在她哭不出的泪水和喊不出的叫声中,孩子提早来到了人间。假如把人的记忆比喻为一本书,狂风巨浪能冲刷掉上面记载的一切文字,但生下驹儿的这一刹那却是无法清除的,因为那实在不是笔墨留下来的字迹,而是用烈焰燃烧的烙印。那年是马年,她就给这个羸弱的孩子取名叫驹儿。她用她的乳汁和汗水,全心全意哺育拉扯着他长大,过去的怨恨与哀愁几乎被她忘得一干二净,偶然想起时她就后悔,为何当初不配合中村清除掉脑海里的所有记忆呢?

驹儿长到三岁半时,问清好不容易修炼出来的清闲之境,又猛然被炳文送来的仲年遗书彻底粉碎了。新的仇恨萌发,旧的宿怨又重新被召唤回来。她要按照迟仲年信中提供的线索查明真相,找出元凶,为死去的父亲和丈夫报仇申冤。

"哎,都是因为我过分自负,才铸成这等大错。"对迟仲年的死,炳文又不免愧疚起来。

"炳文哥,你不必自责。"她似乎能理解他的处境,"如果没有你,恐怕我现在一切还蒙在鼓里。"

"你是说仲年的信给你带来线索?"

"是的。"她说,"你还记得前面我跟你提到的那个漂亮室友吗?"

"就是与仁俊形影不离的那位?"

"是的。"

"她叫什么名字?"

"董珏。"

"董珏?想起来了!"他突然说,"我在欧拉冒岛上见过她,个子高高,眼睛大大,鼻子翘翘,左脸上有颗痦子。被人用鞋带勒死的。"

“正是她。”问清确认道,“就在她被杀的头一天,她向仲年透露了与仁俊的一切真相,语气中带着怨恨和不甘。”

原来一份由中统、军统和中共三方合作完成的绝密情报,在上海组成三人小组携带奔赴香港,与在那里等待的重庆美国大使馆武官杰克上校汇合后,再一同乘飞机前往夏威夷,将情报交给海军情报部门。那情报是有关日本袭击珍珠港的详尽情报,也就是迟仲年交给秦炳文的那个黑色密码箱,里面大到日本御前会议的精神,小到日本舰只的图纸,应有尽有。小组成员原定为周锦添、李仁俊和迟仲年三人。周锦添代表中共,李仁俊代表军统,迟仲年则代表中统。但是就在临出发的头一天,仁俊突然闹起肠胃炎被送往医院,无奈之下,只好临时决定由仁俊的秘书董珏替换。董珏一上飞机,就有一种不祥的预感,先是有人劫机,然后有人被杀,她就想到在此之前,仁俊曾让她空发了一份电报,内容是几个字母和数字。现在想起来,那些字母和数字正好是航班号和日期,也就是说,仁俊一定是将他们的秘密行动透露给了日本人,然后导致这一系列事变的发生。迟仲年问:他的动机是什么呢?董珏说:截获情报,除掉我们,现在变成了除掉我们,截获情报。迟仲年问:仁俊难道一直在为日本效力?董珏说:效力不效力我不敢肯定,但谋杀我们一定是事实。

“可是这跟柳校长被害有什么关系呢?”炳文问。

“看似没有关系,但联系起来想就肯定有关系了。”问清肯定道,“他能谋杀仲年,就一定会害死阿爸。”

在那次家属联谊会上,她就发现仁俊对仲年的神情非同寻常,就仿佛是上回阿爸当场拒绝他的那个样子:满脸紫青,包藏祸心。后来我通过付满堂和他的争斗,再次证实了他这种失态的神情一定是暗藏杀机的,付太太横尸黄浦江码头的事实就说明了一切。“所以,仁俊出卖我和阿爸的事实毋庸置疑。”

仁俊的心路历程果真如此。谁妨碍了他得到问清,他就要坚决干掉谁,不管他是谁,包括他的阿爸阿妈。这也就是他为何敢顶住不忠不孝的名声,状告李积忠以致开枪误杀李夫人的原因,甚至连可怜的阿露也莫名其妙地被当作拦路虎成了牺牲品。“可这毕竟只是一种推断呀!”他说。

“所以我要找出证据,让他接受审判的时候心服口服。”她说,“我先认识了阿露,和她成为慕道友后,她告诉我,仁俊有一幢别院洋楼,里面藏着一些不可告人的秘密。然后我就调动付满堂的积极性,让他的那些鸡鸣狗盗之士极尽能事。果不其然,在他密封的照片中,我发现了一张是阿爸和我在一起校对文稿时拍摄的,也就是说仁俊肯定跟踪过我到过地下印刷厂。所有知情者都已排除告密的可能,唯有仁俊,既有他知晓印刷厂的证据,又有他出卖阿爸的动机。”

炳文还是认为这是她的主观臆断,如果事情换成了现在,他就会当面去问那个冈田直一郎:宪兵队是不是依据照片才抓捕柳仝应父女的?

断定凶手后,以后一系列当初令炳文心神不宁的事情,自然就是问清为了刺杀仁俊而精心安排的步骤。首先是顺从仁俊,让炳文死心;然后用她嫁给仁俊作为炳文娶走仁英的交换条件,迫使炳文彻底放弃她;安排好驹儿随炳文与仁英安然离去后,就选择了婚礼这个最佳时机,当众揭穿仁俊的真实面目,并宣判其死刑,然后开枪自杀,最终与父亲和夫君含笑天国。“当我举枪对准他的时候,他不但没有丝毫的悔意,反而笑了。”

“哦?”

“他说,我说的任何一句话,无论对与错,我做的任何一件事,无论是与非,他都乐意接受。”

“他是在向你表达最直接的爱。”

“不!这不是爱!”问清不以为然,“这是自私!他在用所谓的爱作为霸道的理由,肆意剥夺他人的自由,并疯狂掠杀与之相关的一切羁绊者。我绝不能领受他这份漠视他人生命的疯狂之爱!我闭上双眼,不愿意看到他卑贱丑陋的脸。手指扣动了扳机。砰——”她闭起眼睛,分明是在觉得那一刹那应该了结一切。

“然后呢?”

“我睁开眼睛,发现仁英倒在血泊之中。我以为我在梦中,不能相信。仁英却对我说:你杀错人了,你不该杀他。我说:我没杀错人,不该杀他,是因为他是阿哥,该杀他是因为他杀了我阿爸。仁英最后说:不!阿哥不是,嫂嫂,你真的杀错人了。不!我不会听任何求情的,绝不!我冷静地用枪对准了他的胸膛,扣动了扳机。这还不够,我还要在他的头部再射上一颗子弹,就在这时,又有一个熟悉的面孔出来挡住她。”

“是仁俊的阿爸吗?”

“不!他重病在家,没有来。”

“那是谁?”

“郑席君。”

“啊!”炳文大惊失色,“你记错人了吧?”

“不,就是他。”问清十分肯定道,“他跟阿爸在一起的模样,我怎么能忘记呢?”

“他为什么要挺身相拦呢?”

“不知道,当时我也不想知道。”

“然后呢?”

“我依然坚定不移地扣动扳机,他就一下子扑了过来,我被撞倒了。我感觉前额被什么坚硬的东西磕碰,顿时眼前金星飞溅,仿佛进入茫茫宇宙,看不到头也看不到边……”

“从此,你真的失去了记忆。”

“嗯!我在那个深不可测的幽幽世界里,向前固执地寻找着出口,看似光明一片,却什么也没找到。直到有一天我听到了那个无法删除的呼喊声,才终于回过头来。”

“是呀!你生驹儿的那一刹那,就好比是记忆的导火索,碰巧被儿媳分娩的声音点燃了。”

问清说她有些累了,就要找个椅子坐下来。炳文过去搀扶她,她没有像从前那样十分敏感地推开你,而是顺从地接受了。炳文看着花盆里那些个挣扎着即将败落的花朵，心里惆怅无比。上海这地方给她太多的灾难和痛苦，本来丢掉的记忆，又让他强行给拾了起来，万幸中的不幸。

有一个内心的秘密，他绝对不能向她透露的。扑倒她的那个郑席君不但是仁俊的生身父亲，也是他的表叔。这一点炳文早就在管萩芹那里获悉到，只是没想到这个参事竟然是他表叔。在管萩芹的帮助下，他查到了有关表叔的资料：郑席君，祖籍山东济南，随父移居安徽安庆，上海东亚同文书院肄业后，先期参加中共，大革命失败后曾一度脱离组织，抗战爆发后，他与组织取得了联系，但不久后变节，加入了国民党并接受军统之命打入76号魔窟，日本投降后担任上海市政参事室参事，后在著名的“新娘枪杀新郎”一案中，自杀身亡。

1978年儿子回国工作，担任北京协和医院主任医师。炳文就决定带问清去北京和儿孙团聚。他们有个约定：为了不让驹儿对现有父母的地位产生动摇，他们必须在表面上保持着夫妻关系，陈年旧事在后辈们面前就不要提及了。于是两位老人离开了给他们太多伤痛的上海，到了一个重新刻写记忆的陌生之地。炳文著书立说，问清照顾孙儿，祖孙三代过着简约而快乐的生活……

讲完了？二弟问祖父。小妹似乎并不甘心，使劲拽了他一把：二哥总是猴急猴急的，爷爷没说结束呢！祖父点点头：结束了！我说：不会吧！中间还有好些个疙瘩没解开呢？祖父问：哪些呢？二弟抢着说：欧拉冒岛那个开枪的女人究竟是谁？小妹又问：李仁俊和郑席君，到底是哪一个出卖了柳氏父女呀？我截住他们说：其实这些都不重要，重要的是黑箱子到底送没送到美国人手里？送到了，怎么还是让日本人偷袭珍珠港成功了呢？三人莫衷一是，弄得祖父哭笑不得。最后他对我说：好吧！等你儿子回来，让他告诉你们吧！我预感儿子突然回来果真是有依据的，这依据就是祖父，他话里话外都拿儿子做挡箭牌，想必他一定把这个故事从头至尾给儿子讲过，而且讲得一点破绽也没有。同时我总结这阵子祖父的情绪跌宕，恐惧地感觉到，老爷子是在做强弩之末的挣扎。眼前的景象，只能说明他要把这盏枯灯撩拨得更为璀璨耀眼一些，但很可能也会因此而陡然熄灭。

就在我和妻子拿到签证官给出那张粉红色纸条走出大使馆时，二弟打电话说：侄儿回来了，快到爷爷这里来吧！到了祖父这里，二弟和弟媳，小妹和儿子都在。妻子要问罪儿子目无尊长的行为，被我当即拦住：儿子先看他太爷爷是没错的，毕竟他老人家在我们之前呀！祖父躺在床上，正像我预感的那样，脸上除了一双眼睛还在熠熠生辉，其余的地方显得毫无生机。儿子紧紧靠在太爷爷的身边，头一次让我领略了他体恤关怀他人的样子，我真心被儿子感动了，妻子在一旁也默不作声。祖父看着我和妻子：你们也来了！我说：是的，爷爷。祖父说：来了就好。然后他示意我看旁边桌子上摆放的几样东西，说：这五样物件的去向，由你们举手表决通过，然后交给钟离末实施。

第一件是用厚厚的旧布包裹起来的盒状物，那布已经变色，几乎分辨不出是绿还是紫。这应该就是故事中仁英遗留在船舱里的那个包裹。包袱解开，里面是一个紫檀木制的精美盒子和两把钥匙。盒子左右有两个锁孔，很明显这两把钥匙是开启这个盒子的。祖父示意我们打开。我和二弟各自攥住一把钥匙，插进两旁的锁孔同时旋转，盖子就启开了。里面呈现的是一把西洋钥匙，下面摆放着一份发黄的文书。上写：

江苏吴兴县织里镇李朱异姓兄弟，为表血脉相融，在此立约：此钥匙所启之物，必由长子长女联姻后代承恩。

立约：李乃雍　朱器丛

见证：甄训道

地点：敬一堂

光绪癸巳年

文书下面还压着一份解释这把钥匙的德文说明。它是用来开启瑞士银行保险柜的。祖父说,他也不知道那保险柜里究竟放的是什么。

第二件是一把铜制的钥匙,颜色有些发绿。这应该是故事中冈田弘交给秦炳文的那把,是中村敬一托付的。祖父说,他曾交给我母亲领受,却遭到我父亲的坚决反对,母亲为走学术捷径背离父亲,舍弃家庭,结果招致自己坠机罹难。看来这是天遣,祖父表示深深自责。

第三件是一块绿宝石镶边的宝石胸牌。这应该是故事中酋长胸前佩戴的那个。祖父说,这样东西是酋长所配,一定替他物归原主。

第四件是用黑丝绒罩住的钢琴。不用说,它就是故事里的那架斯坦伯格钢琴。掀开苫布,仿佛许久许久以前发出的光泽仍没有从它上面褪去。祖父说:我多希望你们其中的一个不跟病人打交道呀!

第五件其实是两只挨在一起的陶罐,其中一只是祖父曾给我们见识过的那个,上面有梅花图案,还有一只跟它是差不多的器型,图案是兰花。祖父说,死后我的骨灰,就随你们祖母的意愿埋葬吧!我们没有明白他的意思,就都看着我儿子,似乎都默认了他是祖父的代言人。祖父说:我死后,只许钟离末亲临我的身子,一直到火化成灰为止,你们其中的任何人不得参加。正当大家丈二和尚摸不着头脑的时候,儿子先将那个兰花陶罐拿了过来,送到祖父手上,也许是故意,儿子松手的时候祖父没有接住,陶罐坠落到地上,变成了三瓣,一块写有字迹的羊皮显现出来。儿子有些惊慌,祖父说:不用慌!你好好念它就好。

此物作我心,生死契阔,与子成说。
此书为我愿,执子之手,与子偕老。

兰赠梅
立于民国乙亥年

祖父说：当年每次的毕业典礼都会请来陶工，为每位毕业生订制一只封存未来誓约的陶罐。柳校长对同学们说：若干年后，无论你们功名成就也好，还是一无所获也好，只要你打开它的时候，你会扪心自问：这辈子我对得起自己吗？祖父说：我喜欢兰，那兰字就表示我，你们的祖母喜欢梅，所以那梅代表着她。这只兰花罐一直埋藏在学堂后院的小山岗上，那年离开上海时，他将它挖出来带到了美国，以后再也没有离开身边。那只梅花罐是祖母去世后，他从她的遗物中意外发现的。

儿子把那个梅花罐小心翼翼地端了过来，祖父摇摇头拒绝道：这是你们祖母的，由你们来定。大家都看着儿子，不知所措。儿子出乎意料地将它高高举起，然后松开手，"咣当"一声，一块绣字丝绢应声呈现在众人眼前。大家赶快将目光齐刷刷地盯住祖父，而他却闭上了眼睛。大家正欲害怕的时候，他却张开嘴说：念吧！

我侬两个
忒煞情多
将一块泥儿
捏一个你捏一个我
忽然欢喜呵
将它来打破
重新下水
再团再炼再调和
再捏一个你
再塑一个我
那其间那其间
我身子里有了你
你身子里也有了我

抄《侬我词》送兰
书于民国丙子年

祖父终于明白,祖母的心上人就是他。她曾经用各种细节明明白白表达她的这份爱意,而自己却清清楚楚不敢去领受,也不敢去证实。是自卑产生的自尊?还是自傲产生的自贱?当初无法分清,现在也无法考辨。总之,李仁俊表达了,虽然没有得到;迟仲年表达了,虽然后来又失去。阿露,李仁英,安如倩,还有那些坎坷曲折的前辈们,每个人都在表达,为了爱,或得或失,为了情,或生或死,而自己,敢想不敢为,敢做又不敢当,患得患失,终身守住一个接一个的秘密,无人倾诉,也没有答案。也许谁爱谁并不重要,重要的是,你是否拥有爱,有了爱不去呈现,就要抱憾终身。至于你爱他,她爱你,只是错乱纷繁的故事而已,并不是爱的错误。祖父深深叹了口气,老泪纵横。众人见状也为之动容,相继也都抽泣起来。等安静了,却发现他老人家永远安息了。

按祖父的嘱咐,任何级别的追悼会都不要举行,任何方面的悼词唁电都不要宣讲。但是他的遗言并不能阻挡那些例行公事的人,等我的耐心丧失殆尽后,面对一位要编纂"钟汉臣院士传"的作者,我只好说:你写的是院士,为何要找我?他说:你是他的孙子,最了解你祖父呀!我不得不呐喊道:钟汉文不是我祖父。他很惊奇地看着我,问:你开玩笑吧?我说:没有,我说的是真的。他很认真地说:你一定是疯了!然后他起身走了。的的确确,我们的祖父不是钟汉臣,也不是秦炳文,金复生,更不是杰弗森,皮特·L,而是迟仲年。尽管这是真实的,但是真实说给人听,谁会相信你呢?儿子告诉我,其实太爷爷在"非典"的时候,已经将故事讲给爷爷听了,但是爷爷坚决不信,并认为太爷爷一定是疯了。他去问太奶奶,太奶奶也说是真的,爷爷就崩溃了,开始怀疑自己是不是疯了?自己的父亲都不信,还指望别人信吗?

儿子说,祖父有一个最大心愿,是把他的骨灰安葬在欧拉冒岛上。这个心愿绝不是怀念和感激,而是他欠下的债务必须偿还。因为他的脑门被那个女子用枪口对准的时候,他完全没有任何生存的理由,绝望中是奴瓦伊暗中救了他。他扭过头,发现那女子被飞来的梭镖插中，挣扎了几下，又被几个土著人用鱼叉扎出了肠子。他感激土著人出手相救，就必须答应他们留下来做巫师，他既然能答应做巫师，就必须要求奴瓦伊让他完成迟仲年对他的嘱托。奴瓦伊将那个绿宝石镶边的胸牌交给他，以此物可以突破途中任何土著人的阻拦，直抵珍珠港，事情办完后尽早返回。他答应了。祖父见过詹姆斯后，就要动身去上海，不料，珍珠港事件突然爆发。抗战胜利后，他打算在上海办完事后，就去古鲁阿伊岛完成他对奴瓦伊的承诺，但是以后又发生了那么多事情，令他无法自拔。为此，祖父终身愧疚。二弟说，这是权宜之计中的简单答应，不该求全责备的。儿子说，但是土著人是很注重仪式的，既然答应了，就必须接受酋长的肉身赐封，太爷爷火化时不许人近身，就是因为他胸前坠着两颗蓝宝石。我相信儿子的话，在我的印象中，祖父从来穿着就是严严实实的，夏天也没见他穿过 T 恤衫。小妹提出建议，将祖父和祖母的骨灰一并安葬在欧拉冒岛。祖父和祖母风风雨雨几十年，我们也在嘴上叫了几十年，但实际上他们并未过上一时一刻的夫妻，于是我就说：我一直有一个心愿，不知道你们是不是认同？大家就让我赶快说。我说：能不能在那里为他们二老举行一个婚礼呢？大家一致赞同。

不久，我们就随一个旅行团去了美国。到了夏威夷，我们特意去福特岛的海军基地参观珍珠港事件陈列馆，一路上那个司机眉飞色舞地讲述着历史，话里话外仿佛是在说，如果不是日本人的偷袭，恐怕谁也不会来这里光顾。我们先登上了硕大无比的密苏里号战列舰，目睹了当年举行日本受降仪式的地点，但是到了亚利桑那纪念馆，我才发现被击沉的亚利桑那号残骸远比密苏里号的名气大得多。馆内纪念墙上镌刻着 1177 名海军将士的名字，除了亲朋好友依稀记得他们曾经拥有的音容笑貌，对于络绎不绝的游客来说，那仅仅是个符号而已，顶多脑海里会闪现出刚在影像馆里看到的相关镜头。第二天我们就跟导游商量，抽出三天的工夫去古鲁阿伊岛。她说那地方尚未开发，土著人也不太欢迎客人去，最重要的是要租船，去那的费用很高，一般人是不接受的。我说，重要的不是费用问题，是她能不能带我们去？她说可以去，可是为什么要去三天呢？我说，我们要在那里举办一个婚礼。虽然觉得我们有些古怪，但看在钱的份上，她还是答应了。到了这里我才想起来问导游，欧拉冒岛在哪里呢？她莫名其妙地看着我们，说从来没听说过。我们就找了一家土著人开的饭馆暂时歇息下来。

儿子发现墙上有一幅油画，就指给我们看。那画似乎是土著人的领袖，除了满头插的那些稀奇古怪的野鸡毛，胸前还挂着一块硕大的宝石胸牌。儿子就把祖父留下的那个胸牌拿出来和画中的比较，我们都认为是一个。不一会儿，好些个土著人就把我们围住了，导游吓得赶快溜了出去。看着他们凶巴巴的眼神，我们慌乱起来。儿子说：不用怕的！说完他举起那块胸牌，嘴里嘀咕着什么，那些土著人马上就跪下了。其中有一个叫奴巴斯的，说是奴瓦伊的后人，从儿子手上接过那个宝石胸牌，然后向我们深深地鞠躬。他告诉我们，欧拉冒不再称其为岛屿了，只算是一块巨大的礁石，涨潮时几乎就看不见。趁退潮那会，土著人用炸药在那个礁石上炸开了一个小孔，然后将祖父和祖母的骨灰盒封死在里面，上面矗立着一根花岗岩石柱，刻着他们的名字。到了第三天，岛上几乎所有土著人都簇拥过来，头上戴着花环。奴巴斯高举宝石胸牌，号令大家朝欧拉冒岛方向齐声喊去，为祖父祖母祈祷，也算是为二老举行隆重而盛大的婚礼。

一个月后，那个钥匙打开了瑞士银行的保险柜，里面装有光绪癸巳年铸造的“库平一两”大清金币 1 万枚。银行按当天黄金市场价估算，约合 2 千万瑞士法郎，折合人民币约 1 亿 4 千万元；如视为古玩，参照一枚金币拍价 30 万元的中间价格，约合人民币 42 亿元。两个月后，永亨银行保险柜的那些资料和药盒被取走，不久被深埋在中村敬一家乡的山林处，成为永久的秘密。

我儿子以保险公司留存的遇难者名单作为依据，查访了死者的后人们，又参照当年的一些史料记载，考证出他所认为的欧拉冒岛真相：1941 年 11 月 19 日，一架由美国寇蒂斯·莱特公司生产的

C-46型客机，从香港启德机场起飞，途经夏威夷群岛时遭到日本特工的劫持，经过一番搏斗，飞机坠向大海，其中机组人员3名，乘客22名丧生(其中一名美国驻中国大使馆的武官)，余下14名幸存者漂流到古鲁阿伊岛。幸存者中有3名日本特工：松川达男(男，僧侣，特高课少佐)、德克里(男，拳击手，特高课外雇人员)、亚佐美(女，佣人，特高课中尉)。有3名中国特工：周锦添(男，码头工，中共党员)、董珏(女，护士，军统少校)、迟仲年(男，职员，中统上校)。日本特工获悉中国特工手里掌握了一份关于袭击珍珠港的重大情报，就断然采取了劫机行动，失败后他们开始实施“逐个消灭，直至杀绝”的计划。11天过后，岛上仅剩1人。儿子延续了这个考证结果，写出了他那篇著名的毕业论文《试论历史书充当政治掮客的美容师》。他在攻读硕士期间，陆续在一些学刊上发表了《珍珠港事件疑点考辨》、《太平洋战争中美国各派政治势力解析》、《一脉相承的麦克阿瑟与麦卡锡》等文章，其中有一篇《从拉铁摩尔到胡适之看中国第三种力量的兴衰》引起史学界不小的反响。但是毕业后他却并没有从事与历史相关的研究及工作，而是成立了一个“唐明国际空难幸存者基金会”，所得之款全部捐献给中国学校以及各地的宗教机构。

二弟问：空难中的幸存者，这也太微乎其微了吧？儿子说：难道您现在还怀疑太爷爷讲的故事是编造的吗？小妹感慨一声道：为何不去怜惜那些没有幸存的人呢？儿子笑了笑，说：难道您指望他们在阴曹地府里消费人民币吗？我暗自知道，那“唐明”两字就是李朱两个家族的意思，我也深知，儿子的用意是在向那些幸存后而又被冤死的无辜者深深道歉。但在我的梦里，却常常萦绕的是那块欧拉冒礁石，时而露出海面，时而又被海水吞没。

2012年10月于北京

漂流：在故事迷宫的叙事急流中

——解读《欧拉冒：消失的永生岛》

文学评论家　李以建

读《欧拉冒》，仿如置身于大型漂流运动，当读者乘上阅读的皮筏，滑入《欧拉冒》精心构设的故事迷宫入口，你将迅即被湍急的叙事漩涡卷走，在汹涌的急流中无法自主地一直往前疾驰。时而山穷水尽，时而柳暗花明，时而动人心魄，时而抑郁幽咽。紧张刺激中每每带给你惊心和喜悦，回旋激荡之后又令你拍案叫绝。小说中悬念不断扩展延伸，悬念与悬念之间环环相扣；故事推移跌宕起伏，互套勾连，令你爱不释手地不断追踪下去，直到一切真相大白。从叙事角度来看，这正是《欧拉冒》最令人眩目，也独具艺术魅力之处。

一

一个人的一生是一则大故事，从攥紧双拳呱呱落地开始，直至撒开五指默默离世，每个人都在这一生中用自己的行为举止演绎出一则完整的故事。故事或精彩多姿，或平淡无奇，很难用同一的规尺来衡量，作比较，但生命的轨迹无疑都在自己和他人的心中留下一连串难以抹灭的深刻印记。人生的这则大故事又是由众多小故事组成的，未必每一个小故事都很精彩，也未必每个小故事都很乏味；有的人大故事轰轰烈烈，而小故事却艰涩黯然；有的人大故事毫无新意，但小故事却熠熠闪光；无论如何，正由于大小故事之间的奇妙组合，才构成每一个生命个体的独特故事。

从总体结构上，《欧拉冒》由六则小故事组成的。按照小说叙述的顺序，分别是：1. 发生于2003年“非典”过后，由陶罐引起的祖孙四代的故事;2. 由二弟转述的"1941 年秋天"故人秦炳文在欧拉冒岛上的奇遇;3. 由"我"叙述从 1925 年开始,宝儿长大成为秦炳文的故事;4. 由小妹根据片断组成讲述的"金复生"经历,从"1945 年日本无条件投降以后开始";5. 由爷爷自述的故事,"从 1972 年说起"。6. 揭开陶罐秘密及其后续的故事。

事实上,《欧拉冒》讲述的是一个人的故事,即"爷爷"的大故事,而这大故事由以上六则小故事组成。如果将前后作为一种小说的首尾呼应来看,按照一个人的人生经历来排列,其自然发展的次序理应是 3 -2 -4 -5 -1 -6,而作者则不然,刻意在小说中采用时序的交错颠倒,此举虽是为了构设故事的迷宫和设置悬念的需要,但其最终的目的则是从多重角度来塑造一个血肉丰满、立体多面的"圆型人物"(福斯特《小说面面观》)。

首先,同一个人的故事由不同的叙事者来讲述。虽然由"我"、"二弟"和"小妹"来讲述的都只是一种转述,也就是说,都是根据自己听到的"爷爷"自述来重新讲述的。但转述毕竟不同于自述,原本的故事经过"他者"的转述,其间的增删剪裁和钩续串连已经过一个再创作的过程。严格来说,任何的转述,即使是最忠实的复述,也必然加入了转述者的选择和组织,乃至改变了原述者的言语和语气,而且原述者的主观情感往往在被转述中所模糊,甚至遭误解和歪曲,以致变成了融入转述者主观意图判断的另一种故事的叙述,因此它已经变成"故事的故事"。这不同于一般简单的故事叙述,故事的故事所具有的双重性,才能赋予故事自身多重的内涵。而转述者扮演的角色,又导致原故事的遗漏和缺失,于是就产生更多的悬念和延宕,更加诱发读者持续探寻的阅读好奇心,必须花费气力去细察蛛丝马迹,勾连断线,破解密码,才能看清故事的全貌。同时,由不同的"他者"来讲述同一人物对象,就如从不同视角来全息透视同一物件,方能整体地显示同一人物的多面体。而这一切又是放置在各异的空间中,在不同的背景和情境中所聚焦的仍是同一人物。作者十分娴熟地运用这种时空交错的多方位表现手法,时而从不同的视角描述当下的场景,时而再现过往久远的历史情景,二者交叉迭现，同时又埋设下不同线索的悬念，因果互换，令小说的场景不断产生变化，而变化中又出现不同的讲述，因而造成故事的进程犹如扑朔迷离的迷宫。这能极大地诱发和刺激读者的阅读兴趣，让读者在迷宫的探险中，体味到故事的丰富性，逐渐窥探出人物的立体性。

其次，同一人物的不同身份和角色的变化。从宝儿、秦炳文，到金复生，再到皮特L，直至钟汉文，读者不难发现，他们其实都是一个人。尽管这个人物在不同的社会和历史语境中，其名字代码和身份表征各各不同，在错综复杂的人与人的关系中所扮演的角色也完全相异，但其自身的性格和精神内核却依然故我。套用理论话语来说，即能指虽出现变色龙似的变化，但所指依然归一。作者巧妙地穿梭于这“变”与“不变”之中，由此演化出无数人生的奇遇和感人的故事，同时又演播出社会历史的风云变幻。从一个来自农村与亲人失散的孤儿，成长为赴美求学的高才生，从单纯素朴的学生成为一名技艺高超的医生，又变成具有特殊身份而负有某种使命的追求者。空难的奇遇，情感的纠葛，家门的恩怨，国族的仇恨，政治的陷阱，势力的割裂，这一切的人生际遇伴随着成长的过程接踵而来，于是赋予这个人物神秘传奇的色彩。而透过这传奇的表层，又可窥探到导致这传奇人生的背后，则是那布满污秽的社会和政治的无形之手。一方面，作者从“变”中深刻揭示了饱受时代的急剧更迭和政治残酷无情的拨弄，能致使一个人变得面目全非；另一方面，又从“不变”中凸现出一个人的自身性格和精神内核的不可磨灭，他还是他，依然是子孙心目中的“爷爷”，一位执著追求爱情，重诺轻利，善良正直的中国知识分子。

由此可见，作者运用上述表现手法，又揉入所有畅销小说的元素来构设的故事迷宫，貌似吸引读者的阅读兴趣，其主旨仍在于透现出人性深处的光芒。

二

尤显突出的，是《欧拉冒》的故事叙述方式，在此我将其称为“叙事急流”，它有别于通常的故事讲述和一般的小说叙述，足见其艺术创意之独特。

自古以来,通俗烂情的小说不乏其篇,从古代小说到当今的好莱坞大片,眼下似有愈演愈烈之势。无论是平面印刷文化和视觉文化,由于市场的推动和出版商的逐利,网络作家蜂拥而出,多如过江之鲫,“戏说”之风尤盛,这已极大地侵蚀了小说艺术创作的领域。无可置疑,《欧拉冒》也深受影响,由于作者采用了诸多畅销小说的元素,如恋情的多角纠缠,凭借手镯的契合兄妹重逢,人质交换的枪战,妻子为丈夫挺身饮弹,等等,其场景和戏剧性冲突的处理,都依稀可见时下影视剧的熟悉身影,以至于令人容易产生误解,将其归入“畅销”和“戏说”之列。但仔细推敲,小说《欧拉冒》却截然不同。它能跻身于精英文学创作队伍,除了前述的原因——小说最终的目的是刻画人性深处之外,还应归功于与众不同的叙述方式,即“叙事急流”。

通常的故事讲述和一般的小说叙述,都习惯性地采用“开场白”方式。古代的章回小说常以“得胜回头”作引子,先铺陈一番,才进入主要故事的叙述;现代白话小说,则会来上一大段的场景描写或人物出场的细致勾勒,才慢慢导引读者进入故事;当代小说依然难免此套路,虽有横切场景直接导入,但其间的场景和人物的白描,往往仍是不惜笔墨的。而这些耳熟能详的手法,在《欧拉冒》中却难觅踪影。与其说,小说在情节处理上采用了现代电影蒙太奇的叙述方式,不如说,它在文字的叙述中也直接采用了直接的切入切出。

以下随手拈出两例,窥其一斑。

其一,秦炳文在德勤巷买黄酒欲借酒浇愁,小说写道:“回到屋子里,正当他打开酒瓶的时候,安如倩来了”。紧接着是一场对话,最后是:

“啊?”他又惊又喜,“那倩姐的意思是,中村君不是战犯了?”

“不是我的意思。”她纠正道,“是美军军事法庭的意思。”

不管是谁的意思,中村和炳文当着学姐的面,能够坐在刑务所一间宽大的房间里肆无忌惮地喝上酒,而且那个美军少尉再也没有过来督促。中村刚喝完一口酒,就哭了,而且越哭越凶,炳文劝也劝不住……

人物对话是发生在秦炳文的住处,话音刚落,没有丝毫的文句过渡或说明,已经直接切换到关押战犯的刑务所的中村,秦炳文和安如倩同样在场。更值得注意的是,这里的人物延续和场景切换,并不存在段落的间隔标示,而是在持续的文字叙述中一气呵成的。

其二,阿露安排秦炳文在咖啡馆同问清见面,问清没来,阿露和秦炳文同样是一场较长的对话,最后是:

……

"后天我陪你再逛城隍庙。"

"不用不用。"她开心起来,"我呀买些菜来,去勤德巷自己动手烧,好不啦?"

"我,我不会呀!"他木讷道。

"还用你会呀!"她沾沾自喜道,"看我的手艺就好。"

炳文心里很不自在。本来让她来找问清的,结果问清没找来,反倒把她给引到屋里。拒绝吧,怕是断了问清的这条线索;接受吧,下面的戏该怎么演呀?坐在看诊室里他的脑子还纠结在昨天,病人对他的心不在焉极为不满,即刻起身投诉到院部。院长不信,过去一看果然如此,就叫来安如倩去询问。她质疑院长为何找她?院长说:"你俩这阵子有些隔阂,除了你,我找不出其他原因。"

最后这段文字叙述,前半部分显然是发生在咖啡馆,而后半部分则是在医院。场景的切换,是在同一段文字的持续叙述之中出现的。

类似例子不胜枚举,读者会发现,每当秦炳文想到谁,或者忆及何处,这个场景或人物就立即出现在眼前。这种叙述方式或许只在意识流小说出现过,但那往往只是表现意识和心理芜杂现象的流动和无间歇性,但在故事的叙述中采用,实为鲜见。虽然《欧拉冒》不具体描述场景,更多以对话直接交锋,但由于这种"叙事急流"的叙述方式,令整体小说的节奏急促,绝无拖泥带水,布局也更加紧密,而且其画面感跃然纸上。也就是说,读者在阅读文字的过程中,对话所引发的人物动作表情似乎都隐藏在字里行间,可以任由读者去想象和发挥。更由于作者大量采用这种叙述方式,将精彩纷呈的故事和千头万绪的线索浓缩在连贯性一体化的文字叙述中,令读者颇有目不暇接之感，因而形成独辟蹊径的“叙事急流”。

三

迥异于一般小说的创作，《欧拉冒》不仅醉心于叙述故事，而且还借小说人物之口发表对故事叙述的看法，颇有意味地将文学虚构和文学批评置于同一本文中，且相互依存，相辅相成，构成互本文的关系。这恰恰是一般小说都难以达到的精彩之处。

先就“故事”本身作一厘定。按照常识和教科书的指引，人们往往误将故事等同于事件，认为故事仅仅是作为事实的事件的记录。其实不然。如果说，事件只是一组毫无意义的事实，可以视为一种客观的存在；那么，故事则是人类主观意识的产物，恰恰是源于人类的自身的精神和文化需求，这些无数的事实存在才能被认定和转换成故事。换句话说，是人类自身将这无数的事件根据自己的主观意图拼接钩串起来，并赋予它一种价值和意义，通过讲述、影像、文字记载等等叙述方式，令其成为故事，并成为文化表现之基本层面。

自20世纪语言学研究兴起，随后渗入几乎所有的学科研究领域，成为思维的基础范式。人们开始从重视语言的研究，逐渐深入探索叙事和叙述，从最初的文学艺术，到之后的社会、历史、哲学的研究，直至扩展到经济、政治，文化，心理更为广泛的范畴，叙事和叙述都成为一道必须十分认真对待而不可或缺的基本命题。因此，从个体的生命，到群体的民族、国家，其发展的轨迹都可以说是一个故事组成，或是一个故事的持续延伸。

英国著名小说家和批评家福斯特在其传世之作《小说面面观》，精辟地指出：“故事是小说的基本面，没有故事就没有小说。这是所有小说都具有的最高要素。”故事是虚构，小说亦是虚构，因而小说中的故事叙述可谓“虚构之虚构”。我以为，《欧拉冒》的作者深明此理，因此他在创作中不再拘泥于固有理论中所界定的“现实反映”的种种条规，大胆地将故事叙述摆在小说创作的首位，并且致力于将自己对故事的理解付诸于小说创作的实践探索中。

故事的叙述必然涉及到两方面，即讲者和听者。就小说而言，

就是作者和读者。《欧拉冒》的作者通过小说中的人物“我”谈到:

“我就深深地反省出一个事实:以后给别人讲故事,要务必搞清楚是对方听故事,而不是你讲故事。你故事讲得再如何,对方不认同,就不算成功。于是我悲催地明白,祖父的故事是讲给我听的,不是讲给妻子听的,或者其他什么人。同时我也貌似明白,讲故事真正不是单纯要你听故事,而是让你听了故事去懂故事的意义,如果你早先懂了故事的意义,估计他就用不着费口舌跟你讲故事了。这样说来,我对妻子讲这个故事是徒劳了。”

在这里,作者对故事的叙述阐释了两个层面的意义:其一,讲故事不是主动的,而主动权在于听故事的。从小说创作角度来看,也就是说,作者必须真正了解读者的需求,真正把握读者的阅读兴趣来创作,唯有如此,才能获得读者的认同,这是最主要的,因为文学创作的主动权实际是掌握在读者手中的。反过来说,即作者要千方百计吸引读者注意,激发读者的阅读兴趣,而并非是作者可以随意牵着读者鼻子走的。其二,文学作品不仅仅在于讲故事,也就是不仅仅在于追求叙述的技巧和情节的铺排、构思的精巧,更主要的是透过故事的层面构筑情节,目的是为了凸显你的主题,也就是所谓“故事的意义”。用理论性的话语来表达,就是故事仅仅是基本层面,而真正的故事叙述必须具有更深一层的寓意和内涵,那才是小说最具有价值和意义的所在,也是文学作品最精华的内涵。

而听者,即读者的需求,则是由小说中的“二弟”道出:“听故事的人只想悟出其中的内核为我所用,唯有文学批评家,才可能追求形而上的东西,华而不实”。同时还借小妹身份说,读者“其实都是以自己为中心,名义上听故事,其实是以他人的故事构筑着自己的故事”,而“故事是爷爷讲的,要问也该问爷爷去,为何要按照自己的好恶掌握他人的生杀大权呢?如果是这样,我就觉得没有必要再继续爷爷的故事了”。

实际上,这已经涉及到文学理论范畴中有关读者的阅读需求和对文学作品的阐释课题的探讨,是文学批评话语的另类表述。一方面,读者不应当无视作品中叙述的故事本身,从而做出按照自己需求和愿望的任何改动，因为文学的创作归根结底还是作者叙述故事，读者可以有自己的喜恶评判，但无论如何不能随意更改故事的。另一方面，读者的阅读目的往往是以他人之杯酒浇自己心中之块垒，换句话说，读者通过阅读，从故事中找到自己内心正在寻求其他事件获得解决的依据和理由，或是说，从故事的叙述中获得某种读者个人对人生和事物的启悟和心理慰籍。

应当指出，类似的文学批评话语并非以学究式的理论性阐述，夹生饭似地强加拼贴在小说的整体故事叙述中，而是巧妙地在人物故事的叙述中，间或插入兄妹三人的对话。这既是对故事本身的追索和探究，从不同的角度提出对人物和具体经历的诸多疑问和猜想，对故事本身真实性和虚构性的质疑，乃至无法理解的困惑；也是作为局外的第三者对“爷爷故事”的剖析、推断和评判。如果说前者尚属进一步揭示小说人物的命运和际遇，更深更广地铺设故事情节；那么后者则属于对故事本身的议论，对叙述的一种讨论，是一种文学批评。仿如中国古代文艺批评方式——圈阅点评的一种刻意的放大，即每每读到精彩之处，挥笔圈点，小议一番。但古代小说的评点是单一的，仅代表评点者的独立观点，例如金圣叹评点《水浒》，而《欧拉冒》中的这类议论，则是将点化为面，并非单一，而是出自兄妹三人，可谓各种意见的集结。例如，同样对1941年经历过欧拉冒岛奇遇的小说主人翁，将自己的名字“秦炳文”改为“金复生”的行为，从大哥这位心内科大夫的角度看，“秦炳文就算皮囊犹在，精神也濒临绝境了呀，活着或者死去，对他而言已经没有什么意义”，即改名意味着心亡人亦亡；从小妹这位精神病医生的角度看，“秦炳文改名字并非回避他的学姐，而是为了忘掉他曾经拥有的过去，即便重拾起来，也是为了结清他曾经欠下的债务”，即改名只是放下精神之重负，重新上路；而从二弟这位专攻心理学的医生角度看：“秦炳文唯一能存活的理由是，他要完成那个被他冤死的迟仲年的嘱托”，“秦炳文一直能孤独支撑自己，恰恰是他的赎罪心理所致，所以从马斯洛人本心理学来解析，在那个年代里，他能高屋建瓴地摆脱低层次的需求直接升入高峰体验，简直就是一个奇迹”，即改名是表明愿以赎罪来完成使命的。不难看到,三者对人物的剖析和理解,差异有别,各持己见,但却都是基于自己的理论基础做出各自认为合理的评判。一方面是对小说人物的故事本身的一种总结、暗示和推断,另一方面又是一种鞭辟入里的小说人物剖析,是典型的文学批评。

《欧拉冒》正是通过不同的层面将虚构文学和文学批评融为一体,既推进了故事的深广度,引导读者怀揣探秘的心理在故事的迷宫中寻找答案的途径,又精心安排读者在叙事急流的漂流中去思考故事的内涵。

从某种意义上说,《欧拉冒》无疑是一部具有探索意识的实验性小说。或许它更多受西方文化中严谨慎密的逻辑分析和推理的影响,因此作者苦心经营以人物的故事叙述来构设建造精密的故事迷宫,以叙事急流来迎合时代和文化的节奏和韵律,这固然令小说独具艺术魅力,形成这部小说最引人注目的特色。但是,当读者被卷入风云诡谲的故事漩涡后,就深深陷入叙事急流的推逼,无法自主,难以挣脱,甚至可以说,从开头到结尾,令读者连大口喘气的机会都没有。这种几乎不留有“空白处”潜本文的叙述技巧,阻遏了小说本身的延展性,也削弱乃至剥夺了读者的想象空间,造成某冲程度上的阅读疲劳。对于喜欢读故事爱追问“然后如何”的读者虽然会带来极大的满足,但对于那些喜欢探究故事“为什么”的读者,则未免感到一种寓意的缺失。

如何化解这种矛盾,或许适当地汲取东方文化中追求浑然天成的意境超脱和大写意中刻意留下意味无穷的“虚白”,不无裨益。让我们共同拭目以待作者的第二部作品问世。

李以建,原中国社会科学院文学研究所副编审,现任良友传媒集团出版总监,敦煌文化弘扬基金会秘书长,金庸秘书。

图书在版编目(CIP)数据

欧拉冒:消失的永生岛/王洪超著.—北京:法律出版社,2012.11

ISBN 978-7-5118-4201-5

Ⅰ.①欧… Ⅱ.①王… Ⅲ.①长篇小说—中国—当代 Ⅳ.①I247.5

中国版本图书馆CIP数据核字(2012)第258618号

责任编辑/张心萌 **装帧设计**/马 帅

出版/法律出版社 **编辑统筹**/市场研发部

总发行/中国法律图书有限公司 **经销**/新华书店

印刷/北京中科印刷有限公司 **责任印制**/吕亚莉

开本/A5 **印张**/12.125 **字数**/330千

版本/2013年4月第1版 **印次**/2013年4月第1次印刷

法律出版社/北京市丰台区莲花池西里7号(100073)

电子邮件/info@lawpress.com.cn **销售热线**/010-63939792/9779

网址/www.lawpress.com.cn **咨询电话**/010-63939796

中国法律图书有限公司/北京市丰台区莲花池西里7号(100073)

全国各地中法图分、子公司电话:

第一法律书店/010-63939781/9782 **西安分公司**/029-85388843 **重庆公司**/023-65382816/2908

上海公司/021-62071010/1636 **北京分公司**/010-62534456 **深圳公司**/0755-83072995

书号:ISBN 978-7-5118-4201-5 **定价**:29.80元

(如有缺页或倒装,中国法律图书有限公司负责退换)